荆楚文庫

李承箕集

〔明〕李承箕 著
朱志先 點校

荆楚文庫編纂出版委員會
湖北人民出版社

荆楚文庫

李承箕集

LI CHENGJI　JI

圖書在版編目（CIP）數據

李承箕集 /〔明〕李承箕著；朱志先點校．
武漢 ：湖北人民出版社，2017.12
ISBN 978-7-216-09390-3
Ⅰ．李…
Ⅱ．①李…　②朱…
Ⅲ．古典文學－作品綜合集－中國－明代
Ⅳ．I214.92
中國版本圖書館 CIP 數據核字（2017）第 310398 號

責任編輯：楊　猛
整體設計：范漢成　曾顯惠　思　蒙
美術編輯：董　昀
責任校對：范承勇
責任印製：王鐵兵
出版發行：湖北人民出版社（中國・武漢）
地址：武漢市雄楚大道 268 號
電話：(027)87679656　郵政編碼：430070
録排：武漢偉創偉業廣告有限公司
印刷：湖北新華印務有限公司
開本：720mm×1000mm　1/16
印張：31　插頁：2
字數：426 千字
版次：2018 年 1 月第 1 版第 1 次印刷
定價：140.00 元

ISBN 978-7-216-09390-3

9 787216 093903 >

出版説明

湖北乃九省通衢，北學南學交會融通之地，文明昌盛，歷代文獻豐厚。守望傳統，編纂荆楚文獻，湖北淵源有自。清同治年間設立官書局，以整理鄉邦文獻爲旨趣。光緒年間張之洞督鄂後，以崇文書局推進典籍集成，湖北鄉賢身體力行之，編纂《湖北文徵》，集元明清三代湖北先哲遺作，收兩千七百餘作者文八千餘篇，洋洋六百萬言。盧氏兄弟輯録湖北先賢之作而成《湖北先正遺書》。至當代，武漢多所大學、圖書館在鄉邦典籍整理方面亦多所用力。爲傳承和弘揚優秀傳統文化，湖北省委、省政府决定編纂大型歷史文獻叢書《荆楚文庫》。

《荆楚文庫》以“搶救、保護、整理、出版”湖北文獻爲宗旨，分三編集藏。

甲、文獻編。收録歷代鄂籍人士著述，長期寓居湖北人士著述，省外人士探究湖北著述。包括傳世文獻、出土文獻和民間文獻。

乙、方志編。收録歷代省志、府縣志等。

丙、研究編。收録今人研究評述荆楚人物、史地、風物的學術著作和工具書及圖册。

文獻編、方志編録籍以 1949 年爲下限。

研究編簡體横排，文獻編繁體横排，方志編影印或點校出版。

《荆楚文庫》編纂出版委員會

2015 年 11 月

前　言

來到咸寧生活、工作已十餘年，因地緣關繫，我學習、研究的興趣又多了一塊天地，即鄂南地方史。繼而有幸參與華中師範大學所承擔的國家社科基金重大項目《荆楚全書》的編纂，主要負責“明清鄂南籍文獻點校”。在整理明清鄂南籍文人的文獻時，最早接觸的便是嘉魚李承箕，在整理、研讀其詩文的過程中，深深體會到其潛心治學，淡泊名利，疏放曠達的人格魅力。

一

李承箕（一四五二—一五〇五），字世卿，號大厓（亦作“大崖”），世稱大厓先生，明代武昌府嘉魚人。成化二十二年（一四八六）中舉，會試不第後，不樂舉業，遠赴江門，師從理學大師陳獻章求學問道。弘治乙丑年（一五〇五），卒於家，年五十四。其事迹詳見王鏊《震澤集》卷二十六《李大厓先生承箕墓表》、何喬遠《名山藏》卷八十四《儒林記》、黄宗羲《明儒學案》卷八等。李承箕一生以讀書、交遊爲樂，曾修撰《順德縣志》《新會縣志》，著有《大厓詩文集》二十卷，其中詩十二卷，文八卷。

李承箕生活於弘治、正德時期，曾四次赴江門問道於陳獻章，由此結識大量嶺南學者，並與之交遊酬唱。在李氏先輩及陳獻章的影響下，李承箕治學重視儒家的義理、心性之辨，強調學問貴自得。

在文學方面，主張爲文貴自創，其《與孔蓋臣》言：“明者自得於言語之外。”《茅屋書声》亦言：“萬卷亦未足，三冬良遲遲。君子貴自得，輪扁乃吾師。”強調爲文貴經世，《大厓詩文集》卷十四《處功世室記》《有開堂記》《世恃堂記》《趙氏隆光堂記》等文的傳主，都是不同類型的節義之士，李承箕通過自己的表述，使世人能夠模仿一二，恰如《淵明像及歸去來辭跋》所云：“予言或可以警世之聵聵者耶！”提倡爲文貴寫實，從李承箕的創作主題而言，隨性而爲的作品相對較少，其所爲詩篇主要是觸景生情，因天氣、節令、山水景色等而作，因事而作。尤其是李承箕有關記、譜序、墓志銘的寫法，這些内容均以寫實爲主，如其《白洲詩集序》所言：“灑然情與景會，言有盡而意無窮也。”《留别聯句叙》指出：“惟以暢達其情，不以巧豔爲工，蓋取適也。”

在史學方面，李承箕重視對下層士人的歷史書寫，爲民衆作史，其所撰寫的人物中絶大部分是一般民衆，並没有什麽轟轟烈烈的事迹。如《陳奉時傳》《陳樂芸傳》《陳渭川傳》《鄺�巢傳》《古愚説》《黄用晦字説》《陳升之字説》《岑景德字説》《徐伯恒字説》等文之傳主，都是些“清浄飄然如在世外”，“有古者遺民耆舊之遺風”的“隱君子”。李承箕重視相關史料之梳理，考鏡源流與傳承信史並重。其在《陳樂芸傳》中言：“予南遊嶺海，訪求古今之遺逸，意丹砂寶才之鄉，庶幾有隱君子，吾將求而得之。其人不可得，吾將求其詩書，彷佛其精神而得之。”説明李承箕比較重視相關史料素材的搜集，且有意識整理這些資料。史書爲豐功偉績者立傳，爲事蹟顯赫者揚名，似乎是史書人物傳記之通例。對於有過修撰地方史志經歷的李承箕而言，他深刻認識到鄉賢在地方上的楷模作用，比較重視對下層人物的歷史書寫。

在哲學方面，李承箕主張動静有同功，内外無二致。李承箕在《四樂居士序》中，關涉儒家對“動”與“静”、“内”與“外”的辨析，由此引出正與邪、因與違、天與地、喜與怒等問題的探究。其實，在李承箕的相關論述中，多次論及動與静、内與外之關係。強調本然之心，作爲理學家，李承箕對生命本體之存在論述較多，尤其是對“心”，進行了詳細的闡釋。在《順德縣志書序》中，李承箕指出：“夫以聖人之言，理有當然，事有定則，動而習之，静而思之，優而遊之，厭而飫之，本然之心，於是乎無外矣。而孔子之所以不知老之將至，蓋如是也。”另外，強調教有義方，一本於我。李承箕深受儒家正統思想的影響，非常重視孝道、節義，在《有開堂記》中，李承箕指出：“始爲飲食之人必祭之，前哲令德之人必祭之，曾子以民德歸厚而曰追遠。於乎！祖考之有功德者，子孫祠而祭之不遷，雖經無明文，而崇本報始之意，殆亦仁孝至誠惻怛之良心，誰得而遏之，而又何僭之足言哉！何也？變也，變而得其正焉者也。……於是鄉間以孝友稱者，必曰謝氏云。教有義方，一本於我，處士有焉。”

李承箕的詩文集傳世本名稱各異，有《李大厓集》《李大厓詩集》《李大厓詩文集》《大厓李先生集》等，此次以《李承箕集》爲名，總其詩文。在校點整理方面，具體涉及兩方面的工作。其一，以湖北省圖書館所藏吴廷舉刻正德五年本作爲底本，即“湖北省圖書館本”，此本又影印收録于《四庫全書存目叢書》集部第43冊；以上海圖書館所藏的清代手鈔本爲校本，即“清鈔本”，結合國家圖書館所藏《大厓李先生文集》縮微膠卷，即“膠片本”；台湾“中央研究院”所藏本，即“中研院本”，進行比校，在保持底本原文不變的情況下，盡可能以“按語”或各卷尾注的方式，標示其異同。如若底本模糊不清，其他本子亦脱落無法校出之處，均以“□”代替；其二，針對李承箕的詩文在傳播過程中被相關著述收録的情況，通過搜集、比對相關文獻，作出校記，盡力形成一部內容完整、標點規範、注釋清晰的《李承箕集》，以有助於學界對斯人斯集有一個更深的了解。

另外，在附録中收録了鄙人對李承箕及其著述的研究成果，整理了“李承箕傳記輯要”“李承箕交往人物表”“《李承箕集》相關版本”“與李承箕相關詩文”“李承箕文章輯佚”，以冀有裨於學界。因鄙人才疏學淺，校點整理中難免有誤，不當之處，敬祈學界同道指正。

丙申中秋朱志先識於湖北科技學院雙璧齋

目　録

大崖李先生文集序

昔人有謂：“言語文字，非所以論人者矣。”然心志之發而聲形焉，往往有因之以逆見其爲人，而絲髮莫之遁焉者，是果不可以論人乎哉？夫楊子雲、韓退之，去今且千祀，固不必與之有相知之素，燕遊之好，觀昌黎之集，自有以見其人之明潔而豪整也；觀《法言》《太玄》之作，自有以見其人之深而僻，昧没而陰回也。文之如其人，類如此。吾嘗觀文於天下，而嘗有慕於世卿焉。世卿之文，如渥洼天馬，不施控勒，雖或奮迅猛縱，有時而蹶，而龍蹴虎躍，終無凡步；又如伐叛之師，聲罪致討，仗義直前，雖士卒勇怯不齊，戈矛利鈍相錯，而堂堂正正，自不可犯，亦一時之豪也哉。成化間，嘗以文領鄉薦，然其志不欲以徒文也，裹粮從白沙陳公於南海①，白沙以文豪推之。僉憲吴君獻臣時爲順德長②，方鋭志濂洛之學，與白沙以道義相切劘，因邂逅世卿，相得甚懽。比辛酸嗜協古人，或相望於千里，相追於異代，而况同堂接膝者耶？頃獻臣與予商論白沙之學，遂及世卿。予曰：“吾不能及世卿也，請因其文而想像其人，可乎？負高世之志，逸群之才，而充之以邁往之氣，故其視天下事，舉不能當其意，而抵掌談笑，若無人然。第憫世病俗之志鬱不得施，有不勝其奮激焉者，此所以爲世卿也歟？”獻臣啞然而笑曰：“子殆世卿之知己也，吾方梓其文，請以子之言并刻之，將爲未知世卿者告焉。”遂書而歸之。

---

① 按：陳獻章（1428–1500），字公甫，號石齋，人稱白沙先生，廣東新會人，其著述彙編爲《陳獻章集》。

② 按：吴廷舉（1459–1525），字獻臣，號東湖，祖籍湖北嘉魚，後繫籍於廣西梧州，成化丁未進士（1487），授順德知縣，歷任四川成都府同知、江西右參政、廣東布政使、南京工部尚書等職，著有《東湖集》。

正德己巳秋七月既望[1]，賜進士第徵仕郎兵科給事中龍江居士唐錦識。①

【校記】

〔1〕清鈔本脱“正德己巳秋七月既望”。

① 按：唐錦（1474–1555），字士絅，號龍江，原籍晉陽靈石（今山西靈石縣），洪武年間遷於松江之上海（今上海市）。弘治九年進士（1496），曾修《上海志》八卷、《大名府志》十卷，著有《龍江夢餘録》《龍江集》諸書。由落款“正德己巳”，可知此文作於1509年。

大崖先生文集序

能文章，士所難也，而有道德難。能文章矣，有道德矣，而不汲汲求用於世難。能文章矣，有道德矣，不汲汲求用於世矣，而終身居之不變難。昔之君子，交病於此久矣。柳宗元非無文章也，論道德則杳乎未聞。黄叔度非無道德也，而文章之傳於世者無片言焉。若王仲淹、种名逸，庶幾乎此矣，一則技癢不禁，以太平十二策而干時不可爲之君；一則爲富貴所移，晚節不堅，而遭王嗣宗之譏訶指斥，於文章道德何如也？能文章矣，有道德矣，不求於世矣，又終身居之不變也，吾於吾友大崖李世卿見之。吾生十四年知先生名，年二十九而覿先生面。嘗讀其所謂文章矣，因物賦形，吾不知其所造焉；長江大河，吾不知其所止焉；喜之爲春風，吾不知其所自焉；怒之爲迅雷，吾不知其所發焉。其自得之妙，非惟人不能知，雖先生亦不自知也。又嘗觀其所謂道德矣，泰山喬嶽而不自以爲高，岷江渤海而不自以爲深，威鳳祥麟而不自以爲瑞，翔龍踞虎而不自以爲猛。其變化之功，先生自信之，予知而亦信之，在他人或不能深知也。予不及見黄叔度輩，知在當時何如哉？先生少年有《上黎冢宰薛提學書》，中間斥昌黎《上宰相書》與老泉《上執政書》爲“干名希進”，亹亹數千言焉。其自視於二子，蓋優爲矣。宗元輩何有哉？或曰：處士大言，在昔已然，措之用也難。予曰：是固然矣，不觀大崖之詩乎？曰“奏言第二義，都俞誰與同”，是欲以大人之學格君心也。曰“湘蘺欲試騷人手，老去都無喜事心”，是欲卷之則退藏於密也。送許生文而憫俗學之支離，闢異學之汗漫，而令之静坐以觀心，有得於深造自得之妙焉。其言如此，則其道德可知也。而布衣方巾，危坐一室，人莫能窺其所存，使君而用之，天而壽之，予又焉能窺其所至哉！孟子曰：“富貴不能淫，貧賤不能移，威武不能屈，此之謂大丈夫。”茫茫宇宙，旁觀斯世，先生以之。嗚呼！大丈夫不見於世久矣，幸而有一焉[1]，則又不求於世也，而世亦不知所以求之，天亦不使之久生於世，則大丈夫者，又將何所恃以立於世？而一世之民，又將何如時以得被大丈夫之澤乎？先生文章甚富，每不自愛惜，予獨知爲希世之珍也，長篇尺牘收拾無遺。方圖鋟梓於廣東，工將具，予以事去。忽五年，來官西省，先生之弟立卿亦官洪郡，相與校正，付之梓人，同時刻者，又有《東嶠集》二十卷。東嶠，先生之兄，大理評事茂卿也。爲人固兄弟也，爲詩亦兄弟也，爲文似非兄弟也。予僭論如此，書以俟具眼者評之。

東湖子吴廷舉序。

【校記】

〔1〕清鈔本脱“一”字。

讀世卿先生文

黄涪翁稱李廣奪單于馬，挾兒南馳，引滿以擬追騎，觀箭鋒所直，人馬皆應弦，以爲與文章同樞紐。至其論文曰“首擊之而尾應，東犯之而西降”，立言者如是乎？又不知其與《大易》所稱“書不盡言，言不盡意”者同乎否歟？抑猶或滯乎迹而未離乎形也？默而通之，神而化之，不落東西，不能首尾，如神弓鬼矢，不可爲狀，不可爲典要，古之立言者歟？予病且拙，吾獨有望於大崖，因閲數篇，不覺病之脱體。

弘治庚申二月望日增城湛雨書。

采菊稿引

世卿從白沙陳先生歲餘，及歸，先生贈古詩十三首。其第一首云："采菊復采菊，嚴霜下庭木。豈無桃李顔，畏此天地肅。落落枝上英，未傷凔者獨。持贈楚人歸，投之江魚腹。"吁！唯吾世卿可以膺是言也。屈子若有靈焉，則必知先生，知先生則知其言不輕投也。由是知物之於人，亦必有相投者矣。余來京師，違世卿一載，数書取世卿别後所作。世卿録示數通，且因予投之知音者而正焉。夫凡仕者之於味，芻豢飣餖者也；隱者之於味，草木根實者也。彼此之間必有不相投者矣。予乃秘之篋笥，以爲一家之所服食者焉。家貧無紙，况世卿本以忘名者，必多遺棄之矣。予因知己者，遺紙百餘張，裝簿數十葉，寄世卿，録詩，取采菊名其稿云。

時弘治三年庚戌十二月二十八日，兄承芳在東長安寓書寄七弟大崖居士。

李承箕集卷一

雜興六首

閑掃林間石，静坐布我茵。孤雲時去來，與之爲主賓。作霖願不違，永懷桑林人。簞食供朝夕，松邊採枯薪。

神堯一茅茨，不换阿房宫。崇卑天與淵，聖愚有異同。至道本濟人，外物隨飄風。浩歌如雷霆，震動千古聾。

我過比干墓，竦然懷斯人。涕泗思殷王，豈不愛忠臣。少小保傅誰[1]，恐喪赤子真。臣心不求忠，一鳥本共春。

高旗懸罪魁，斯言豈鑿空。崇高竟孤危，黄屋寄飛蓬。仁義結民心，手足護心胸。奏言第二義，都俞誰與同。

子房致四皓，儲君賴無危。況有開天功，軒冕棄如遺。嗟哉有鄙夫，頂足蔽塵泥。拖金連曳玉，焚熟黄粱時。苟可得富貴，泰華亦堪移。世運有代謝，人生貴知幾。無令污簡編，千載使人悲。

瞻彼紅雲中，美人如初陽。曈曈本無滓，離照入幽荒。六龍稟乾健，九耀聽天綱。梧松蔚華春，鳳鳥鳴彼岡。好音應簫韶，直幹翼明堂。三風與十愆，潛消生瑞祥。但恐淒淒風，烟雨忽冥茫。中夜不能寐，感激歌聲長。

春甲子微雨

冥冥細雨暗如塵，撫景人情有嘆呻。江氣浩連千里白，燒痕纔入四圍新。詩因雲黑精神動，酒對簷花次第陳。欲把漁竿滄海去，一蓑一笠最宜人。

謝李三用恕招飲

一杯餉我是羅浮，况復淹留夜未休。歸路雪花吹兩鬢，辭鞍月色上西楼〔2〕。人因文字尋常會，語欲江河萬古流。何日從容熟湖寺〔3〕，長風短屐一同遊。

寄余舉人端卿

强絆虚名老歲華，此身剛寄順流槎。千岐萬轍知何變〔4〕，□問還須到白沙。

夏秀才偶然見訪

偶爾推篷見白衣，滄江鷗鷺兩忘幾。好留菰米湖邊□，□月仙槎我欲歸。

答陳舉人廷信次茂卿韻①

風波笑指且淹留，日日江邊共倚楼。長笛入雲和郢曲，一言關我到

① 按：李承芳之詩爲："東風忽遇青雲客，明月同登黄鶴楼。天壤悠悠吾輩在，烟波耿耿此名浮。度江梅柳逢三月，對酒花枝計百籌。相引欲爲天下獨，殷勤無惜五羊遊。"見《東嶠先生集》卷二《次韻漢陽陳舉人廷信》，四庫存目補編第75册，第265頁。

羅浮[5]。論交此地無多伴，人物他年第幾籌。記取定山詩句在，敢言千古兩人遊。

贈樂平彭忠秀才時忠歸自泰州

□□峯前杖屨隨，喜看信古後來儀。好風柳外添詩興，氣□□□落硯池[6]。望若神仙非此輩，頹然康節欲歸時。忽□□別無餘話，坐看浮雲迹自奇。

胡義官送米

□□東游意已濃[7]，何須一斗□□□。□□便覺精神健[8]，好上飛雲第一峯。

古體乾送米

前日殷勤見酒壺，贈行□□□□□。□□□□同飡案，直到陳公一草廬。

上桃花灘

桃花灘頭春水生，香風吹浪曉霞明。尋源欲上漁舟去，對景那能忘却情。

途次野宿思大崖

数聲雲裏仙家犬，一喔霜前客舍雞。自笑聽雞忘底事，好隨仙犬試刀圭。

偶成二首

人閒愁日促，我閒知日遲。欲起爲君舞，知君方路岐。

洞口雲微散，天心月倍明。山河總無外，蓑笠有餘清。

湖邊看柳寄雷長甫深甫三首

坐看青青柳影偏，湖邊意思日如年。往來不繫行人馬，留取長條拂地烟。

種得垂楊幾个新，風光占断大湖濱。青青眼孔閑開處，看盡東西南北人。

門栽五柳是陶潛，我種三三兩兩添。漸漸緑陰遮得徧，酣酣老子睡來甜。

寓白沙寄藎卿弟南京①

鶯花辭鄂渚，荔雨對江門。世味真成冷，權鑪敢旁温。憧憧偏爾夢，耿耿共誰論。早晚扶吾步，羅浮月可捫。

送張進士廷實赴京兼柬六弟藎卿〔9〕

小弟經年客帝畿，他鄉送客更依依。江門見月還相憶，馬上逢春且莫違。時止時行惟我遇，花開花落也天機。鳧鷖本是江南鳥，脛短難隨

① 按：李承恩，字藎卿，號貞軒，李田長子，甲辰登進士，生天順己卯六月二十九，卒弘治丙辰八月二日。

北雁飛。

周文都曝日臺次石翁韻二首

接景扶桑幾級脩[10]，兩間和氣坐來收[11]。便同天上藏春窟，不比人間近水楼。玉宇高寒思斧扆，雲臺寂寞笑封侯。于今招我登臨去，白髮烏紗第一流。

眼中培塿是輿臺，幽思凌高不易回。天地一時歸獨步，鳳凰千載看重來。霜横橘柚村村暮，山似芙蓉面面開。我欲半肩分岱嶽，爲君添作最高堆。

石翁以詩送東坡荔次韻二首

赤壁山前醉老坡，洞簫声断月明多。從來世味酸甜甚，不奈胸中杞菊何。

香名散作百東坡，南海于今第一多。正似德星相聚處，不須指點是誰何。

風雨偶成

苦雨終風轉接連，千岩秋氣百重泉。春深杖屦尋源外，夢到山林抱犢邊。海賈不知波浪惡，松齋應賴堵牆堅。何人與問張東白，乞取藤蓑下釣船。

石翁雨中見訪①

涔涔長霤断還連，山月無光照響泉。翁着短蓑尋我處，天留小景落詩邊。不知肉味愁何在，但枕松根卧亦堅。擬踏扶桑望長夏，便從碧海駕飛船。

次石翁寄李憲副若虚韻呈石翁二首②

聯步溪橋看水生，中庭望月幾回傾。江山都與客情好，去住那知天道更。燕市有金收駿骨，腐儒無策獻皇明。向來孟浪都何意，欲逐秋風起北溟。

長空焰焰火雲生，欲挽天瓢翻倒傾。何處一凉消病骨，閑人千雪坐殘更〔12〕。氣周寒暑應天道〔13〕，地轉東南對月明。百尺珊瑚堪一倚〔14〕，先生袖裏有垂溟。

石翁月下懷予南山之遊次韻奉答③

連朝偶别陳夫子，兩度高吟問長卿。我未題詩愧孤嶼，公能着眼極雙清。無邊意愜闕飛動，有底愁來損性靈。更許銕橋共吹笛，遺音不遣外人聽。

---

① 按：陳獻章雨中訪李承箕之詩爲“南北東西眼欲連，簷頭風雨夜鳴泉。天低鄂渚衡山外，人在江門海水邊。愛酒時時同李白，論詩稍稍到庭堅。故人解致西山鳳，想脱漁蓑上畫船”。見陳獻章《陳獻章集》卷五《次韻李世卿雨中》，中華書局2008年版，第439–440頁。

② 按：李承箕所言陳獻章之詩，即《與世卿閑談兼呈李憲副》，見陳獻章《陳獻章集》卷五，中華書局2008年版，第440–441頁。

③ 按：李承箕所言陳獻章之詩，即《月下懷世卿時在南山》，見陳獻章《陳獻章集》卷五，中華書局2008年版，第441頁。

次韻張東所六首

江梅只好照江波，過盡行人不姓何。昨夜高楼醉明月，萬株楊柳一声歌。

霜豪日禿兩三枝，茗碗初澆六七時。見説黑頭蒲澗客，只捋明水當傳巵。

又寄芙蓉八九枝，美人相見定何時。新秋不赴匡山約，猶有黄花待舉巵。

江上秋風脆柳枝，一庭松月鶴歸時。眼前詩景何人共，我影還須對我巵。

宓妃侵曉出江波，水國陰寒今若何。織得錦衾無路寄，暗蛬如訴又如歌。

高才瑞錦與秋波，滿眼鉛刀奈爾何。頗覺良工心獨苦，相親只有紫芝歌。

讀林公待用奏疏[1]

刑曹有個林員外，白日霜臺奪得秋。天地豈無公議在，安危還着小臣憂。西來不宿招提境，南去還經杜若洲。我有洛陽年少淚，西風怕上漢江樓。

滄　洲

海上微茫第幾關，滄洲元不落人間。鄰家白酒往來醉，函谷青牛早晚還。方瞳下瞰都無際，鉄鎖高垂不可攀。湘中老人君不見，至今忘却在君山。

謝石翁惠暑布青白各一事

漠漠纔頒烟穀新，盈盈又見藕腸匀。服裁寬博儒家稱，心括乾坤老子真。拖曳王門成底事，飄翩白馬竟何人。乘風我欲臨沂水，笑是狂夫第二身。

① 按：林俊（1452–1527），字待用，號見素，莆田人，著有《見素集》。明代何喬遠《皇明文徵》卷十七録《讀林公待用奏疏》。明楊守阯《碧川文選》卷六《林都憲小像贊》"都憲林公待用，自爲秋官時，以崇正擊邪，至下獄謫官。未幾牽復，遂屡遷至按察使，又以持正不阿引疾致仕。久之，召爲布政使，不起。後起都御史，不得已就職。忠讜氣節爲當今第一流人物，文章刑政又其餘事，盖孔子所謂大受也。公於予爲同年友，閒出其畫像半身小影視予。予爲之贊曰：蟬其冠，其容之端，冰清玉寒；豸其服，身不枉曲，惟知邪之觸。雖未見其全體，而僅出其半，已使人至不敢仰視，俯首而慚汗，第不知其腰以下，視古人之寸度何如？若復盡其全體，以悉其步趨，則當見其奔軼絶塵之勢，可以接武皋夔，躋世唐虞，與八元並驅，而寘四凶於必誅者歟！"（民國四明叢書本）。

題伍伯饒萬松軒次石翁韻二首①

碑留千古句，人在幾層山。上下青牛背，婆娑緑樹間。從來無吏迹，何處媚奴顔。莫上柴門鎖，留吾一往還。

借宿萬松軒，深深一華山。和光無柳下，剩住且人間。境絶高人意，塵封俗士顔。我心灰便得，無去亦無還[15]。

山房偶題呈石翁五首

誰謂松齋一左偏，翛然隙處是神仙。詩邊竹粉沾衣潤，坐上蟲絲到地懸。薄俗無交閑似我，療飢有米大如拳。石翁也説周居士，卜此幽懷頗有年。

眼底清羸鶴與偏，臨風只好伴胎仙。玉簫声裏春常在，白石溪邊影自懸。興入滄溟天似水，醉題厓石字如拳。傍人笑我無巴鼻，留滯東南已判年。

東偏賞遍復西偏，象外神遊物外仙。雪案書猶千卷在，草堂琴又一秋懸。掃空逆境都無夢，打破名關別有拳。名姓偶題牕下竹，等閑不記往來年。

柴門烟水逐江偏，門外芙蓉映水仙。風雨忽拈鄉思起，門閭剛奈母心懸。愁多欺客惟高枕[16]，吟苦搔頤謾一拳[17]。買得藤蓑剛著好，瀟

① 按：陳獻章有《萬松草屋》："南山愛夫子，夫子愛南山。孤鶴去千載，萬松棲半間。無愁催白髮，有藥駐朱顔。夜半風雷作，龍來問大還。""畏途千百轉，回首見諸山。若個幽求子，結茅松樹間。希夷歸華頂，黄綺在商顔。分我青精飯，從君亦不還。"見陳獻章：《陳獻章集》卷四，中華書局 2008 年版，第 356 頁。

湘歸去及新年。

大崖自古最幽偏，不借時人只借仙。老去一僧還面壁，我來孤榻已高懸。鉄橋亭下泉如醴，秋雨簷邊栗迸拳。木鑽石盤心未了，敢論渠透是何年。

次韻石翁灯下閲李孔脩詩偶成絶句二首①

昨夜新凉入敞帷，手攤詩卷坐移時。江湖滿地秋來興，消得漁翁一首詩。

天津橋畔尋芳處，安樂窩中詠物時[18]。莫笑堯夫無好句，堯夫非是愛吟詩。

李承箕集卷一終②

① 按：李孔脩係陳獻章弟子。

② 按：清鈔本卷一終處有落款爲“嗣孫李昌大録”；卷二下有落款“嗣孫正蒽、正蒨重輯”。正蒨爲李占解之子。

【校記】

〔1〕清鈔本“少”作“公”。

〔2〕清鈔本“辭”作“綺”。

〔3〕清鈔本脱“何日”。

〔4〕清鈔本脱“知何變”。

〔5〕清鈔本脱“關”。

〔6〕清鈔本“氣□□□落硯池”作“斜日槐陰落硯池”。

〔7〕清鈔本“□□”作“悶起”。

〔8〕清鈔本“□□”作“加餐”。

〔9〕清鈔本無“兼”。

〔10〕清鈔本脱“接”。

〔11〕清鈔本“問”作“間”

〔12〕清鈔本脱“人千雪”。

〔13〕清鈔本脱“周”。

〔14〕清鈔本脱“珊瑚”。

〔15〕清鈔本脱此首。

〔16〕清鈔本脱“欺”。

〔17〕清鈔本脱“揁”。

〔18〕清鈔本脱“詠物時”。

李承箕集卷二

用茂卿兄韻呈定山先生

紛紛歧路竟何之，我且東行住少時。春好一年留酒國，花殘兩度見辛夷。夢隨莊叟迷蝴蝶，醉過山翁倒接籬。何日杖藜期度嶺，江門無地不宜詩。①

用前韻二首

江邊一樹秋來碧，階下群螿日暝時。物意涉窮終變動，山形臨海盡平夷。逢人每弄一長篴，食力能消幾漉籬。明日西遊玉台寺，半醒半醉又題詩。

可無健策撫長路，尚有青天似古時。潦倒自能隨大化，分明聊復對鴟夷。海山佳處常當面，蔬筍秋來又繞籬。滿眼教誰知此味，襟懷披豁正須詩。

---

① 按：陳獻章《白沙子》卷八《讀茂卿次韻呈定山先生詩有夢入羅浮之句用韻寄答，時世卿在白沙》："鶴避茶烟信有之，買田招鶴是何時。百年睡息深華岳，九曲歌聲断武夷。有客到齋言種樹，呼兒插柳當編籬。誰知萬里東橋月，夢破羅浮亦有詩。"（四部叢刊三編景明嘉靖刻本）

次韻石翁寄容一之圭峯三首[①]

清秋望不極，楚客思無邊。得句雲歸岫，開尊月上弦。坐平臨海石，飲足在山泉。歸面垂厓壁，從頭又幾年。[②]

何處無膏火，空門借晚凉。天機來滚滚，人世去堂堂。詩酒休相絆，形骸且獨藏。青蓮李居士，獨認醉爲鄉。

歸雲封断石，宿鳥望高岑。南極孤光動，西風一徑深。閉門依古刹，燒葉掃枯林。妻子知吾意，餘生欲稱心。

題圖新書屋壁

村北園林一徑通，小菴高坐每從容。風光着處閑拈弄，塵土從前盡掃空。雲外数峯今轉瘦，天心孤月本來公。夜凉徙倚芭蕉下，新葉新心展向儂。

宿龍興寺用前韻三首[③]

掩口有人還自笑，厭煩無事落人詩。頗知野老仍争席，謾説伊川不喫茶。霧暗山林玄豹宅，月籠沙嶼白鷗家。塵緣已断非今日，天女從教一散花。

---

① 按：陳獻章《陳獻章集》卷四《寄容貫圭峯》："西風扶策上，病骨快新凉。乞米分僧飯，聞香過梵堂。閉門秋竹静，語鳥暮鐘藏。浩浩蒲團上，還同在醉鄉。""落日荒臺上，疏松古塔邊。身休論出世，趣欲到無弦。峯閣初生月，渠通自到泉。西庵憑借問，許住過殘年。"（中華書局 2008 年版，第 365-366 頁）

② 按：此詩又見於張豫章《四朝詩》明詩卷五十四五言律詩五，文淵閣四庫全書本。

③ 按：湖北省圖書館本目録爲"二首"。

安公子在海天涯，招手清塵一笑誇。興入混茫因得伴，人從來往謾分茶。亡羊世路知何處，走馬朝昏夢裏家。宇宙可能無默識，朝榮夕瘁幾風花。

九日陳廷息以詩送酒

領得青尊白雪詞，夕陽酩酊放歌遲。無錢對菊當年恨，作客凌高此地誰。滄海浮雲飛欲斷，青天高帽影從欹。茱萸酒盞尋常事，淺與人間作後期。

借前韻催容雲泉昆季和詩後期者罰

貪愛青山坐不辭[1]，烟岩漠漠書遲遲。想無腳迹輕於我，試問禪心定似誰。高卧一蒲靈籟寂，醉題数紙墨行欹。主人明日何人是，載酒蒸糕會有期。

奉和石翁江村晚望見懷二首①

湖海身須遠，塵埃步不前。背人惟野寺，當酒只山泉。拜賜篇章富，平鋪水月連。好懷違咫尺，暝色下長川。

羈棲如客燕，豢養果神龍。偶托東南迹，無妨踏颯風。久遊穿客履，時食近僧鐘。麄糲須吾輩，能無自詡功。

---

① 按：陳獻章《陳獻章集》卷四《江村晚望，寄世卿圭峯》："一望一延緣，諸山進目前。鄉邦無一老，知舊半重泉。黄葉寺旁下，白雲池上連。無窮幽澗水，日夜注東川。"（中華書局 2008 年版，第 366 頁）

若周訥軒以詩送果次韻

新詩小草誰與儔，乳柑牙蕉滑欲流。中邊美味我自覺，雲間風静山幽幽。

催劉針工

冬氣不饒客，荷衣已覺單。莫嫌剪刀冷，還愛夜灯殘。

題真上人雲屋

老宿心不住，青天留孤雲。上方無道友，佳氣接烟薰。不信真空迹，能教烈焰焚。淵明不断酒，猶喜共氤氲。

周文邦挽詞

天道終難定，鄉評久則知。白沙門下士，黑髮眼中誰。荆老花猶在，臺高日未移。青山杳何處，寄此一哀詩。

下黄雲再到龍興次韻石翁見寄二首[①]

拂拭心塵八九分，功成只合出黄雲。于今紫氣誰能識，笑殺青牛李老君。

留滯東南不記還，疏狂臨水更登山。夜來一枕鄉關夢，青草湖邊六六湾。

① 按：“龍興”應指龍興寺。

雨中小酌聯句時將别白沙二首

霏霏寒雨湿芭蕉石翁，短短清吟送酒瓢。萬里歸心憐楚客一之，一年無計駐蘭橈。飛鳴肯逐霜前雁箕，來往端無海上潮。黄鶴楼中吹笛罷石翁，月鳴何處夢相撩一之。

游走東南未有公石翁，真成冀北馬群空。共稱賈誼年方少一之，更説相如賦最工。獻策不曾登漢閣石翁，當壚時復笑臨邛。乾坤何處還高步箕，先到羅浮四百峯石翁。

梅花呈石翁五首

幾年不踏馬蹄塵，閑與梅花作丈人。山杯得酒騰騰醉，白幘簪花稍稍新。

月下清嚴向絶塵，玉妃原是夢中人。度江已得春消息，好把年光變作新。

老脚楳根不破塵，晚來添個楚騷人。百年此會真堪記，花正開時酒又新。

杖屦村南逐後塵，尋花誰是早來人。先生小試扶春手，詩思花神共鬪新。

揚州官閣挠秋塵，狼籍西湖不属人。看到羅浮山下路，茅簷明月数花新。

大忠祠次石翁韻[①]

崖山千古地，草木亦知欽。成敗非無筭，天人不共心。風波來得得，祠屋落深深。獨抱卧龍膝，誰聽梁甫吟。

壽陳静軒[②]

雲卧軒中一老翁，翩然緑髮更方瞳。君王欲盡幽栖處，紫水東頭又向東。

贈容憑

憑也誰家子，名家筆有神。往來何獨我，風韻最宜人。雪水知松雪，西江説縉紳。憑誰洗俗眼，平地看麒麟。

贈何子直

十日山齋了兩碑，瀧岡先表送行詩。丹青不上無揺面，刻畫都傳幼婦詞。市上偶同彈鑷隱，山中曾受石翁知。贈錢笑我無巴鼻，此事今無古亦誰。

---

① 按：陳獻章《陳獻章集》卷四《重過大忠祠》："宋有中流柱，三人吾所欽。青山遺此廟，終古厭人心。月到崖門白，神遊海霧深。興亡誰復道，猿鳥莫哀吟。"（中華書局 2008 年版，第 367 頁）陳獻章《白沙子》卷四《祭大忠祠文代丁知縣作》："儼其堂堂，沛其洋洋。是謂正氣，至大至剛。上有青天，下有黄壤。不亡者存，薰蒿悽愴。維兹仲春，謹以牲帛醴齊，粢盛庶品，式陳明薦，尚饗。"（四部叢刊三編，景明嘉靖刻本）

② 按：陳獻章《陳獻章集》卷六《壽陳静軒七十次世卿韻》："甲子如何管得翁，全無白髮有青瞳。赤泥更是遊仙枕，兄卧西頭弟卧東。"（中華書局 2008 年版，第 652 頁）

留别石翁

歲暮鄉關思不禁，世情何事去來深。孤舟纔破江門浪，一種都無世上心。歸路却愁詩有債，行纏誰怕橐無金。憑君莫話黃雲勝，水遠山長何處尋。

有懷白沙四首①

十日别江門箕，終朝憶李村白洲。筍輿炎暑路白洲，壺矢夜涼尊〔2〕。高興飛鴻外箕，豪吟老竹根。鬢毛□未白白洲，誰與共□源箕。

海國經年卧白洲，林扉爲我開。深山無世故箕，空谷見人才。潮擁江門月白洲，春催白社楳。閑來隨杖屨箕，高步出塵埃白洲。

入清遠有懷白沙用前聯句韻四首②

長路孤衾冷，蒙頭静不開。本無適俗韻，更有出群才。江繞王孫草，舡迎驛使楳。封題心已去，七竅盡塵埃。

故鄉仍旱魃，民物獨長嘆。数自窮來变，情當遣處寬。熙熙還聖世，岌岌自儒冠。來去吾何意，青山醉裏看。〔3〕

① 按：此詩題，湖北省圖書館本目録作“有懷白沙聯句二首”，是。
② 按：此詩題，湖北省圖書館本目録作“四首”，正文同，疑皆誤。此處應同底本版式爲兩首。

薄暮登飛來寺次石翁韻①

佳景留人晚亦留，本來心不解悲秋。未嫌列炬驚猿鳥，只恐高風去馬牛。老屋都無烟火氣，先生端爲利名休。白沙門第山靈識，不用山僧問所由〔4〕。

立春曉枕三首②

剛被曉鐘催破春，夢中荆布只清貧。陌頭莫看青青柳，不是封侯路上人。

湞陽峽前逢立春，呼童挑薺當迎新。屠門大嚼都無意，我是閭閻炙背人。〔5〕

寓　目

懸崖百尺高，臨江如覆斛。一箇腰鐮人，攀緣來斫竹。〔6〕

除夕韶州

坐我灘聲喧極浦，誰家歌響壓流塵。天涯造次東君面，燭底婆娑老子真。獨走四千餘里路，未謀三十七年身。乾坤到處皆爲客〔7〕，楚水中央越水濱。

---

① 按：陳獻章《陳獻章集》卷五《世卿寄示經飛來寺和予壬寅秋舊律詩復用韻答之》："山寺燃燈客欲留，客情到此淡於秋。詩篇可續還杯酒，行李無多共一牛。峽水更看東逝急，嶺猿那肯晝啼休。舊題回首今如夢，巢父猶應笑許由。"（中華書局2008年版，第446頁）

② 按：湖北省圖書館本目録作"二首"。

除夕雨

燈下影爲客，杯前我對誰。有窮安用送，涉俗便須毉。風雨倉皇到，衾裯造次移。夢魂不得着，歸去楚江湄。

絶句二首

故園不見寄來書，客路匆匆歲又除。長揖漁翁因借問，罾中或恐有嘉魚。

春已歸時儂未歸，湞陽峽路石崖巍。東君若解知人意，十幅風帆一鳥飛。

除夕懷石翁

貞節堂前燭影摇，故人誰此共殘宵。遥知一盞臨春酒，筭我遊程已到韶。

元旦雨寓韶州用前韻二首

船背雨聲方作春，曉來清眼浄無塵。古榕根底一宿客，新曆中間半節人。覇柄已看調玉燭，鶯花聊得醉吟身。疏狂到處都無用，尋得芳菲此水濱。

蓬頭我自愛清晨，來擊春江浴硯塵。奔走衝泥無健步，升平隨處作閑人。灘頭活動半篙水，天際悠揚一片雲。春思曉來禁不得，一歌一舞曲江濱。

白洲李憲副同予至西南驛三宿而往廉巡視珠池時盜珠者已遁，詩寄白洲

使星纔照西南路，明月相隨還舊池。海賈不須憎已去，故人因得坐偏遲。一回聯步好山曉，幾夜接茵殘燭時。從此□龍與麋鹿[8]，不知何處夢追隨。

到南雄

一尺雨餘水，千尋雲際山。寒潮無氣力，送不過梅關。

鄉夢人還楚，林音鳥滯春。遥憐故園樹，花意解逡巡。

與吉安司訓廖士希話舊

江海相逢如夢寐，形容欲記半模糊。百千世故此心在，十九年中一字無。未話便聯江上句，已酣猶擊夜深壺。江門有信憑誰寄，萬里青天鶴影孤。

望湖亭夜泊[9]

寓目[10]

李承箕集卷二終

【校记】

〔1〕清鈔本“貪”作“貧”。

〔2〕清鈔本“凉”字下皆脱。

〔3〕清鈔本脱此四首。

〔4〕清鈔本脱此首。

〔5〕清鈔本脱《立春曉枕》。

〔6〕清鈔本脱《寓目》。

〔7〕清鈔本脱“到”以前内容。

〔8〕清鈔本“□”作“變”，疑誤。

〔9〕目録中有此条目，内容脱。

〔10〕目録中有此条目，内容脱。

李承箕集卷三①

次韻馬公午日見寄

破瓢風外已高懸，何處還堪放酒船。老興不曾緣俗客，佳辰更是賴豐年。坐深水竹渾無暑，月好溪門欲上弦。憶昔南湖同畫舫，新荷細柳對田田。

馬公登大崖次韻

爲愛仙詞第一篇，渾無言語了如禅。大崖不落人間寺，膏火還消石上泉。洞口留來曾幾日，馬蹄歸去動經年。使君不比閑居士，主管山林未有緣。

次前韻憶石翁

詩傳南海十三篇，妙語何人誤作禅。足迹不嫌居寺老，眼精長送出山泉[1]。登臨風雨自今日，笑咏東南憶往年。何處羅浮山下路，烟霞蓑笠獨攀緣。

送馬公膺召之京

道有能行樂，人知恐未真。徵求遭聖主，儀表驗斯民。地切炉烟

① 按：清鈔本卷三下有落款“嗣孫正蕙、正蒨重輯”。

細，雲移帝座春。何年看繡斧，東海一遊巡。

眼忽花二首

衮衮玄花似隔塵，紛紛阿那是輿薪。青衣瞳子本無恙，白眼先生詎有嗔[2]。書懶泛觀須此病，詩從默識也通神。不知真个誰醫得，諱疾元非我輩人。

手摩刀斧欲生塵，眼暗遲違事采薪。世路西東渾不錯，時容好醜竟何嗔。蕭疏只聽風吹葉，料理應思酒有神。便好醉鄉同漠漠，不知朝士與山人[3]。

次韻寄九峯霄上人

不倦東遊一瘦軀[4]，藤稍七尺遠相扶。入門老衲渾如舊，戴髮閑人欲共居。倚樹殘紅明晚照，繞籬新緑足秋蔬。壁頭何處還堪面，若个仙風果不如。

再次韻奉答沈仲律先生二首

達人何處寄形軀，老栢叢中步亦扶。只見有天皆静域，不妨到處與群居。高情愛我生毛髮，世味甘誰共草蔬。卧聽天風吹翻翻，無由插羽欲何如。

遊九峯歸路口占二首

本愛九峯寺，只當官路頭。種松無歲月，繫馬有淹留。誰不因心住，吾能與世浮。大厓山月上，員缺不知秋。

載酒一登臨，無人得共斟。白蓮何處社，元亮此時心。眉豈愁能皺，機從話最深。蕭蕭吹滿耳，黃葉助孤吟。

用韻呈郭先生

獨立風前笑此軀，蕭蕭疏影若爲扶。寒流石上常晞髮，寡鶴群中舊卜居。下土人堪秋又旱，上盤我信食無蔬。虎頭骨相元何有，萬里縱橫愧不如。

郭先生以詩招飲不赴次韻奉答二首

荆楚才華古亦常，誰將浮豔賦高唐。而今澤畔行遊處，聽得漁翁讀九章。

青蓮居士出無常，可惜風流只在唐。何處黃金鑄知己，湖邊有个賀知章。

游大崖懷石翁二首

白布輕衫過膝長，飄然還展此高岡。山形不與人今古，春意如薰我在亡。兀兀林陰無綽略，聊聊花下稍清狂。人間好景皆心醉，安得堯夫共一觴。

年來心迹頗雙清，我借山名山亦名。舊榻又留今日卧，好人不枉一回生。半開花底閑扶步，全活溪邊一洗觥。俯仰便堪終老去，意頭分外不曾萌。

漫興三首

點筆謳吟暮自朝，輕投未便是班超。風情不了猶詩卷，春雨無端又藥苗。寂寂一床閑白日，蕭蕭萬木閉玄枵。乾旋坤轉無窮意，只靠陳編恐不消。

晚雨霖頭細復麄，騣騣寒氣上肌膚。天無私覆該隨分〔5〕，母有從兒事豈徒。擁篲欲收霜後葉，閉門且待日中烏。圍炉飲水隨時足〔6〕，不愧人間作丈夫。

呼牛膺馬我何情，角本無端色未騂。俗慮不曾教夢破，小心到此與誰争。冥鴻杳杳秋天遠，岩桂陰陰夜氣清。只此柴門供徙倚，百年元不負平生。

答縣主召赴會試

月色下西轅，陽光轉東軸。大化不曾停，吾心能汨没。渴不飲濁流，飢惟燒楚竹。坐愛淵中魚，眠喜山前犢。風霜互慘悽，敝衣寒露肉。落日躬采薪，崎嶇歷榛曲。稍稍夜執經，侵侵晨作粥。舊書易過眼，牟米苦難熟。高堂老一親，不願兒出屋。妻孥知此意，肩赬供水菽。和風送東來，陽坡與種粟。天道早豈常，瘦田復栽穀。身憑大化遷，但願終無辱。

新年郭先生惠香并茶次韻奉答二首

閉門高卧又新春〔7〕，何處茶香到水濱。老去風情都汗漫，眼中人品獨清真〔8〕。玉皇案畔焚香吏，金鼎中間换骨人。想不肯同塵世樂〔9〕，懽娱膏火競黄昏。

我亦忘吾有姓名，悠悠臘盡又開正。春風花上詩全欠，夜雨池中草自生。短髮不爬無日数，孤雲閑卧又天明。堯廷不屈巢由膝，不是君王太薄情。

次韻奉答馬公見寄

水邊笑我影偏寒，馬上逢君背不单。弹壓風光聊力量，周旋世路要艱難。放開心去都無物〔10〕，荷得囊來只有蘭。雖甚孤高誰管得，未論湖海與長安。

次韻奉答吉安司訓廖士希

笑向人群得遽離，百年蹤迹是君知。清朝目昔能容拙，故舊而今大欠詩。入眼鶯花長活計，任吾意思更妻兒。田廬造次移長步，遠只山阿近水涯。

次韻李二守題壁

落手牽繩一把收，東西南北任青牛。有時飲水荷花渚，聽徹漁歌在小舟。

夢題壁

染就鵝溪絹，黑雲生水面。莫寫春令圖，徒令管蔡見。

次韻留别魯宗泗會試二首

雨晴霜冷自湘江，閑弄漁舟影亦雙。只我不曾思用世，諸公何處問爲邦。風連鵁鶄那能住，心落江湖未肯降。滿地蒹葭還笑我[11]，頽然無語對蓬牕。

門外溪流曲似江，鵁鶄鸂鶒静雙雙。人情何事光榮鳥，客分都移父母邦。涉世未曾思熱鬧，全身今脱得投降。喜從短日歸長日，穩坐南牕與北牕[12]。

次韻寄新喻貳教李用勇

江湖我是曾來往，塵土何由上布衫。脚迹如雲收萬里，眼光隨電過千岩。大厓孤榻還依舊，赤壁虚舟不着帆[13]。欲問而今居士意，百年居士是頭銜。

寄呈石翁二首

江門閉却閑來往，着我婆娑一破衫。風景豁能薰醉眼，桃花飛不出幽岩。玉臺坐遍三秋月，滄海移開幾處帆。恨不得如春燕去，香泥長繞畫梁銜。

腹有黄精一兩函[14]，身無完處箇青衫。扶來緑玉過眉杖[15]，跳入青天絶世岩。滄海百年還老興[16]，清風何日更孤帆。經年四百峯頭信，望盡高鴻不見銜。

縣主招飲不赴兼呈郭先生

風吹桃花渡溪水，來點山人白葛衫〔17〕。笑我尋春眠酒甕〔18〕，教誰辟穀共烟岩。莫嫌懶慢頻公燕〔19〕，只恐喧呼又使帆。颯手神仙風鶴上〔20〕，了無塵土與羈銜〔21〕。

用韻寄答漢陽夏秀才

雲霞不着天孫管，片段都裁野客衫。未趂五花人駿馬〔22〕，輕籠雙袖老重岩。孤雲長杳晴川樹，懶我休移夏口帆〔23〕。記得往年相會處，桃花新水岸相銜。

再寄石翁

青螺坐對窗前岫，紫褐行披雪下衫。一點魂飛滄海表，兩年苔鎖翠微岩。風情頗解憐佳景，春色何曾逐去帆。宇宙百年同此日，清光東吐復西銜。

喜晴約客遊大崖

爲愛雲邊日出函，賞心剛欲典青衫。一春好景都無幾，萬仞飛仙尚有岩。搭颯影臞同寡鶴，扶摇風信是征帆。誰家碧酒春如海，綠玉杯前次第銜。

用韻寄呈縣主

舉世由來亦愛名，况逢佳節啟元正。山中得句供春事，堂上迎新愧後生。拂曉東風吹帳滿，隔年殘雪報牕明。獨隨大化相流轉，不繫人間去住情。

聞　雷

天際陰晴氣未匀，一床聊與懶相親。方濃睡息千山冷，忽共雷声萬里春。澤國水漸徐浩蕩，山城花意不因循。出門料理春田事，篛笠蓑衣恰及辰。

蒲圻黄公養德以詩見懷次韻奉答二首

荒徑西風吹菊枝，長官不肯折腰時。至今桃李花前酒，誰不瞢騰不自知。

門前草色與花枝，淺緑深紅自四時。只有春光解相惜，不曾相舍最相知。

用韻寄奉郭先生

黄犢閑騎任所如，朝遊溪曲暮山隅。欣欣隨意群芳滿，弄弄無腔一笛孤。開眼侭多閑世界，蓬頭自好稱童奴。而今打伴青牛去，何處乾坤不可娱[24]。

途次遇孔文昭少留别墅

人間何處不匆匆[25]，未老偷閑不負儂。天上陽春隨短屐，道傍瘦馬愛孤桐。逡巡又醉東山酒[26]，來往須流故國風。别有孤雲高閣在，誰能辟穀遠相從。

同縣主遊赤壁次韻三首

一聲歌動白雲秋，何處官舟並釣舟。老我不曾關世事，離人真得與天遊。頭無白髮三千丈，腹有黃精一兩甌。終古存亡誰省記[27]，聊將吟弄此悠悠。

江湖何約共清秋，偶下山來亦放舟。雲石幾年還獨卧，水花今日忽同遊。笑看人世青山暮，醉倒仙家碧酒甌。懶我臨厓還吊古，陶然一枕自悠悠。

春與花飛月與秋，招摇女伴木蘭舟。堯天蕩蕩都無外，家法囂囂肯好遊。病不辭行歌澤國，飢還解取漱冰甌。笑指征鴻高一點，青天盡處影悠悠。

送魯宗泗分教温江[28]

我不臨江一送行，極知懶慢是平生。風吹高帽絲絲冷，月向巴山夜夜明。杏樹壇邊人獨坐，桃花香裏蝶無情。西來雪嶺當書案，萬仞高寒逼太清。①

把菊三首

典卻青衫不記貧，一杯分付與花神。而今只有花知道，不是東西南北人。

---

① 魯儒（1459–1554），名宗泗，號願齋，嘉魚人。1489 年鄉試舉人，1490 年授四川温江縣教諭，1492 年任温江縣知縣，其事迹參見《嘉魚縣志》（湖北省嘉魚縣地方志編纂委員會編纂：《嘉魚縣志》，湖北科學技術出版社 1993 年版，第 930 頁）。

籬落寒花吐晚烟，采花人倚沉寥天。一花一咏江門路，如此風光憶往年。

笑倚秋風碧玉欄，人間臭味不相干。移牀獨傍秋風裹，不覺風吹破葛单。

結草屋

眉上群峯皆竦拔，脚頭活水更週遭。風情老不慚魚鳥，露宿悠然共草茆〔29〕。世外行藏真有此，人間富貴恐無勞。疏慵不是争聲價，任説低時與説高。

雨稍止

斜倚孤篷坐欲癡，疏風殘雨此溪湄。誰能俯仰都無累，自與身塵了不知。隴上腰鐮堪送老，年來樂事肯求奇。忽看霽景平蕪外，不悮堂前給午炊。

苦雨二首

何處還消我，無勞却睡魔。百年高足樹，不盖短宜蓑。過午撼童子，到牀衝白波。郊人具舟楫〔30〕，□□□西河〔31〕。

向人三日雨，袖手一雲衣。隴夢餘秋事，陰虹襯落暉。溪深飛鳥絶，村遠夕烟微〔32〕。欲借高原宿，人家盡啟扉。

李承箕集卷三終

【校記】

〔1〕清鈔本脱“精”。

〔2〕清鈔本“詎”作“誰”。

〔3〕清鈔本“士”作“上”。

〔4〕清鈔本脱“不倦”。

〔5〕清鈔本“該”作“皆”。

〔6〕清鈔本“水”作“酒”。

〔7〕清鈔本脱“閉”。

〔8〕清鈔本脱“中人品獨清真”。

〔9〕清鈔本脱“肯同”。

〔10〕清鈔本“開心”作“心開”。

〔11〕清鈔本脱“還”。

〔12〕清鈔本脱“日，穩坐南窗與”。

〔13〕清鈔本脱“舟”。

〔14〕清鈔本脱“一”。

〔15〕清鈔本脱“玉”。

〔16〕清鈔本脱“還”。

〔17〕清鈔本脱“點山人”。

〔18〕清鈔本脱“眠酒甕”。

〔19〕清鈔本脱“懶”。

〔20〕清鈔本脱“使帆。颯”。

〔21〕清鈔本脱“土”。

〔22〕清鈔本“未”作“來”，脱“人”。

〔23〕清鈔本脱“夏口”。

〔24〕清鈔本脱“處”及“不可娱”。

〔25〕清鈔本脱“處不匆匆”。

〔26〕清鈔本脱“愛孤桐。逡巡又醉”及“酒”。

〔27〕《同治重修嘉魚縣志》卷十二《赤壁》（李承箕）“省記”作“記省”，

江蘇古籍出版社 2001 年版，第 346 頁。《嘉魚李氏族譜》第九册卷五《赤壁》（李承箕）亦作“記省”，世祀堂咸豐八年合修本。

〔28〕按：《嘉魚魯氏宗譜》卷二十四作《贈顧齋分教温江》，民國二十四年魯氏六修族譜孝思堂本。

〔29〕清鈔本“露”作“雲”。

〔30〕清鈔本脱“楫”。

〔31〕清鈔本“□□□”作“相惜廼”。

〔32〕清鈔本“夕”後衍“陽”。

李承箕集卷四

石翁意予會試京師次韻奉答一首[①]

天南杳杳雁行欹，天北書來春暮時。閑坐白駒芳草地，長歌滄海老人詩。江山本自難相負，才調何曾有不羈。門外白雲嘗閉客，獨閑猶勝橘中棋。

田邊午餉遲用韻一首

荒田数畝熟湖東，老屋南邊一望中。每向烟生憐饋婦，不知日影下疏桐。肝脾少醉花間露，襟袖高承燕子風。欲識龐公百年意，惟餘妻子得相從。

次韻寄張東所一首[②]

長風吹日欲西欹，仙子相扶半醉時。黄鶴楼頭凌倒景，赤闌干外不留詩。要知弄月吟風伴，肯被浮花浪蕊羈。忽聽天公發長笑，留侯輸了一盤棋。

---

① 按：陳獻章《陳獻章集》卷五《憶世卿廷實用寄景暘韻》："東西垣竹影交欹，坐到芭蕉月上時。何處塵蒙春試馬，壁間苔没舊題詩。一杯脱粟吾將老，萬里長風子可羈。别有樵夫來歇擔，晚涼松下一殘棋。"（中華書局 2008 年版，第 447 頁）

② 按：張詡（1455–1515），字廷實，號東所，南海縣人，成化二十年進士（1484）。陳獻章弟子，著有《東所先生文集》十三卷、《南海雜詠》八卷。

縣主奉例召赴監一首

侵早誰驚宿鳥枝，柴門剥啄枕初欹。事逢舊例那能照，情倚高堂可自離。雨後苔堦秋色長，雲深菊塢曉光遲。野人本自忘幾事，只有沙禽一箇知。

奉寄蒲圻游先生一首

幾年不見游夫子，紗帽籠頭何處官。老矣明時無太息，飄然雲壑有盤桓。鶯花送酒春常在，城市移身我獨難。四尺綸巾成潦倒〔1〕，烟霞許厚不曾弹。

寄承顏弟一首①

商山白髮老垂肩，不管人間事幾年。誰説留侯能解事，留侯元不識神仙。

邑主示遊大崖記文時予在病奉答二首〔2〕

野興朝來減，柴扉啟去遲。高文驚到眼，病體忽如瑿。只慣披衣坐，終嫌對客癡。詩成關茂宰，凝立獨移時。

文章星斗上，老眼入青霄。經緯皆停當，乾坤亦理料。景從忘處會，香續坐來消。宣化東邊路，豐碑待記橋。

① 按：李承顔，李田次子，字子卿，又字孝卿，號洪崖，又號北山，生成化丁亥三月十七，卒正德壬申六月十一。

茂卿兄見寄次韻兼懷藎卿弟是日得雨二首

也輕犯手成生活，不下耕牛是設施。飲啄亦知人有分，家常曾計食無糜。弟脩白下年年政，兄辦長安日日詩。只我平生真潦倒，不知丘壑與京師。

一氣流通元不已，八方風雨會平施。秋成比屋登佳穀，釜養今年变舊糜。堂下舞衫風滿袖，閑來揮筆雨催詩。不知此意應誰會，舍瑟高人是我師。

把菊五首

秋花引我入秋山[3]，一卧秋山不肯還。惟有秋風更相惜，不吹花去到人間。

秋月只傷兒女情，秋花未必負春榮。可憐風景無人管，我欲持之朝太清。

夢裏吹簫白玉長，黄花滿口更清香。睡鄉却在紅塵外，断送紅塵日月忙。

不信籬根三兩叢，能勝爛漫遍春風。多中著脚元無数，少處須還不負儂。

四壁蕭疏不受泥，清風東去復來西。幽香冉冉薰人醉，繞舍黄花開一齊。

雷德輿爲風雨阻赤壁之遊用韻奉柬一首

冥冥風雨壓殘秋，閣住平沙萬斛舟。投老去來同一覺，乘風汗漫寄重遊。瞢騰聽雨夜連帳，起坐分茶雲滿甌。曾憶山中老居士，飡霞馭氣已悠悠。

同縣主學中諸先生遊赤壁有懷郭先生一首

斜陽高卧送清秋，不便登人載酒舟。袞袞一天看月墜，冥冥八極與神遊。幾時忽過東鄰老，盡日還傾白酒甌。引手茅山笑相約，蒼蒼高上最悠悠。

次韻茂卿兄左掖值雨一首

雲日陰晴忽轉廊，霏微疏雨點衣裳。聽來玉漏声偏細，隔断紅塵坐亦長。照眼觚稜金氣潤，繞身烟霧御炉香。虞廷幸際賡歌會，無復明朝動奏章。

再寄郭先生

坐對寒炉换夕薰，空堂木葉落紛紛。世無夢寐只居士，官逼高寒惟廣文。顧影獨隨幽澗竹，普天人托大明君。等閑炙背斜陽外，已愧無心獻美芹。

絶句一首

春來花自開，春去花自落。拍手惜花人，沉沉動春酌。

次韻縣主約賞芍藥風雨不赴十首

花枝酒盞笑平生，衝雨衝風不可行[4]。忽忽春光今已盡，十分那復一分情。

楊花落盡萍已生，好花作殿後來行。笑把一枝當我面，莫言於世苦無情。

西風吹我白頭生，笑我掉頭閑處行。分付西風花下酒，而今惟有別離情。

名花何處可憐生，引我風情處處行。不管茅簷與華屋，有情還只是無情。

與誰同死復同生，物外何人更侶行。秖有天邊一輪月，静同吾性動吾情。

千紅萬紫等富貴，富貴何人路上行，今日酒醒重到處，殘霞滿地不勝情。

庭外坐看春草生，澗底忽隨秋月行。忘却春榮與秋落，從來冷淡著心情。

床頭缸酒熟還生，把向花前不筭行。春事從今都結局，醉中消得最傷情。

滿前意思日主生[5]，物理人心一路行。霎地顛風還急雨，老來人有惜花情。

門前楊柳緑陰生，門外賞春人不行。獨上高原閑倚目，不知何處有春情。

次前韻紀夢四首

人間何處還春夢，二十四橋踏月行。遊走舊時人不見，寂寥花下不勝情。

别却春光如隔生，化爲蝴蝶繞花行。花房聊與閑來往，只有莊生了此情。

我欲住時天與住，我欲行時天與行。昨日花開今日落，塵緣相對了無情。

瘦竹稜稜氣欲生，花前水次伴閑行〔6〕。華山頂上蓮花好，萬里烟霄萬里情。

郭先生見寄次韻二首

郊居雲霧裏，我亦不知門。世路淺無迹，花溪深有源。□□還榻在，雙膝只痕存。不負門前草，凄凄舊日恩。

世事天來大，何曾到我門。悠悠萬物意，恰恰一桃源。絶粒身逾瘦，臨天影獨存。皋夔雖得地，因肯受君恩。

遊大崖次韻縣主一首

凝塵滿案閣殘篇，不管渾如一病禅。卧看日光臨隙處，閑將手叚弄飛泉。使君城裏初移步，居士山中不記年。握手匆匆成一笑，莫将妻子作真緣。

葵　花

不動塵埃出畫墻，年年爲爾惜流芳。東風到此渾無力，白酒開時也作香。蹋颯偶逢仙子醉，嬌嬈都混世人妝。比干一點心頭血，留與乾坤助日光。

寄古體順一首

不知紫陌與金街，雙脚平生一草鞋。沽酒牽羊聊免俗，卧聞疏雨點空階。

茂卿兄拜官日見寄

何許傳來一兩函，百年黄卷與青衫。前鴻羽翼秋無際，歸燕窠巢舊有岩。簷外陰晴迴晚照，江頭舒卷看征帆。夜來夢到華山頂，身似毛輕被鶴銜。

獨抱絲桐出舊函，時時拂拭下衣衫。人從氣味還相感，春到龍蛇自出岩。滿眼風光酣獨卧，空江月色浸孤帆。天機之妙渾如此，何處應官不結銜。

李三用恕偕雷松坡謁先君墓歸口占奉答兼懷茂卿兄四首

愛此群居未易群，中流樹影换朝曛。二三里外青山郭，百数年來故老墳。草坐尋常無宅處，水花分外送奇芬。石翁笑拍滄溟手，只有峯頭幾箇聞。

白鷗浩蕩自離群，寒日悲涼亦未曛。秦苑忽聞半牧地，箕山深護許由墳。人逢好事那能讓，酒滴高原亦自芬。我有此兒還足恃，嗒然不遣外人聞。

絮酒隻雞何處尋，老人心事幾年深。拜瞻禮意猶存古，分付山川却到今。杖屨濃薰仙藥氣，蹁跹還愛水雲陰。長生别此丘園路，經歲長安響佩音。

相隨艇子得幽尋，都迓桃源曲曲深。俗事纏身如隔世，薰風敵面恰來今。青山不改千年色，緑樹高懸十丈陰。便欲立雙華表柱，歸來老鶴聽奇音。

縣衙盆池蓮一莖四花縣主以詩邀賞因病不赴次韻奉答四首

懶來一月不梳頭，説與時人肯信不？報道愛花周茂叔，對花不飲也清脩。

芰荷衣掛在身頭，肯借芙蓉一襲不？只恐秋風不相貸，一函分付與靈脩。

不記連雲就水栽，水雲深處報花開。聯翩紫盖紅幢影，不是商山老子來。

浪蕊浮花我不栽，任他凋落任他開。何人肯作神仙伴，亦有華山飛下來。

紀　旱

一片青天日日開，蒙蒙卷地足飛埃。山川大處人希到，木耦祠前吏数來[7]。造次望雲頭欲白[8]，貧窮到我分還該[9]。林中説有葳蕤草[10]，這莫筠籃日幾迴[11]。

種蕎一首

早登那得有，晚熟不如蕎。荒歲聊經理，寘心謾寂寥。赬肩霜後看，白髪雨中消。斟酌前溪水，晨昏一兩瓢。

辭惠馬

老去無長步，人間不浪猜。大匡山上路，扶我瘦筇來[12]。

感　寓

峩峩飛雲峯，隱隱朱明洞。長夏松桂陰[13]，白雪梅花凍。旅人止泊處[14]，岩石不可動。强幹摧爲薪，朱實酢入甕。至寶費雕琢，支梧苦倥偬[15]。婉彼洞中人，鳴琴花間弄。芙蓉既有衣，杞菊亦有供。萬乘不得臣，九衢曾破夢。願爲東南景，流光入岩棟[16]。

雨中再遣馬一首

闌風伏雨晝模糊[17]，門徑苔痕漸欲鋪。不見緼袍人已久，獨臨秋水影相扶[18]。

袞袞香車北到天，翻翻旗影是南船。西邊好箇雲臺觀，一席虚來幾百年。

招飲不赴三首

病怯城中酒[19]，愁連江上雲。一声羸馬急，喚醒未歸人。

幾日城中雨[20]，思歸未得歸。家人偏解事，騎馬送蓑衣。

閑如醉鄉里[21]，不知西與東。此心無住處，直欲寄虚空。

感興一首

無無不妨同，有有翻嫌獨。引袖拂瑶琴，希声振林木。

移居一首

好山忽謾得黄公[22]，靡靡旁圍一畝空。也有園池如洛下，已使好境似環中。紫駝褐帶高霞氣，白鼻騧嘶空谷風。杳杳心期千萬里，幾回折断海之東。

左童復之京寄茂卿兄一首

不獨种家母，憐兒出翠微。孤灯明白髮，雙泪濕青衣。黄葉露纔下[23]，歸鴻春又飛。不才餘叔子，詎守故山薇。

同震卿兄承嘉弟李珩秀才泛湖有作寄答秀才

秋盡湖波不肯乾，扁舟聊此汎深寒。我衣似雪山山白，君貌如花樹樹丹。野水縱横機與活，浮雲舒卷夢中看。黄公山下湖西口，容膝而今亦易安。

承顔弟違鄉約堂兩會九日往城中風雨懷之

蓑衣木屐未曾乾，惟有兄知老弟寒。客舍夢醒還聽雨，胡麻飯足不求丹。誰家花有重陽好，何處人曾下馬看。婚嫁眼前真我事，一封書又下長安。

登鳳凰山觀同雷松坡李息陰

偶乘雲水興，來上鳳凰山。高視無人見，千秋去不還。

訪李三用恕不遇一首

雲水心情老更真，草茅結局大湖濱。我忘鷗處鷗忘我，元是無機路上人。

李承箕集卷四終[①]

---

① 按：清鈔本此處落款爲“嗣孫李必大録”。

【校记】

〔1〕清鈔本脱“綸”。

〔2〕清鈔本作“縣主示遊大崖記文”。

〔3〕清鈔本脱“入”。

〔4〕清鈔本脱“可”。

〔5〕清鈔本“主”作“生”。

〔6〕清鈔本“水”作“酒”。

〔7〕清鈔本脱“前吏”。

〔8〕清鈔本脱“頭”，“欲”作“似”。

〔9〕清鈔本脱“貧窮”。

〔10〕清鈔本脱“還該。林中”及“有葳蕤草”。

〔11〕清鈔本脱“�藍”。

〔12〕清鈔本脱“瘦”。

〔13〕清鈔本脱“桂”。

〔14〕清鈔本脱“泊”。

〔15〕清鈔本脱“支”。

〔16〕清鈔本脱“岩”。

〔17〕清鈔本脱“闌”。

〔18〕清鈔本脱“臨”。

〔19〕清鈔本脱“病怯城中酒”。

〔20〕清鈔本脱“幾”及“城中雨”。

〔21〕清鈔本“閑入”作“□人”。

〔22〕清鈔本脱“好”。

〔23〕清鈔本脱“葉”。

李承箕集卷五[①]

長沙雨中一首

春暮江湖烟水深，偶來倚棹寄孤吟。江蘺欲試騷人手，老去都無喜事心。

三月三日

爲愛春江春水深，臨風浴罷更長吟。一清虚外都無事，認得横渠敬外心。

風暖添花氣，江深净客心。船過飛鳥背，天接亂雲岑。杯酒逡巡得，滄溟魂夢深。安期千載上，覓我到如今。

長沙聞鄒汝愚訃三首[②]

萬里陰風卷片雲，山南山北不成文。楓林咫尺天猶暗，芝樹凋傷氣

---

① 清鈔本此下有落款"嗣孫正蕙、正蒨録"。

② 按：鄒智（1466–1491），字汝愚，號立齋，合州人。撰有《立齋遺文》五卷。陳獻章與其多有酬唱，寫有《贈鄒汝愚吏目》《次韻呈長官贈鄒汝愚》《鄒吏目書至有作兼呈吴縣尹》等；又《陳白沙年譜》載："弘治四年辛亥……十月，石城吏目鄒智卒於順德（年二十六。鄒智謫石城，道吾廣，有司留館坡山。其同年吴獻臣尹順德令，令邑民李焕於古樓村建亭居之，扁曰'謫仙'。辛亥卒。白沙陳公甫《追次汝愚詩》曰：'遷客一亭遺海濱，當時誰號謫仙人？花汀柳市無疆界，盡是乾坤一樣春。'《雙槐歲鈔》）。"見陳獻章《陳獻章集》，中華書局2008年版，第847頁。

亦芬。白髮何人添萬丈，蒼梧無路覓孤墳。北印山上高回首，不獨嶺南能死人。

壯年流涕對重瞳，千載應誰更此風。不死英魂天闕上，已搜奇觀海天東。圭峯樹杳春天外，濯錦江寒秋色中。宇宙砉然一長笑，西林晚照寄殘紅。

藥胡盧坐海中間，更坐蓬萊第幾山。塵世往來都錯料，誰家今古得偷閑。壺公未授長生訣，宣室寧知後賜環。只恐人間春已盡，桃花飛去不飛還。

夜泊衡山步月一首

往來帽頂月，能照往來心。居士中年計，飛雲何處岑。偷閑方恨少，寄世果能深。倚杖衡山下，寥寥慨古今。

次韻答黄若雨二首

雪裡黄精尚有苗[1]，青山隱隱路迢迢。萬鍾偶落生前手[2]，依舊還同一許瓢[3]。

骨变黄芽自有苗，九天歸去路迢迢。等閑説破人間夢，醉倒江門白酒瓢。

次韻呈石翁二首

水滿清江月滿蓑，吾鄉何處不無何。一声水調歌頭起，公起歌頭我接歌。

醉弄滄溟月一方，停波千頃弄文章。行窩無此中間好，不共先生一處藏。

次韻呈定山

自昔能相感，而今只此心。天饒滄海闊，雲卧定山深。何處清謡響，誰家白酒斟。仙風不可步，聊寄楚狂吟。

送劉東山之浙江左布政一首

眼中南海波纔定，何處西湖月又明。自古用人須此輩，而今清議也朝廷。公方大咽無雲夢，我竟長竿有洞庭。閑憶鄂王宫裏草，輪轅時與破青青。

次韻東山先生一首

一琴何處不堪容，我榻乾坤七尺同。江舘忽來今雨會，山盃又醉故鄉風[4]。心隨畫舫天邊遠，夢許梅花月下逢。昨日君山望南嶽，風濤滿地思無窮。

馬文祥見寄次韻奉答二首

紅塵隔断路難通，何處青羊夢裡逢。笑拍藜床向誰語，泠泠肌髮九天風。

欲奏鳶肩疏一通，龍顔何處不相逢。且將一斗花前酒，□洗塵心坐晚風。

次韻吳獻臣夜坐一首①

舞餘衫袖受風偏，何處逢君醉不眠。官舍幾年滄海上，酒杯半夜菊花前。也知事外風流勝，肯落人間富貴圈。笑殺楚雲臺上客，最無巴鼻了何緣。

次韻石翁飲酒一首

青蓮放浪本乘風，暫別揚州又海東。草草江門三日飲，壚頭箇箇酒瓶空。

次韻顧別駕見寄②

雙袖輕飄五嶺烟，百年此興是誰偏。古今浪計寧須我，行止那能更問天[5]。醉倒不知明月下，醒來還在落花前。聞歌忽欲尋君去，知在漁舡定畫舡。

次韻贈何子完赴會試一首③

北去誰將計日功，舟車萬里憶隆冬。長安美酒三千盞，嶺海家書一兩封。龍尾光摇金闕路，馬蹄香趁杏花風。不知此後天涯夢，還在羅浮第幾峯。

---

① 按：陳獻章《陳獻章集》卷五《吳明府約過廬山不果使人送菊酒至用世卿韻答之》："合是先生酒處偏，菊邊月下不能眠。兒歌野酌三杯後，花近藜床二尺前。大塊了空無極眼，濂溪分付小圓圈。長官解記廬山否，略欠廬山一日緣。"（中華書局2008年版，第474頁）

② 按：顧別駕即顧叔龍。

③ 按：何子完係陳獻章弟子，陳獻章《白沙子》卷二《與光禄何子完》。

題松泉爲張克脩二首[①]

濺濺澗中水，淡淡松上花。此中還著我，歲月了南華。

松根漱流水，白雲舞岩端。幽人睡方熟，不知風雨寒。

鄧俊圭之金陵留別次韻二首

夜半鶴声來枕傍，夢中人影度前岡。月隨行李千峯白，衣點秋林一葉黄。老眼開時真共老，狂歌醉後更添狂。神遊也到天峯頂，月滿東吴萬里航。

君與孫思邈，神交亦有年。嘗聞剛比鐵，又道軟如綿。老志千鈞弩，秋風萬里天。看看黄鵠遠〔6〕，一舉盡方圓〔7〕。

送蔡秀才還饒平

影净江門月，雲開昨夜天。秋光聊此對，吾道竟誰傳。窮達天終定，乾坤眼獨懸。緑袍三百輩，歲歲有常員。

半世生涯但一琴，坐深水竹幾幽潯。離鴦一去不復返，滄海千尋空自深。白日催年聊短夢，青灯暗雨幾長吟。而今忽得江門路，忘却人間不了心。

---

① 按：葉春及《石洞集》卷十一《張吉傳論》："論曰：張克脩在端州，嘗論學於陳公甫，静中養出端倪，不善是也。湛原明引《易》專直翕闢、《中庸》溥博淵泉及孟子四端證之，溥博淵泉，不繇積累，乍見入井，惻隱生焉，固知四端皆非養出，要在擴充。天地之道，動静無端，間不容髮，程子以善學稱人静坐，盖爲初基，假此捷徑，若曰聖途，恐適楚之冥山也。"（四庫全書本）可知，張克脩當是張吉。

贈鄉貢進士周京文都赴會試有序①

吾友周君文都將以明年癸丑會試禮部，古人嘗云[8]：不必仕，不必不仕。文都其不必於仕者耶？文都有母七十餘，有田數千畝，而所以願仕者，意必有在也。因其行，詩以送之。

秋風一夜灑征衣，離思他鄉自不支。雲路貼天君去遠[9]，江門看月我來遲。白頭揔有人間母，朱紱吾慚世上兒。都付窮通一杯酒，酩然天地不知誰。

楚雲臺

小橋危度澗，細路曲登臺。風月天能借[10]，江山我得來。馬圖還兆孔，鶴駕未迎回。静洗偎雲脚，前溪緑似醅。

平生楚狂意，又上楚雲臺。忽與千山會，都從太始來。橋危人不渡，沙静鳥頻回。耐可招明月，清光照玉醅。

平生無住着，何處又孤臺。脚版真如是，人間夢不來。庭陰交樹雜，草色映溪回。有個純陽子，時時共舉醅。

游梁懷往日，乘興上繁臺。艮嶽人間恨，黄河池底來。心長難着倦，日暮易忘回。孟浪今何意，頹然付濁醅。

① 按：周文都係陳獻章弟子。

楚雲臺次石翁韻五首 ①

震天風雨蔽天雲，咫尺村頭路不分。却笑龍鍾衫袖濕，坐澆簷溜洗茆君。

寒月籠沙水拍雲，水光秋與月光分。舉杯笑向波中影，何處人間不負君。

西林一抹漏晴雲，曉景相將一兩分。雲裡氤氳便熟卧，眼前長路不宜君。

誰是山人誰是雲，閑心老去不曾分。壺中日月臺中樣，笑對壺公我亦君。

白日人閑一枕雲，紅塵路出小橋分。何人謾説相尋得，户鎖雲深不放君。

求荔枝栽楚雲臺奉寄馬默齋一首 ②

頗憶君家丹荔林，兩株臺上乞如今。科頭愛對青山坐，只欠墻陰一畝陰。

---

① 按：陳獻章《陳獻章集》卷六《偕一之世卿詣楚雲臺偶作呈世卿》二首："小立三人静楚雲，水田漠漠向秋分。千峯笑指來時路，黄鶴樓前月是君。""半床明月半床雲，光景行窩到幾分。眼角東溟秋一片，邵堯夫也不如君。"（中華書局2008年版，第617頁）

② 按：馬默齋與陳獻章交往頗多。陳獻章《白沙子》卷三《慰馬默齋喪子》、卷六《問馬默齋病於其姪孫馬大年》、卷七《九日馬默齋送姑蘇酒至次韻奉答》《寄馬默齋》、卷八《重約馬默齋外海看山》《題馬默齋壁》。

颶作次石翁韻

苦雨終風去復還，楚雲如寄海中間。披披褐笑渾身濕，颸颸香飄一炷殘。未放泥塗行處脚，且開灯火醉中顔。閑牕儘好經年睡，莫問希夷在華山。

楚雲臺小集時信豐俞溥德洪在坐二首

秋天極目杳無窮，秋月傷懷語未工。且就滄溟賒月色，送君還過小橋東。

湖海相望路幾千，楚雲臺上咏秋天。而今不作西昆夢，莫記西昆説往年俞德洪嘗記予十年前詩[①]。

次韻顧通守擬歸四首[②]

上盡越王千尺臺，風吹落日笑歸來。木蘭溪上春如許，一曲鶯花一酒盃。

---

① 按：董天錫《(嘉靖)贛州府志》卷十（明嘉靖刻本）載："俞溥德洪夙有文學聲，嘗遊陳白沙門。入太學，授涇府審理正守，法飭行檢，聽断惟公，不倚勢隨俗，以病軍民。憂歸不起，吟咏自娱。汪都御史鋐聞其卒，檄縣祟祀鄉賢。以上俱見郡舊志。"謝旻《(康熙)江西通志》卷九十四（四庫全書本）載："俞溥，字德洪，信豐人，爲陳白沙弟子。清脩飾行，弘治間貢，授涇府審理正，憂歸不起。闢館談道，以倡來學，疾革，猶正衣正巾與學者講尊德性章，端坐而歿（人物志）。"陳獻章《白沙子》卷六《秋夜楚雲臺小集贈俞溥》："新秋有客來信豐，風月此杯聊此同。江山闊幅無人話，六七青袍一病翁。"

② 陳獻章《白沙子》卷八《次韻顧通守》載："到處能開觀物眼，平生不欠洗愁杯。窗前草色煙凝緑，門外波光月蕩開。歌放霓裳仙李白，醉空世界酒如來。春山幾幅無人畫，紫翠重重疊晚臺。"阮榕齡《陳白沙先生年譜》卷二（清咸豐元年至八年新會阮氏夢菊堂刻本）載："顧叔龍，莆田人，弘治元年任廣州通判，凡三年。"可見，顧叔龍，即顧通守。

坐到中林月且西，滿身清影不堪携。眼前好景無分付，都與閑人一醉題。

九日蕭蕭雨作寒，詩成字字寫心肝。黄雲天外千峯瘦，白雁霜前一褐寬。

歸去壺公何處山，不從忙裏羡人閑。中原回首千峯紫，個是青羊道士還。

寄黄若雨有序二首[1]

予再遊白沙，間求石翁先生詩集觀之，有贈黄生若雨者。既而若雨疊寄予詩，予亦和之。若雨於予雖未聚首，而同門之義益親切於以形骸而相索者矣。夫士有曠百世而相感者，况予與若雨哉！今年若雨發解，石翁先生以有司之得斯人也，故詩之，屬予和之。若斯人者，孰能後之耶？

是誰闌裡一枝花，惱亂詩情向白沙。省右風光本無限，于今袞袞到君家若雨所居之村登第者多。

① 按：廣東省文史研究館編《廣東文物》（上海書店 1990 年版，第 208 頁）載“先祖若雨公，師事陳白沙先生，講心性之學。白沙嘗訪若雨，繫舟孤松下，至今孤松街存。白沙殁，若雨築室孤松畔，顔曰白廟。晨夕祀白沙，彷子貢心喪三年之意，獨處其内，以盡弟子之情。若雨悼懷白沙詩云：十年遺别仰春風，一夕蕭條絳帳空。惆悵江門前夜月，依稀白廟恨無窮。築室江干作築場，治任歸去淚千行。獨居三載何嫌寂，舟繫孤松暗自傷。遠村烟樹盼天涯，物是人非有所思。愧我不如端木氏，還從馬鬣泣殘碑。桂棻以孤松名龕。梁節庵師跋云：順德黄若雨先生，號个竹，師事白沙，白沙訪之，繫舟孤松下。若雨有句云：舟繫孤松暗自傷。挺芝仁弟篤念師門，以孤松名其龕，自爲之圖，屬予題其上，時丙子十月也。今此圖已失，追念前徽，不勝感喟，並及之。擬補繪孤松龕圖，恭録節庵跋語，以誌予痛。”由上可知，黄若雨，號个竹，順德人，係陳獻章弟子。

西漢又高百尺壇，洛陽脚版許誰看。好憑絶代丹青筆，還與明時點治安。

次韻答林子逢一首

清宜雲水瘦宜詩，月下相逢影子知。風隱馬蹄声不到，夢辭塵海枕全欹。文無隨世浮些子，冠有切雲高樣兒。愛殺西湖林處士，吾孫不怕立無錐。

送俞秀才德洪還信豐一首

皎皎白苧衣，凌風起飄翩。皓皓清宵月，凌波漾孤員。遊子歌悲凉〔11〕，别路繞山川。躑躅復躑躅，聚散理則然。良時苦易邁，君去何當還〔12〕。高原望不極，孤吟泬寥天。

約遊圭峯和石翁四首①

不把青山作晚期，青邛白髮幾能持。誰家酒艇初回首，看盡秋天又解維。

一瓢花月也無期，醉倒花前月不持。可是山靈來抵頂〔13〕，碧雲岩上夢相維〔14〕。

避人何又與人期，顛倒風前不自持〔15〕。亦見龍門程叔子，白頭高

① 按：陳獻章《陳獻章集》卷六《與李世卿約遊圭峯》二首："方壺使者與公期，老我三山乞住持。且約圭峯爲社會，一圖今古付王維。""愛山長負入山期，多少陰晴被把持。起倚秋原看落日，如今剛好著繩維。"（中華書局 2008 年版，第 672 頁）

帽訪韓維。

一度看山一度期，兹盟今日定誰持〔16〕。請君試上峯頭望，去馬來牛各被維。

遊圭峯和石翁一首

晨起風日佳，名山寄真賞。既欲諧良契，復喜絶塵鞅。冰霜感時節，衰榮遞消長。松栢俯岩阿，落日低草莽。衡山杳何許，臨觴動遐想。何當躡輕風，決策成獨往。

送梁舉人會試一首

有北風色寒，重裘乃能支。遊車塵氣昏，素衣寧受緇。白玉映黄金，堂高臺亦危。超超千里骨，挺挺百尺姿。行行世所需，悠悠我所思。

和崔希説見寄一首

何處籬邊與水邊，重逢猶記屬牛年。君來江舘雨仍舊，我踏松根歲已遷。影伴花叢難着倦，醉交壺矢每饒先。春風又卷征鴻去，一點三山樹杪烟。

次韻顧别駕江門夜泊一首[1]

心許壺山老不更，江門呼酒問朱明。滄溟夜雨生鄉夢，桃李春風寄宦情。百爾未嘗輕俗狀，幾人真本爲蒼生。謫仙好語誰能道，我欲蓬萊頂上行。

李承箕集卷五終[2]

① 按：陳獻章《白沙子》卷八《次韻顧别駕江門夜泊》載："雲卷晴波千里白，帆收落日半江明。遥看烟際樓臺迥，不受人間鼓角驚。碧玉偶逢須著眼，黄花已過更揮觥。眼中别駕如君少，傾倒尊前接後生。"

② 按：清鈔本落款"嗣孫李荀大録"。

【校記】

〔1〕清鈔本脱“黄精”。

〔2〕清鈔本脱“偶”。

〔3〕清鈔本脱“生前手，依舊”。

〔4〕清鈔本脱“盃”。

〔5〕清鈔本“能”作“從”。

〔6〕清鈔本脱“看看”。

〔7〕清鈔本脱“盡”。

〔8〕清鈔本脱“古”。

〔9〕清鈔本脱“去”。

〔10〕清鈔本“闢”作“天”。

〔11〕清鈔本脱“歌”。

〔12〕清鈔本脱“邁，君”。

〔13〕清鈔本脱“頂”。

〔14〕清鈔本脱“夢”。

〔15〕清鈔本脱“顛倒”。

〔16〕清鈔本脱“定”。

李承箕集卷六[①]

次韻石翁送羅服周解舘一首[②]

衣馬輕肥非我曹，百年嬴取不勞勞。春山且謾栽桃李，秋水不妨閑桔槔。覓句卻嫌干美譽，忍寒那肯厭綈袍。曲肱枕破寒江月，無数沙禽不避舠。

啜南華茗次石翁答蔣韶州韻呈韶州一首〔1〕

醉眼作春困，看花如隔霧。茗碗三四行，新情忽替故。笑領南華仙，還消曲江芋。我本青蓮人，孤笻老雲水。飲公情素餘，清風徹肝肚。[③]

① 按：清鈔本卷六下落款“嗣孫正蕙、正蒨重輯”。

② 按：陳獻章《陳獻章集》卷五《送羅服周解舘》：“戀戀江門愧爾曹，不離酒處見揮毫。等閑歲月抛鉛槧，不賣聲名到桔槔。幾個兒童供白髮，一年燈火伴青袍。看花肯續春來約，莫待黄鸝辭碧稍。”（中華書局2008年版，第467頁）羅服周係陳獻章弟子。

③ 按：蔣韶州即蔣世欽。陳獻章《陳獻章集》卷五《蔣韶州世欽挽詩》：“治郡聲名遠，如何是我詩？青山韶石老，回首盡交期。”“往事形骸外，如今一夢休。曹溪分我茗，猶説蔣韶州。”（中華書局2008年版，第521頁）阮榕齡《陳白沙先生年譜》卷二（清咸豐元年至八年新會阮氏夢菊堂刻本）載：“蔣世欽，上饒人，弘治十一年任韶州知府，凡一年，卒於署中。”可和，李承箕此詩當作於弘治十一年（1498）。

次韻顧通守壯哉亭見寄一首[①]

閑身於世少徘徊，度海往來聊一杯。弹壓風花詩卷在，主盟山水酒壺開。塵心已滅何由起，好客不呼還自來。欲作壯哉亭上夢，野雲封断水邊臺。

歲暮次舊韻呈石翁

歸期漸近不可忍，况復椒香入酒盃。湘水浮天春欲動，嶺梅裝擔曉全開。他鄉漸喜寒先盡，佳景真成睡不來。萬里滄溟風未断，百年長自起孤臺。

鶴氅披來還稱舞，魚羹進後可辭盃。生涯我本人間拙，眼孔翁如天樣開〔2〕。塵土軟紅無夢去，蓬蒿瘦緑逐人來〔3〕。散才自古應如此，敢傍清風坐釣臺。

歲暮次韻顧别駕留别一首[②]

好春相見尚徘徊，且盡江頭餞臘盃。醉影肯嗟臨水瘦，行窩常喜向

① 按：翁方綱《粤東金石略》卷一（清乾隆三十六年刻本）《白沙壯哉亭碑》："敢勇祠後最高處作亭，以爲臨眺之所，章以壯哉，並題其上詩五絶二首。弘治元年春閏正月庚午，翰林國史檢討陳獻章閲丁酉舊稿，書以遺守祠者。"陳獻章《白沙子》卷七《登陶公壯哉亭》："新亭開石窟，遠勢借崑崙。天地雙眸迥，沧溟一口吞。公來席不暖，士死廟長存。憶昔干戈際，南征萬馬奔。"

② 按：陳獻章《陳獻章集》卷五《次韻顧通守》："到處能開觀物眼，平生不欠洗愁盃。窗前草色煙凝緑，門外波光月蕩開。歌放霓裳仙李白，醉空世界酒如來。春山幾幅無人畫，紫翠重重迭晚臺。"（中華書局 2008 年版，第 468 頁）陳獻章《陳獻章集》卷五《留世卿飲用前韻》："大厓居士且徘徊，老婦家中喚洗杯。園花當檻春饒笑，竹洞封雲晝不開。一冬菜飯留君住，萬里風船破浪來。若此詩情似坡老，楚雲臺是妙高臺。"（中華書局 2008 年版，第 468 頁）

陽開〔4〕。不知寒暑幾回變，又是滄溟一度來。記得往年石門路，白洲携我妙高臺〔5〕。

謫仙亭和鄒汝愚韻①

欲采蘋花南澗濱，江南江北雨愁人。而今亭上閑相憶，猶説晴明是好春。

奉答邵顧兩别駕次韻

淡雨疏烟野外昏，乳鶯啼破水涯春。不知傍柳隨花去，如此風流有幾人。

菊　主

山中人亦飲中仙，節制東籬獨此權。一自羲皇人去後，年年零落晚風前。

① 按：陳獻章《陳獻章集》卷六《謫仙亭》："遷客一亭眠海濱，當時誰號謫仙人。花汀柳市無疆界，盡是乾坤一樣春。"（中華書局 2008 年版，第 618 頁）

鍾狂客挽詞①

二十四橋春夜良，共臨流水惜年光。驅馳戎馬輕年少，管領鶯花笑酒狂[6]。世事幾回旁袖手，明經何處又飛章。相思此日西園路，立馬城頭送夕陽。

留别楚雲臺②

水花送酒流連坐，溪鳥將雛迤邐行。荔子丹時山似醉，潮頭到處月長生[7]。碧雲萬里湘江去，芳草一庭溟海清。天地無窮墩尚在，後來誰與大厓争。

① 按：李承恩，字藎卿，號貞軒。作有《挽鍾狂客》："洗酸亭上索歌吟，十載難忘掛劍心。詩卷今朝傷往事，風花滿眼惜知音。人曾累薦才名遠，兒亦能書手澤新。珍重石翁仙語在，幽光千古賁山林。"（《嘉魚李氏族譜》第九册卷五《挽鍾狂客》，世祀堂咸豐八年合修本）；陳獻章《陳獻章集》卷五《讀世卿藎卿挽五羊鍾狂客卷次韻》："李家兄弟各才良，誰爲酬知水鑒光。天地好人還自好，古今狂者豈皆狂。碧油帳邊青絲鞚，紫錦囊封白雪章。萬里平江能送我，十年燈火夢淮陽。"（中華書局 2008 年版，第 470 頁）；徐伯齡《蟫精雋》卷十《鍾狂客》（四庫全書本）："廣東鍾狂客，名禧，甚有詩名，能書。淮安督理漕運總兵官平江伯陳公既取歸幕下，成化壬寅嘗過杭，友人招游西湖，寄之詩。鍾和：'湖光山色景宜秋，君不來招也去遊。已辦蜀川千丈錦，爲誰今日盡纏頭；萬頃西湖水貼天，芙蓉楊柳亂秋烟。湖邊爲問山多少，每個峯頭住一年。'信乎狂客也。"阮榕齡《陳白沙先生年譜》卷二載："廣東鍾狂客，名禧，甚有詩名，能書。淮安平江伯陳公鋭辟居幕下，成化壬寅嘗過杭，友人召游西湖，寄之詩。鍾和曰：'湖光山色景宜秋，君不來招也去遊。已辦蜀川千丈錦，爲誰今日盡纏頭；萬頃西湖水貼天，芙蓉楊柳亂秋烟。湖邊爲問山多少，每個峯頭住一年。'（《蓉塘紀聞》）按，先生《讀世卿藎卿挽五羊鍾狂客》卷末云：'萬里平江能送我，十年燈火夢淮陽。'自注：平江伯陳公嘗致狂客於幕下，鍾禧，字百福，順德龍江鄉人，與李承箕友善，及卒，承箕挽焉，白沙亦倚而和之。（《順德縣志》）"（清咸豐元年至八年新會阮氏夢菊堂刻本）

② 按：陳獻章《陳獻章集》卷二《與湛民澤》："民澤足下：李世卿書來問守臺者，老朽以民澤告之。冷焰並騰，殆出楚雲之上，蓋以勉世卿，使求諸言語之外。如世卿，可惜平生只以歐蘇輩人自期，安能遠到？賢郎在病，可徐徐而來，眼中未有能奪公楚雲手段也。"（中華書局 2008 年版，第 192 頁）

白洲擢憲長次石翁韻

一片東湖水〔8〕，難藏萬斛舡。經綸須老手，魚鳥别江天。孺子碑重續〔9〕，西山屐幾穿。何當了公事，還此寄高眠。

擬會白洲次韻石翁

我是安公子〔10〕，東溟西渡舡。背囊餘藥物，笠影下江天。孤笛聲初起，萬重雲欲穿。妙高臺上月，曾共老坡眠。

次韻石翁偶書

昨日花開今不同，幾番無耐妬花風。名園處處知狼籍，只問東君莫問儂。

陶　然

人樂非我樂，人憂非我憂。花亦是空色，酒不解真愁。東鄰考鐘鼓，春花秋月等閑度；北里奔輪蹄，香銜豔引皆長路。我家東海濱，俗尚與群分。吾作失吾藏，吾忘得吾真。中天乘野馬，活水泛虚舡。長風大波蕩其前，長鶴短鳧搏於天。風雨晦冥，推遷寒暑。蟲臂鼠肝，黄鍾大吕。蕩蕩廣莫，孰爲西東？任其所遇，心與此同。

謝惠米

人間烟火愧煩人，一度秋來一度新。白石鐺中煮清水，幾時服食得同君。

睡　起

天净東楼白露寒，悠然孤影寄人間。長繩不繫天邊日，老我曾奴世上顔。高枕自甘違俗計，籬門剛好納青山。悠揚不待安排著，誰與新凉説夢還。

按治雲南張叔亨見寄次韻二首①

相逢何許揖公卿，屡枉雙魚萬里情。夜半松梢鳴舊雨，歲寒塵外暖前盟〔11〕。歌當樂處声声好，風到秋來得得清。引望澄清天下轡〔12〕，明年回首又神京。

携一壺春坐一槎，浴凫飛鷺接晴沙。江山處處開懷抱，風日悠悠醉物華。臨水娉婷真自惜，隔塵紅紫是誰家。藥炉寄在朱明洞，何日逢君越海涯。

---

① 按：陳獻章《白沙子》卷五《贈張叔亨侍御出按雲南》："到治一萬里，使君行莫遲。梅花開樹樹，不是向南枝。"程敏政《篁墩集》卷八十九《送張叔亨侍御巡按雲南二首》："纔整朝簪拂嶺嵐，又騎驄馬出滇南。足輕萬里心何壯，法本三章老正諳。金齒兒童迎憲節，碧溪山水落詩函。歸來便作經年約，遠大功名是美談；花擁長安惜共看，人生離合最無端。明時再幸陪鴛序，正學多聞祖豸冠。笑我少年今亦老，重君清節世應難。題詩贈别熏風裏，白首相期保歲寒。侍御張君叔亨與予同舉丙戌進士，幾三十年矣。君以家艱居廣中，久之，而予亦放還江南。邇者被召入朝，始獲後先北上，方幸接風采，聆教言，而君又受命出按雲南。行有日矣，因賦律詩二章，用見别意，兼致我私如右，君嘗提調學事於畿北，故詩及之，俾讀者有徵焉。"（明正德二年刻本）；王鏊《震澤集》卷三《送張叔亨御史按雲南》："平生高義想穹窿，京邸年來會面重。清論坐中消客氣，威棱行處懾妖蹤。瀧江行李來時路，僰道音書到日封。烏府深嚴公事少，日長誰與坐從容。"吴寬《家藏集》匏翁家藏集卷第二十《送張叔亨出巡雲南》："曉承天語五雲低，真覺香煙滿袖攜。南詔遠人勞按治，北畿多士憶提撕。久看桓典乘驄馬，未信王褒祀碧雞。應過滇池詩興滿，不妨揮筆制新題。"（四部叢刊景明正德本）

次韻懷白沙

悠悠雲水興無涯，檢點從頭只自家。耳洗白龍千丈水，飢飡庐阜幾枝花。百年高興天連海，兩見清秋月在沙。欲踏扶桑三萬丈，更從誰乞來去槎。

用韻寄馬公思進清戎雲貴①

鐵冠籠我幾年頭，白馬翩翩又此遊。院落餘寒歷冰雪，功名高步富春秋。遠書歲月尤難達，世事山林不共愁。滿地相思不相見，坐花聽鳥幾時休。

① 按：明焦竑《國朝獻徵録》卷五十九都察院六《副都御史馬公炳然傳》："馬炳然，字思進，成都内江人，成化辛丑進士，知嘉魚縣。民有爲人作狀牒者，炳然訊其人名而問之，曰：汝民當各安公畏法，何至爲人造訟乎？對曰：窮無以養，寫一狀可活吾家數人。炳然自責曰：不富焉能教？厚其資，使力本。自是公門遊食者悉遁去。炳然爲政，明察而不煩。暇則巡行村落，益悉某人堪某事，某户堪某役，胥徒不能爲奸，三年大治，流民復業。乃新治事之堂，扁曰：富庶教；退居之堂曰：絜矩。二十三年丁未夏秋之交，湖湘旱饑，炳然申賑貸，未報輒開倉救之。明年，又饑，朝廷出内帑錢以賑民，府守意令具文放散，而寔欲轉輸府庫也。炳然曰：天降凶荒，爲政者之罪也，即放散之。守怒，炳然不懾也。後擢副都御史督南京儲，至武昌青山江中，遇流賊劉六，爲所挾，令作者退軍，不從，遇害，妻女俱溺死，事聞，贈右都御史，謚毅潛。"（明萬曆四十四年徐象檈曼山館刻本）談遷《國榷》卷四十四載：弘治十四年六月，甲申，"發雲貴兵會討普安州叛婦米魯。初，營長阿保挾米魯僭稱王。總兵焦俊擊斬保，米魯敗走霑益。土官安民家安民助兵五百，夜襲殺故夫隆暢及子隆珀隆塔，營長福祐迎米魯還故營，益攻掠諸寨。貴州巡撫右副都御史錢鉞同太監楊友、總兵官焦俊征之，以都指揮劉英、王璋分左右哨，李雄、吴遠、侯宇爲後哨，截長江遏其後，都指揮張泰、黄京各提屯卒千人，於普安、安南二城爲援，參政馬炳然、副使周鳳、參議王杲、僉事龔嵩爲監軍，我師壓境，米魯西遁，奏捷。"由談遷之文，可知李承箕此文當作於弘治十四年（1501）。

姜仁夫見寄次韻二首[1]

山林有路透京華，來往悠悠未有涯。秋枕夢回千里月，冷風吹盡一籬花。

芳時易得頻過眼，黑髮難禁屢別家。欲度天河訪真訣，年年八月有來槎。

九日與子卿弟

床頭新釀熟，何處一登高。萬里圭峯眼，思君望海濤。

吾母受敕封蓋卿弟以織金紗袍爲壽詩以寄謝

青天飛下金麒麟，雲霧光騰白髮身。我繞襟裾前後戲，感皇恩處却思君。

卜居次韻三首

懶住東橋子午庄，醉鄉别有一壺觴。湖邊老鶴能尋主，院裡飛花不出墙。康節車兒承草軟，羲黄簟子展風長。脚頭未放人間去，曲徑荆榛到曲房。

① 按：陳獻章與姜仁夫往來較多，《白沙子》中有多篇言及姜仁夫。

林憲長寄紙并曆[1]

抱犢山人寂寂眠，春光忽到枕頭邊。試將後甲推前甲，準備明年是稔年。

何來雪繭照茅庐，十丈浮光雪不如。除却風花兼雪月，世間塵事不曾書。

元日縣送春牛

何處泥牛到阿儂，阿儂家世本司農。躬耕忽動南郊興，自起開門看曉風。

人日晴

人日人間愛共晴，雲霞欹枕萬家明。曉侵叢簿初鳴雉，暖入園林欲報鶯。烟際平蕪生遠色，田頭活水作春声。野人對此閑無事，也與乾坤頌太平。

春　曉

淑氣通仍細，薰籠尚袷温。栽花泥上手，避俗草侵門。山靄屯衣桁，溪雲過樹根。遲遲風景好，流轉共吟魂。

天時隨冷暖，人事減寒温。盡日瓢欹酒，侵晨燕欵門。初霞吞剩

---

① 按：唐錦《龍江集》卷一《送江臯林憲長升河南方伯》："清波緑樹曉烟輕，錦纜牙檣晝裹行。雨過徐亭餘惠澤，風來梁苑動歡聲。紫垣光彩瞻星座，碧漢孤高仰月卿。只恐九重思賈傅，汴河堤畔寄雲程。"（明隆慶三年刻本）

稪，淺緑變陳根。花下氤氲極，誰消杜宇魂。

夏

夏日江鄉好，波光看亦凉。黍雲牽雨緑，麥浪捲風黄。市酒留人久，賒春入夜長。閑人閑不得，撫景一詩忙。

夏日山鄉好，深門不雨凉。林鶯徐復疾，箔繭白兼黄。髪許朝暾沐，杯留落照長。鼕鼕村皷急，田事喜人忙。

午日次韻

一杯蒲酒遣巫陽，招手忠魂下大荒。楚國人人投角黍，屈家歲歲有蒸嘗。芳辰喜獨醒醒坐，塵世愁同弊弊忙。杜若洲邊留返照〔13〕，數声漁唱激波光。

午日喜雨

甘霖緩緩送驕陽，萬井犁鋤始破荒。令節不嫌無宿醉，早秋端合有新嘗。五風十雨天終定，去馬來牛世自忙。安得盡畢千里外，家家不異此風光。右午日喜雨

和石翁贈林縣博韻①

磬擊誰聞磬，神交始是交。人心無今古，世器有淳澆。雨後泉出澗，樹頭風弄瓢。山翁掩口笑，隔岸不相招。

① 按：林縣博即陳獻章弟子林光，林光曾爲弘治二年湖廣鄉試的考試官。（參見屈萬里《明代登科録彙編》第3册，臺灣學生書局1969年版，第1512頁）

石翁見寄次韻[1]

不盡論心擬托書，縱教百紙也遺餘。一槎浦口今何處，孤枕江門獨晏如。天闕風雲無昨夢，楚雲花木憶郊居。應誰學得華山法，不共承明夜直廬。

牧吾牛處讀吾書，生理無餘樂有餘。徐孺脚根何敢望，桃源風景或能如。一杯聊足胡麻飯，半畝寧無水竹居。莫向黄公誇此興，烟霞深處是吾廬。

用楚雲臺韻寄容一之[2]

碧天萬里静無雲，此夜秋光滿十分。我寄愁心與明月，東溟浪裏好逢君。

一巢高寄幾層雲，欹枕扶桑曙色分。别采雲根鐺裏煮，人間誰亦解分君。

羅浮千丈閣飛雲，眼孔真誰豁一分。四百峯餘三十二，豈無一箇解留君。

悠揚天際幾浮雲，風未來時勢已分。一夜思君頭欲白，秖思沉醉不思君。

① 按：陳獻章《陳獻章集》卷五《答世卿書》："報答還山第一書，筆端有眼笑談餘。行藏付酒君亦醉，兄弟論文我不如。高榻忝同他雨坐，西山剛對此溪居。因君料理安身處，多少人間未結廬。"（中華書局2008年版，第473頁）

② 按：容一之即容貫。"用楚雲臺韻"即《大厓李先生詩集》卷五"楚雲臺次石翁韻"。

題畫扇

君出長林我擲竿，馨香笑語也如蘭。想應除卻羲皇上，絲髮何曾及世間。

寄雷震春

面水幽居更面山，幽人誰往共誰還。能尋世外些兒樂，便是人間別樣閑[14]。

春日寄興楚雲臺十首

前川花柳颺閑雲，此景人間未易分。若道偷閑爲惡事[15]，儘將比惡去逢君。

花影侵人舞翠雲，花枝把當酒籌分。春光無限巴陵酒，澆向花枝當醉君。

午枕鶯声歇樹雲，好春剛好是中分。尋芳夢得前年路，枳殼花香獨對君。

鏡中顏色月邊雲，水底花枝岸上分。爲惜芳菲留一醉，青帘影裏訪東君。

春領風花付暖雲，品題何處把題分。天邊恨殺東風細，吹我吟魂不到君。

墻頭桑柘緑如雲，門外沙田水自分。籍寄農桑更不得，太平民樂太平君。

洞口花蒸十里雲，一枝濃豔與君分。不關啼鳥催人去，只恐神仙不是君。

生來兩手付鋤雲，一藥一花先雨分。無限人間春意思，此時疑不屬東君。

眼與天齊不見雲，分明萬里見毫分。行人一任閑來去，自有滄溟管領君。

半畝庭中半是雲，落花堆厚兩三分。笑談捫虱休疑我，車馬敲門莫枉君。

梅花一首

梅花招手遠相探，影落日□□□□。萬丈鐵橋飛度處〔16〕，一天香雪灑東南。

牛一首

十里郊雲十里烟，輟耕長卧晚風前。自從莘野無人在，閑牧黄茅緑草天。

茂卿兄解官内翰王公濟之作長歌贈别且及賤子因次其韻

中年磨劍恨不利，不割人間心不已。似聞海上有三山，欲往從之寄行李。折花不插往時鬓，經世無干方外士。雨中草色半侵床，枕上鶯声頻到耳。風花千首大鋪舒，烟水一竿粗料理。間倚簾頭閣雙目，萬古蒼蒼看不睬。巢由不折虞廷腰，草莽中間亦臣子。下驕上傲等何人，雲卧天行無定止。世情往往費將迎，開落紛紛有悲喜。春去秋來更代間，同一哀榮無彼此。蓬蒿弱質弟與兄，明堂大厦將何以。仰攀女媧補天石，載礪腰間三尺水。翛然瘦影落青天，也是太倉中粒米。高堂一親小供給，菽水一盂而已矣。長繩繫日樂無央，舞者是兄歌是弟。七澤雲深鶴夢閑，三湘潦淨波聲細〔17〕。忽拍訶垣老仙手，浩歌引我天邊起。①

不寐一首

抱膝長吟更短吟，欠伸消放榻痕深〔18〕。老將貧去塵心□〔19〕，興與秋高暑氣沉〔20〕。風送鶴聲來枕上，雲移月色到天心。小□頭髮梳千下〔21〕，高切雲冠度碧岑〔22〕。

得容友巢書聞石翁母夫人訃〔23〕

把手花前暖透雲，花殘颯手惜情分〔24〕。天南天北三年外，再拜封書如破君。

① 按：李承箕所言“王公濟之”即王鏊。王鏊（1450–1524），字濟之，號守溪，晚號拙叟，學者稱震澤先生。對於李承箕兄李承芳（茂卿）辭官，王鏊爲之作詩，見王鏊《震澤集》卷三《送李茂卿大理還嘉魚》：“嗟哉何物名與利，犇走海内無窮已。紛紛之中誰獨超，嘉魚兩卿伯仲李。仲卿見道何太先，三十不復舉進士。徒行萬里訪白沙，欲挽南溟供洗耳。伯卿少貶來京師，三年大理何曾理。支頤終日望西山，眼近簿書如著眯。有時開口恣雌黄，上到周公下朱子。瑰詞異論駭傍人，造謗興訕殊未止。我生與世百無合，門報君來僮僕喜。小齋欵語每終日，儀部君謙昔參此。君謙去矣君尚留，君今復去吾何以。家居苦貧仍歲惡，往往人家半扉水。午烟未起朝爨清，且趂官家五升米。謂予不爾弟書來，黄公山下臺成矣。從來一士係興衰，胡爲聞此兩兄弟。未論捄敗與扶顛，激懦廉頑功不細。送君極目洞庭波，木落瀟湘風暮起。”

忽驚王母西乘雲，心緒如雲亂不分。絜酒千年徐孺子，高風能不愧於君。

張叔亨見寄次韻奉答

風滿天垠月滿厓，坐清河漢與江淮。名留汗竹非無謂，澤被生民豈有涯。不肯被人焚諫草[25]，每令當殿聽朝鞋。行藏頗識張夫子，萬事人間不到懷。

行空天馬正超騰，試問鑾方見未曾。飛盖乾坤風淡蕩，法冠霄漢氣崚嶒。峨昌人自古來好，諸葛廟還今日登。夷險平生無二致，脚根猶自愛兢兢。

萬里飛霞點碧厓，高歌飲興酒如淮。数峯夢我湘江上，十載逢君越水涯。雲裡芙蓉長隱户，床頭苔蘚欲封鞋。西南目送鳥飛盡，笑對雲山放此懷。

行窝十二夢騰騰，十二香街出未曾。春半薰開花意思，酒微澆破舊崚嶒。門開俗客曾相欵，脚許雲山不倦登。昨夜鐵橋飛夢去，跨來孤鶴影凌兢。

獨坐一首

一壑一丘還一亭，夢來丘壑夢還靈。心間易得人間樂，山好兼逢雨後青。消盡世幾非是酒，挺然霄漢此何形。林陰不怕無深處，帽頂花連屧底馨。

梅次韻一首 ①

稿袂白天來〔26〕，疏窻拖月色。灝氣滿乾坤，人間無此夕。

莫浪説蓬壺〔27〕，相期拾瑶草。獨卧黄公山，老本依然好。

老屋坐寒林〔28〕，林陰露堪飲。醒共花神遊，醉共花神寢。

邑貳教陳先生以詩贈行用韻奉答

此志平生遂則宜，回看頽魄與傾羲。幾詩秋砌佳花領，一雨春盤早韭知〔29〕。江水無魚曾入釜，昆丘有鳳未歸岐。青松夾路龍潭雪〔30〕，獨撫交柯屈鐵時〔31〕。

李承箕集卷六終

① 按：湖北省圖書館本目録中標題爲“兩首”，此處當爲“三首”。

【校记】

〔1〕清鈔本作“呈韻”。

〔2〕清鈔本脱“眼”。

〔3〕清鈔本“蒿”作“萊”。

〔4〕清鈔本脱“行”。

〔5〕清鈔本“高”作“哉”。

〔6〕清鈔本脱“狂”。

〔7〕清鈔本“月”作“日”。

〔8〕清鈔本脱“湖”。

〔9〕清鈔本脱“續”。

〔10〕清鈔本脱“安”。

〔11〕清鈔本“塵”作“座”。

〔12〕清鈔本“望”作“領”。

〔13〕清鈔本“返照”作“照返”。

〔14〕“便”字，據清鈔本補。

〔15〕清鈔本“道”作“得”。

〔16〕“萬丈鐵”，據清鈔本補。

〔17〕“潦”字，據清鈔本補。

〔18〕“消放”，據清鈔本補。

〔19〕清鈔本“塵心□”作“寒威冷”。

〔20〕“興”，據清鈔本補。

〔21〕清鈔本作“小心慢將頭髮梳”。

〔22〕“度碧岑”，據清鈔本補。

〔23〕“聞石翁母夫人訃”，據清鈔本補。

〔24〕“颯手惜情分”，據清鈔本補。

〔25〕“被”，據清鈔本補。

〔26〕清鈔本脱“槁”。

〔27〕清鈔本脱“莫”。

〔28〕清鈔本脱“老”“坐寒”。

〔29〕清鈔本脱“頹魄與傾羲。幾詩秋砌佳花領，一”。

〔30〕清鈔本脱“盤早韭知。江水無魚曾入釜，昆丘有鳳未歸岐。青松”。

〔31〕清鈔本脱“柯屈鐵”。

李承箕集卷七①

景陵魯振之見寄次韻一首②

門滋蒼苔路合荆，暗蛩声裡對孤檠。月明江上飛鸿遠，露下庭皋落木輕。著翅登天無夢到，感時傷别有詩成。江湖去住無窮意，一夜秋風白髪生。

村　　步

閑將短步散長風，水北原南曲曲通。花柳疆場無彼此，乾坤衣食自渠儂。蒼苔面合扶筇後，白鳥身閑得句中。對影不知誰是我，世人那得更相逢。

---

① 卷七下有落款"嗣孫正蕙、正蒨重輯"。

② 按：王兆雲《皇明詞林人物考》卷四《魯振之》："公名鐸，字振之，湖廣景陵縣人，弱冠以文名。弘治壬戌舉會試擢第一，選庶起士，授編修，預修孝廟實録。武皇即位，詔諭安南，鐸充正使，賜一品服以行。比至，宣威正禮，盡却所餽，遷司業，轉南祭酒，改北。立教以理道爲主，南北士多所造就。謝病歸，作己有園，爲投老計。嘗著《有園賦》，詞林誦之。嘉靖初，刑書林俊谓：'經師易得，人師難得。鐸清純簡重，與謝鐸相同，宜用孝宗起謝故事，庶重道尊師，同符前代。'一時内外交章論薦，竟不應，年六十七卒。朝廷賜祭葬，謚曰文恪。鐸文章節概天下推重，居鄉以身化人，巨盜聞其名，亦不敢犯。所著有使交諸稿，藏於家。"（明萬曆刻本）

有感六首

一窩卸却幾年雲，扶杖摩挲問出門。昨夜秋風滿城郭，隔江漁唱好誰聞。

半生貧病两茫然，一枕空山不計年。何處馬啼声隱隱，催人殘夢不成眠。

知聞已断更忘言，浩嘯一声凌紫烟[1]。翹首東南天一角，高原獨樹白雲連。

不一路岐同一雲，馬前暝暝杳難分。金鞭高揖三叉口，過盡人間也到君。

桃實紅垂洞口雲，丁寧玉母待來分。莫教見了東方朔，偷得歸來遺細君。

留得長松獲宿雲，人間塵土不粘分。斧柯前度依然在，誰道樵夫不是君。

岳州逢李別駕士脩

草草相逢弄水雲，風吹笑語到江分。水雲若屬分符客，笑向峨眉把似君。

次韻寄施公節

入山雲少出山雲，坐落青山色幾分。知得山林真面目，他年逢我定逢君。

石田野色

春田與雲青，秋天與雲白。青白時所憐，嗟哉古田額。

茅屋書声

萬卷亦未足，三冬良遲遲。君子貴自得，輪扁乃吾師。

洌井寒泉

濁者以飲馬，清者以飲牛。彼此各有適，天機不自由。

方塘夜月

水心月在天，天心月在水。形也無定形，涵虚理如此。

寓鄧俊圭宅

長趋寬步過瀟湘，曾醉誰家碧酒香。芒𪾢風輕千萬里〔2〕，竹枝歌破两三章。郊居獨喜君來卜，野興同尋勝處芳。只怪湞陽寒水細，東行剛受一輕航。

乃兄貳憲見訪用韻寄答

何時圭組解湖湘，洗净塵襟水亦香。細雨夜中聞謝豹，春風湖上憶知章。百年人信皇天定，下土名流老子芳。令弟餘生同我況，東溟萬里寄孤航。

黄舉人宗器見贈次韻奉答

獨乘孤鶴度三湘，庾嶺梅花入夢香。賓舘逢君三夜話，錦囊遺我一詩章。征鞍短褐霜初下，飛轡長安草又芳。春色照人三十里[3]，江門何處望歸航。

與南華寺明袖

袈裟寄我下江船，笑亦人間藻麗禅。溪上藤花飛欲盡，傳衣高掛定何年。

與僧德忠

何處浮溟一葉船[4]，總知此老是真禅。九年一坐西方得，笑問東風合幾年[5]。

官窑懷羅服周

步隨童子两三輩，曾接翁餘屐齒香。花柳最長無此興，管弦疊奏是誰章。不知樂事還前度，忽漫年華又幾芳。昨日微茫烟浪裏，白袍錯認倚輕航。

一笑從天下有亡，旅篷兀兀謾焚香。人間此會非前数，别後孤懷空短章。繞枕村雞頻接響，浣愁江水有餘芳。美人咫尺知何處，月在清天影在航。

與肇慶黎紳

梅花相對坐分巵，花未飛時又别離。酒底花枝顔色好，十年曾記我來時。

張月溪翁 ①

歲月閑來不厭深，麻姑分付自而今。華筵酒盞年年在，不變桑田不住斟。

萬孝孫詩

何處扶將两木歸，聽歌栢府孝孫詩。閩南燕北幾萬里，春雨秋霜十二時。鏡裏舞鸞長顧影，塚頭芳樹忽連枝。乾坤浩浩都何事，欲爲君鐫第二碑。

飛雲頂和湛民澤

黄龍之下花冥濛，黄龍之上飛雲峯。峯頭西望天連海，招手仙翁騎白龍。

贈湛君林塘翁

笑問林塘卜者誰，林塘幽意老人知。水花過雨春無價，山鬼吹灯夜有詩。漁唱隔波通甫里，松根枕日自皇羲。意行記我曾來處，曲徑籬門夜啟時。

① 按：湖北圖書館本目録中標題爲“壽張月溪翁”。

三山居士

不向人間作三老，不向人間作五更。十丈紅塵不識面，老來真結三山盟。尊前安得李太白，風外與君歌一聲。巨鰲莫戴三山去，我欲蓬萊頂上行。

留麥秀夫謝伯倚飲

水岸花枝霽色開，忍看紅雨點蒼苔。閣君艇子留君住，沙背人家送酒來。

和白洲見寄

箕自遊羅浮還，忽奉手教，帶名山之烟霞，嚼明公之冰蘗，醉其醇醪，歌其高詞，所得多矣，曷勝榮感。諸作在吾石翁者，一一奉讀，言語事功，迥出東南浮雲之上矣。北門園池之作，又近古之絶無也。顧予卑人，何幸見之。奉和小詩二章，吏散堂空，聊一過目而已。

靈洲學唱未成歌，直至如今夢作魔。萬里江湖風月夜，天涯回首十年多。

四百峯頭拍手歌，愛山還也被山魔〔6〕。科頭坐老峯頭石，不管人間歲月多。

月　　湖

丈人手弄玻瓈秋，蟾光蕩漾銀河流。前灣惟見鷺與鷗，隔浦不辨馬與牛。嗟哉丈人誰與儔？不戴天隨笠，不泛鴟夷舟，五湖風月無人收。

閑將踏浪歌，更和采蓮謳，江波東去無時休。①

傍花亭〔7〕

小車輿自傍花行，到處無人識姓名。分付山童休拜我，先生不是邵先生。

與豐城游深

青梅如豆雨霏霏，山舘夜風吹客衣。可是江門潮信急，送君剛到送君歸〔8〕。

羅服周見寄奉答

看花何處步斜陽，半醉歸來屐齒香。昨夢隨君拄杖子，新詩寄我停雲章。千声鳥已啼深樹，萬片紅猶弄晚芳〔9〕。滿眼緑波君不見，東風数問去來航〔10〕。

何物懶雲推不去，氤氳衾枕泥人香。殘春醉過十來日，漫興詩才一两章。嗒爾是誰忘獨坐，閑中聊此换年芳。庐岡老樹槎牙在，好與夫君一繫航。

① 湛若水《泉翁大全集》卷八十五《鄉善士袁公月湖配尹孺人墓表》："或曰：若月湖公者，其古之遺直人歟？甘泉子曰：噫！'丈人手弄玻璃秋，蟾光蕩漾銀河流'，此非高人李世卿詠月湖之詩乎？如其人！如其人！"月湖公，即袁尚忠，字宗夏，東莞温塘人，湛若水岳父。

寄鄧俊圭

無端風雨催春事，取次園林罷晚香。榻上幾年餘敗絮，人間何處笑含章。春寒冬暖天難信，水北原南草自芳。欲寄雙魚問消息，隴頭不見有來航。

次李子長韻

乘潮訪我水心寺，拍手歌君袖裏詩。日影中天猶未飯，粟瓶無米笑君遲。

寄湛民澤

飛雲春步晚晴時〔11〕，手拄藤稍口誦詩〔12〕。何日便離烟火去〔13〕，梅花村裏夕陽遲〔14〕。

寄吴順德獻臣

林亭次第到花枝，笑把花枝照别離。江上两潮都送我，人間一雨更知時。青蓮洲渚王孫草，興倚雲濤客子詩。何處思君政愁絶，扣舷日午枕初欹。

贈莫明府之封川

失製天孫錦，無端去住心。尚遺慈母愛，未脱長官簪。觀物聊雙眼，凝塵但一琴。山堂開曉色，晏卧擁紬衾。

贈山東右方伯李白洲若虛

早晚天書下九關，紫薇花帶岳臣班。三年燭底還滄海，一擔肩頭又泰山。影載西江隨月下，家臨南浦放歌還。不知宇宙今回首，曾破人間幾處顏。

足夢中頭聯

浮生同偶寄，老興自多佳。抱病長依佛，看山始出齋。梅黄猶宿雨，酒熟更開懷。解覓烟霞透，乾坤两破鞋。

題郁少府扇次韻

天地長風別有期，手中霸柄未須離。半籠紗帽哦松下，香霧隨詩落硯池。

次韻丁明府題壁〔15〕

華表歸來鶴是仙，江山城郭尚依然。不知列國諸公子，還識當年魯仲連。東海月明青鳥去，西池雲在白龍眠。廟前日日人行過，江水東流不盡天。

雙鳧何處挾飛仙，一去人間事杳然。塵世幾時公議定，廟門高榜白雲連。形將草木悲人世，日落狐狸上塚眠。莫怪雍門歌此曲，雍門元是大羅天。①

羅浮次韻答羅復周②

西風吹上鐵橋頭，回首乾坤五百秋。萬里桴浮滄海遠，九疑雲暗鳳凰愁。忽看天上春臺燭，長送人間夜壑舟。凝睇茫茫政愁絶〔16〕，此心不是學巢由。

羅浮次韻答李子長

明月清風杖两頭，不傷春亦不悲秋。好山行到深深處，世事都無種種愁。今古幾人成獨往，乾坤孤影落虛舟。憑空一望人間世，誰自泥丸得自由。

和謝天錫

斂足還依十丈崖，浮生休問百年懷。人間膝果生難屈，天下名雖死不埋。茗碗啜花真有味，土床無夢樂何涯〔17〕。今朝試問葵山主，何處從君两破鞋。

① 按：陳獻章《白沙子》卷三《與鄺知縣兄弟》："丁明府彦誠，今之良宰官也。遺愛在邑，邑人思其德，欲爲廟以報之，此義舉也，吾輩當爲之倡。今附去疏文一首，幸留意。富者多助，貧者一錢勿棄，大要見此舉，報往勸來，出於民心之公，庶幾光明正大，可以傳遠。今卜地在白沙里社前，與嘉會樓相望，亦其平生所樂遊之地，留題真蹟尚在壁間，吾知其必享也。"《白沙子》卷七有《菊節後五日丁明府彦誠攜酒來飲白沙社賦補會》一首。由上可知，丁明府即丁彦誠。

② 按：復，湖北省圖書館本目録中作"服"。此篇又見於清宋廣業《羅浮山志會編》卷十八《鐵橋》(明李世卿嘉魚)，清康熙刻本。

題　畫

醒醉人間各有緣，茫茫身後與身前。白頭一老長如醉，閒借烟霞石上眠〔18〕。

贈羅宗傑尹廣西永福①

一奏朱絃一看山，鳳巢山好鳳應還。忽聞此調來天上，肯信三苗自古頑？草長縣門春雨過，花飛簾幙午風閑。當關待報期年政〔19〕，南顧誰開聖主顔。

一洲居士歌

我聞海上有十洲，巨鰲戴之東西浮。老仙一断六鰲足，餘者蕩漾無時休。不乞舜與禹，此身上繫黄屋憂。不乞周與孔，此心下爲蒼生謀。居士手持緑玉杖〔20〕，指點四海如浮漚。形骸爲桎梏，機变爲仇讎。閑心飄飄自今古，作此洲主夫何求。多岐亡羊豈不爾，兀兀騰騰畢萬事〔21〕。

贈吴别駕赴成都

觀物臺前春已深，海棠國裡又逢春。光陰過我還催我，花鳥娱人更惱人。萬里橋真凝望遠，百花潭影照人新。黄堂冠盖皆鄉彦蘄水魯公爲太守〔22〕，次第停車問俗頻。

---

① 按：汪森《粤西詩文載》卷十六有《贈羅宗傑尹廣西永福》（李承箕）（清文淵閣四庫全書本）。另，清鈔本《贈羅宗傑尹廣西永福》《一洲居士歌》《贈吴别駕赴成都》《陳奉時惠燈檠》《答胡居正》《答李可久》是在《和梁惟正病中見懷》之後。

陳奉時惠燈檠〔23〕

欲校何書愧不才，君家東閣爲誰開。天邊昨夜孤光動，虛負青藜老子來。

答胡居正〔24〕

楚雲飛不去，又作隔年留。海鶴相來往，雲邊百尺樓。

答李可久〔25〕

何處天壺春醉遊，酒杯長日爲花留。詩情晚被春勾去，目短雲山獨倚楼。

嘉會楼①

無盡滄波與白雲，四時長伴憑闌人。檐頭鼓角風吹到，水際光陰月蕩匀。鉄笛一声何處晓，白沙千古此楼春。小留南極無窮眼，偶寄虛空浩嘯身。

寄吴獻臣

袖中一尺札，何處夢相尋。風雨盡秋思，江湖多苦心。窮途端有命，壯士且無金。盡夕那能寐，流堦月漸深。

① 按：嘉會樓係弘治七年（1494）巡撫熊逵爲陳獻章建。張詡於弘治十六年（1503）作有《嘉會樓記》（陳獻章《陳獻章集》附録四，中華書局2008年版，第936–938頁）；翁方綱《粵東金石略》卷一《嘉會樓記》載："樓在新會縣東南二十里許，弘治甲寅夏，巡按熊成章爲白沙建。弘治十六年秋，南海病夫張詡廷實撰並書。詡，白沙門人。此碑筆法，宛然白沙所書。"（清乾隆三十六年刻本）

崔希説見寄次韻奉答

相門才子舊風流[26]，搭颯麻衣三十秋。抱膝有時成獨嘆，皺眉何處更閑愁。書帷夜蔽千山雨，雲海風乘萬斛舟。總爲衣冠香不断[27]，未將心事托巢由。

用韻寄五羊李醫士宗尹

藥市藏名東海頭，海天長嘯爲誰秋。芝苓也向人間老，家國寧無病處愁。欵欵杖藜携一鶴，翩翩蓑笠上孤舟。蓬萊此去無多路，莫道相尋未有由。

和梁惟正病中見懷

跏趺何處著眼窝，門巷經年長薜蘿。塵榻每容僧可到，京華還許夢相魔。年光冉冉悲明鏡，海眼茫茫送逝波。試上越王臺上望，雲埋老樹鳥來歌[28]。

代簡答陳參戎

將軍功業照南陲[29]，何處山河誓不疑。善飯廉頗真未老，重來王翦豈無時。太平在手戈堪枕，慷慨還渠劍自知。正好玉貂相照耀，莫嫌雙鬢盡如絲。

常春書屋次韻張世華

光分棐几花梢月，香撲吟箋豆蔻風[30]。萬蘂千葩都蓓蕾，須彌芥子極纖洪。蚤從圖裡觀無極，曾向江門問石翁。滿眼江山總摇落，不勝秋思幾人同。

贈陳貴椿還雷州

舘樹霜風攪夜頻，雷陽夢裡憶歸人。老夫欲折梅花贈，争柰行時未破春。

九　日

掛樹輕衫風欲舞，擊壺短鋏唱初醒。我留南海非逃世，菊對東籬肯近名。山色到秋還太古，酒盃隨處得吾生。小庐山下千回醉，不與幽人共此情。

登高能□□須謝，酌□□□□□□。□□□□□□□，□逢九日有佳名。虛盈月偶松梢見，重冠風隨步□生。越□江山楚人醉，暮秋情也暮春情〔31〕。

李承箕集卷七終①

① 按：清鈔本有落款“嗣孫李荀大録”。

【校記】

〔1〕清鈔本“嘯”作“笑”。

〔2〕清鈔本“僑”作“橋”。

〔3〕清鈔本“照”作“故”。

〔4〕清鈔本“船”作“舡”。

〔5〕清鈔本“合幾”作“幾合”。

〔6〕清鈔本脱“也”。

〔7〕按：此詩湖北省圖書館本中僅目録中有，正文脱。此據清鈔本補。

〔8〕按：清鈔本脱此首。

〔9〕清鈔本“弄”作“占”。

〔10〕清鈔本“風”作“君”。

〔11〕清鈔本作“飛雲東步踏花時”。

〔12〕清鈔本“稍”作“梢”。

〔13〕清鈔本“離”作“抛”。

〔14〕清鈔本脱“花”。

〔15〕清鈔本無“壁”。

〔16〕宋廣業：《羅浮山志會編》卷十八《鐵橋》“政”作“正”字。

〔17〕清鈔本“土”作“上”。

〔18〕清鈔本“間”作“問”。

〔19〕清鈔本脱“闕”。

〔20〕清鈔本“恃”作“持”。

〔21〕清鈔本脱“作此洲主夫何求。多岐亡羊豈不爾，兀兀騰騰畢萬事”。

〔22〕清鈔本脱“蕲”。

〔23〕清鈔本脱《陳奉時惠燈檠》篇。

〔24〕清鈔本脱《答胡居正》篇。

〔25〕清鈔本脱《答李可久》篇。

〔26〕清鈔本脱“相”。

〔27〕清鈔本脱“總”。

〔28〕清鈔本中“越王臺上望，雲埋老樹鳥來歌”出現在《答李客久》的條目下，但《答李客久》僅有標題而無内容。

〔29〕清鈔本“軍”作“事”。

〔30〕清鈔本脱“揆”。

〔31〕清鈔本脱“登高……暮秋情也暮春情”。

李承箕集卷八 ①

和顧勉庵風雨有感

我有萬丈篲[1]，解掃雲霧霫。曦娥正其馭，一拯群生急。側身仰穹窿，漏下如破笠。老鳳坐扶桑，瞑翳拳雙膝。燭龍傍昏衢，凄緊身全湿。一宵復一宵，一日復一日。壞壁蝸牛行，深堂蚯蚓入。耕夫閔於田，機婦嘆在織。旅襪生苔蘚，商居廢貨殖。悠悠我所思，區區我之力。欲訪奏韶人，九疑在何域。雲山彷彿中，真眼因誰别。欲往視成周，重譯風無烈。世路迂險衺，陳迹久已滅。枵腹躋首陽，粮不畏乏絶。薇蕨一味長，鼎竈尚陳設。星星火未灰，舉手继一爇。振衣上箕潁，雙足寄百折。何處洗人耳，又恐污牛舌。回首傷古今，向影自披説。所以河目翁，周流駕言輟。既續詩書亡，亦補禮樂缺。倚困孤拳支，臨流一瓢啜。惡臭擇食味，紅紫去衣襭。同俗且臘較，辟人敢巢穴。官魯位匪高，在陳窮未拙。愠見由終野，米竊顔何劣。不妨賢雷同，克肖聖虎别。遥林烟霧暗，噪蟬徒哽咽。窮湟泥淖陷，鬧蛙無困竭。教化有神授，霸柄不私竊。皇王共襟期，久近契符節。歌君風雨詩，感我心腸切。

此　　庵

何處有山如須彌，虚空萬丈雲垂垂。山中老人不下山，行住坐卧其庶幾。此山耕者此庵舊，九一不分無頃畝。山前人唱採樵歌，此庵一声獅子吼。龍山行者一轉語，千人萬人盡廻首。手提缽盂問如來，此声是

① 按：清鈔本卷八有落款“嗣孫正蕙、正蒨重輯”。

同還是否。

崔希説留别次韻

又爲梅花住兩寒，小廬山到大崖山。江湖老去眼未揩[2]，城市近來人亦閑。白首與君三日别，清湘照我一蓑還。獨此老鶴能尋主[3]，踏破蒼苔一徑間。

周文都惠茶

石泉煮新鼎，詩卷坐高春。烟歇鶴初下，酒醒花木逢。磁甌纔一舉，逋客已千峯。不住松風耳，長歌欲鬪公。

竹　几

新州新竹榻，不見錦溪叢。秋盡千峯裡，鳥吟半醉中。清尊撤廣席，碧閣隱殘鐘。時事休相撓，華胥興始濃。

睡足清風几，神交緑玉叢。逍遥天地外，恍惚有無中。雲水宅一畝[4]，雕胡飯一鐘。欠伸新雨後，忽見衆山濃。

卧起千峯暝，婆娑萬菊叢。管寧雙膝外，元亮一杯中。躍馬三叉路[5]，梳頭午夜鐘。如君席不暖，不有聖情濃。

耐可終日醉，何須滿世知。在山惟老竹，作榻用孫枝。一枕日將夕，百年春獨遲。風窻開四面，星月夜相隨。

是醒還是醉，無知定有知。眠穿風月榻，斫断鳳凰枝。夢與真難別，春將老去遲。無心雲一片，到處肯相隨。

文都惠方山巾

舊製華陽別，新裁越綺香。青餘雙鬢映，高只一山方。步澗花沾雨，穿林葉帶霜。灑然新沐後，吾亦愛吾狂。

寄致仕林憲長

楚畹歸來對木蘭，水中玄鬢映朱顏。一番封事臣忘死，幾樹斜陽鳥倦還。未老雲山誰入手，高吟花柳且偷閑。也知名字收丹籍，不落神仙第二班〔6〕。

寄廣藩劉少參朋節致仕憲副江一元①

古寺多年酒，春鴻十五飛。夢醒孤劍在，書到九衢稀。劉向終途遠，江爲正遁肥。大崖身上月，閑照薜蘿衣。

和吴海道留别

返照半山行客路〔7〕，長波萬里使君舟。暫留碧玉春非淺，共對清尊夜未休。醉領風花詩句句，神交滄海夢悠悠。飛騰早振青雲步，勳業如今尚黑頭。

① 按：江源，字一元，番禺人，成化五年進士。

和劉少参朋節留别

碧玉應難遇，青山何處逢。情酣十年酒，夢破一声鐘。共戴清平世，獨行雲水踪。山林異朝市，不得久相從。

題平樂梁太尹都亭别意卷①

蒼梧抵平樂，數百里高山大林，峒徭出没，長鈎毒矢，殺人如麻。龍門適當二州之中，多填華人有罪者於此，而鎮之文武才官，其庶矣乎。卷中諸作，俱不及此，跋以詩。

平樂遠接蒼梧烟，峒獠白晝争戈鋋。中間公有龍門計，直道未能辭獨賢。②

和周憲長時可留别

青青階下草，生意又逢君。往古春餘幾，而今始屬人。容容涵宇宙[8]，兀兀断知聞。不註圖書腳，探玄笑子雲。

千古韶音歇，一声何處謳。華堂人半醉，紅燭影交流。象緯羅天闕，雲霓護客舟。楚江黄鶴唳，清夢亦高楼。

身着紫藤蓑，門掩碧烟蘿。辟人甘鳥獸，行路愧丘軻。長醉兼長舞，一丘還一窝。紫虚率道士，許我日相過。

---

① 按：汪森《粤西詩載》卷二十三有《題平樂梁大尹都亭别意卷》（李承箕）（四庫全書本）。

② 按：此篇又見於《李承箕集》卷十三，且“太”作“大”，明多稱一地守爲“大尹”，此“太”當從卷十三作“大”。

和廣西吴憲副

我本楚狂人，荆州此識君。雲山還昨夢，世路與人分。短褐曾嫌醜，虚名自愧聞。兼金数字至，高義激浮雲。

無民不清静，有吏與歌謳。古調何人會，明公是此流。長風破巨浪，孤影落虚舟。獨倚闌干月，幾回明遠楼。

綉斧昭州路，開荒透密蘿[9]。陰符兼老子，劍術漏荆軻[10]。竹護新氓舍，烟消舊獠窝。倘餘經略此，不惜重經過。

茅林八景

太山擁翠

雲木閣雲峯，斜通幽鳥徑。匠石莫相尋，蘢葱看隱映。

曲港拖藍

九臯昨夜露，孤鶴散清響。驚起弄波人，長嘯星河上。

林溪漁釣

白頭據磐石，長竿弄烟水。爲問夢中熊，孰與溪魚美。

禅寺晚鐘

瞑翳寒城雨，明催古路人。塵中紛擾夢，断送幾黄昏。

龍潭秋月

神物本天用，寒水深見底。不得抱珠眠，明年春雨裹。

牛壠春雲

野外如膏雨，天邊披絮雲。眼前春事急，公是耦耕人。

竹軒詩興

列國壇皆廢，千年風未開。洋洋兼渢渢，季子幾時來。

芸舘書声

平生用不盡，古人一卷書。持此争愚聖，令人萬卷餘。

題　梅

影落寒江月一痕，烟霞剩馥倩誰聞。和羹欲試人間手，商鼎秋塵净幾分。

次韻沈都憲時易①

箕無似，比者一拜執事祝融之下，不惟信其言於俄頃之間，而尤加之意於既别之後。王公大人崇獎山野，此風断絶久矣。伏承即日書并儀來，曷勝榮感。諸詩奚容贊美，奉和二章，前以寄意執事，後以寄意石翁。意陋詞荒，不勝悚息〔11〕。

王公作意下郊人，廊廟江湖夢亦真。投老千峯聊自約，初交一臂此何神。青山两坐曾他雨，白雪連歌别是春。高逝鳳凰九千仞，清都只恐絶無隣。

鶯花笑弄祝融峯，來往應誰認此踪。老子夢多山水癖，中丞情有歲

① 按：莊昶《定山集》卷五《次韻沈都憲》有下面兩篇詩文，但無李承箕撰文的背景介紹。

寒松。可無巢父安唐世，况得南軒待晦翁。黄鶴楼前一回首，白雲鄉裏接騎龍〔12〕。

石翁見寄次韻①

花下一盃還一歌，梅雲細路隱垂蘿。春來紅紫花無数，此外東西路更多。影子青天從放誕，頭顱明鏡笑蹉跎。悠揚乘興前溪曲，戲撥流澌漱碧波。

萬里長風擊楫歌，了無此夢掛烟蘿。溪山到脚長嫌少，車馬臨門不愛多。瓢掛林梢風淅瀝〔13〕，鶴巢松盖夢蹉跎。一声引起漁家傲，两两三三唱隔波。

逍遥遊侶却來尋，萬仞烟霞一片心。難向眼前人説得，眼前人只解鄉音。

山盟投老會相尋，無復人間不了心。鉄笛試吹峯頂月，山靈依舊是知音。

沈都憲詩來次韻奉答二首

豈無魏野忘情得，只有萊公著眼真。卑賤不知誰是我，謙光自信福膺神。焚香詩讀两三卷，洗手曆開十一春。不盡長歌還短舞，典衣沽酒

① 按：陳獻章《陳獻章集》卷五《寄李世卿》：再過湘江踏浪過，一帆西去傍烟蘿。家臨漢水心無住，人到衡山興亦多。豈是兵戈愁阻絶，不因婚嫁笑蹉跎。白鷗肯信閑於我，也解忘機浴遠波；湖北竹枝高自歌，釣絲千丈引垂蘿。烟霞脚底真曾到，歲月人間頗厭多。雲水與君終浩蕩，題緘寄我莫蹉跎。秋風税駕衡山下，共泛清湘明月波。（中華書局 2008 年版，第 483 頁）

共比隣。

两脚東南萬萬峯，悠然雲水一行踪。地炉撥火常煨芋[14]，岩谷鋤雲自種松[15]。睡過茅簷餘丈日，衝來風雪只蓑翁。閑拈周易從頭讀，能躍能潛道是龍。

沈公見寄次韻奉答五首

婆娑獨對皇天影，談笑都來俗子喧。芥子須彌還我闥，千紅萬紫亦春園。心無牛口干秦穆，迹继龍頭愧邴原。江上神龜尾方曳，放情泥淖不須掀。

一回人物如公少，三楚姓名從古喧。滄海會同都活水，芳菲次第各名園。藜羹莫道無萊婦，蘭畹應誰負屈原。自古是非看汗簡，一番披抹一番掀。

階前驚犬虎頻過，門外催租吏更喧。攲枕月横千丈石，種芝雲裏四時園。崇高楓陛今惟聖，貧病桑樞舊姓原。苦雨閉門如坐井，一簾垂地未教掀。

閑來一坐都忘却，爲有東風入耳喧。春意宜人何獨我，花光著處不皆園。燕泥軟趂高高屐，鶯谷斜連短短原。回首江門去年道，两三聯袂任風掀。

攻心真樂濃如酒，避俗高人寂不喧。接羽雲霄千仞鳳，交陰椿桂一家園。趨庭舞罷星臨户，倚竹詩成風滿原。更愛紫荆花意動，花根活水手隨掀。

衡州鄧貳守示寄石翁詩次韻奉答三首

隱几青山疑有約，展才皓首笑無功。白牛車子終居洛，金口人家莫薦雄。衡岳主人開洞府，湘江烟月狎鳧翁。憲臺東老沈都憲也書頻到[16]，鴻鵠遥憐萬里風[17]。

花柳芳菲曲徑通[18]，尋幽莫道我無功。天和得處人方樂，地主豪時客亦雄。榮願已教都絶夢，頭顱不恨半成翁。從君欲飯諸峯蕨，只恐香飄口角風。

蕩蕩乾坤無異境，熙熙造化有同功。雲霞繚繞孤眠穩，霄漢飛騰一羽雄。文繡早知非趙孟，鹿裘老去是榮翁。衡山笑與箕山較，瓢掛林梢不斷風。

隨守李士脩見寄次韻

宦游隨國吾何薄，夢入華胥晝亦酣。有限光陰真自惜，無端世事不交談。公門却掃雲生席，流殍歸來月滿庵。收拾江山閑調笑，清風萬壑卷晴嵐。

朱户垂楊迷畫轂，玉河流水漾春襟。普天弓劍莓苔卧，萬國簫韶龍鳳吟。領郡有人生色少，握肝無地托交深[19]。吾宗不取當年美，衣振青天萬仞岑。

春日郊行

春滿江山桃李新，芳菲洗眼是何春。大賢爲政今如此，不道今人少古人[20]。

入洪山

翩翩皂盖又青山，住世人還出世間。萬轍一途歸去住，不應非禹不非顔。

青春作伴入山來，花鳥平生不受猜。割断紅塵雄劍在，肯教腰下繡生苔。

登　　山

千里禾麻壓畝低[21]，恩風德雨逐輪蹄。富民侯印如天上，雲是楼臺風是梯。

與報山靈太守來，山花山鳥亦遲回。麻衣倘寄山中榻，肯對寒炉一畫灰。

劉媪送酒三绝

康衢声響罷陶陶，飢餓相尋到我曹。美醞三升殊可戀[22]，野人何事笑東皋。

誰將白鶴與青蚨，十五橋邊覓酒壚[23]。賴是東鄰劉老媪，一筒滿眼不須沽。

襟顔何處不曾開，世短情多白髪催。一曲高歌還自聽，青山笑覆白雲杯。

承嘉弟遣弟承規挐舟送客武昌，舟還金磯，適族弟承敬會磯下，許相挽而上。舟覆，規與敬得拯，規遂舍舟而歸，承嘉欲令規求前舟[24]，止以詩①

兩弟磯頭真陸沉[25]，茫茫不記此來心。扁舟直得曾多少[26]，天與平安抵萬金。

黄公山釣臺浸水答陳二教先生二首

浩蕩烟波笑此臺，悠然雲水不安排。餞無溪友相留去，饌有江魚自入來。大放絲綸看月上，小將舴艋認風開。相看影子還相戲[27]，誰倣前人舊體裁。

山色水光相上下，酒瓢詩卷日挨排。早知長日不虛過，肯道吾生是

① 按：李承嘉，字會卿；李承規，字循卿，號梅溪，生成化己亥，卒嘉靖己未二月十七，有子二：梅、條。

承嘉，長春次子，字會卿，號三九。自幼聰敏，即能幹父蠱，判鄉閭曲直，大崖深愛而教之，嘗試以對曰："蟬聲断續哀殘日。"隨應以："雁影縱横過断雲。"大崖喜曰："玆非詩耶！"淳孝友。兄官儀真，公奉母於家，甘旨不缺，愉色有常。父疾革時，以庶子幼且衆、難成立爲慮，公涕泣，誓以不負遺命。囊無宿錢，買田創屋於三九莊，皆其剿心唾手所起也。及分異，均與諸弟而無私。主持族事，綽有果断，遜庵謂其才堪守府。性不飲，能以酒樂客。四方士來學問於其門者，殷勤館穀之費。或問之，曰："兩兄方育群英，吾亦與有樂焉，安得貴耳而賤目也？"修葺湖西義學，東崙提其綱，而土木細務，公實主之，人兩稱焉。素寬厚，嘗有人妄認其牛者，公笑而付之，迨數日，其人還牛，且謝過，公曰："物故有相似者，此何謝？"盖有古長者之風云。生成化乙酉六月初十，卒嘉靖辛卯八月初二，壽六十有七，葬石溪祖墓旁，即公所恢復者。配徐氏，祗順慈惠，内外稱賢，生天順戊寅四月九日，卒嘉靖丙辰臘月六日，壽七十有九，葬大橋王家坡。子五：稷、度、聲、愛、慤。（參見《嘉魚李氏族譜》）承規，長春三子，字循卿，自幼警敏圓活，滑稽有智，無論識與不識，相見後即與相善。嘗爲里正，事易集而里不擾，邑宰折公，愛其能家法，復留爲里之老，固辭歸，吾兄端彝喜而爲序。號梅溪。生成化己亥，卒嘉靖己未二月十七，壽八十一，葬大橋母塋右。配蔡氏，卒嘉靖癸巳七月十七，壽六十一，葬梅澥西岸。子二：梅、條。（參見《嘉魚李氏族譜》）

倘來。一點青天南極眇，全臺白眼老夫開。荷花菱葉無人管，留取襟裙次第裁。

題縣主山水圖

家具生涯且釣舟，黄公臺影漾浮漚。波心閑有鷗夷笑，不把牙籌礙釣鈎。

木旆山幢到眼真，丹青舉手壓紅塵。休衙午敵千峯面，江北江南一様春。

送許夏卿還上虞

袖滿烟霞屐滿風，會稽面目許誰同。此身天地本無外〔28〕，行迹水雲都自空。冷暖一年蔬飯裡，往來千變不言中。臨風插羽仍霄漢，約我重來五嶺東。

丘壑生涯甘自適，路岐迂僻問相尋。爲人機恐除根晚，非聖書曾着意深。剡曲雪來空有興，鴛鴦綉出已無針。因君獨起孤山夢，坐弄梅花月底陰。

謝天與改官汴臬幕東嵩兄有詩次韻并寄

梁國何曾還嚇我〔29〕，今人情或古人同。電懸雙眼欺秋水，鬓擁山花御野風〔30〕。柱史官來頭已白，醉鄉逃去頰初紅。吹臺獨上高廻首，各各洪河落照中〔31〕。

活動天幾切太空〔32〕，四方上下本玄同。坐臨梁苑梅花月，行倚汴堤楊柳風。醉掉頭顱紗帽側，倦遊車馬軟塵紅。詩成愧我空相憶，都付蘇門一笑中。

李承箕集卷八終

【校记】

〔1〕“簪”，據清鈔本補。

〔2〕清鈔本“揩”作“暗”。

〔3〕清鈔本“此”作“憐”。

〔4〕清鈔本脱“一”。

〔5〕清鈔本“路”作“口”。

〔6〕清鈔本“二”作“一”。

〔7〕“返”，據清鈔本補。

〔8〕莊昶《定山集》卷三《和周憲長時可留别》“容容”作“看看”，清文淵閣四庫全書本（以下《定山集》皆源自该本）。

〔9〕莊昶《定山集》卷三《和廣西吴憲副》“開荒透密蘿”作“並茗透密蘿”。

〔10〕莊昶《定山集》卷三《和廣西吴憲副》“漏”作“陋”。

〔11〕清鈔本脱“不勝悚”。按：此段話又見於本書卷二十《答沈都憲》。

〔12〕莊昶《定山集》卷五《次韻沈都憲》“接”作“看”。

〔13〕莊昶《定山集》卷五《石翁見寄次韻》“林”作“樹”。

〔14〕莊昶《定山集》卷五《奉沈都憲和韻》“芋”作“栗”。

〔15〕莊昶《定山集》卷五《奉沈都憲和韻》“自”作“只”。

〔16〕按：莊昶《定山集》卷五《衡州鄧貳守示寄石翁詩次韻奉答》未有自注“沈都憲也”。《莊定山集》之《衡州鄧貳守示寄石翁詩次韻奉答》未有自注“沈都憲也”，參見俞憲輯《盛明百家詩》，四庫全書存目叢書集部第304册，齊魯書社1997年版，第701頁。

〔17〕莊昶《定山集》卷五《衡州鄧貳守示寄石翁詩次韻奉答》“憐”作“連”。《莊定山集》之《衡州鄧貳守示寄石翁詩次韻奉答》作“連”。

〔18〕莊昶《定山集》卷五《衡州鄧貳守示寄石翁詩次韻奉答》“芳”作“音”。《莊定山集》之《衡州鄧貳守示寄石翁詩次韻奉答》作“芳”。

〔19〕莊昶《定山集》卷五《隨州守士修見寄作次韻》“肝”作“犴”。

〔20〕清鈔本脱“不”。

〔21〕莊昶《定山集》卷二《登山》“禾”作“桑”。《定山集》卷五《登

山》作“桑”，叢書集成續編 113 册，上海書店出版社 1994 年版，第 553 頁。按：以下叢書集成續編本《定山集》均採用此本。

〔22〕莊昶《定山集》卷二《劉媪送酒》“三”作“二”。《定山集》卷五《劉媪送酒三首》作“二”，叢書集成續編本，第 553 頁。

〔23〕莊昶《定山集》卷二《劉媪送酒》“覓”作“賣”。《定山集》卷五《劉媪送酒三首》作“賣”，叢書集成續編本，第 553 頁。

〔24〕莊昶《定山集》卷二此條無“前”字。《定山集》卷五此條無“前”字，叢書集成續編本，第 553 頁。

〔25〕莊昶《定山集》卷二“两”作“爾”。《定山集》卷五作“两”字，叢書集成續編本，第 553 頁。

〔26〕莊昶《定山集》卷二“直”作“值”。《定山集》卷五作“直”字，叢書集成續編本，第 553 頁。

〔27〕莊昶《定山集》卷五《黄公山釣台浸水答陳二教先生》“影”作“歌”。

〔28〕莊昶《定山集》卷五《送友卿還上虞》“身”作“功”。

〔29〕莊昶《定山集》卷五《謝天與改官汴臯幕東崙兄有詩次韻并寄》“嚇”作“哧”。另，錢謙益《列朝詩集》丙集卷四《謝天與改官汴臯幕東崙兄有詩次韻并寄》（莊昶）作“嚇”。

〔30〕莊昶《定山集》卷五《謝天與改官汴臯幕東崙兄有詩次韻并寄》“鬓”作“髻”。另，錢謙益《列朝詩集》丙集卷四《謝天與改官汴臯幕東崙兄有詩次韻并寄》（莊昶）作“髻”；錢謙益：《列朝詩集》丙集卷四《謝天與改官汴臯幕東崙兄有詩次韻并寄》（莊昶）“山”作“三”。

〔31〕莊昶《定山集》卷五《謝天與改官汴臯幕東崙兄有詩次韻并寄》“洪”作“溪”。錢謙益《列朝詩集》丙集卷四《謝天與改官汴臯幕東崙兄有詩次韻并寄》（莊昶）作“溪”。

〔32〕莊昶《定山集》卷五《謝天與改官汴臯幕東崙兄有詩次韻并寄》“幾”作“機”。

李承箕集卷九

寄嚴先生罷任

紗帽閑眠背夕陽[1]，幾年歌裏聽滄浪。夜來風雨宣城夢，千里蘼蕪滿地香[2]。

和沈大有國賓韻

人間難記定難忘，眼底魚潜共鳥翔。開户一番飛動意，滿簷春雨墨花香[3]。

戚里春光未易逢[4]，朱門窔𥨪杳難窮。不多岐路驅馳裏，無限珠璣咳唾中。

太守馬公墓誌成詩寄其子侍御

翰墨非徒此著勛，欲從地下起斯人。文章老去還須悔，語默元來只自真。罔象幾回悲夜雨，雪山終古共秋旻。還吾第二碑今日，零替高才一愴神。

次韻升卿弟四首①

拖犁早穗已成科，拾穗有人行且歌。長路自來還自去〔5〕，今人心契古人多。

泯泯日長人獨坐，關關風静鳥同歌。塵心生死全消未，天損分明不受多〔6〕。

七尺自臨潭底影，一瓢不聒樹頭風。安心了了無言説，興味都歸半醉中。

彼此衰榮併一空，夜來急雨戰驚風。午牕忽起初晴日〔7〕，宇宙無端過眼中。

與雷敏②

舊雨亦留今亦留〔8〕，而翁中表分相投。山居老我爲兄愧，兄輩還君與道謀〔9〕。經笥破胸開萬卷〔10〕，筆鋒落手欠全牛。青灯長夜相逢教，分付而今愛黑頭。

下庄栽禾呈諸兄弟三首

樹緑陰低壓竹籬，山青面好鬬茅茨。隔花老眼看人悮，煮石山童報飯遲。苗意懷新時雨效，人情依舊濁醪知。蓬蒿剪盡兄兼弟，賓祭年年

① 按："承階，約庵（田）五子，字升卿，號抑齋，以蔭補國子生，除鴻臚序班。性通敏，嫻於詩禮。嫡母畢夫人及諸兄皆愛樂之，親戚鄉閭見者無不愛敬，竟困於酒色，一無所成而逝。生成化戊戌，卒正德辛巳四月二十四日，葬熊公堂。"（參見《嘉魚李氏族譜》）

② 按：湖北省圖書館本目録中標題爲"留雷敏宿"。

合有支。

指迷中路須童子，拜號村山亦具茨。杖屨已空天地闊，頭顱聊得雪霜遲。呼牛應馬誰能事，運水搬柴君得知。世短意長無俗念，青帘影裏酒頻支。

十畝山田都漸次，数間野屋有塗茨。施爲正處勞神少，租税先時見吏遲。容足江山如有待，候門童稚總能知。不栽溪口桃花樹，勾引來人恐莫支。

任仲禄仲謀萬鈞諸弟載酒訪田所用韻〔11〕

人好烏鳶同鳳鳥，迹高黄閣亦茅茨。荒村載酒相尋少，嘉種逢年豈患遲。拾穗獨憐公不悔，締交曾許鶴先知〔12〕。五風十雨天終定，弟勸兄酬樂不支。

寄答會卿弟示詩

分付周遭不插籬，雲爲簾幙霧爲茨〔13〕。堂堂大路容人去，稍稍灰心得老遲。元亮醉鄉同此醉，叔牙知己是誰知〔14〕。隨身宫殿皆堪適，何許勞勞費四支。

和升卿

弟許長歌兄許和，情須相愛法須排。天光人耀休同調，城市山林不两來。眼底孤灯憑夜剔，脚頭荒徑到時開。池塘草色如鋪錦，刀尺今番看巧裁。

聞林待用擢方伯不赴

風滿南牕一枕宜，懶將心迹較皇羲。高山大谷看龍變，流水行雲到我知。今古英雄都百歲，輪蹄世路但千岐。歸來老子揮金少[15]，笑共桑麻話雨時。

病　　暑

暑無今歲劇，病甚往年侵。月瘦頻池曲，風微空樹陰。飛情霄漢健，潛意泳游深。道暍人人是，金莖恐乏斟[16]。

用韻答李公治

倚遍東樓住，孤吟暝色侵。人情限一舍，天道伏群陰。黍熟黄雞在，人閒白屋深。家慈愧吾子，夏酒两回斟[17]。

寄雷震東讀書熟湖并寄震陽諸昆弟用前韻三首[18]

一瓢蔬食非難受，萬里毛錐亦易投。青眼今宜惟古是，黑頭命未與仇謀。小將一杖扶岐路，何許孤槎訪斗牛。奈可逝波頻洗眼，等閑不謾過橋頭[19]。

白沙爲役兩年留，杖屨朝昏不暫投。膽内齏鹽無世味，案頭螢火共書謀。功名堪折中郎屐，鼎鼐終函上帝牛。弟子爾家佳且衆，東頭住好接西頭。

手未攤書意已留，兄知拈掇弟知投。門庭諸父無遺蠱，舘谷經師更善謀。盤錯幾年都利器，輻轅前日有童牛[20]。儒生回首吾家季立卿弟弱冠以儒士得第[21]，弱冠當年應鵠頭。①

贈吴别駕獻臣復之成都

蒼梧飛檄蜀都臺，病起經年别駕來。千古事功人每後，一回岩谷眼初開。路經灩澦波方定[22]，心許乾坤老未灰。相慶一冠逢太守，黄堂元不着塵埃[23]。

畫　梅

鐵橋曾識春風面，玉鉉終和上帝烹。散步江村霜月夜，仙香萬斛引丹青。

岳陽樓

九江有水來天地，三楚兹樓冠古今。日月宏開雙照耀，行藏偶此一登臨。霓裳無復君山奏，蘭茝空悲屈子心。了了世情歸涬溟，巴陵小放酒杯深[24]。

桃林書屋爲巴陵方文亨題

片霞香點萬書堆，手捲拋書撥篆灰。多少旁人迷指顧，是天台不是天台。

① 按：陳獻章《陳獻章集》卷五《與雷震東》："何處黄公客欲還，黄公山亦小廬山。往來雲水兩三輩，粧點春風花柳間。岳色曉行湘浦望，湖光晴到洞庭看。有詩都點逍遥送，九萬扶摇一日摶。"《陳獻章集》卷五《與雷震陽用前韻》："近午黄鸝鳴樹樹，深春紅雨落山山。誰開燈火書帷地，郎在丹青畫幅間。醉墨收歸湘篋富，狂詩抄與郢人看。牆隈只欠梧桐樹，高翼還隨老鳳摶。"（中華書局2008年版，第468–469頁。有作者自注"從世卿來"）

寄沈大有二首

水月相磨勢两忘，千尋水月有蛟藏。鄂城今夜思千里，一首書殘一炷香。

枕竅孤眠夢已忘，人間两手謾收藏[25]。祝融風滿遊人袖，一片崖蘭萬斛香。

岳陽楼留别張孟賢太守

千尺雲楼萬頃湖，我公雄槩眼中無。霜天幾度入坐定，縹眇長歌步到虚。鷗畔野舟都蕩蕩，簾前香影共如如。當年信有東山劉時雍也眼[27]，宇宙中間合自孤。

途次得石翁書寄東嵩兄

又拜封書到石翁，非商非我復非戎。百年老只門墻下，幾樹花留闌檻中[27]。白髮庭闈兄旦暮[28]，青郊菽水子西東。明年鸚鵡洲邊路，活水和風百尺篷。

用前韻寄東嵩兄

舉足千尋欺凍壑，抽頭三丈看朝羲[29]。身游物裏都何意，事到人間了不知。囊有流螢臨稺子[30]，行無怒馬出他岐。直衫員帽東山老，全楚風流見此時。

扣舷清唱影相隨，卧有星房馭有羲。天放青山南面熟，波催采鷁北風知。籠中日月非高鳥，屨底烟霞是舊岐。曄曄紫芝朝暮足，敢將腸胃傲當時。

偶　成

無心雲水一虛舟，競住江河静不流〔31〕。蛙鼓耳邊三两部，橘奴眼底百千頭。道非身外朝朝樂，事付人間種種愁。幾夜月明無限酒，逍遥只對洞庭鷗。

書東山草堂扁①

封題雲卧東山扁，歌詠司空表聖詩。天闕星辰遺舊履，橘洲歲月有殘棋〔32〕。石横流潦潛蚪角，梅迸垂蘿屈鉄枝。自笑野人閑袖手，雲烟濃淡忽交馳。

舟中喜諸生夜讀三首

短檠深夜一船虛，三尺藜床幾卷書。枕外坐聞心慰我，波中出聽喜知魚。政求入處門墻是〔33〕，豈乞人間富貴餘。聞説天孫雲錦好，大開心眼看何如〔34〕。

① 按：莊昶《定山集》卷五《書東山草堂扁》，有自注“東山，謂華容劉户部時雍也”。另外，莊昶此詩是两首，第二首文爲：“黄落空山滿地知，江湖殘線一襟詩。是天榮瘁元無意，犯手輸贏不會棋。沙苑草非騏驥秣，瀟湘竹是鳳凰枝。紫虛有約千回醉，笑指僧趺亦坐馳。”且和第一首韻。四庫全書本《莊定山集》之《書東山草堂扁》，没有自注，俞憲輯《盛明百家詩》，四庫全書存目叢書集部第 304 册，齊魯書社 1997 年版，第 701 頁。另，劉大夏《劉忠宣公遺集》附録詩卷一，有《書東山草堂扁》二首（莊昶）：“封題雲卧東山扁，歌詠司空表聖詩。天闕星辰遺舊履，橘州歲月有殘棋。石横流潦潛虯角，梅迸垂蘿屈鐵枝。自笑野人閑袖手，雲烟濃淡忽交馳；黄落空山滿地知，江湖殘線一襟詩。是天榮悴元無意，犯手輸贏不會棋。沙苑草非騏驥秣，瀟湘竹是鳳凰枝。紫虛有約千回醉，笑指僧趺亦坐馳。”（清光緒元年劉乙燃刻本）

聲自何來谷本虚，敢將糟粕委諸書。不求安飽思無益，頗賴朝昏食有魚。巢鳳依梧輕萬里，篝灯承晷惜三餘[35]。欲歌子建箜篌引，清響雲端愧不如[36]。

實逐花來實不虚，今來芳躅古來書。頗將心手翻緗帙，也替芸香辟蠹魚[37]。戰勝此身無肆兀，攻堅人力不遺餘。請看三五天邊月，後來清光尚昨如[38]。

疊前韻四首

迂腐年華笑壑舟[39]，曉波不住夕波流。眼欺幾卷留灯燼，鐘散群鴉落樹頭[40]。短髪江湖天欲雪，長征土木路皆愁。驚湍数罟相連續，未許無機到白鷗[41]。

峽束蒹葭帶客舟，江涵星月傍人流。悲歌絶意關人世，縱飲無錢解杖頭。海角往來都此興，心端涬溟浪誰愁。不眠獨抱閑來膝[42]，山狎浮雲水狎鷗。

又向清湘弄一舟，笑將雙脚問清流。囊收風月非窮相，夢熟烟霞最上頭[43]。招隱誰甘同寂寞，著書獨不爲窮愁。稻粱滿地悲鴻雁[44]，馴得滄波萬里鷗。

蕩蕩白虹揚一舟，乾坤孤影在中流。風高物外浮溟興，天盖人間岸幘頭。歷阪鹽車騏驥病[45]，委霜人路菊花愁。也知萬户封侯樂，一點真閑不及鷗[46]。

次韻喻子乾見贈六首[①]

拂几彈絲風滿城，此刀千載砉然驚。千尋一進竿頭步，始信前賢畏後生。

竹繞官衙水繞城，簾前不到野人驚。坐殘水竹邊頭影，十丈婆娑月又生。

瀟湘雲霧鎖叢林[47]，玉色荷花許樣深。只恐塵中看花眼[48]，龍宮幽眇不知尋[49]。

樵歌落日風滿林，漁唱前灣夜氣深。此曲人間元不解，離鴦別鶴會相尋。

度十溪深更百溪[50]，野雲茅屋打頭低。雲香莫遣聞猿鳥[51]，逼得青羊駕又西[52]。

破笠不眠雲在溪，兩肩詩竦竹篷低。波喧厲氣風來北，山吐微光月出西。

次韻王良卿一首

豈難插羽會高風，亦易收名上景鐘。族並河汾源不淺，門傳文武道初同。酒杯照減清灯影，日晷催成黑髮功。七十二峯雲霧裡，不知玄豹在何峯。

① 按：莊昶《定山集》卷二作“次韻喻祁陽子乾見贈”。

次韻余秀才二首

門墻不外千桃李，澗谷誰甘一蕨薇。足底烟霞宜我未，竹間香采是梅非。雲開萬里天無意，海放孤槎我有歸。閣寄紫虚年五百，鉄笻扶路此通微。

到我連篇都月露，疑人有策頌岩廊。齒牙不薄紅綾餅，風月宜歸紫錦囊。黄鶴高登知後念，朱陵今話記前忘。儒家莫悔生涯薄〔53〕，舍下詩書墻下桑。

寄歐陽汝賢一首

聯轡炎風笑語長，愜謀舊雨嶽西廊。蓬壺不讓容潜息，行止何方此括囊。人自別來頻入夢，路從經處不能忘〔54〕。托尋雲侣無烟火，木葉爲衣不種桑〔55〕。

耒陽吊工部祠墓二首

不遇龍蛇有屈伸，悲秋可忍更傷春。唐虞回首封比屋，孔孟樂天非旅人。清世獨來真自笑，黑頭何處不堪貧。靴洲五百年來水，誰照逍遥七尺身。

倮葬不葬等是休〔56〕，有生無生情肯留。壽遲殤子千年在，詩與江河萬古流。天借人心都日月，山藏廟貌自春秋。拾遺苦被蒼生累，贏得乾坤不盡愁。

養庵爲永興馬貞夫題一首

北嶽霜雪幹，玉漢强千尋。南溟珊瑚枝，玄宫極幽深。應誰見毫末，積效踰山岑。撫卷得玩頤，隱几亦觀心。辭琢豈貞玉[57]，受厲須黄金。無寐月自生，無覺日自沉。回首人間世，坐鶩復行吟。枵然舍予琴，誰哉賞此音。

次韻郴州博韓先生

儒衣寬博與懷開，只此斑斕便老萊君二親迎就養。自愛日長如歲在[58]，不知氈冷有官來。奇觀具眼東溟是，閑夢何心北闕回。右手承懽須奉檄，何妨更舞左持盃。

用韻簡孔貢士一首

梅放仙香滿意開，郴山誰道不蓬萊。新盃幾共殘盃續，今雨還同舊雨來。冠玉相逢顔色在，凌霄倘許脚跟回。曲肱驚起先人枕，又進乾坤水一盃。

郴州留别高揮使一首

昔歲潭州話熟君，文韜還許此重論。黄金帶重新開府，黑髮冠峨舊將門。玉帳中宵刁斗静，天河一洗甲兵存。蠻村幾試巡遊馬[59]，桑柘陰陰日色温。

與致政孔千兵一首

紗帽閑眠心兀兀，金戈不枕夜沉沉。要知此老無官府，便是昭文不鼓琴[60]。細字蠅頭雙眼在，遠塵鹿伴一丘深。果留不盡遺孫子，玉樹瓊枝總出林。

答王朝儀貢士一首

可是貞心世不磨，珊瑚石上看餘柯[61]。情傾一面逢君晚，酒載雙瓶過我多。坐久客簷聽夜雨，路長塵世隔秋波。光芒未試衝星斗[62]，十丈無前有太阿。

郴州葛別駕兩訪寓舍詩以復之一首

楚國郴山厭上流[63]，胸中著此一監州。開門君屡春風面，乘興吾方雪夜舟。官府清虚身似寄，丞黎勞憊鬢添秋。姜侯未到先聲喜太守姜公尚未到[64]，雲影天光共一楼。

樂昌道中二首[65]

瀧石横流盡犬牙，千林不見鳥爲家。沿山曲曲無名水，夾岸鮮鮮空好花。赤脚舟人寒逆棹，青烟洞獠午燒畬[66]。眼前幾盞催詩酒，歲暮無錢何處賒。

遠去江湖志不違，今來未覺昔來非。眼穿海月籠沙白，足倚熏籠貯火微。行客自知無歲暮，飛鴻不記有家歸。脚跟自有平生路，未許緇塵點素衣。

五羊寄鄧先生俊圭二首

追隨獨愧共此門[67]，今昔交承信有神。一舉十觴聽雨夜[68]，七年三遍度瀧人[69]。好山我有朱陵洞，空谷君該鄭子真。草色河邊春意動，重逢肯負可憐春。

後時自許甘丘壑，前席將無問鬼神。浮世虚名非得已，出山小草却悲人。别時笑語風吹断，會處迷離夢寫真。四十餘年一廻首，乾旋坤轉有冬春。

答廣州黄别駕黄華容人一首

風流信自東山里，感會更同南楚情[70]。滄海方能乘寶筏，監州正爾得仙城。臨波杯酒歲將暮[71]，識面芳菲春欲生。半畝楚雲臺主我，獨來弄月又殘更。

答朱節推伯驥一首

高才雅足當府政，餘子自知無宦情。海國風潮催夕棹，蠻村花柳被春城[72]。名香簾引清朝動，病草風蹬昨夜生[73]。澤物洗冤两無憾，遺編殘燭想深更。[74]

再寄高揮使

小隊貔貅影作雙，雲爲車盖樹爲幢[75]。遥瞻萬里元戎氣，吞盡東南未肯降。

李承箕集卷九終①

① 清鈔本落款爲“嗣孫孫器大録”。

【校記】

〔1〕清鈔本“皆”作“背”。

〔2〕清鈔本脱“香”。

〔3〕清鈔本脱“簷”。

〔4〕清鈔本脱“戚”。

〔5〕莊昶《定山集》卷二《次韻升卿弟》“長”作“弋”。《定山集》卷五《次韻升卿弟》作“弋”字，叢書集成續編本，第554頁。

〔6〕莊昶《定山集》卷二《次韻升卿弟》“受”作“愛”。《定山集》卷五《次韻升卿弟》作“愛”字，叢書集成續編本，第554頁。

〔7〕莊昶《定山集》卷二《次韻升卿弟》“起”作“啟”。《定山集》卷五《次韻升卿弟》作“啟”字，叢書集成續編本，第554頁。《盛明百家詩》之《莊定山集》亦作“啟”，四庫全書存目叢書集部304册，齊魯書社1997年版，第693頁。

〔8〕莊昶《定山集》卷五《寄雷敏》“亦”作“雨”。

〔9〕莊昶《定山集》卷五《寄雷敏》“兄”作“皃”。清鈔本亦作“兄”。

〔10〕莊昶《定山集》卷五《寄雷敏》“開”作“書”。

〔11〕清鈔本“鈞”作“釣”。

〔12〕莊昶《定山集》卷五《任仲禄仲謀萬鈞諸弟載酒訪田所用韻》“鶴”作“鸛”。

〔13〕莊昶《定山集》卷五《寄答會卿弟示詩》“幙”作“幕”。《莊定山集》之《衡州鄧貳守示寄石翁詩次韻奉答》作“幕”，俞憲輯《盛明百家詩》，四庫全書存目叢書集部第304册，齊魯書社1997年版，第701頁。

〔14〕清鈔本“叔”作“妝”。

〔15〕清鈔本脱“金少”。

〔16〕莊昶《定山集》卷三《病暑》“莖”作“巵”。《定山集》卷二《病暑》作“巵”，叢書集成續編本，第487頁。

〔17〕莊昶《定山集》卷三《用韻寄李公治》“夏”作“交”。清鈔本“夏“作“有”。

〔18〕莊昶《定山集》卷五《寄雷震東讀書塾湖并寄震場諸昆弟》"熟"作"塾"，四庫全書本。《莊定山集》之《寄雷震東讀書塾湖并寄震場諸昆弟》作"塾"，俞憲輯《盛明百家詩》，四庫全書存目叢書集部第304册，齊魯書社1997年版，第701頁；莊昶《定山集》卷五《寄雷震東讀書塾湖并寄震場諸昆弟》"陽"作"場"。《莊定山集》之《寄雷震東讀書塾湖并寄震場諸昆弟》作"易"。同上。

〔19〕莊昶《定山集》卷五《寄雷震東讀書塾湖并震場諸昆弟》"謾"作"漫"。

〔20〕莊昶《定山集》卷五《寄雷震東讀書塾湖并寄震場諸昆弟》"輻"作"楅"。《莊定山集》之《寄雷震東讀書塾湖并寄震場諸昆弟》作"輻"。同上。

〔21〕莊昶《定山集》卷五《寄雷震東讀書塾湖并寄震場諸昆弟》無此自注。《莊定山集》之《寄雷震東讀書塾湖并寄震場諸昆弟》無此自注。同上。

〔22〕清鈔本脱"濔波"。

〔23〕清鈔本脱"元不着塵埃"。

〔24〕莊昶《定山集》卷五《岳陽樓》作"小"。《莊定山集》之《岳陽樓》"小"作"不"。

〔25〕莊昶《定山集》卷五《寄沈大有》"謾"作"漫"。

〔26〕莊昶《定山集》卷五《岳陽樓留别張公》無此自注。

〔27〕莊昶《定山集》卷五《石翁又有書至詩寄兄東崙》"闌"作"欄"。

〔28〕莊昶《定山集》卷五《石翁又有書至詩寄兄東崙》"旦"作"早"。

〔29〕莊昶《定山集》卷五《用前韻寄崙兄》"羲"作"曦"。

〔30〕莊昶《定山集》卷五《用前韻寄崙兄》"流"作"洗"。

〔31〕莊昶《定山集》卷五《用前韻寄崙兄》"住"作"注"。《莊定山集》之《用前韻寄東崙兄二首》作"注"，俞憲輯《盛明百家詩》，四庫全書存目叢書集部第304册，齊魯書社1997年版，第701頁。

〔32〕清鈔本脱"橘"。

〔33〕莊昶《定山集》卷五《喜諸生夜讀》作"政"。《莊定山集》之《喜諸生夜讀》"政"作"正"，俞憲輯《盛明百家詩》，四庫全書存目叢書集部第304

册，齊魯書社 1997 年版，第 701 頁。

〔34〕莊昶《定山集》卷五《喜諸生夜讀》“開”作“著”。《莊定山集》之《喜諸生夜讀》作“開”，俞憲輯《盛明百家詩》，四庫全書存目叢書集部第 304 册，齊魯書社 1997 年版，第 701 頁。

〔35〕莊昶《定山集》卷五《喜諸生夜讀》“惜”作“借”。

〔36〕莊昶《定山集》卷五《喜諸生夜讀》“端”作“梯”。

〔37〕莊昶《定山集》卷五《喜諸生夜讀》“芸”作“芝”。

〔38〕莊昶《定山集》卷五《喜諸生夜讀》“來”作“夜”，“光”作“圓”。

〔39〕莊昶《定山集》卷五《疊前韻》“華”作“來”。

〔40〕莊昶《定山集》卷五《疊前韻》“鵶”作“雅”。

〔41〕莊昶《定山集》卷五《疊前韻》“無”作“天”。

〔42〕莊昶《定山集》卷五《疊前韻》“獨”作“猶”。

〔43〕莊昶《定山集》卷五《疊前韻》有自注“衡岳峯名”。

〔44〕莊昶《定山集》卷五《疊前韻》“雁”作“舊”。

〔45〕莊昶《定山集》卷五《疊前韻》“阪”作“岅”；清鈔本脱“歷阪鹽車”。

〔46〕清鈔本脱“樂，一點真閑不及鷗”。

〔47〕清鈔本“瀟”作“消”。

〔48〕莊昶《定山集》卷二《次韻喻祁陽子乾見贈》“中”作“巾”。《定山集》卷五《次韻喻祁陽子乾見贈六首》作“巾”，叢書集成續編本，第 555 頁。

〔49〕莊昶《定山集》卷二《次韻喻祁陽子乾見贈》“眇”作“渺”。《定山集》卷五《次韻喻祁陽子乾見贈六首》作“渺”，叢書集成續編本，第 555 頁。

〔50〕清鈔本“百”作“有”。

〔51〕清鈔本“鳥”作“馬”。

〔52〕莊昶《定山集》卷二《次韻喻祁陽子乾見贈》“羊”作“鳶”。《定山集》卷五《次韻喻祁陽子乾見贈六首》作“鳶”，叢書集成續編本，第 555 頁；清鈔本“又”作“人”。

〔53〕清鈔本“悔”作“怪”。

〔54〕莊昶《定山集》卷五《寄汝賢乃兄》“經”作“徑”。

〔55〕莊昶《定山集》卷五《寄汝賢乃兄》“衣”作“名”。

〔56〕莊昶《定山集》卷五《耒陽吊工部祠墓》“倮”作“應”。

〔57〕莊昶《定山集》卷一《養庵爲永興馬貞夫元題》“貞”作“金”。

〔58〕莊昶《定山集》卷五《次韻郴州博韓先生》無自注。

〔59〕莊昶《定山集》卷五《郴州留别高揮使》“村”作“烟”；清鈔本脱“馬”。

〔60〕莊昶《定山集》卷五《與致政孔千兵》“便”作“須”。

〔61〕莊昶《定山集》卷五《答王朝儀貢士》“石”作“枝”；清鈔本“餘”作“除”。

〔62〕莊昶《定山集》卷五《答王朝儀貢士》“斗”作“匝”。

〔63〕莊昶《定山集》卷五《郴州葛别駕兩過寓舍見訪》“厭”作“人才壓”。

〔64〕莊昶《定山集》卷五《郴州葛别駕兩過寓舍見訪》“侯”作“欲”。

〔65〕莊昶《定山集》卷五《樂昌道中》作《木昌道中》。

〔66〕莊昶《定山集》卷五《木昌道中》，“午”作“手”。

〔67〕莊昶《定山集》卷五《五羊寄鄧先生俊》“此”作“江”。

〔68〕清鈔本“雨夜”作“夜雨”。

〔69〕莊昶《定山集》卷五《五羊寄鄧先生俊》“瀧”作“隴”。

〔70〕莊昶《定山集》卷五《寄答廣州黄别駕》“感”作“咸”。

〔71〕莊昶《定山集》卷五《寄答廣州黄别駕》“波”作“岐”；“暮”作“晏”。

〔72〕莊昶《定山集》卷五《寄答朱推府》“村”作“方”。

〔73〕莊昶《定山集》卷五《寄答朱推府》“毉”作“醫”。清鈔本脱“毉”。

〔74〕莊昶《定山集》卷五《寄答朱推府》“想”作“有”。

〔75〕莊昶《定山集》卷二《宜章再寄高揮使》“車”作“傘”。《定山集》卷五《宜章再寄高揮使》作“傘”，叢書集成續編本，第555頁。

李承箕集卷十

弘治庚申春三月十六夜，夢有客題予文稿曰：臨著集。予年四十九矣。東坡詩曰："蘧瑗知非我所師，值年已似手中蓍。"[①]

寄五羊楊景昌一首

東所來，伏聞先生数年内連值兩艱，哀苦可知。勢隔城府，造吊無由。旅館初棲，紙墨各各不便，未遑疏狀，義殊疏略，爲過何如？違離情劇，聊有小詩。

夢裹相逢不隔生，恍然三十度飛螢。仙緣倘許重相結，騎箇青羊過穗城。

寄致政江一元憲副[②]

楚雲花柳，值此嫩春，豈得無飛動之興？不拜光風，歲月多矣。石翁且病，藎卿弟不作，旅情曷勝。小詩奉上，和而教之否乎？

並馬隨吟記月河，三三兩兩醉天和。欲尋前度追遊興，轉覺哀多樂不多。

---

① 按：蘇軾詩見《蘇文忠公詩集》卷二十二《次韻曹九章見贈》："蘧瑗知非我所師，流年已似手中蓍。正平獨肯從文舉，中散何曾靳孝尼。賣劍買牛真欲老，得錢沽酒更無疑。雞豚異日爲同社，應有千篇唱和詩。"曾棗莊言蘇軾此詩："當是元豐甲子作。先生丙子生，至甲子，年四十九，故用蘧伯玉事及《周易·繫辭》語。"（曾棗莊《蘇詩彙評》第二卷，四川文藝出版社 2000 年版，第 992 頁）

② 按：江源，字一元，番禺人。成化五年進士，擢四川副使，乞休歸。

挽奉時石翁仲子

觀化疑君不可先，高堂病髪白垂肩。無情世短悲風裡，有底花飛急雨前。事定一棺如此盖，身存二頃未論田奉時自海上看田歸，三日而没。人間歲月誰憐促，四十分明又五年。

新會江簿送竹蓬二首

屏風誰道竹蓬宜，亦有當年吴隱之。孤艇湘江釣魚夜，喜聽打背雪來時[1]。

海風無奈撼雲根，昨夜悠揚畫舫軒。到耳隔墙声瑟瑟，嶺松葉亂與枝掀[2]。

安福羅進士見訪一首

繡縠波紋交暖吹，木犀香影動晴牕。人才近古多黄甲，風槩如君稱大邦。塵夢夜來占鶴夢，楚江春去接吴江。前期王事催歸輿，花滿溪山酒滿缸。

次韻石翁一首

江山圍病榻，夢覺合天然。蟲臂元歸幻，鸞膠未著煎。庭柯風撼夜，蓬鬢雪催年。老子逍遥化，誰論視稍偏。

用韻呈容一之二首

宿醉睡未足，陰川花不然。雲岩談警句，露茗得新煎。無復傷春意，都忘帶索年。一袍仍半臂，海氣自多偏。

断飲尤清絶，休吟似惄然。木犀丐剩馥，瓦鼎減餘煎。好日虚新歲，多情記往年。巴陵三醉夢，花綴曉灯偏。

寄答屈兵幕一首

馬繫庭陰薺草芳，越江春帶楚江香。勸酬未轉虚堂日，眼閣孤雲数雁行。

與羅服周話石翁病一首

才歌楚引楚雲臺，何事春襟鬱未開。桃李半花寒勒住，莓苔滿座湿生來。两行君落青衫淚，一枕翁添白髮哀。看到彭殤無壽夭，浮丘虚道揖洪厓。

疊前呈一之一首

鄭侯疑得計，种放豈其然。譽廣終爲祟，膏明直自煎。流塵如昨日，取象有千年。酩酊黄昏後，遊人坐馬偏。

睡鄉二首

去馬來牛路路〔3〕，红桃白李村村〔4〕。老眼似開還閉，扶桑枕爛孤根〔5〕。

警露樓頭鶴唳，應潮沙際雞声。天道本來默默，我心何自惺惺。

和答張廷實二首

炒蜆樓頭記往年，酒中忘聖亦忘賢。故吾無夢亦吾夢，夢見誰家杜撰禅。

江湖來往亦翛然，白鳥孤飛過遠天。一片黑雲纔破眼，牂牁牢繫柳邊船。

謝黄曆一首

客舍地偏春亦到，桃花風暖酒須開。試將歲月從頭看，四十九年知我來。

次韻陳光普

湖海十年空此身，相逢如夢復如真。心無去住那懷土，情及屋烏元在人〔6〕。酒映壁灯憐夜短，蜆肥溪雨趂春新。不知紫盖峯頭芋，甘得儂家一味貧。

安節爲南海潘氏題

葉不苦秋瘁，花豈榮春旭。朝暮等一途，終始何異局。雷澤披青蓑，蒲阪擁黄屋。我欲觀其人，塵淖翳芳躅。撫絃悲恨長，風雨断殘曲。

讀張廷實寄容一之詩有“丹成分寄朱陵洞”之句，用前韻寄一之并求丹也

迴出人間思側身，天遊消耗幾時真。山無費買如衡嶽，迹不違心亦至人。白髮經春疑變緑，陳根得暖欲回新。若教洞府能招隱，雞犬從來不厭貧。

催一之和詩一首

每將詩酒惱閑身，相對乾坤只任真。我是滄溟同病客，公爲風雨惜春人。夢迷雲樹欹孤枕，眼付井花思一新。何事吟情終日倦，豈嫌釣戟爲工貧。

雨中呈仲采一首

風惓青蓑雨打身，江湖千載著玄真。移春花片隨流水，下釣河豚不屬人。隱几自知常卧好，睡鄉無夢得時新。杜陵頗自恨枯稿，种放未宜輕賤貧。

代容一之和答張廷實二首

全身了不着塵埃，金粟如來是再來。三老不須防顧直，一杯自度更悠哉。

朱陵洞口如鐵甕，鐵甕主人断迎送。不將道眼照桃花，雲霞鎖断當時洞。

仲采遣子晼尋豎肇慶值風雨一首

碧玉危心著老身，崧臺遠夢到兒真。好春不借晴明日，暮景誰非愛惜人。断續四簷風雨舊，寢興幾夜鬢毛新。古人心契今人事，赢得多愁不爲貧。

仲采和詩奉答

一聲老鶴影隨身，引望孤雲眼未真。春入池塘疑有夢，今來魏晉豈無人。山楹過雨如膏沐，野鳥逢晴覺語新。不用錦囊隨驢臯，東南風月太教貧。

子長見寄次韻奉答三首

靈籟空中來，可聞不可見。安得無聲語，一團開素練。

老翠儘疊出，淺紅猶間見。人間心孔開，九陌鋪江練。

萬变了無心，十年何所見。山堂斗帳空，穆穆月如練。

盆　池

奪月真珉琢月圓，涵虛数尺亦淵然。中間生化無窮在，剩却春陵一箇圈[7]。

呈友巢

心學無傳幾坐弛，欲憑言語轉支離。跏趺終日人人是，流峙隨機各各宜。萬里長波須自度，半林明月受誰欺。如今無限江門淚[8]，悔不於翁解語時。

次韻順德蕭秀才用

白衣皎皎眼偏醒，碧葉交交鶯互鳴。海底琅玕非此樹，人間塵土是何情。雲根作枕夢亦少，洞府結盟鶴共清。霜柄乾坤誰握得，朱絲謾續一音成。

用韻寄謝半江德明

断飲春殘醉不醒，九廻腸轉五更鳴。網絲生閣燕無壘[9]，風雨摧花鵑有情。衾枕屡移孤客夢，鬚眉幾見半江清。科頭倚樹傷今古，緑葉交加子又成。

東所惠米

三旬九食好顔容，聞道斯人久在東。枳殼花香供一嗅，炊烟摇曳穗城風。

次韻羅服周見懷

四百浮山眼仲素，数間茅屋寄廬仝。掃空陳迹長風外，聽長蒼苔曲巷中。醉倒江湖秋露白，煨來芋栗夜炉紅。人間空有張羅在，萬里長天不及鴻。

和蕭用

白雪驚開洞，清風迥出塵。山中餘幾日，象外得更新。月露沾衣好，岩泉落硯頻。周南遺響在，返聽豈迷真。

寄李子長用前韻二首

四十年來蹟，纖毫不惹塵。嬌兒隨眼過，好景輒詩新。茶灶孤烟在，禅房一卧頻。世情無俛仰，習懶亦成真。

頭顱饒蟣虱，世路足勞塵。天道朝還暮，人情故有新。原生貧亦久，懷集夢難頻子長欲任懷集〔10〕。手把藜羹笑，两兒相對真。

用前韻與謝天錫

風雨滄溟孤艇閣，悲凉旅舘一燈同。白沙若道無來路，紫盖催歸有夢中。積草庭心添老翠，晚霞江面散餘紅。東飛不得西飛共，信有乾坤燕與鴻。

和友巢二首

枯槁何曾恨，煩囂不受侵。我携千日酒，公酌復公斟。

獨作逍遥遊，不受羈旅侵。五色流霞盞，朝朝只自斟。

寄答梁叔厚先生

相逢西南路，秋鴻十三飛。登眺繼芳躅，山水呈靈暉。把贈雲藍縑，製作野人衣。花舞春風妍，月坐秋江輝。僧眼侵長廊，苔色射漁磯。涉園蝶既來，泛艇鷗不歸。書失通瀛洲，分猶界寒微。豈知交州使，再扣廬山扉。天宇本融融，春情更依依。清泉仰分流，焦釜續餘輝。纔飫一臠調，定克四海肥。方圓瞻黃鵠，太平基紫薇。

龍山張博之見寄次韻三首

漠漠雲山共此懷，不知春去自山齋。萋萋滿眼王孫草，强半和烟上客階〔11〕。

無錢沽酒沃詩懷，盡日翛然獨閉齋。一線南風生樹杪，藕花香袂舞臨階。

江波放月蕩孤懷，巢燕將雛別舊齋。歸路朱陵通紫盖，杖頭松露滴瑶階。

寄趙景鳳鄧良壁二首

間逐安期海上行，六鰲隨手一鈎登。釣竿試倚芙蓉樹，透過青天第幾層。

了知止泊了知行〔12〕，觀海雲樓快一登。不信弱流三萬里，小將赤脚破千層。

阮伯載涵虚臺

去去水不流，惺惺火不馳。聵然無不一，冥然無不宜。翻盆昨夜雨，掛鉦今午羲。化機詎能停，壑舟潛復移。下帷有書帙，携酒有花枝。仲尼忘肉味，顏子心齋時。今古何係羈，洞然無一遺。

吴節婦鍾氏冽井寒泉卷

玉甃不可極，無波春雨餘。草荒汲處路，塵翳嫁時車。世味熊魚並，人家陛級除。此心難渾渾，元不是汙染〔13〕。

愛日堂詩

不再得者，昨日之末光。幸一樂者，惕子之衷腸。誰有綵絲千萬丈，强繫此雙輪高掛扶桑。舞我婆娑〔14〕，我歌聊浪。驚風過雨，閱世奔忙〔15〕。滄桑利鎖，頭銜名韁。所恃與所怙〔16〕，相背如相忘。我甘我旨，我醪我漿〔17〕，妻孥交喜懽，靈貺來無央。人間惕群心，南岑欽此堂。

次韻陳伯謙見寄二首

心化悠悠迹化陳，今來六十見斯人。青天一叫紅塵破，滄海邊頭鶴是君。

山舘往來無雜賓，白雲報導送書人。跫然踏破虚空裏，不是尋常笑語親。

見一居士吟

掛冠不待老，傲吏見而今。寒暑應天道，窮通亦此心。乾坤無剩語，興起托微吟。回首紅塵馬，歸鴉已滿林。

再和景鳳

肯與山人結静緣，雁峯來信雁相傳。盈頭白髪從渠短，到手青筇未放眠。空谷寂寥成獨往，浮雲富貴想同然。曉鴉到枕間還未[18]，解道西來不共天。

次韻光普送予歸衡山二首

平生水癖與山緣，秘訣千金誓不傳。石髓晶熒留客醉，松精盤礴喚人眠。乾坤自信無窮在，行止由來非偶然。七十二峯真合筭，後天数好過先天。

求田問舍本無緣，詩例窮人自古傳。了了聞君他夜話，休休息我世塵眠。酒因斟酌餘醒少，香愛氛氳小篆然。比里過逢都掩耳，高楼繁管任薰天。

次韻光普重贈

青玉壇終結我緣[19]，紫霞杯好共誰傳。了無塵土人間計，謾打虚空老子眠。露滴芙蓉孤鶴唳，雲開草樹一灯然。詩章重疊勞相贈，剩得驪珠照楚天。

留別湛民澤

老夏江樓破葛单，清宵海月弄波寒。歸心秋蒂辭柯易，舍面春雲見樹難[20]。宇宙虚來神作府，岩阿轉去老爲丹。沙隄民澤新居活水深千尺[21]，長照方山五色冠。

李承箕集卷十終

【校记】

〔1〕清鈔本“來時”作“時來”。

〔2〕清鈔本脱“松”。

〔3〕“路”，據清鈔本補。

〔4〕“桃”，據清鈔本補。

〔5〕“閉扶桑爛”，據清鈔本補。

〔6〕清鈔本“情”作“清”。

〔7〕清鈔本脱“無窮在，剩”。

〔8〕清鈔本“如”作“於”。

〔9〕清鈔本脱“壘”。

〔10〕清鈔本“子長欲任懷集”作“子長欲狂懷”。

〔11〕清鈔本脱“半”。

〔12〕“泊”，據清鈔本補。

〔13〕清鈔本“染”作“渠”。

〔14〕清鈔本“娑”後有“安”字。

〔15〕“閲”，據清鈔本補。

〔16〕“怙”，據清鈔本補。

〔17〕“漿”，據清鈔本補。

〔18〕“鴉”，據清鈔本補。

〔19〕清鈔本“玉”作“山”。

〔20〕清鈔本“舍”作“會”。

〔21〕“隄”，據清鈔本補。

李承箕集卷十一

胡達明共宿嘉會楼用前韻

未曾於世息詩緣，醉後狂歌愧浪傳。逝水峽山驚昨夢，博沙江舘共今眠。一灯文酒那能再，雙脚滄溟果泛然。肯嗡君家五峯雪，回飆分付過南天。

和雪竹李伯瑜〔1〕①

好此楼居結此緣，相逢心醉是心傳。偶移我枕江邊閣，便似老君壇上眠。一樣神仙長愛醉，幾廻面目未同然。如君叉手冥然意〔2〕，默識玄同是一天。

次韻羅服周見懷二首

錢落叉頭酒謾支，半醒半醉獨吟時。詩科案月何曾負，交分投君不自知。白苧舞殘楊柳月，青筇拄遍芰荷陂。漁歌又續前溪響，驚起水禽鳴夜池。②

東有一施西一施，不瞞秋水罷粧時。杞良哭死方成哭，孟子知言始是知。峯頂排雲交翠壁，潮頭擁月漾晴陂〔3〕。憑君試手千年下，筆點滄

---

① 按：湖北省圖書館本目録中作“温”。

② 按：錢謙益《列朝詩集》丙集卷七收録有李承箕此詩。

溟作硯池。

次韻服周見寄二首

海國當年盡好春，美才如子任長貧。室無萊婦誰知我，暖足牛衣不傍人[4]。短髮搔爬餘蟣虱，中林偃仰失冠巾。平生一段終然意，雲有岩阿月有鄰。

秋鬢吹風笑自春，詩囊收拾海山貧[5]。柳將花好長隨步，事與心同可對人。碧玉未開今日酒，方山還着舊時巾。歸來懶覓安公子，且與烟霞結箇鄰。

留別湛民澤用前韻

君去我留羈影单，石尤風不作新寒。百年未信相逢少，萬里能辭行路難。越海蘋花空自白，楚江楓葉若爲丹。朱陵洞裹如相覓，短笠長刀一鶡冠。

題伍元白洗心亭

春日鳥鳴樹，秋風雁落沙。天機有如此，還復問誰家。

次韻陳伯謙留别二首

洞庭東畔鶴樓西，小塢茅椽路欲迷。母子自來能共酒，妻孥依舊會蒸藜。

酒壺南北與東西，十載逢君醉不迷。試問舍中三徑蹟，從今還却掃枯藜。

次韻梁華卿贈別二首

舊藤蓑破替新藤，隴畝中間作嫁卿。孤鶴豈能隨鶩食，两生元不被秦坑。行囊枉辱篇章富，照眼平鋪水月清。此度與君真話别，朱陵終不謝於陵。

榮落關心果在無，頹然閑寄此公壺。翔禽自與樊籠遠，高士其於宇宙孤。綺里真能輕漢祖，定山却是累平湖。多知多慮緣何事，拄頰江樓日又晡。

次韻葉子毅送別二首

蕭蕭萬壑入秋哀，白雪一声何處來。秖恐調高難著和，龍鍾袖手楚雲臺。

整子[①]書惟日幾回，幾聞情話有徘徊。流螢便是囊中物，一味新凉秋送來。

春谷詩

照眼芳菲不費尋，平生丘壑過人深。乾坤此意無分付，閑坐花陰聽鳥吟。

① 按："整子"當是李承箕之子李整，正德五年舉人。

見崖居士吟

砉然天地嘯來声，九點齊州一掌平。紅紙黄旗無昨夢，銀山鐵壁與秋争。眼中花草天教管，世外乾坤影共盟。勝處且拼雙屐去[6]，升平不必問蒼生。

答戴堂教先生[7]

盖自雲傾托往年[8]，門墻兒輩荷相憐。一尊秋雨黄雲裏，幾度春風碧玉前。不扣洪鐘声自遠，將飛彩鳳眼争先。三綱五典元非小，萬里雲霄髮正玄。

答貳教徐先生

一風從主制，萬古此宫墻。官寄白沙里，生逢孺子鄉。盤中苜蓿味，壇頂杏花香。隨步青衿興，婆娑影幾長。

謝陳遠峯贈黄公釣臺圖

詩中有畫王摩詰，世外何心陳遠峯。寂寞黄公真自笑，丹青老手爲誰工。披圖滿獻高堂酒，灑面遥生碧海風。一抱野人雙膝坐，世途何處抗塵容。

南　榮

不雨不風如懶雲，一盃茗飲一爐薰。便宜别與人間占，試問清虚得幾分。

沈太尹中秋送酒

酒爲中秋酒有名，千瓢分出一瓢清。頽然不飲還如醉，獨坐江樓看月生。

程節婦

不問粧臺生網絲，却憐雙淚未收時。等閑不灑庭前竹，怕有斑痕惹世知。①

雪窝次韻石翁

到處曾聞倚樹翁，紫時能下紫泥封。波濤不亂千江月，瘴癘潛消萬里風。

慈元廟

説着慈元海若悲，聖朝何事有今祠。一時廻首千年恨，二雅無詩降黍離。②

觀瀾詩

春秋與夏冬，天運無窮已。偉哉造化機，默識於我始。飛鳥引長雲，遊魚泳深水。視廣原既平，瞻高山自峙。翛然心境空，故未論仕

① 按：吴廷舉《東湖吟稿》卷一《程節婦詩》："王言自古出如絲，幾見光華嶺海時。獨表程家鍾婦節，廣人都道有天知。"參見鄒壯雲《東湖集校注》，廣西大學2004屆漢語言文字學碩士學位論文，第54頁。

② 按：1491年，陳獻章建議創慈元廟。1494年冬，慈元廟建成。（見《陳獻章集》，中華書局2008年版，第851頁）

止。陳迹靡拘拘，試問觀瀾子。

次韻景昌楊先生贈別

餘榮不顧有清論，心迹人間隔幾塵。一去雪泥留趾爪，十年宦轍笑江濱。自知丘壑有來往，便是乾坤要路津。却道他年松谷主，也能不負寄書人。

集蘭卷

越人爲愛楚香來，萬斛秋風手自栽。紫荷有囊囊不得，移根何處是蓬萊。

次韻徐憲僉朝文贈別三首①

一片荷衣萬仞岡，相逢如夢夢難忘。等將標格論詩格，依倚瓊枝不断香。

世路悠悠各所之，冥鴻北去燕南飛。天行雲卧有分付，不説巢栖將茹薇。

風愛相隨月亦隨，乾坤此意两無疑。卷回宋玉悲秋賦[9]，舒盡淵明飲酒詩。

---

① 按：徐紘，字朝文，江蘇武進人，弘治庚戌進士，以刑部郎中出爲廣東按察司僉事，分巡嶺東，著有《明名臣琬琰録》。

用韻寄劉憲長安陸人名洪[1]

風摇海霧雨連岡，争説秋臺眼未忘。一角青天明月上，千村灯火夜焚香。

霜風吹蓬遊子歸，無邊落木繞船飛。衡山招手軒轅老，石鼎共羮山中薇。

萬里青雲步步隨，人才三楚更何疑。鄉人本愛鄉人好，更愛昇平却有詩。

寄答王僉憲用韻

先生與處皆天下士，而以永感文委諸里巷人。長者之愛固多，而小子無乃謬承當此筆耶？連日患瘧於樂昌，且住数日，方神健，好過山，小詩寄意。

片雲催雨暗前岡，回首停雲思未忘。爲恨珠江江上水，匆匆不共一瓢香時嶺南之地不寧，公方分巡其地，與予珠江舟中一話即别。

永感摛文洗硯池，臨池筆興不停飛。了知范老而今意，不薄當年箇采薇。

江湖散誕笑天隨，獸走禽飛只自疑。眼暗丘軻真面目，至今名字落唐詩。

① 按：劉洪，字希範，安陸人，成化戊戌（1478）進士，曾總督兩廣，卒於正德乙亥（1515）。

次韻周方伯時可贈别兼柬右伯宗周鄧公二首

海上一回回好春，幢騰村落聳簪紳。甘棠不動两方伯，直道都來三代人[10]。心老如花終是赤[11]，步高於世不同塵。官階誰復知中外，到處宜民便要津。

大路堂堂眼孔開，都從心孔活中來。把持主一未爲一，箋注求材果是材。兀兀本來都夜氣，融融何處不春臺。未知此樂誰尋得，詩話憑公較一回。

次韻張廷實贈别二首

雲日每三殿，鵷鴦都九關。夢非趍走地，官寄有無間。倚竹多新句，臨池足好顏。逢君同榜客，朝宁問能還。

滄海無人見，瀟湘有客還。藤蓑風到骨，沙鳥舞相關。坐榻隨身舊，行纏到處閑。自投今日老，紫盖一重山。

謝徐朝文寄東嵜兄布

拊背秀才慚在昔，遺縑憲府冷來初。裁成奇服真堪愛，感激何人不作疏。儗成幅巾相上下，定知蛺蝶共襟裾。只愁酒債還須典，少有誰家折券書。

答韓州博遺白絹

疊雲香縑辱雅情，製同天上五銖輕。職當仰事乾坤大，官合盤食苜蓿清。

寄都閫王公桂楊守備[12]

雨風落手屬旌旗，保障歸心廢繭絲。馬革功名青史筆，龍韜變化黑頭時。韶陽曾聽觀瀾政廣東憲僉徐朝文分巡韶陽時，獲宿賊，地方賴寧。觀瀾，朝文别號也，楚國能先見素知公受知於林待用見素。欲對清油何雨夜，雅歌不欠後來詩。

次韻劉廷茂榮伯

東遊西泛源源活，柳市花汀處處春。每見休齋仲律沈公號休齋留句子，肯於紫盖避陳人。閑雲爛漫隨青玉，香霧溟濛軟素巾。不識烟霞迂僻路，誰醒吾夢任吾真。

遊衡嶽諸作次韻同遊凃太參鄭僉憲共十三首

初入山次韻鄭[13]

塵勞未起是真閑，曾説在山將出山。賓主平分風月了，泯然不省着人間[14]。

水簾洞次韻鄭

溶溶碧澗輕千折，落落明珠綴一簾。驅犢尋源從此去，閑愁那得上眉尖。

祝融峯次韻凃

翩翩飛步跨層嵬，偶此神仙聚一堆。清吹卷開飛雨去，老陰消盡少陽來。

不是如天不可躋，千岩萬壑盡低迷。東西南北今來眼，九點齊州一樣齊。

飛仙橋次韻鄭

浮生都小歇，何處不高棲。一擲虹橋步，千人眼孔迷。風雲須異狀，夷險卻同梯。萬里從今去，飆輪阿那攜。

醉　石

蹋蹋歌陽春白雪，千盞酒酣雙耳熱。胸中萬丈此波濤，手裏兩丸都日月。

祝融偶作

塵埃他日馬，山水此時情。紫盖凌天近，鴻毛着脚輕。世幾無處好，石齒坐來平。未儗磨崖處，無名勝有名。

光天壇

舉酒蓬萊第一峯，醉鄉原不属提封。花衢回首人間馬，忙殺朝雞與暮鐘。

回仙橋

出于圓融走彈丸，從容鬼設與神剜。好將玉簡留題處，與報回公乞大還〔15〕。

赫曦臺

赫曦何處好，彷彿泰山岑。天意如相待，賢關本自深。遭逢两府使，感會百年心。不省烟霞路，寒盟許再尋。

遊岳麓書院呈凃鄭二公

遊是逍遥歲晏時，踏歌緩緩坐遲遲。江山到處誰真眼，冷暖於人自合知。行拂畫墙悲故蹟，坐看好鳥落深枝。同來此意何人會，不把空山濁酒巵。

疊前韻呈凃公

中流擁楫唱歌時，我不逢公我不宜。高盖雲邊多枉辱，虚名分外敢求知。青隨江草來時路，香憶官梅别後枝。招手霓裳羽衣曲，君山來侑歲寒巵。

呈鄭公

雪意梅情两著時，乾坤看取甚風宜。千岩許我微開徑，一盖傾公有故知。貧裏形骸添木葉，老逢歧路托藤枝。蓮花峯頂蓮花露，浥露分香共幾巵。

大石八景爲鄭僉憲先隴題八首

終慕堂

弱水回東流，扶木長西根。生物理不窮，潜隨大化奔。悠悠我所思，不復與同論。

雙陟臺

登登復登登，流盼雙瞳枯。五嶽拔地尊，三山祭天孤。天堂有或無，心力誓不殊。

風木林

何声來一□，□□□搣搣。隧前萬萬松，城後千千栢。吾心感酸嘶，頭緒不可繹。

烏鳥巢

流峙勢不孤，感應理何窮。眚災豈天生，祥瑞匪地鍾。默識及形神，内外化則同。

掃松徑

枯枝將落葉，委翳滿坤乾。前箒復後箒，左肩巡右肩。炊我薦時新，燭我撫遺編〔16〕。

薦藻池

北里朝屠豕，東鄰夜殺牛。人事撫故迹，聊此追春秋。水花净無塵，可以當庶羞。

禮耕田

閔子無間言，曾生得免夫。跬步心不忘，朽索六馬驅。束帶秉耒者，儼若爲吾徒。

昭潛石

不愛秋水骨，那撫閑雲根。金薤森琳琅，祥光迸九原。苟非千載人，安可與晤言。

李承箕集卷十一終①

① 按：清鈔本落款“嗣孫李見大録”。

【校記】

〔1〕清鈔本“瑜”作“温”。

〔2〕清鈔本“义”作“人”。

〔3〕清鈔本“陂”作“波”。

〔4〕清鈔本“暖”作“睡”。

〔5〕清鈔本“海”作“每”。

〔6〕“拼雙屐”，據清鈔本補。

〔7〕“戴”，據清鈔本補；清鈔本“堂”作“掌”。

〔8〕清鈔本“年”作“來”。

〔9〕清鈔本脱“秋”。

〔10〕清鈔本“人”作“心”。

〔11〕清鈔本“心”作“人”。

〔12〕清鈔本“公”後有一“桂”字。

〔13〕“初入山”，據清鈔本補。

〔14〕清鈔本僅有標題而無内容。

〔15〕“剜，好將玉簡留題處，與”，據清鈔本録；清鈔本“乞大”作“乞天”。

〔16〕清鈔本“撫”作“無”。

李承箕集卷十二①

予自白沙還經衡州兵備馮公濟以官舟抵家却寄[1]

嵯峨大艑影長虹，浩渺隨流日夜東。瓦盞漸開殘歲酒，布袍不怕大寒風。沙辞曉岸君山白，樹隱寒原赤壁紅[2]。七十二峯尋未了，無端魂夢寄飛鴻。

寄答藩府凃公惠曆

蓬户寒凉晝不開，紫薇春信度江來。天幾衮衮無窮在，緑意青情遍草萊。

與子卿弟②

曾傷六翮未傷神，立倦槎牙喜欠伸。自信古今都幻迹，却甘雲水作陳人。雪中玉樹連枝夢，病後山瓢覆酒塵。飛出青天三萬里，直從紫盖跨飛雲。

鄭公爲予表黄公山釣臺畫幅至

貧不能侵老不侵，溪山滿意到於今。枕酣老子床頭易，洗盡平生分外心。憲府裝潢來畫幅，釣台魚鳥共高深。披圖坐對成懽笑，萬里清風

---

① 按：清鈔本卷十二下落款“嗣孫正蒽、正蒨重輯”。

② 按：李承顔，字子卿，又字孝卿。

灑一襟。

贈王承吉還襄 ①

空山四月黄梅雨，曲徑何人白苧風。漢水西來千頃碧，楼灯南破五更紅。乳鶯恰恰林烟裡，活計蕭蕭水釣中。一笑百年無剩語，肯從城府訪龐公。

送升卿弟赴大學二首 ②

騠騠令弟文章進，楚楚賢關步履趋。恩許贊皇隨例補，官承憲府應時須。中華可屈男兒志，浮世曾甘喫着圖。紫盖峯頭千里眼，别離歲月看操觚。

杏花壇上講唐虞，佩玉身中謝走趋。人物直將千古看，功名肯爲一時須。龍盤虎踞還佳麗，東府西州亦畫圖〔3〕。何處羹墻真面目，宣尼猶見舊時觚。

贈别許夏卿

來夏卿兩遍矣，每告處窮乏徭役，困於有司，苦海慈筏，濟夏卿者誰也？然而天地萬象，晝夜榮枯，屈伸所感，詎一途悲喜，而中節無礙無拘，心斯得矣。夏卿謂其友鄉先生王〔4〕，鍾先生，好學與義〔5〕，步趋超凡，甚相與，惕厲保合，爲所當爲，俯仰何愧焉。不

---

① 按：明許相卿《雲村集》卷六《與鳳林王承吉》："日承視祭李大崖文，並下學用力得力處，切實精審，所以幸教某者甚厚，顧恐迂愚無以仰副。旅中弗謹致疾，又爲執事憂，拜命之辱，小愈即趋侍教，邦升將歸受室，汝白卜鄰敝館矣。"

② 按：李承芳《東嶠先生文集》卷六《送階弟入太學次世卿韻》（二首），見《四庫存目補編》第 75 册，第 316 頁。

然，而欲超世遺物，不已難哉！

三年两度款柴扉，耐可将雲點綴衣。風月一肩行李在，江湖獨鳥避人飛。天無車子財堪借，我有黃公釣可依。處處窮途帶行客，南風遠引片帆歸。

送莆田陳秀才次東嶠兄韻

涵江院裡夜燈紅，爲愛蒼凉繼燭龍。司馬有懷隨地壮，江湖無思不春濃。絲從美錦成千累，心許名關破幾重。五月江城吹别調，梅花消息寄隆冬。

井湾書屋爲葉秀才題①

日月消磨動一針，乾坤翕散静相尋。五車書目人人讀〔6〕，九仞泉誰泯泯深。獨掩茅茨無俗客，肯將泥滓礙來禽。不慚往歲三千里，簏厲相隨到海潯。

漁　翁

屋頂濃花淡接烟，渡頭今雨舊來船。青春爛漫休輕擲，日酒逡巡許浪傳〔7〕。

送攻姪儀真謁父官

贈别諸郎歌白頭，起居千里上揚州。庭前有訓惟麟化，腰下無纏與鶴謀。聲落長江風滿席，影連高帽水涵秋。竹林坡長盈坡竹，小阮能同老子遊。

① 按：由下篇《贈葉會貞》“南望井湾三百里”，可知葉秀才當是葉會貞。

寄寧湖亮上人

不見亮師久，禅枝有定栖。青蓮辭社伴，白足近天西。貴賤歸同盡，朝昏視一齊。清風明月水，斟酌與曹溪。

贈葉會貞[1]

孤村冷淡共生涯，一羽騫騰帶落霞。世路近前無跬步，古書手底欲盈車。黄花襟袖真堪愛，白水簞瓢不用賒。南望井湾三百里，雲交翠壁月交沙。

墨香楼爲世殿下作

幾帙包羅宇宙空，卷舒默識此何功。皇王氣味氤氳裡，不是薔薇露下風。

竹　　西

寒岩無今色，此君餘古姿。扶蘇嵌楼閣，掩映惟漣漪。扶木蒼凉明，長影入崦嵫。一个如礪乃，焉用萬个爲。

湖隱卷

湛然萬頃秋，風雨無驚波。千金累鴟夷，两僕耻志和。雲霞隨杖屦，烟月涵笠蓑。情不繫絲竿，我用身後何。嗒爾俯仰間，東西任羲娥。

① 按：李承芳《東嶠先生文集》卷六《送通山葉秀才相次世卿韻》（見四庫存目補編第 75 册，第 313 頁）。

送程鄉令陳景重

魚嶽馬辭芳草生，梅溪風動長官旌。宦途稍喜家鄉近，民社應知利禄輕。鼎付小鮮烹老子，田留半秫種淵明。吏該循酷曾瞞過，百歲人間議只清。

石泉爲松滋田大章題

黄潦不保暮，壤芝不及朝。靈源自冥漠，遠海通寒潮。夏旱群品枯，冬乾萬井消。伊邇源莫尋，在山説彼遥。

寄休翁沈先生

柴瘠柴門自愧空，三年無語問休翁。祝融峯頂雲飛我，黄鶴樓頭月伴公。有限光陰供調笑，無端世事付玄同。相違多有相逢少，歲月蹉跎斗柄東。

承休翁問日用

西郊密密往年雲，東竈微微二釜爋。見説有黄差放税，舉來無白大浮君。匏瓜何處成虚繫，雲子誰家許見分。数米自甘隨旦暮，臨風問訊辱殷勤。

答休翁

一片浮雲點天空，滿溪活水漾凫翁。自家來去如無影，到老行藏不負公。或信品題都詫異，自疑水鏡不謀同。春風二十年前面，相對燕歌御禁東。

沈舉人華父遺惠用前韻奉答

擘畫全疏任屢空，不知知總付天翁。轍中有鮒憐莊叟，市上無漿賣薛公。獨處一巢鳩性拙，出群千仞鳳儀同。分米竹實成珍感[8]，飽力南阡與陌東。

喜雨簡縣侯

喜雨長歌声載途，繞村沽雨醉相扶。府中樹色只常好，眼底山情却似蘇。三日翻瓢仍霡霂，幾家高廩有儲須。天人未説相流轉，府庫年來剩要租。

寄子卿弟洪崖山墅

何事在家相對貧，翁詩許共一壺春白沙送予詩有"愛殺在家兄弟好，一壺春酒對承顔"之句。早年獨恊池塘夢，浮世兼藏雲水身。洗手一錢無紙裹，盟心二仲少交隣。欣欣好雨糟床注，爛醉相將迭主賓。

讀徐珪奏疏

世間兒有母還無，法案情將理亦誣。喜見草茅諸御已，忍看蒿艾鼓聾胡。風狂眼底波波動，霜落原頭樹樹枯。肉食不謀謀藿食，千年圖可一身圖。

定山先生挽詞

此山鐵壁更崔嵬，憂樂同人心未灰。老脚何曾爲苟出，皇恩恐不是嗟來。周公偶入殘更夢，駿骨誰高此日臺。犬吠雞鳴笙鶴寂，劉郎錯認舊天台。

子卿以詩送蓮蓬次韻三首

問我采蓮誰並舟，上清仙子玉搔頭。蓮蓬按酒從他剥，每個一甌還一謳。

風滿青帘月滿舟，新秋湖目滿湖頭。誰知玉井峯頭味，不佐紅裙水上謳。

一杖芙蓉一葉舟，一房百子浄齊頭。風光望見人間少，彷彿霓裳舞再謳。

疊前韻采蓮三首

愛蓮人弄采蓮舟，萬紫千紅映白頭。不結廬山雨花社，吳人曾解楚人謳。

酒盛玉甕注金舟，声色人間盡點頭。若把此花來當妓，便嗔他不會歌謳〔9〕。

雲作旌幢龍作舟，雙雙金炬引前頭。何日花神酬此約，幾人來和一人謳。

中秋賞月和承德弟

金波麗滄海，滿意可當中。形影三人對，乾坤一大櫳。天心真默契，世味肯謀豐。莫掛嫦娥念，嫦娥奈苦空。

休翁見寄次韻

玄珠落手價無論，白髮搔天意自欣。別鶴離鸞無異調，來牛去馬只同群。名從完處堪千載，月未弦時自十分。剪拂又勞兒子輩，望雲稽首疊殷勤。

楚雄守董汝淳過訪

桃花冬暖間梅花，月裡參差眼未差。敵面不言心已醉，送程雖短夢尤賒予送之五里。不求負郭墮華胄，每恨趋庭欠白沙。想得滇南更西路[10]，有人懷惠欲移家。

送葉會貞

三徑蓬蒿曲隱床，此生何處不徜徉。塵埃焉肯隨人怒，金石心曾外我藏。家食朝昏憑草屦，書堆風日透芸香。薰天北里歌声沸，誰續緇衣第二章。

喜雪和東坡甲子十二月九日

近樓雲暗雪纖纖，遠市鼓寒声不嚴。撒菽暮牕清有味，断齋朝食冷無鹽。隙光臨地只攤卷，瑞色仰天頻倚簷。竹影婆娑梅意動，閑愁那得上眉尖。

嚙殘駝谷十年武，凍破羊裘一老嚴。向曉雲山增點綴，何時冰碗問梅鹽。寒欺竹葉無酤店，輕敵楊花集帽簷。欲把長鑱山路合，黄精何處未勾尖。

眼角紛華交爛漫，春梁銕硬開清嚴[11]。綺窻朱曉光光乍，金帳誰家昔昔鹽。遠岸容輝横閣道，攢峯色界迯楼簷。農家穀種君須記，百甕存留浸甲尖。

影映頭顱青蓑笠，光騰面目白牛車。四株杜老高欹盖，三徑陶潛低委花。偃卧正宜排俗記，銜寒那肯犯人家。偷閑天地閉藏意，頗愛溪流燕尾叉。

子卿弟洗心亭和子卿韻

人間塵土無來去，酒裡經綸有淺深。老影中庭初不住〔12〕，月光萬里破天心。

寄立卿弟

莽莽三年别，悠悠千里情。藏神初見老〔13〕，易事莫論兵。浮世官何況，高堂禄最榮。秋波横白下，幾度引長纓。

棨兒遊學秋部立卿叔用子卿韻送之

對貧賴有書連屋，就傅肯教兒在庭。叔父委波深有潤，建康敢浪説曾經。两杯粥許朝朝白，一杖灯留夜夜青。小大人間都是器，好知宗廟肅惟馨。

廣子卿叔詩意

白下兒孫有此行，洪厓叔子頗關情。阮家南北休貧富，經訓葘畲孰重輕。清白急移高處步，功名緩請俗邊纓。東軒立卿號也信有栽培地，風動芝蘭處處馨。

寄胡公器南雍

橋門未釋褐衣寬，六舘蕭蕭夜雨寒。北面龜山夫子在，小成誰許自家安。

中酒得樂

日中泥飲月西時，野次無巡偶中之。隔壁一丸呼便得，等閑老樹自華姿。

寄張亞卿世安先生

把酒坐時時亦寬，何來魚鳥共鵷鸞。緋袍小次不絶俗，青菜大烹長在盤。如夢恍如三五月，承書忘卻卜餘寒〔14〕。欲知青白風何處〔15〕，面目關西此日看。

送游甥伸之官唐縣

采雲軒紫鳳，清塵騰赤驥。行隨大谷靈，得此醴泉味。儒冠豈悮身〔16〕，良田足豐積。中邊力既策，盤錯器乃厲。視愛萬離人〔17〕，利毫絶昏知。蓼國帶蘇湖，桐栢會沂泗。不似舅迂疏，賢甥篤寄志。道經卧龍岡，爲我尋佳士。莫以蓑笠真，非非將是是。

贈吕明府調新寧

吏道薄嘉魚，勞人仕靡優。大火照南陸，使君何處舟。舊邑銜新命〔18〕，新寧作舊侯。河陽復遷懷，若人其同流。拜承方一笑，拜送不可留。江水横吾郭，宦轍仍吾州。清白声名好，隨水來悠悠。

萱闈告别

天將斧鉞向西征，膝下離憂恐不勝。再拜青青堂背草，今兒不是楚王陵。

全師奏凱

韜兵解甲大刀頭〔19〕，馬上謳連馬下謳。肯把寸功干上賞，不教西顧有人憂〔20〕。

會卿弟許買兔絲子今即惠鯽魚一首①

兔絲約驗古來方，鯽板新承舊約忘。兄愧自肥憐弟瘦，食言何似食魚强。②

壽王自保寧改封漢東③

閬中風景儗蓬萊④，得得分封一國開。誰説漢東魚米地，壽王容易去還來。

① 按：兔絲子即菟絲子，中藥名。

② 按：李承嘉，字會卿，號三九。生成化乙酉六月初十，卒嘉靖辛卯八月初二。有子五：稷、度、聲、愛、愨。

③ 按：壽王，即壽定王朱祐榰，明憲宗之子，弘治四年（1491）封，弘治十一年就藩保寧府。正德元年（1506）以岐王世絶，改就岐邸于德安府。嘉靖二十四年（1545）薨。無子，封除。（參見《明史》卷一一九列傳八諸王四）但《明史》卷一百四有“壽定王朱祐榰，憲宗庶九子，弘治四年封。十一年就藩保寧府。十七年移德安府”。據李承箕所言“壽王自保寧改封漢東”，“漢東”即德安府，而李承箕卒於1505年，故壽王不可能封於正德元年，應該是封於弘治十七年，即1504年。

④ 按：四川保寧府設於1276年，明代屬川北分巡道。李承箕所言“閬中”即爲當時的保寧府。

寄廣東僉憲吴獻臣

孤鴻緩緩入雲高，相望無端心獨勞。肯放人間浮酒盞，細調方外補民膏。乾坤浩渺留雙眼，農圃蹉跎笑一毛[21]。别久衷情無與會，倚餘霜竹誦離騷。

送立卿弟之京

扶摇九萬快相扶，萬里雲霄羽翼孤。黄甲人才聊借重，黑頭今弟此行初。殿前拜舞鳴雙珮，帽頂青蒼看一鋪。老我山林空引望，相隨何夢到皇都。

寄立卿用子卿韻

水雲萬頃不須錢，孤負平生怕此肩。書問殷勤還老弟，風花爛漫又春天。貧交北海禽可擇，穩卧東山石未偏。路有東西將錯莫，身無朝野等留連。

李承箕集卷十二終[①]

---

① 按：清鈔本落款爲“嗣孫李昌大録”。

【校記】

〔1〕清鈔本“州”作“陽”。

〔2“紅”，據清鈔本補。

〔3〕清鈔本“亦”作“一”。

〔4〕清鈔本“王”後空一格。

〔5〕清鈔本“生”後空一格。

〔6〕清鈔本“目”作“自”。

〔7〕清鈔本脱“日”。

〔8〕清鈔本“米”作“來”。

〔9〕清鈔本“真”作“嗔”。

〔10〕清鈔本“滇”作“溟”。

〔11〕清鈔本“春”作“眷”，“開”作“閩”。

〔12〕《嘉魚李氏族譜》第九册卷五《和子卿洗心亭》“住”作“倦”，世祀堂咸豐八年合修本。

〔13〕“藏”，據清鈔本補。

〔14〕清鈔本“卜”作“十”。

〔15〕清鈔本“青”作“清”。

〔16〕清鈔本脱“豈”。

〔17〕清鈔本脱“人”。

〔18〕清鈔本脱“銜”。

〔19〕清鈔本脱“韜”。

〔20〕清鈔本脱“教西顧有人憂”。

〔21〕清鈔本“一”作“二”。

李承箕集卷十三①

賦

思齊賦五章

於嗟岱宗兮，登登誰前。河目有翁兮，浮齊州九點烟。杖我芙蓉兮，風月滿其行纏。九天通吾九州兮，猗異後先。

右一

於嗟璣衡兮[1]，六龍駕其雲軿。紫微慌忽兮，蝃蝀爲之縱横。羌聯綿之峯巒兮，杳不見於墻羹。炯炯秋波兮，漠漠寄於雲征。

右二

於嗟嵩兮，大室東西。樹有巢兮，黄口栖。水有涔兮，豕負塗泥。高風杳邈兮，瞻紫電與彩霓。飆不可輪兮，雲其可梯。

右三

① 卷十三下有“大厓李先生文集　嗣孫正蒠、正蒨傳習”。

於嗟大華兮，與天爲鄰。磨蕩其要領兮，日月星辰。緊肥蠹兮，時動妖氛。起坐以達曙兮，挽孰天津。

右四

於嗟玄嶽兮，崔嵬蜿蜒。回首白登兮，赤蛇俛首而周旋。雪百王之恥於千古兮[2]，孰托遠於燕然。静以待之兮，無爲之先。

右五

海蓬賦①

渉九江兮，日月吐吞。采芳芷兮，望九疑以南奔[3]。咨重華之既遠兮，羌欲濟乎無津。我思中崧兮，阻黄河。我思岷峨兮，栢有十圍。三峽險嘘兮[4]，誰其致之？望不極兮，江之廣。尺踰千兮，江之深。奈何乎墟之歸兮，坎之宗。出無入有兮，孰究乎西東。風刁刁兮[5]，雲冥冥。雷電交加兮，雨雹紛轟。儼真仙兮三山，與世絶兮無還。風回轉兮，送我芝蘭。夢欲去兮，足蹣跚。海桑轉瞬兮，易自我艱。忽中道邂逅兮所懂。風發發遠兮動天，如插羽兮飛船。勢飄忽兮太空，影連蜷兮長虹。横絶九幽兮[6]，咽宇宙于胸中。朝以産萬化兮，夕以收鴻蒙。羌自度以先登兮，從吾石翁。②

① 按：廖道南《楚紀》卷二十二《昭文内紀·李承箕》，嘉靖二十五年何城李桂刻本，收録有此篇。

② 按：廖道南《楚紀》卷二十二《昭文内紀·李承箕》引用李承箕此篇，並評曰："史南曰：臣觀《大厓集》，乃見其以邁往之志，棄榮利而躭幽寂，邈乎其不可親也。何李氏之多賢！其行實見闡幽。紀贊曰：淼海森茫，波浮蕩兮。衡嶽崔嵬，馳霞想兮。幽人貞吉，肆高尚兮。檜楫欃舟，擊蘭槳兮。左右流之，若下上兮。"

淳庵賦

太虚之惟一兮，曠乎其混茫。其來無體兮，其去無方。故無始於存兮，亦何終於亡。風雷以變動兮，日月以爲明。鬼神以屈伸兮，寒暑以更相。萬物回薄兮[7]，曰惟其常。所謂伊人兮，空悵望而難見。釋宇宙同大通兮，亦何有於關鍵。山河惟形兮，春風惟面。雲霓惟衣兮，風月惟緣。裳集落葉兮，隕籜其弁。酥芳華以朝渴兮，月以夕嚥。枕絶壑流兮，雲根爲薦。古今兮蜂紛而蟻争，死生兮浮雲而過電。一視兮無榮枯，夷屹兮胡利便？魚兔得兮忘筌蹄。鋪張墳素兮，棄紛華之箋傳。抱甕兮無機，真瑁兮何瑑。鳧短兮鶴長，水雞兮何變[8]。紛渾元其忽恍兮，俯千春而浩嘆。因事物以隨變兮，形既妄而影誕。嘘萬竅不足激乾坤兮，墜終古於虚幻。慨前路之悠悠兮，一寄身於鵬鷃。若乃軒輊於進熟兮，齒脩齊而獻粲。落日迷丹唇暖兮，七盤妍迹其雲散。鄭紫衛紅浮而艷兮，棄霓裳於萎爛。雕輪畫轂兮，渾堅其盡鏇。翠羽織揚兮，緑波射意而爛瀾。圓丘瓶罍而登薦兮，彝尊龍杓其誰盼。循荆棘之狹斜兮，舍周行之坦坦。厭麒麟之仁軌兮，天馬甘其芻豢[9]。嚇鵷雛於腐鼠兮，維鶩之翰[10]。仰冥冥於無際兮，况沙蟲其何。但我思古人兮無方，我見古貌兮胡僎[11]。

平揚武賦①

搜姦民以誅之兮，在昔有言。昊天曰嘻兮，揚武亦民。惡固稔而改轍兮，舍羞惡其非人。黄潦涵於日旬兮，功清流分。品物於秋露之成兮，風日之與春[12]。佳種視同於蕢稗兮，妨膏腴之如雲。門塾坦道兮，羌揖讓以佳賓。肆鉏斧之後時兮，礙冠裳而荆榛。飛之以鳶凰兮，瑞之以麒麟。柰鵂鶹之夜鳴兮，與豺狼之必仁。性既染而膠固兮，撋滌靡及於白新。瀾漫漫而東去兮，泡沫隨以紛紛。昊天嘻吁兮[13]，慈敗子其何親。

① 按：《明文海》卷五作“平陽武賦”。

毋肆原以烈熖兮，矼以收氓[14]。毋耀武以陵忽兮，雲鳥奚恃於開陳。除斗帳之蚊蚋兮，拂几上之埃塵。帥孰總而令誰一兮，八州都督之雲孫。選鋒鋭以虓將兮，曰惟倪君。大懼恩怨以昧昧兮，訊遠符於閭鄰。先之以藩省兮，継之以獻臣。汝罪不容於死兮，獄詞據其本真。緇游對目於遊姬兮，曾何云云。曰遺情豈珍重於一瞥兮，城中緑鬓而紅脣[15]。娈彼諸美兮[16]，月既圓而及辰。綺窓高閣兮，蘭麝交熏。妖歌艷舞兮，樂與子匀。執行道以咸詰兮，汝曾我聞。路東西而南北兮，汝衣襟之非村。抑貿販而來往兮，抑伺邏而遊巡。信騰口以喧喧兮，我何懼而奚嗔。懵不畏天人兮，以螢爝而凌晨。閔棄宗祀兮，曾惜於犬彘之身。豈所傳之皆皆兮，羌澆變於既淳。唯虓將之清净兮，張三面猶酸辛。腰金照胄兮，三品將門。悠世德以停蓄兮，威以烈而心温[17]。罪人斯百兮，權度而先存。曰違天以黷武兮，計一時之勳。胡勉强以狥物兮，稱大將軍。

弔屈原賦[18]

放雙鯉賦[19]

贊

吴孺人真贊①

白頭聖善，子爲大夫。室廬擇舊，荆布惟粗。迹愛苦空，心亦如如。命子備官，而靡私圖。我拜於堂，語實聞吾。我述懿行，坤德其謨。

鄺敬所贊

吁衣巾兮，付丹青兮，假此神兮。乃若真兮，貌既古兮，心今人兮。箴自敬兮，啟聖衷兮，我斯聞兮。

耒陽趙司訓贊[20]

永興踏雪[21]，以我逢初。鋪張雪素，揮寫關渠。念其東遊，至於海隅。雲樂白沙，步不隨趍。信此眼中，先生實疏。蚪螭雖神，蛭蚓同途。還棹靴洲，犯曉疾驅。手持畫幅，先生肅如。拜真書詞，阜俗袪愚。

石翁慈元廟碑跋

劉東山司徒請記慈元於西涯閣老，今兩廣督府鄧公聞石翁已有是

① 按：莊昶《定山集》卷十《吴孺人真贊》（四庫全書本），完全同於此。

記[①]，乃示廣州高同知，使先入刻。於乎！堪二碑刊者[22]，惟慈元哉！

秋堂奇會詩卷跋[23]

古詩篇三千餘，孔子采其一於十，説者取其關世者耶。今歌之，如升其庭，見其人，何也？世之君子精於文詞，得功利榮耀相馳者耶。反是，則其言可觀，其用可考，千載之下，亦將有以友我者矣，不亦大奇乎！偶觀秋堂奇會卷，漫識之[24]。

淵明像及歸去來辭跋

予嘗以爲淵明人物，當列孔庭諸子之間。就其世，杜預配享孔庭，而羊祜不與焉。不考其心跡，徒區區於注作，不亦誤終古乎？英德鄧君伯善，好古有志，示古寫淵明像、《歸去來辭》[25]。發予千載默識之私於肅視之餘，予言或可以警世之瞶瞶者耶。

兩先生贈麥秀夫詩跋[26]

秀夫事賢而親仁，善遊而多藝。地之勝，魯之孔林、燕之西山，秀夫遊焉；今之高士，江東定山、八閩見素，秀夫交焉[27]。秀夫，石翁徒也。翁有詩贈秀夫，遠遊定山，一一和之。翁今下世，定山老病卧林，秀夫亦倦遊。欲復與三先生如昔時謳吟[28]，可得乎？秀夫示卷，用識其端。庚申孟冬跋。

---

① 陳獻章《慈元廟記》載："弘治辛亥十月，今户部侍郎前廣東右布政使劉公大夏行部至邑，與予泛舟厓門，吊慈元廟故址，始議立祠於大忠之上。"（《陳獻章集》，中華書局 2008 年版，第 848 頁）

石翁讀張巡等五傳詩跋語①

世之君子，能於事幾未變之前而先爲之所，豈不謂之神？至於事勢之已逼，而食人以死，亦烈丈夫之所不得已者。使兩公復生而見翁此詩，能無自惜之意耶。

書先公遺書後

予遊羅浮，挾韓文一書以隨。韓文、柳文、朱子《通鑒綱目》、真西山《文章正宗》《大學衍義》、《事文類聚》，皆先公手澤也。先公任訓導於武功，教諭於珙，未嘗舍此書一日不觀。珙蠻寇掠，雖官舍如入無人之境。先公卒時，先君子九齡，以數避寇，書半失之民間，先君子計得之以完。先叔仕中外三十餘年，嘗留意此書，既而諸兄弟皆仕進，書則歸予於山林，兒輩亦頗能讀之矣〔29〕。弟藎卿嘗曰："古人謂積書以遺子孫〔30〕，子孫未必能讀，予家累世讀遺書，豈其然哉〔31〕？"予曰："我李居大江之南嘉魚伍佰有餘年〔32〕，盤根於地中者深矣，今皆咀其華而食其實者也，可不敬愛哉？可不自敬愛哉？"弘治丙辰春二月，孫承箕書于羅浮舟中。〔33〕

東坡率子廉傳跋②

世謂率子廉欲自神其術，且托人以傳。又謂東坡善於文，故粧點子

---

① 按：陳獻章《陳獻章集》卷六《張巡》："獨蔽江淮阻賊兵，乾坤回首盡膻腥。何人肯救睢陽急，不使忠臣付忍名。"《許遠》："援絶城孤力不任，逆胡天討竟成擒。卻憐當日奴羹進，酸盡平生長者心。"《南霽雲》："萬人回首看浮屠，肯信將軍躍馬呼。誰續睢陽三日命，進明先斬後擒胡。"（中華書局 2008 年版，第 651 頁）

② 按：彭簪《衡嶽志》卷六《東坡率子廉傳跋》（李承箕）："世謂率子廉欲自神其術，且托人以傳。又謂東坡善於文，故粧點子廉以誣世，予皆不識其然否。石翁方與予約居衡山，偶得此卷，閱之，此心飄然已在紫虛之上矣。"（明嘉靖七年刻嘉靖增修本）

廉以誣世，予皆不識其然否。石翁方與予約居衡山，偶得此卷，閲之，此心飄然已在紫虚之上矣。

思親樓詩跋

新寧尹建安任君鉞，以孝聞，誠哉！其本立，非百家衆技不該不徧者也。海内名公聞其声而樂之，舉声以詩，詩人之意深矣。人子愛敬其親，古今上下一心，不同者地。達焉崇高，苟非其道，辱也，非榮也；菽水之窮，苟得其道，榮也，非辱也。大舜誅不仁之臣，武王伐不仁之君，通謂之孝，何哉？吾能融通是道而無滯，一舉動而不違其心，神發於我而用見於物，孝大矣。詩人之意深矣，惟於樓居言者，寓一云耳。

題平樂梁大尹都亭別意卷

蒼梧抵平樂，數百里高山大林，峒猺出没，長鈎毒矢，殺人如麻。龍門適當二州之中〔34〕，多填華人有罪者於此，而鎮之文武才官，其庶矣乎。卷中諸作，俱不及此，跋以詩：

平樂遠接蒼梧烟，峒猺白晝争戈鋋〔35〕。中間公有龍門計，直道未能辭獨賢。①

① 按:《題平樂梁大尹都亭別意卷》又完整見於卷八。另，此詩後面爲《石翁先生詩跋》:“此石翁先生成化甲辰至今弘治乙卯正月詩也，殆往諸作及長文不與焉。古今能言者多矣，語理而弄丸，語氣而著色，虚之而礙無，實之而礙有，豈徒言語也哉！起居動定皆然也。予見先生於今八年矣。今按治廣東汪公鼎夫索先生稿録於有司，予既誦之，且識一言於末。夫得於諷詠之外者，豈待斯言哉！”此篇不見於湖北省圖書館本《大厓李先生詩文集》。

傳

兩節婦傳

予嘗讀孔氏曰：十室之邑，必有忠信如丘者[36]，不如丘之好學也。則撫卷而嘆曰：嗟乎，吾將何以教天下後世之爲人者？上而朝廷，下而里巷，朝夕學焉。求其所以進於孔氏者，則必就之。求其所以棄於孔氏者，則必去之。及讀他書，如漢蔡琰之詞、唐上官昭容之詩，則又撫膺而嘆曰：嗟乎，是二女子者，詞章其風騷之流乎？其不貞不淑乃如彼乎？而其詞章固如此乎？夫然後知先王所學與所教者，抑或不在兹，而後世莫之或聞也。又或聞其彷彿而未得其真也乎？邑博華亭朱君珙奉家乘來告曰：珙祖母薛、叔祖母翁，節以相高，萃於我門二十又四年者吾祖母，而翁則二十又二年也。郡邑欲爲求旌，詔諸子以告吾祖母，不肯，曰：何以爲也，道非名所卑，我非人所尊。以身事人者不可失，以言許人者不可食。步而家門，豈可望他家塵？執而家爨，豈可析他家薪？密而家縫，豈可紉他家針？離鳶别鶴，豈可同桑間濮上之音？如吾少而寡者，豈少也？如吾寡而貧以至於老者，豈少也？飾始墮終，辱明詔者，豈少也？其否者不可較也。吾豈知載籍所存者何如？又豈知求合古人而較今人？顧吾所行者，誠愛結於心而不忍焉耳，夫何求？故當時娣姒之交志既同，老而益親。家素貧，麻枲絲𦆅不以老而廢。或勸其太勤，曰：民生在勤，勤則不匱；或懼其太勞，曰：民生而勞，勞則能思。珙少不省事，聞父母言如此。兹懼先事日遠而日忘也，請載筆於箕[37]，箕又曰：聖人思忠信者於一邑，而予得於一家。况夫致貞之心乃疑於學乎？誰能忘之哉！誰能忘之哉！

陳奉時傳

陳景陽[38]，字奉時，白沙先生仲子。爲邑庠生，廩餼者十餘年[39]，不得志於有司者四舉矣[40]。奉時作科舉文字示人，人稱羨之，則眼平而色怡。知其性氣者，每見其文，但一過目，不復出一語相詰。腰背戍削，不飲酒，頗好度曲。事繼母順，母亦偏愛之，故其婦子亦被寵於姑順之應也[41]。增城湛民澤曰："弘治己未，先生謂雨曰：'景陽今其悔乎？駸駸乎反正矣[42]。'"無幾時，奉時暴病卒[43]。吁！可怪哉。鳥之將死，其鳴也哀；人之將死，其言也善。説者以爲曾子之謙詞[44]，非也[45]，其易簀之意非歟？奉時壽四十五，年不可謂折矣[46]，人顧吾所壽於仐與後者何如[47]，豈曰年哉？奉時少年時不自顧惜，傾意柔曼，造戲具，招歌兒游衍其間。先生悵然曰："李泰伯自爲墓，必取陰陽家所謂絶穴者，殆爲是哉。"予聞先生出斯語，大驚焉。既而奉時亦欲勉强所當爲與所不爲，掃宿軌，剪狂奔之志，收之桑榆，齎志沉沉云。

鄺筠巢傳

南海扶南里有九十一翁筠巢鄺公，白沙陳先生三十年交游也。先生詩曰："此老直於三代見，諸郎雖在一官貧。楚天何處堪回首，目斷襄陽不見人。"筠巢長子與四明總督兩廣屠公爲同榜，總督每欲沾丐筠巢，筠巢卒無干謁阿比相徇之私焉[48]。筠巢少年時爲里令，里人貧窮不能輸官征者，筠巢先代輸之，而後其償己者。嘗與脩里中石雲橋，橋成，往來者每度橋則嘆曰："此鄺筠巢倡始之功乎！"而筠巢默然不自以爲功也。筠巢長子爲御史、爲刺史，中子爲刺史、司馬、御史，以忤權貴得謫，筠巢示書曰："義足惜，官不足惜也。"嘗遊二子官邸，則與其賢士大夫談道説德，或與吟詠於幽勝山水之間。及富貴人有贈遺，筠巢一不受。故二子俱以清白吏稱於時，家庭之教然也。筠巢比聞予在白沙，遺以二詩，由是觀之，筠巢有古者遺民耆舊之遺風云。

陳渭川傳

陳渭川，好老子書，其田圃之餘相對以爲適者，此書也。行則帶以隨，暇則究治之，凡所以治心與身皆樂清浄，飄然如在世外，故人人樂與之遊，見者輒相與傾倒無餘也。少時常與人博，得數十金。妻吕問之曰："金何來？"公曰："博得金也。"吕擲之於牆外。公退而笑曰："我愧汝矣。"邑中常税先聚於里正，税數少若十倍。公曰："我烏用多也。"里人欣躍，與常數之半，公惟算所輸而已，鄉人皆曰此非在官且率鄉之舊，公固平心率物者也。其積陰德於冥冥之中，以爲子孫長久之計，果在兹乎？公曰："簞食豆羹之微，而至於千萬鍾，理何衆寡之有？積陰德以責報於天，非我事也。"里中群盗夜掠人，公自他處飲歸，遇之途，公曰："是我也。"盗亦知公，戢戈避路去之，其義行爲人所敬服如此。公平生不疑人欺，凡里閭疏近，無不信之。雖下至於市井，有所貿易，其直唯市者言，皆相戒曰："陳公何可欺？"嘗買蟹，無所擇。明日謂市者曰："昨日蟹瘦，家人謂汝欺我也。"市井謝曰："罷市物也，今日者嘉。"已而果然。陳卒之日，人人哭之，皆罷所事。夫陳何所求於人而得此於死生之際有如是哉？世之人，近而在鄉，遠而在國、在天下，猶爲衆人所賤惡而樂其死者，何如也？

陳樂芸傳①

予南遊嶺海，訪求古今之遺逸，意丹砂寶才之鄉，庶幾有隱君子[49]，吾將求而得之。其人不可得，吾將求其詩書，彷彿其精神而得之。乃聞古岡昔有少丈夫陳樂芸者，其風可想也。其詩曰："箕踞長松

① 按：此篇内容又見於《明文海》卷四百二十五《陳樂芸》（李承箕）。

下，忘情白髮新。城市有名利，江山唯白雲。”予曰：“美哉！少而忘世，始而徹終，塵視斯世而不忒者乎？”漁家詞曰：“前江風順水平流，漁婦移舟折海榴。折得一枝簪緑鬓，怕歸渡對人羞[50]。”曰：“美哉！華而不逞，樂而不流，不愧其冥冥者乎。”山水詞曰：“水何碧，雲何黄，漠然真是水雲鄉。水雲鄉，梅灼爍，一夜東風盡開却。幽鳥飛來不知去，幾許芳心欲偷啄。”曰：“美哉！休休乎心乎？悠悠乎迹乎？散乎留乎？其得於天者多乎？是奴僕命騷之苗裔歟？何思韻之深長也？”樂芸自六七歲時，在蒙學中爲諸童子引詩對，或一一代爲之，得筆墨不煩取于家，家人異之。凡書一過目輒成誦，師兼授以試之，畧不爲困。十余歲時，能長吟不起草，鄉先生每以爲莫及，而知詩者皆知其駸駸乎將薄乎古人也。年廿七以没，家人失其稿，得於人所傳誦者止此。且夫詩苟美矣，雖一句傳於後世可也；士苟賢矣，雖夕死可也。予嘗北遊，過襄郢之間，秋風時來，誦邢居實之三疊，而悲斯人之早亡也。夫涉世而後才豊，棄人而後天全，異乎古所云斯人之流，所謂造物所忌者，非耶？孔子疾没世而名不稱，是天之所寶者，其在斯人之名乎？

説

古愚説

予嘗讀《韓非子·説難》及漢史以晁錯爲智囊，未嘗不廢書而嘆曰：揣摩世變，熟於去來，以持其幾，二子且盡矣，而卒死於所不意，何哉？蓋人莫危於以所擅者而示之人也。我以智名，天下莫不以智而困我；我以勇名，天下莫不以勇而困我；我以辨名，天下莫不以辨而困我。故我於偃息談笑之間飛揚奮發而調養其所短者，以來天下之情，而其所長者固已藏伏於中。苟用之於其所當然，如雷霆之不可知其情，鬼神之不可知其迹，風雨之不可知其始，江海之不可知其終矣，夫孰得而禦之哉[51]！大白若辱，盛德若不足。舍者不避席，煬者不避竈。彼二子者烏足以知此也？予聞陳獻文者，爲人率直，好吟詩，善斲琴。每一詩成，輒走數里，爲友人誦之，敲人之門，驚人之夢，雖風雨不廢。鄉人延之主塾教，則令子弟自課，斲琴不輟，而人莫知之也，以古愚目之。予曰：古愚，古之愚，而非今之愚也。誰從而知之？嵇康，達士也，好鍜；薛公賣漿，毛公爲博徒，盖所以守其雌[52]，豈害其爲高哉！若古愚者，其異趣而同歸者歟？古愚下世矣，鄉人道其事至於今不衰。予懼其久而亡也，故作古愚説。嗚呼！深山窮谷之下，信有如斯人者，又孰得而知之？

黄用晦字説

南山之南，北山之北，去人遠也。蘭生之，清風徐來，其香自天而下，灑薔薇之露，噴龍涎之劑，皆下風矣。夫植物其小小者也，動物亦有之。歸虚之内[53]，溟渤之外，蛟龍不能居也，鯤藏之，其離偶類、却飲食於尋常也，久化而爲鵬。夫物其小小者也，在人亦有之。大舜之貿遷，曾參之躬耕，可謂無所表暴於外，閉其生意而不動者矣。默者語之幾，静者動之用，柔者剛之資，收斂者敷施之所以神也。夫語理其至微者也，在事之至顯者亦有之。尺蠖之屈不徒屈也，良賈之虛不徒虛也。古岡東門黄叔仁家子，石翁命其名曰景著字用晦者，孟春之吉，束髮加冠，犀表望嚴〔54〕，屹乎其成人哉！他日見予楚雲臺藹然不勝錦中而布表者，非用晦也耶？

陳升之字説

五羊有陳氏曰階者，蒼梧吴君獻臣字之曰升之。嘉魚李承箕爲之説曰：九萬之程，奮於一飛。參天之榦，發於毫末。孔子曰："吾十有五而志于學，三十而立，四十而不惑，五十而知天命，六十而耳順，七十而從心所欲，不踰矩。"孟子曰："大人者，不失其赤子之心者也。"人固有謂不待積學力行，聞言即悟，一蹴而超入聖域者，何也？又有鋭意積學力行，高談闊步，傲睨當世，自以爲舉莫我及，求其所以爲人，茫乎若断梗之在中流、裂瓦之淪深淵者，又何也？夫以聖賢而至孔孟亦云足矣。孔子求聖人而始於有恒，孟軻本善信而極致於神人，是豈忽荒乎哉？是豈茫昧乎哉？升之求其方而嚮往焉，截然洙泗陛級，皓然日月星辰之上，滅没倒景矣。雖以舜之匹夫而登九五之尊，伊尹以郊人而進阿衡之位，其雄飛而獨往，高視而遐超，其亦異於是也較然矣。世之驕誕欺妄，墜其身心於幽暗岩崖之下者，或欲窺其聲光於彷彿，胡可得哉？

岑景德字説

予曩年自白沙還楚，凡于白沙相面者咸餞之，聯舟而送。不作遠者五里，作遠者十里二十里，自五里十里二十里之外更作遠者少矣。順德桂洲岑君景德挐舟偕予行至崧臺。由白沙至崧臺幾二百里，景德每風雨必伺，險阻必伺，不待風雨險阻而伺者，日不知其幾遍，景德略無倦色。又偕遊七星諸岩，延緣文酒間，又不知其幾日，景德略無愆禮，景德處友盡矣。每見叙論，但寒暄焉，人之所短，己之所長，皆不及也，景德處己默矣。嘗聞其邑大夫吴獻臣曰：景德愛敬其兄甚，兄化焉，父母暮年，益喜悦焉。景德孝友矣。景德名峻，字乃石翁命也。夫語至高者，莫如夫孔子，以大明堯，以巍明舜。曰登泰山而小天下，孟子所以明孔子也。四子者，聖人也。聖人者，與天爲徒者也。與天爲徒，何如其高也。言聖人之言，行聖人之行，心志聖人之心志，聖人之徒也。與聖人爲徒，何如其高也。不與聖人爲徒，孔子所謂下達者也。景德内有其美矣，故以此爲景德字説而申告之[55]。

馮宗魯字説

嗟夫！曾氏之學，天下後世其能傳乎？天下後世之學，其所入者，口耳而止矣；所習者，經傳而止矣；所求者，功利而止矣。又其有所謂泯然者，心境俱空，流於無；泛然者，内外不一，滯於有。故凡説者皆陳編，行者徒影響，而聞見者無所於指歸也。馮公子，名沂，字宗魯。予因其名字之義而重有感焉。老萊子者、屈原者，楚人也。楚，蠻夷之國也。二子者卒以忠孝見。孺悲，孔子鄉人；原壤，孔子故人；邢和叔，卒背其師伊川。三子者，卒不爲君子所與[56]，何也？心理相感，遠猶近也，古猶今也。不然，則西家之愚夫而有東家丘之説矣。孟子曰："人皆可以爲堯舜。"張子曰："爲學必至於聖人。"箕曰不然，賢其准的耶。曾子曰："士不可以不弘毅，任重而道遠，仁以爲己任，不亦重乎？死而後已，不亦遠乎？"又曰："彼以其富，我以吾仁；彼以其爵，我以吾義。"必如是，而後魯可宗也。孔子之生因禱尼丘而名丘，孟子病於坎軻而名軻。公子知此，而後魯可宗也。夫山之宗有五，而丘垤坏塿亦山也；水之宗有四，而陂池澗壑亦水也。耳可以洗吾，齒可以漱吾，纓可以濯吾，衣可以振吾，吾又何拘拘？故曰心理相感，遠猶近也，古猶今也。故爲之説。

徐伯恒字説

吾心之理與氣相爲流通，無一息之間，惟君子爲能體之。其言若不出口，行若涉春冰。其處已通，萬物渾然無外。水也者，奮迅而下，鳥一声不盡其啼，倏乎數十里，其前必有淵然而止者矣。山也者，嵂岦千萬尋，日星倒影，霧雨爲之俯視，其末必有衍然而平者矣。花之盛者，吾恐其離披，風雨雷電之滛烈，其槁亢焦熇徵此矣。耒陽徐氏世昌者，世有貴富，声色勢利非其所問也，積詩書禮樂之道以潤其身，沃其子孫，嚴戒其藩籬，周流乎閨閫，往來乎交遊。址深而基厚者，愈增而不摇，勢愈高而有容。天地之所以長久者，不變而已矣。寒暑晝夜變也，天地相與爲常而已矣。世昌者，予字之曰伯恒，日中則昃，月盈則虧，天地盈虚，與時消息，君子能忽之哉？

張文冕字説[①]

李承箕卷十三終[②]

① 按：底本目録中存篇名，正文缺篇名及内容。
② 按：清鈔本落款爲“嗣孫李觀大録”。

【校記】

〔1〕“璣”，據清鈔本補。

〔2〕清鈔本“雪”作“羨”，“耻”作“美”。

〔3〕廖道南《楚紀》卷二十二《昭文内紀·李承箕》“疑”作“凝”。

〔4〕廖道南《楚紀》卷二十二《昭文内紀·李承箕》“三”作“二”。清鈔本作“山”；《楚紀》卷二十二《昭文内紀·李承箕》“嘘”作“虚”。

〔5〕廖道南《楚紀》卷二十二《昭文内紀·李承箕》“刁刁”作“刀刀”。

〔6〕清鈔本“絶”作“縱”。

〔7〕《明文海》卷三十《淳庵賦》（李承箕）“萬物”作“物萬”。

〔8〕《明文海》卷三十《淳庵賦》（李承箕）“水”作“木”。清鈔本作“木”。

〔9〕清鈔本中“天馬”作“大羊”。

〔10〕《明文海》卷三十《淳庵賦》（李承箕）“天馬甘其芻豢。嚇鵷鶵”“腐鼠兮，維鸑”缺。

〔11〕清鈔本“我見”作“見我”。

〔12〕《明文海》卷五《平陽武賦》“風”前有“樂”字。

〔13〕《明文海》卷五《平陽武賦》“嘻”作“嗟”。

〔14〕清鈔本“氓”作“眠”。

〔15〕《明文海》卷五《平陽武賦》“鬓”作“髩”。

〔16〕《明文海》卷五《平陽武賦》“變”作“奕”。

〔17〕《明文海》卷五《平陽武賦》“威”作“咸”。

〔18〕清鈔本内容缺，只餘篇名。

〔19〕清鈔本内容缺，只餘篇名。

〔20〕清鈔本“末”作“來”。

〔21〕清鈔本“踏”作“路”。

〔22〕清鈔本“二”作“一”。

〔23〕清鈔本“奇”作“寄”。

〔24〕清鈔本“漫”作“謾”。

〔25〕清鈔本脱“歸去”。

〔26〕清鈔本無“跋”字。

〔27〕清鈔本“交”作“友”。

〔28〕清鈔本無“吟”字。

〔29〕《嘉魚李氏族譜》第九册卷五《書先公遺書後》“輩”作“背”，世祀堂咸豐八年合修本。當誤。

〔30〕清鈔本“藎卿”作“藎卿弟”。

〔31〕《嘉魚李氏族譜》第九册卷五《書先公遺書後》“予”作“吾”，世祀堂咸豐八年合修本。

〔32〕《嘉魚李氏族譜》第九册卷五《書先公遺書後》“年”作“歲”，世祀堂咸豐八年合修本。

〔33〕《嘉魚李氏族譜》第九册卷五《書先公遺書後》脱“弘治丙辰春二月，孫承箕書於羅浮舟中”，世祀堂咸豐八年合修本。

〔34〕汪森編《粤西詩文載》之《詩載》卷二十三《題平樂梁大尹都亭别意卷》（李承箕）“二”作“三”。

〔35〕汪森編《粤西詩文載》之《詩載》卷二十三《題平樂梁大尹都亭别意卷》（李承箕）“猺”作“獠”。

〔36〕清鈔本“者”後有“焉”字。

〔37〕清鈔本無“筆”字。

〔38〕《明文海》卷四百二十五《陳奉時》（李承箕）“陽”作“秋”。

〔39〕清鈔本無“年”。

〔40〕清鈔本“不”前有“人”字。

〔41〕《明文海》卷四百二十五《陳奉時》（李承箕）“子”作“女”。

〔42〕《明文海》卷四百二十五《陳奉時》（李承箕）“雨”作“餘”。

〔43〕《明文海》卷四百二十五《陳奉時》（李承箕）“無”作“未”。

〔44〕《明文海》卷四百二十五《陳奉時》（李承箕）“詞”作“辭”。

〔45〕《明文海》卷四百二十五《陳奉時》（李承箕）無“非”。

〔46〕《明文海》卷四百二十五《陳奉時》（李承箕）“折”作“折夭”。

〔47〕《明文海》卷四百二十五《陳奉時》（李承箕）無“人”；“仐”作“今”。

〔48〕清鈔本“比”作“此”。

〔49〕清鈔本“庶”作“度”。

〔50〕清鈔本“渡”前有一“古”字。

〔51〕《明文海》卷一百三《古愚説》（李承箕）無“夫”字。

〔52〕《明文海》卷一百三《古愚説》（李承箕）無“其”字。

〔53〕“歸”，據清鈔本補。

〔54〕清鈔本“羣”作“群”。

〔55〕清鈔本“申”作“詳”。

〔56〕清鈔本“與”後有“無”。

李承箕集卷十四①

記

處功世室記

化行於閨門，善稱於鄉井，可以爲難矣。賤而有君子之行，子孫保之，其重也遠[1]，可以爲難矣。孟子曰："身不行道，不行於妻子。"況鄉人乎？故曰："不誠，未有能動者也。"夫思稱善人與吾民共興義行，向教化，知所以存其亡者，誰乎？是可以爲世道慨矣。古岡李君由五世祖諱宗長，遭胡元猾夏之世，名稱失於時，邑志稱其側室不紊，分不隳業，動必稱先君[2]，惕若對生時，則其教耿耿如列星，而精神流動充滿於登降之室堂，可以想見其爲人矣。厥考諱誠，泊然於世，時復跏趺竟日，人試侮之，即退而閉門無一語，舉稱爲李佛。造祠堂、買祭田，皆有禮法。正統己巳，黄賊之亂，里中惡少相向扇變。當是時，黎布政來撫諭，謂人計將奈何，有以誠好善告布政者，布政曰："汝誠來爲我諭其徒。"君於是告以天時人事之勢，順逆死生之理，衆即澌散，而上下皆有所濟。及荒歲，每招餒人作糜以活之[3]。外有貸而不能還者，皆不問。與石翁先生友善，遣子弟受學焉。中子由，嘗以錢數千貸里人戍梧州，不聽言償。公之懿範，久而益存，又可見矣。由與弟方、姪仝謀於吾衆，曰：吾將報吾祖考，何如？衆曰：有功於名教，在公議

① 按：清鈔本卷十四下有"嗣孫正蕙、正蒨傳習"。

世道，計該子孫祠而祀之，不迭遷也。宜其友容一之題曰：處功世室。銘曰：仙李盤根繁柯條。炎州布散猶高標。世本不考華胄遥。由有祖禰功則超[4]。廟以處功示不祧。同堂異室東西標。春秋香火蕭與膋[5]。

有開堂記

始爲飲食之人必祭之，前哲令德之人必祭之，曾子以民德歸厚而曰追遠。於乎！祖考之有功德者，子孫祠而祭之不遷，雖經無明文，而崇本報始之意，殆亦仁孝至誠惻怛之良心，誰得而遏之，而又何僭之足言哉！何也？變也，變而得其正焉者也。新會謝氏慈育，建祠堂祀其先祖樂静處士。處士遭元季亂離，入我定平，治家有方，剏居邑城外西南二里許，曰："吾子孫有行者乎？一進武而得公家之榮；有止者乎？一引身而有水竹之樂。"積書數千卷，買田百千畝，俾諸子游業其間。子四人，曰宏、曰機、曰諶、曰俊。宏改創居，楹亦修張，機遂令截之。宏與婦李氏笑曰："叔可謂善改吾過矣。"婦有粧奩田負郭，宏與諸弟分耕，諸弟不肯，曰："分可踰越耶？"於是鄉閭以孝友稱者，必曰謝氏云。教有義方，一本於我，處士有焉。處士當亂離時，活鄉人戴國榮銜箭之難。嘗遊水濱，得一遺囊，有解軍文書并白金伍兩。處士坐待其人而授之，不受其報，惟恐人知。由心而行，得其誼者，處士有焉。處士出亂離，勤生守約，爲太平遺老，壽考終。退庵鄧公述處士行詳，衆以爲實録，其流風不絶於人稱而遺福足蔭於後享[6]。有開必先，規模宏遠，處士有焉。由是言之，其子孫特祀而不遷，可以爲訓矣，則又何僭哉？銘曰：

申伯之世，不絶流風[7]。自新而岡，始梁來東。處士樂静，亦亢而宗。遷居遠市，一畝之宫。進顯退逸，所得皆通。子孫孝友，維大維豐。云享其報，俶自厥躬。聖不忘遠，禮以義從。廟宇不遷，芳旨豐融。詩歌昭遠，祖德斯崇。

鴒原聚樂記

予年十七時，侍叔父官廣藩，與穗城鍾雪舫兄弟以筆硯詩歌爲樂。既而見雪舫作春草，筆工妙名越南，即以紙似雪舫取春草，且告以必得兼翎毛。雪舫復予書：春草本不兼翎毛，兼之，果然妙在其中，足見公子意出人表，由是雪舫春草兼翎毛妙名天下矣。英德鄧君伯善兄弟三人，友愛信於其鄉，雪舫丹青一圖，章之曰“鴒原聚樂”。予嘗讀《春秋》至“鄭伯克段”，孔子譏之，何也？及讀《姜肱傳》至“各娶妻，兄弟相戀不能别”，嘆曰：此豈人之不同哉？心之不同哉！所遭者惟利是知，則生理泯然爲之罔矣。伯善乃能出古人之不幸而全吾之大幸，天倫和氣薰蒸透徹之餘，則見一飛一走、一花一草、一泉一石，鳴者舞者，生者息者，高者下者，與我無間，不知所以樂，不知所以不樂，均釋然矣。伯善以圖示予，故記之。

世恃堂記[①]

古岡有處士曰伍氏，常晦迹於我洪武間，薄觀陰陽卜筮小數之術以自卑，非其素所畜積也。家累千金，膏腴田數千畝，率手所封殖也。師朴儉處己之道，無潤鄉閭，終歲不一過。嘗造其從弟，從弟執豕於牢，以爲兄饌。處士曰：“食於十漿而五漿先饋，古人之所恥。”竟去之。越俗嫁女，資裝多僭侈，處士一違之。服御之具，擇不取觀；飲食之用，適不取費。配黎氏，秫陂先生妹也，有兄風，得婦道甚，先處士卒。處士生六十有三年而卒，嫡庶有男五人。歲晚諭諸子，皆異田宅，既而以田若干畝、租若干石示曰：生以爲汝父祖餘需，死以爲汝父祖時享，才者不敢有越制，不肖者不敢不有所守。慈哉其旨！變哉其例！至哉其家訓！吾因味處士之平生，可以享鄉社矣，豈徒其家祠乃不遷而已哉！自處士没，幾年而某創祠，又幾年其孫某始克完美焉。銘曰：

其無廢先人，世世永承。賢執匕鬯，權匪嫡經。我田之入，美兹廟

① 按：何福海修、林賡國纂《新寧縣志》第 17 卷“金石略・永恃堂記”，署名“翰林院國史檢討陳獻章撰書”，其文曰：“翰林院國史檢討陳獻章撰書。古岡有處士曰伍氏，常晦迹於我洪武間，乃薄觀陰陽卜筮小數之術 [以自] 卑，非其素所蓄積也。依隱納污，處己之道，無潤事；當可怒，雖僕隸，亦不出惡語，古所謂鄉先生者與！曰隆起者，於處士爲高祖叔翁，有功于宋末世，今配享 [大] 忠廟。根遠枝承，體光而委耀矣。其家累千金，積膏腴田伍千餘畝。服御之 [具]，擇不取觀；飲食之用，適不取費。鄉閭無不景仰。嘗造其從弟，從弟于牢執豕以爲兄饌。處士：‘食於十漿而五漿先饋，古人之所恥。墨子尚儉，孔子亦尚儉，俗有可違不可依，禮則無可違無不可依。’晚歲語諸子孫：‘平康、瀧水二都田二頃，可得租百六十石。平康以爲汝父祖墓需，瀧水以爲汝父祖時享。’慈哉其旨，變哉其例，庶幾哉其家訓。今夫禮學之廢久矣，若處士者，豈徒其家祠不遷而已哉！元配邑東都會林坡黎先生之妹，有兄風，有功于伍氏，得婦道甚。繼配劉也。自處士歿六十有餘年矣，孫曰敷、曰敬、曰政、曰瑀、曰絢者，始議塞其田租之泛費，而所入益增，遂克完美焉。謁予記者，門人絢也。其銘曰：其無廢先生，遺則永征。公享中居，二配皆升。賢執匕鬯，權匪嫡經。我田 [之入]，美兹廟庭。他庸（元）[無] 事，豐我羞牲。有流先澤，觀此南溟。弘治十二年己未夏五月望日。”臺灣學生書局 1968 年影印本，第 3 册，第 712–714 頁。轉引自黎業明《新發現的〈陳獻章集〉集外詩文》，《深圳大學學報》2012 年第 1 期。黎業明《新發現的〈陳獻章集〉集外詩文》“疑《永恃堂記》乃先經李承箕撰稿，後由白沙先生改定”。同上。

庭。他庸勿事[8]，豐我羞牲。有流先澤，觀此南溟。

趙氏隆光堂記

碧江趙氏曰秉啟者，父曰士志，祖曰仲瑀，七世祖曰必持，必持父曰崇澥，隨牒由閩入廣，居羊城，其後居新會東門曰仲瑀，居碧江曰秉啟，隨婚居順德龍江，凡四五徙皆不出數百里間。趙故爲華胄，世傳不易，業益茂矣。五嶽四瀆，條行派衍，爲都爲郡，爲邑爲鄉，蓋其所來者不瑣瑣，故其所出者一一聚而盛也。秉啟爲人無所拘繫於財利，與人不争。喜詩書，亦復不工。登高入深，覆飛鳥，度曲，飲酒，與所交遊相樂不倦。月旦十五日，具衣冠，禮先祠不怠，不延筭而卒。今夫庸暗瑣屑，大年何羨於世；磊磊落落，何哀於若人之速咎哉。有子善和、善鳴者曰：吾禰龍江爲始祖祠，曰隆光；其大宗祠，曰流光，碧江具焉。系曰：

猗維龍江，我禰收始。屋蔭牆遮，維桑引梓。根鞏標高，未遠歲紀。流光碧江，助有簠簋。於孫隆光，我自棘匕。田畝八十，俯甘竹里。慕兹明章，品享類祀。麗天星垂，拔地丘起。緒承奠敬，兹宇不毁。

崇本堂記

於乎！崇孝於先，致嚴於祭，生民之大事也。斟酌通變，聖賢之權衡在焉。孔子曰："非其鬼而祭之，諂也。見義不爲，無勇也。"程子曰："家必有廟，廟必有主，月朔必薦新，時祭用仲月。"《記》曰："去廟爲祧，去祧爲壇，去壇爲墠，去墠爲鬼。"廣東順德龍江鄧公諱英，遊邑庠不有其聲利，退而家居，整肅其家政。構祠宇，前後若干楹，祀厥考妣。考諱某，能濟人於急，不信浮屠老子法。黄賊之亂，以術活死者六七人，識與不識，聚而至者，皆衣食之。英子玦曰："予祖予父，懿行如此[9]。其祀後宇，不得迭毁[10]。”古人尊德貴功，此遺意歟？所以昭先而統後者，不在兹廟歟？祖有沙洲塘十畝，父擴而大之又十畝，時薦之費則於此焉。資此祀非僭歟？合宜歟？予曰：世之人有其志而無其具者矣，又有其具而無其志者矣，有其具有其志而無所於傳歸者矣，皆可悲也。君能因其心之所不能自已而不已，又能不屑屑依附故迹者。故記之。

遊衡山記

予往年嘗遊南嶽，自與心約：遍七十二峯、每峯一日，七十二峯不遍、每峯不一日不還。於時總憲東吴沈公奉詔禱南嶽，適相值。總憲，石翁舊也[11]。翁欲寄老南嶽[12]，約與予俱，總憲慨然願爲東道主。總憲趣予還舟聚語[13]，予告七十二峯不遍、每峯不一日不還。總憲曰：觸熱生病根胡乃爾。不得已而東下，弘治丁巳六月也。既而翁以老病卒不來，今庚申十一月，予還，自白沙至臨蒸，南望諸峯，魂爽飛馳，不旁身矣。於是分治藩府豫章涂公、憲府信陽馮公、永豐鄭公，許躋攀[14]俱，皆曰：使前後絶呵呼之具，而登降同一羽之輕乎[15]？佩冕有絲竿之樂，而箕潁混岩廊之風乎？往來見生化之機，而榮瘁有同其舒卷者乎？彼此同襟，神孚其契[16]，適馮公以足疾不果，携予者，兩公也。自是月之晦日，禮神嶽祠。祠南左爲雲開堂，涂公居之[17]。西右爲雪霽堂[18]，鄭公居之[19]。雲開左爲光嶽道院，予栖焉。各更衣，會天宇新霽，人人自覺神形快健。由東北觀水簾洞[20]，止壽寧宫。半江曰：“此境隔世[21]，何謝桃源[22]？世短心長，吾不能明，目極心醉而去。”[23]半江，涂公别號也。由西南歷諸峯，即上封。冰雪凝樹，風撼樹如甲馬聲，冰片隨落葉下，大石取而飡之。予曰：“無乃冰齒寒乎？”大石曰：“此所以厲吾腸胃也。”予兩肩臂已起粟[24]，大石即解綿袷衣二襲，曰：“借子也。”鄭公，别號大石也。上祝融峯，下飛仙橋，大石芒屩羊裘下。上鳴軒，半江曰：“登高臨深，吾亦不能還。”止上封。

上封南十里許，爲比和洞，有王野人，業箍桶[25]，大石使召來，萎黄鬚髮[26]，单弊苧衣。問之，已獨居洞三十餘年[27]。又問：汝何爲者？見何境界耶？曰：非釋非老，不知爲善惡，何境界見也？大石將贈米帛，曰：夜床鞋脚，公等知乎？長揖而去。侵晨，踏霜菅，觀初日於扶桑臺[28]，風冷冷四至，兩耳若著針鉒。衡山史典史郝驛丞進巵酒，金醴之酸，不可醺焉者也。西行奪篁竹，由雞鳴岩馬祖菴，菴中有往時大石示從遊諸生詩[29]。菴西天柱峯，有僧岩居，食生菜，百結衣如粟穗，見人即膜拜，默默而已。南行數里，兩公肩輿如飆輪，予不可追，獨觀南臺寺故址[30]，嘆曰：此非僧守澄之蘧廬乎？南臺之南有紫虚閣，問諸道士[31]，悉不省。夫霧源勝迹，曾幾何時，寥寥無聞見於人[32]，使復有子廉輩醉卧其間，又誰復識之耶？爲之一長嘯。望中青衣童子十餘人，馳報兩公。少憩文定西廊[33]，候行禮。是夕各止行所[34]，爲十二月之四日矣。諸所過兩公輒留題，予則和之，而歌於山中相樂也，不復磨巖題名，厭近名也。故凡峯巒巖洞[35]，大小奇怪高下之勝，紀載於先民者，悉畧之云。嘉魚李承箕記。①

南楚真遊記

轍跡遍天下，憂道之不行，憂人生之不遂，古之人有行之者矣，孔孟之遊也。轍跡遍天下，以一己之貧困爲心，以諸侯相攻伐爲務，古之人有行之者矣，儀秦之遊也。茫乎忽乎，乘雲御風，與世漠如，古之人有行之者矣，莊周列禦寇之遊也。予游白沙還，藩府涂公、憲府鄭公撫治湖南，邂逅臨蒸，謂予曰："歲聿云暮[36]，境土無虞。古人謂士大夫去故里[37]，舍丘壟，驅馳宦途，宣力之餘，亦欲尋樂[38]，人之情也。"於是歷衡岳諸峯，與日相競，得日六焉。下潭州，登嶽麓書院，禮朱張像，讀壁間石刻古今詩文，前憲副四明楊公使圖畫者也。又

① 按：莊昶：《定山集》卷八《遊衡山記》，無"嘉魚李承箕記"。

讀西涯閣老《重修書院記》，山水人文，實相資重，古今然也。西循曲徑，奪菅蒯篁竹，入獄麓招提，殘僧敗屋[39]，鐘磬無声，爐無妙香，燈無紫焰。鄭公曰：“是何伺[40]？人其人，火其書，廬其居乎？招提占幽勝，而書院得偏狹，以此易彼[41]，正將勝邪，其有日乎[42]？”下洞庭，謁黄陵廟，珮薜帷塵，亦已久矣。祝告：前年廟泊水傾[43]，而韓碑巋然出衆壓之外[44]，今移右階下，露竪而已。下巴陵，將艤舟君山。舟師謂：泥淖不勝鶴鸛爪力，夏秋之交，湖波渾太清[45]，一武可即岸，今不可行也。予乃烹雞温酒，調東坡骨薰羹[46]，執兩公望君山，以償兹興。而予不閑壺矢，百發百輸，醉頹几上。兩公輕步而去，予泯然不知也。明日兩公笑曰：“赤壁近矣。”昔東坡以黄州赤鼻爲赤壁而賦之。赤壁故壘，與烏林相望[47]，登危撫景，賦其時乎？舟師又以水涸不可即舟告，遂乘風東下，抵魚山，兩公謂必訪草茅山中。明日，凍雨半雪，優遊而來，殊不作意。拜家慈於堂上。始兩公來也，兄茂卿迎之中途[48]。及歸也，予中途送止，而兄送江滸焉。兹遊也，始仲冬月下弦，迄歲暮焉[49]，前後各有詩，幾所謂味真天遊而忘年歟！予僭題曰“南楚真遊”。夫以兹遊，豈敢模擬古先而偽遊哉？各取適言，誌情而已[50]。

世忠堂記

孔子之先有弗何父者，吾聞其能讓也；有正考父者，而能恭也；積而至於孔子，聖矣。數千年而孔氏之澤不衰。太伯逃荆蠻，歸之者千餘家；積而至於季札，賢矣，數千年而句吴化爲衣冠禮儀之鄉。何也？仁義之不負於天也，不亦明乎？仁義之不負於人也，不亦明乎？由是觀之，天道感應之機，不亦近乎？吾楚西南陲有宣慰彭氏者，君長西南諸溪峒，不知其幾百世矣。吾嘗觀古之帝王，震威洽德，暨於四方，非徒爲誇大也；又觀古之帝王封建諸侯，使各有土疆，而天子畿内，地方千里而已，使各安其民人，非示儉也。秦始并吞，後世因之，而不能復先王公天下之意者，可勝道哉！我朝廷於四方遐異者必因其世而君長之，亦封建諸侯一方之遺意也。彭氏之先，見於史傳者蓋多。今之君長世麒，南面聽治之堂曰世忠，謁記於箕。曰：古之聖賢，所以渾同物我而無所私曲焉，公知之乎？以之事上，以之使下，以之事事，以之物物，豈復有懷情而相罔者乎？其所以自厲也，深矣；其所以戒其後而昭其先者，遠矣。吾聞公之爲人，民理所當順者而能不弛，物情所當逆者而能不張。夫惟積累之克驗，安知變化之無幾乎？其將超越而世已乎？故爲之記。①

委心亭記

孔子曰："君子之於天下也，無適也，無莫也，義之與比。"孟子曰："可以仕則仕，可以止則止，可以久則久，可以速則速。"孔子也，古之聖賢。渾融中邊，權之度之，綱之紀之。蓋天道默化之自然，而初無與乎我者矣。斯人也者，何人也？揮染馳騁以贅陳編[51]，安然其恣睢以爲格態，立觚角、嚴級陛以明彼此。禅者曰灰，其流曰息。老者曰脩，其流曰寂。斯人也者[52]，何人也？兵曹郎中郴陽何君子元命亭"委心"，記以屬予。君年清而才腴，勇於爲學，邦治之謀，惬於臺長。吾嘗觀古今人矣，事業美大，可以濟世之泰否者，心乎不肆者也；風聲清熏，可以鼓動上下者，心乎不妄者也；才量洪密，競注不流溟渤，而淑淑淵淵，可以氣施而形生者，通明强健其心者也。陶子曰："委心任去留。"味斯言，觀斯人行藏，光明正大，有聖賢千載凛凛之風，未可以一代人物而彷彿瞥見之也。陶爲令，君爲正郎，是豈無意於天下者哉。然而時之明晦，事之可否，境之逆順，處其難與其易者，誰乎？處其變

① 按：《永順宣慰使彭忠軒墓誌銘》載："孝宗時有曰世麒者，號思齋，君之大父也。倜儻好義，輕財樂施，凡中朝士大夫，若東白白沙，東山甘泉、陽明，大崖，聞山，高吾雲巢諸名公，皆厚禮厚幣以求教。故一方典章文物，彬彬丕變，庶幾中州，思齋之力也。"（轉引自謝曉輝《聯姻結盟與譜系傳承——明代湘西苗疆土司的變遷》,《中國社會歷史評論》第十三卷，天津古籍出版社 2012 年版，第 320 頁）説明彭氏與李承箕是有交往的。

與其常者，誰乎？即其常而思其變，因其易而思其難者，誰乎？故曰：“寂然不動，感而遂通天下之故。”於乎心也，聖賢之傳□二言也，其至矣哉，其至矣哉！

重遊石室記〔53〕

大崖周遭皆山，山陰可二十餘步有石室焉〔54〕，東西北闕，上竅如立甕〔55〕，引風氣，通日色，夏冽而冬温，可布席百餘〔56〕，非神堅志定者不可居〔57〕。又非愛便捷，喜左右趍走承奉，挽華綬，坐重裀，以塵埃撲面爲香粉，據高堂大室，勢能使存者亡、殺者生、富貴者貧賤憂戚、翕聚者發散而薰灼者之所欲居也。而使其勉强於一時，其心已馳逐於彼，而虎豹鹿豕孰能閑之以衣冠，視之以干羽，而聽之管籥之樂哉〔58〕！往年予讀書大崖，每因時一遊焉，高林低薄，無行人路〔59〕，望山而行〔60〕，遇石而憩〔61〕，俯泉而飲，倚杖而歌，或寄之於長吟，或寄之於遊觀〔62〕，或寄之於偃仰，或寄之於徙倚〔63〕，隨其所適，嗒然於山水之外。從予遊者，立卿弟也。今年子卿弟讀書大崖，而立卿成進士，請告而歸，顧予以未老得閑舉無塵累者〔64〕。時春暮矣，又相與一遊焉。向之高者已爲人之棟，低者已爲人之薪，左右前後旁通多歧路，惟巉岩老石，暖雲氤氲〔65〕，予之坐痕，猶若在也〔66〕。徽州程氏實、山人孫氏亮皆載酒助予兄弟之遊，而其從閒取適之意皆可記也〔67〕。

孝猿記

廣東之某鄉，猺人嘗樵於山，見黄猿忽自樹墮地死，一黑猿從之，號鳴不已〔68〕。人往來於其側，逼視之〔69〕，了無懼，乃子母猿也。猺人取以歸，投以果物，皆不食，而益號鳴不已。猺人揣其情，致其母之皮於前，則亟趨而抱之，且號且食，衆亦莫不憐之，於是獻之憲長陶公，戲下告以實，公命試之，果如其言。李承箕曰：行一不義，殺一不辜，而得天下，不爲也，仁人之所不容已也〔70〕。漢王陵之母死於楚，陵卒附漢，以圖成大功。説者以爲戕一生婦猶不可，況母乎？然而不食則必滅性〔71〕，成功止於圖名，吾寧殺其身，不忍棄其親，猿之孝明明也。又嘗聞昔之下蜀人嘗取一稚猿，猿母隨舟奔走而下數百里，一擲身舟中以死〔72〕，剖而視之，腸寸斷矣，則猿之愛又明明也。夫猿不畜於家，無詩書禮樂之教，與豹狼狐兔等耳。人徒知其能吟嘯風月，足以激夫怨臣屏子於荒烟厲雨中〔73〕，又烏知其性之足以感夫怨臣屏子之所不足者有如是哉？箕在白沙〔74〕，石翁過楚雲臺爲予道之，且曰："是猿若能如人語，雖教以《孝經》《論》《孟》節目，且能不違，其内無雜也。"

玩琴軒記①

古先聖人之制器也，不徒然也。燕飲可以樂也，則爲雲雷之尊以警之；房闥可以逸也，則設簾幙於其間以恥之；車輿可以安也，其方圓擬乎天地陰陽，君子於是焉則之。推此類也，鼎使人知神姦，劍使人檢非常，琴瑟使人禁止其邪心，焉往而非吾之所以體物冶己者哉！古岡陳禧者，予不及見其人而見其子嵩壽矣。予聞陳氏之先世與秫坡黎先生遊，其流風尚存，至禧以老成，受邑侯丁彦誠辟，爲鄉老〔75〕，使掌禮教。禧嘗自名其軒曰玩琴，其子謁予記之。經曰："禮樂不可斯須去身。"琴，禮樂之寓也。簫韶不作，鳳儀獸舞之效，吾不得而見之矣，將何從而問之？雖然，陶淵明得琴中之趣而不弦，東坡不善飲而能以酒樂客。我太宗朝遍求天下之善琴者，得一老人於閩中，既至，受以宗廟之古琴。老人曰："人與器不相閑。"歸之私第，三日而後進奏焉，惟顔回三四弄而已，不能終其曲也。太宗曰："此可以言琴乎？"是皆超然於聲色臭味之外，而不溺心於形器者，君子固有取焉。玩琴軒主其斯人之

① 按：陳獻章有《代陳汝岳謝李世卿撰玩琴軒記》："先子當年一坐軒，軒中高榜揭無弦。斯文觸目休論價，世德流芳可盡年。從此兒童堪我誦，是何風韻與人傳。道旁雖有崖千尺，不得名家一字鐫。"（《陳獻章集》，中華書局2008年版，第445頁）

流歟？安得與之遊於古先聖人之庭，而適志於希聲也哉！

雲卧軒記

雲卧者，在理爲静，爲翕聚者也。庖丁解牛者也，其怵然爲戒[76]，視爲止，行爲遲，動刀甚微，謋然已解。提刀而立，爲之四顧，爲之躊躇滿志，善刀而藏之之時者也，所止之地者，誰乎？古岡有叟名章，白沙先生里中同姓叟也。先生嘗宿叟家，而題其壁曰雲卧。然自其不變者而觀之，孔子之曲肱、孟子之隱几者，皆是也。自其變者而觀之，則黄帝之華胥、莊生之爲蝶者歟？然而變化不測者，神龍也。若夫犬豕，則逐於形氣矣。棚頭傀儡，其悲也人啼，其喜也人舞，遠以惑其遠，冥以惑其冥，經營焉，以世爲事者也。偃息於此[77]，冥然於彼[78]，遠而近，冥而真，不有於我，不有於人，不有於世，不有於身，斯可以語此矣。叟不自名其軒[79]，得先生而名也，遣其子紹裘請予記之。夫先生生於中州之濱，處於東海之上，漠然與世無聞[80]，兀然不出於里巷之外者[81]，幾年於此，而信宿叟家，叟何如人也[82]？予能無言也乎？

順德縣學題名記

名可有乎？可有也；名可無乎？可無也；名可貴乎？可貴也；名可賤乎？可賤也。孔子曰“舜有臣五人”，武王曰“予有亂臣十人”，有可貴也；叔孫通制朝儀，魯兩生不肯行而無名，無可貴也。自唐虞三代迄于今，其爲不善，而父不可得之子，臣不可得之君，與鳥獸草木同一澌盡腐朽者，其名之有無、可賤而不可貴者，可勝道哉！有天下者，學校以養士，古與今不殊。舜之臣五人，武王之臣十人，五人十人可謂盛矣。成湯之世，伊尹一人也；武丁之世，傅説一人也。一人之與五人十人，多寡甚懸，而佐王之效一而已。古人之教，何如哉？進士書名石，天下郡縣往往而有。順德自成化丁未以前而石刻適蒲[83]，弘治己酉至今壬子復得二十有二人矣。以今科舉言之，不爲不多。由是卜其將來，可想已〔84〕。然不知今之三場亦如古之三物而爲致用之具，亦將有同乎否也？又不知古人居斯世，亦能隨世以就功名否也？有是君則有是臣，其將來復有能以古人爲心，不敢謂無也。又不知今人知勳名之在天地，亦能如古人視之默然否也？此則繼天立極者之能事〔85〕，而忠臣孝子之心也。順德令吴君獻臣與儒学教諭趙君璜立石，次第其名而刻之，請記於予，故爲之一言。

義蜂記〔86〕

余所謂蜂也者，非所謂穴居而能螫人者也，又非所謂殺人以育己子者也。余山林人也，凡鳥獸草木之性，得之久而知之詳，惟其久而詳也，故其記之也不誣。且余嘗蓄蜂，見其積之繁衍而分封也，有古封建之象焉。今日統於王以別處，無一叛亂焉。明日又統於王以別處，無一叛亂焉。其王死，終相守以餓死於故封，卒無一叛焉。其一二往來或誤而之他，亦無所苟容，此人道之所難能也。孰謂昆蟲之所能，又孰得而知之也哉！當其初分時，隨風漫散而上下，人以水揮灑，呼之隨所寓止。王出巡衆，分兩翼以待之，人苟知所以羈留其王，衆隨隨而來，須臾治一臺以居王於上，以次爲脾，以處其衆。又別採蘭蕙之花，負於背以供王，時卉鮮妍，掠岩谷，冒風雨於朝夕之間，如恐闕其職然。又蜂一階爲脾，則所謂奴者處之奴，色黑而頑，懶於供職而鋭於竊食，之於下盖宜也，此亦人之所共知。其有足稱者，盖在彼而不在此也。有此而不暴白于世，主人之過也。承箕侍坐於白沙貞節堂，聞此蜂之聲，且道其事。石翁謂嘗有詩云："萬古西山朽骨叢，中有魂魄化爲蜂。餓死空巢不飛去，猶爲君王守故封。"承箕退而記之。

李承箕集卷十四終①

① 按：清鈔本落款爲"嗣孫嵩大録"。

【校記】

〔1〕清鈔本“重”作“垂”。

〔2〕清鈔本無“世，名稱失于時，邑志稱其側室不紊分、不隳業，動必稱先”。

〔3〕清鈔本“糜”作“務”。

〔4〕“襧”，據清鈔本補。

〔5〕“蕭”，據清鈔本補。

〔6〕清鈔本“流風”作“風流”。

〔7〕清鈔本“流風”作“風流”。

〔8〕清鈔本“庸勿”作“勿庸”。

〔9〕清鈔本“玦”作“珙”。

〔10〕清鈔本“宇”作“字”。

〔11〕莊昶《定山集》卷八《遊衡山記》“舊”作“舅”，四庫全書本。下同。按：彭簪《衡岳志》卷六《遊衡山記》（李承箕）作“舊”，明嘉靖七年刻嘉靖增修本。

〔12〕莊昶《定山集》卷八《遊衡山記》“欲”作“言”。彭簪《衡岳志》卷六《遊衡山記》（李承箕）作“欲”。

〔13〕莊昶《定山集》卷八《遊衡山記》“趣”作“促”。彭簪《衡岳志》卷六《遊衡山記》（李承箕）作“趍”。

〔14〕莊昶《定山集》卷八《遊衡山記》“是”作“時”。彭簪《衡岳志》卷六《遊衡山記》（李承箕）作“是”。何鏜《古今遊名山記》卷九《明李承箕遊衡山記》作“是”，明嘉靖四十四年廬陵吴炳刻本。

〔15〕莊昶《定山集》卷八《遊衡山記》“降”作“臨”。彭簪《衡岳志》卷六《遊衡山記》（李承箕）作“降”。

〔16〕莊昶《定山集》卷八《遊衡山記》“彼”作“往”。彭簪《衡岳志》卷六《遊衡山記》（李承箕）作“彼”。何鏜《古今遊名山記》卷九《明李承箕遊衡山記》作“彼”，明嘉靖四十四年廬陵吴炳刻本。

〔17〕莊昶《定山集》卷八《遊衡山記》有“也”字。彭簪《衡岳志》卷六

《遊衡山記》（李承箕）無“也”。何鏜《古今遊名山記》卷九《明李承箕遊衡山記》無“也”字，明嘉靖四十四年廬陵吴炳刻本。

〔18〕莊昶《定山集》卷八《遊衡山記》無“西”字。彭簪《衡岳志》卷六《遊衡山記》（李承箕）有“西”字。何鏜《古今遊名山記》卷九《明李承箕遊衡山記》無“西”字，明嘉靖四十四年廬陵吴炳刻本。

〔19〕莊昶《定山集》卷八《遊衡山記》無“之”字。彭簪《衡岳志》卷六《遊衡山記》（李承箕）有“之”字。何鏜《古今遊名山記》卷九《明李承箕遊衡山記》有“之”字，明嘉靖四十四年廬陵吴炳刻本。

〔20〕莊昶《定山集》卷八《遊衡山記》“由”作“遊”。彭簪《衡岳志》卷六《遊衡山記》（李承箕）作“由”。何鏜《古今遊名山記》卷九《明李承箕遊衡山記》作“由”，明嘉靖四十四年廬陵吴炳刻本。

〔21〕莊昶《定山集》卷八《遊衡山記》“隔”作“絶”。彭簪《衡岳志》卷六《遊衡山記》（李承箕）作“隔”。何鏜《古今遊名山記》卷九《明李承箕遊衡山記》作“隔”，明嘉靖四十四年廬陵吴炳刻本。

〔22〕莊昶《定山集》卷八《遊衡山記》“謝”作“殊”。彭簪《衡岳志》卷六《遊衡山記》（李承箕）作“謝”。何鏜《古今遊名山記》卷九《明李承箕遊衡山記》作“謝”，明嘉靖四十四年廬陵吴炳刻本。

〔23〕清鈔本“目”作“日”。

〔24〕莊昶《定山集》卷八《遊衡山記》“臂”作“背”。彭簪《衡岳志》卷六《遊衡山記》（李承箕）作“臂”。

〔25〕莊昶《定山集》卷八《遊衡山記》有“者”字。彭簪《衡岳志》卷六《遊衡山記》（李承箕）無“者”字。何鏜《古今遊名山記》卷九《明李承箕遊衡山記》無“者”字，明嘉靖四十四年廬陵吴炳刻本。

〔26〕清鈔本中“鬚髮”作“發須”。

〔27〕莊昶《定山集》卷八《遊衡山記》無“餘”字。彭簪《衡岳志》卷六《遊衡山記》（李承箕）有“餘”字。何鏜《古今遊名山記》卷九《明李承箕遊衡山記》有“餘”字，明嘉靖四十四年廬陵吴炳刻本。

〔28〕莊昶《定山集》卷八《遊衡山記》“侵”作“清”。彭簪《衡岳志》

卷六《遊衡山記》（李承箕）作“侵”。何鏜《古今遊名山記》卷九《明李承箕遊衡山記》作“侵”字，明嘉靖四十四年廬陵吴炳刻本。

〔29〕莊昶《定山集》卷八《遊衡山記》“往時”作“詩”。彭簪《衡岳志》卷六《遊衡山記》（李承箕）作“往時”。

〔30〕莊昶《定山集》卷八《遊衡山記》無“寺”字。彭簪《衡岳志》卷六《遊衡山記》（李承箕）有“寺”字。何鏜《古今遊名山記》卷九《明李承箕遊衡山記》有“寺”字，明嘉靖四十四年廬陵吴炳刻本。

〔31〕莊昶《定山集》卷八《遊衡山記》“問諸”作“睹”。彭簪《衡岳志》卷六《遊衡山記》（李承箕）作“問諸”。

〔32〕莊昶《定山集》卷八《遊衡山記》無“於人”字。彭簪《衡岳志》卷六《遊衡山記》（李承箕）有“於人”。

〔33〕莊昶《定山集》卷八《遊衡山記》“廊”作“廟”。彭簪《衡岳志》卷六《遊衡山記》（李承箕）作“廊”。

〔34〕莊昶《定山集》卷八《遊衡山記》無“所”字。彭簪《衡岳志》卷六《遊衡山記》（李承箕）有“所”字。

〔35〕莊昶《定山集》卷八《遊衡山記》“巖”作“崖”。彭簪《衡岳志》卷六《遊衡山記》（李承箕）作“巖”。何鏜《古今遊名山記》卷九《明李承箕遊衡山記》作“巖”字，明嘉靖四十四年廬陵吴炳刻本。

〔36〕莊昶《定山集》卷八《南楚貞遊記》“暮”作“莫”，四庫全書本。下同。

〔37〕莊昶《定山集》卷八《南楚貞遊記》無“大”字。

〔38〕清鈔本“尋”作“取”。

〔39〕清鈔本“殘”作“孤”。

〔40〕莊昶《定山集》卷八《南楚真遊記》“伺”作“祠”。

〔41〕清鈔本“以此”作“此以”。

〔42〕莊昶《定山集》卷八《南楚真遊記》“日”作“自”。

〔43〕莊昶《定山集》卷八《南楚真遊記》“泊”作“湧”。

〔44〕莊昶《定山集》卷八《南楚真遊記》“而韓碑巋然出衆壓之外”作

“而韓碑歸然土聚壓之”。

〔45〕莊昶《定山集》卷八《南楚真遊記》“渾”作“深”。

〔46〕清鈔本“薰”作“董”。

〔47〕莊昶《定山集》卷八《南楚真遊記》“壘”作“址”。

〔48〕莊昶《定山集》卷八《南楚真遊記》“中途”作“途中”。

〔49〕莊昶《定山集》卷八《南楚真遊記》“始仲冬月下弦迄歲暮焉”作“始仲冬迄歲莫”。

〔50〕莊昶《定山集》卷八《南楚真遊記》“各取適言，誌情而已”作“各取適意誌”。

〔51〕清鈔本“揮”作“渾”。

〔52〕按：清鈔本中“寂斯人也者”以下皆没有，代之以下篇《重遊石室記》的後半部分：“鄉（立卿）成進士，請告而歸，顧予以未老得閒舉無塵累者。時春暮矣，又相與一遊焉。向之高者已爲人之棟，低者已爲人之薪，左右前後旁通多歧路，惟巉岩老石暖雲氤氲。予之坐痕，猶若在也。徽州程氏實、山人孫氏亮，皆載酒助予兄弟之遊，而其從閒取適之意皆可記也。”可見抄録過程中出現抄錯之現象。

〔53〕清鈔本脱此篇的標題及前半部分。

〔54〕按：《明文海》卷三百五十四《重遊石室記》（李承箕）作“十”；《同治重修嘉魚縣志》卷九《石室記》作“百”，江蘇古籍出版社 2001 年版，第 279 頁。康熙《湖廣武昌府志》卷十二《大崖石室記》作“一百”，江蘇古籍出版社 2001 年版，第 605 頁。

〔55〕康熙《湖廣武昌府志》卷十二《大崖石室記》“闕”作“門”，江蘇古籍出版社 2001 年版，第 605 頁。

〔56〕《明文海》卷三百五十四《重遊石室記》（李承箕）“百”作“有”；《同治重修嘉魚縣志》卷九《石室記》作“百”，江蘇古籍出版社 2001 年版，第 279 頁。康熙《湖廣武昌府志》卷十二《大崖石室記》作“百”，江蘇古籍出版社 2001 年版，第 605 頁。

〔57〕康熙《湖廣武昌府志》卷十二《大崖石室記》“堅”作“空”，江

蘇古籍出版社 2001 年版，第 605 頁；《明文海》卷三百五十四《重遊石室記》（李承箕），作“非神堅志定者不可居”；《同治重修嘉魚縣志》卷九《石室記》作“非神定志堅者不能居”，江蘇古籍出版社 2001 年版，第 279 頁。

〔58〕《同治重修嘉魚縣志》卷九《石室記》脱“又非愛便捷、喜左右趍走承奉，挽華綏，坐重裀，以塵埃撲面爲香粉，據高堂大室，勢能使存者亡、殺者生、富貴者貧賤憂戚、翕聚者發散而薰灼者之所欲居也。而使其勉强于一時，其心已馳逐於彼，而虎豹鹿豕孰能閑之以衣冠，視之以干羽，而聽之管籥之樂哉”，江蘇古籍出版社 2001 年版，第 279 頁。康熙《湖廣武昌府志》卷十二《大崖石室記》亦脱此段，第 605 頁。

〔59〕《明文海》卷三百五十四《重遊石室記》（李承箕）“路”作“路”；《同治重修嘉魚縣志》卷九《石室記》作“迹”，江蘇古籍出版社 2001 年版，第 279 頁。康熙《湖廣武昌府志》卷十二《大崖石室記》作“高林低莽無行人迹”，第 605 頁。

〔60〕《明文海》卷三百五十四《重遊石室記》（李承箕）“行”作“行”；《同治重修嘉魚縣志》卷九《石室記》作“走”，江蘇古籍出版社 2001 年版，第 279 頁。

〔61〕康熙《湖廣武昌府志》卷十二《大崖石室記》“遇”作“逢”，第 605 頁。

〔62〕《明文海》卷三百五十四《重遊石室記》（李承箕）“寄”作“寄”；《同治重修嘉魚縣志》卷九《石室記》作“寓”，江蘇古籍出版社 2001 年版，第 279 頁。

〔63〕《明文海》卷三百五十四《重遊石室記》（李承箕）作“或寄之於偃仰，或寄之於徙倚”；《同治重修嘉魚縣志》卷九《石室記》作“或徙倚偃仰”，江蘇古籍出版社 2001 年版，第 279 頁。

〔64〕《明文海》卷三百五十四《重遊石室記》（李承箕）“舉”後有“武”字。《同治重修嘉魚縣志》卷九《石室記》無“武”字，江蘇古籍出版社 2001 年版，第 280 頁。

〔65〕康熙《湖廣武昌府志》卷十二《大崖石室記》“老”作“曠”，第 605

頁。

〔66〕康熙《湖廣武昌府志》卷十二《大崖石室記》作“猶居然在也”，第605頁。

〔67〕《同治重修嘉魚縣志》卷九《石室記》脱“徽州程氏實、山人孫氏亮皆載酒助予兄弟之游，而其從閒取適之意皆可記也”，江蘇古籍出版社2001年版，第280頁。康熙《湖廣武昌府志》卷十二《大崖石室記》亦脱此段，第605頁。

〔68〕《明文海》卷三百四十二《孝猿記》（李承箕）“已”作“止”字。

〔69〕《明文海》卷三百四十二《孝猿記》（李承箕）“視”作“犯”字。

〔70〕清鈔本“仁”前有“此”。

〔71〕《明文海》卷三百四十二《孝猿記》（李承箕）“以圖成大功。説者以爲戕一生婦猶不可，况母乎？然而不食則必滅性”作“以成大功，在母知大義，割至情，誠哉其爲賢矣，若陵者獨何心乎”。

〔72〕《明文海》卷三百四十二《孝猿記》（李承箕）無“一”字。

〔73〕《明文海》卷三百四十二《孝猿記》（李承箕）“足以激夫怨”作“又惡知其性之足以感夫怨”，“荒烟”作“怪風”。

〔74〕《明文海》卷三百四十二《孝猿記》（李承箕）“箕”作“其”。

〔75〕清鈔本脱“彦”字。

〔76〕清鈔本“戒”作“戚”。

〔77〕莊昶《定山集》卷八《雲卧軒記》“於”作“如”。

〔78〕莊昶《定山集》卷八《雲卧軒記》“於”作“如”。

〔79〕莊昶《定山集》卷八《雲卧軒記》無“不”字。

〔80〕清鈔本“聞”作“間”。

〔81〕莊昶《定山集》卷八《雲卧軒記》“出”作“屈”。

〔82〕莊昶《定山集》卷八《雲卧軒記》作“幾年於此而信宿叟，我叟何如人也”。

〔83〕清鈔本“蒲”作“滿”。

〔84〕清鈔本“已”作“矣”。

〔85〕“極”，據清鈔本補。

〔86〕按：“義蜂記”湖北省圖書館本僅有標題而無内容，且標題爲“義峯記”，此據清鈔本補。

李承箕集卷十五 ①

記

世烈堂記

吾身在天下國家，而死生以之，難其人乎？難其人也；勳名在天下國家，以世繼之而能不有其功，難其人乎？難其人也。正統末，國家承平日久，腐夫擅權，群小争趍以圖富貴，於是抵正直、戮諫官，民犯其分，四郊多壘，此小人之所必避，而君子獨辱之秋也。浙江妖賊起於處，聲震東吳，按察憲副陶公成憤身殉國，卒死於事。既而公之子自强由新會丞歷今憲使，誅逆撫順，推誠宣力，廣人享其治平之功者，盖三十有餘年。松桂之不復爲蒲柳[1]，芝蘭之不復爲蒯菅，蛟龍之不復爲犬羊，虎豹之不復爲狐兔，其類異也。於乎！若公之父子，古之所謂勞臣歟？然而功大者，報必崇，其享於世長久而民不厭，三王以來皆然矣。石翁題其所居之堂曰世烈，所以表陶氏之耿光家宗者有其道，而朝廷崇德勸功之典亦昭昭於無窮也。歐陽子爲韓魏公記晝錦堂，其言曰："仕宦而至將相，富貴而歸故鄉，此人情之所榮，而今昔之所同者 ②。"是何其言之淺淺哉！若公之世烈，孟子所謂廣居、大丈夫之位，君子之所屬望，又將以告其後人者也。於是乎書。

---

① 按：清鈔本落款"嗣孫正蕙、正蒨傳習"。

② 按：歐陽修《歐陽文忠公集・居士集卷第四十・相州晝錦堂記》有文："仕宦而至將相，富貴而歸故鄉，此人情之所榮，而今昔之所同也。"（四部叢刊景元本）

伏波橋記

順德縣治西南碧鑑之前伏波橋，剏于成化二十一年，成於弘治四年。累石爲址者七，加板於其上，長一十二丈，廣若丈二尺[2]，然考其勢亦殊無難爲者焉[3]。夫事之緩急與成不成[4]，豈功費之艱難？而所以緩急、成不成者，必有所急也[5]。始而知縣吴君世騰，具木石，工未成者十五而轉官去，其費悉敗於總橋之徒。既而府推官胡君光繼之，又適以他調，至是盖六年矣。明年，吴君廷舉始克成之，董其役者巡檢秦彦盛、河泊張孟也。事無巨細，理無精粗，成於義而敗於利，如是者多矣。其有大於此者，將何如哉？

尋梅山行記

楚雲臺之西，山多梅，凝立而望之，藐姑射之仙人冉冉淩空而不可狎，香風之透吾書帷[6]，如薔薇水之灑人也。而西山之腹[7]，李君子逵之宅在焉。石翁嘗與予步自臺南，穿林逕，窈窕而深内。小塘周匝皆梅，欲開而未開，又北行過石逕，旁高中陷，介然可容一人。步稍東，荒圃中有古梅，舊爲風雨所仆，根半着土，花皆欹傾，開如日耀游龍之鮮鱗，爛爛奪人目也。翁欲截爲壇梅，栽於臺上，相而度之，繞其傍久之，不能去。停午造子逵家，邊爐生酒，予頽然大醉。明日醺醺猶在鼻尖。謝半江聞之，送酒，云爲梅花洗醒。又明日，予謂翁曰："賞興未能已，何如？"於是在館者羅服周、張文瀚，童子鍾邦、戴惠、雷震東偕隨行，循梅村，渡小澗，復出道葫蘆山下。田父留茗飲，適見婆娑持杖而來者，容一之也。是冬霽久而是日特熱，茗碗三四啜而心塵稍渥，揮扇披襟，迤邐進奇榜山。山無梅，啓僧舍，讀古碑，其事皆謬妄，盖草昧風塵之際，棄君叛父之徒，其言皆如此。子逵之弟駒與鳳邀至家，酒一酌，鳳告有羊城之行，衆艤舟待之，倉皇而别。翁笑曰："從形之勞，孰與適志之樂？世人棄其所重，而取其所輕，亦至是乎！"明日，一之與予隨翁自所居之右曲巷中出，望山北行，遥遥一吏人服衣冠掃梅花下以迓，則見羅服周自廬峯西來，云子逵携酒持魚作膾，於臺上相候矣。既歸，予笑曰：“冬日魚膾宜耶！”翁曰：“老杜云‘姜侯設膾當嚴冬’，孰不宜？”予以爲天下之事可樂者多矣，與乎人而不與乎我者，皆非真也。兹遊不可無記。服周有《尋梅詩》，翁和之，予故記之。

泉石記

古之人與天地寒暑相爲無窮，而不囿於一氣之内。天籟皆吾声音，山川草木皆吾采色。堅者皆吾齒骨，柔者皆吾唇舌。來者爲吾在，亡者爲吾遺。静者爲吾性，動者爲吾情。無所於好惡，無所於不好惡，則吾之形何所妨？吾之神何所滯哉？順德張君彦餘居之後曰栢山，其勢蜿蜒而環秀，一徑窈窕而轉幽，中有檻泉湧於石，涓涓而寒碧。彦餘樂之，以石搠其旁，風晨月夕，獨咏其上，渴則飲泉，倦則眠石。量能度分，安於不求俯仰之間，不覺霜毫之刺鬓矣，因自號泉石，遣其子請記於予。予曰：“志局於形氣，内外不相應者。得於此，忽於彼，萬有餘而毫髮不足，以其所固有者皆若可惡，而不自知其心之危亡也。不然，則來於外，孰與得其心？一日之樂，如享終身之久，君之石可以支機於天上，化羊於山中；君之泉可以濯日月，照肝膽。堯以天下讓許由，由不顧而去，夷齊餓於首陽山。共枕君之石，共漱君之泉者，誰乎？”君之鄉有北山李公者，飄然棄其官於未老之前，若鄙世之污濁，其有以知吾言乎？

卧愚亭記

羅宗傑之居，在大良東門外，前後通溪，隱映花竹，遠市囂於耳目，而濯清風於襟袖矣。又廠一亭於海濱，析諸渠，入潮水，以往來偃仰而觀之天地陰陽之所以乘除而倏然今古者也。宗傑於此，若冥然於世者，題曰卧愚。宗傑往年居喪，欒欒其中，有事未嘗假墨衰出跬步，鄉人重之。邑大夫吴獻臣嘖嘖稱宗傑行不離口，予聞之而恨未見也。比脩志邑於鳳山之館，宗傑訪予，坐久，則其背聳直，出語寡約，果愜予所聞。暇日具舟楫，告予於卧愚一眺，以風雨不果。又明日，予往拜其門，適以客雜沓，而所謂卧愚者，又不果往矣。宗傑知予不能數數於杖屨，比明，乘早涼，同躡鳳山之顛而望之。面鳳山，背滄溟，左西樵，右鐘鼓，凡世之所謂登高明、遠眺望者，悉具於斯亭。吾雖不得細探其中所有，而外來之勝，亦足以富其大觀矣。於乎！深山空谷無求於世者，可以偃仰卒歲也。而斯亭也，豈世人久卧之所哉？孔子之徒有勇者、有達者、有藝者，無往不仕，而愚者、魯者不與焉[8]，何哉？宗傑擢第十有餘年，豈無意於世者？卧與起、愚與智，其知所適從而取重於世也審矣。因其請記，遂書以歸之。

西溪草閣記

堯之時有野人焉，外形骸，以無爲自居，不揺不勞，栖於木，若歷倒景，人不得而名之，呼曰巢父。孔子以“大哉”稱堯，而曰：“惟天爲大，惟堯則之，蕩蕩乎，民無能名焉。”以是觀之，若堯者，可謂亘古今而無以復加者矣。當時又有許由者，其行不屑於巢，而後世稱古先，則曰堯許，渾然比肩[9]，無北辰衆星之别。乃不敢及巢，則巢之所以爲大者可知已[10]。中古以還，吾人既名矣；不已，又尊之以字；不已，又表之以號。故天地間飛潛動植，奇奇怪怪，可喜可愕者，更相沿襲，無一物不爲斯人所掠取而標題之。夫等威辨而後上下之分定，名號尊而後遠近之聲騰，宜其爲天下後世所記憶，而卒無聞焉，又何哉？餘干趙西溪者，宋丞相汝愚之後。丞相之風烈被山林岩岫之間者，猶在也，况其子孫乎？西溪年七十餘矣，或稱其無慕於外，不即人而人即之，盖一方之老也。居之傍有木，木皆佳。木之外有山，山皆奇。山之麓有水，水之西出曰西津。西津，水之會也。某結草閣於津側，與賢士大夫游，衆目之曰西溪，非自以爲西溪也。我石翁先生嘗爲賦西溪詩。其子璜請記於予。先生賦之，弟子記之，宜矣，夫何辭哉？

東亭驛記

新會舊有賓館名東亭，而禮賓之具則遥領於縣官。成化己亥，憲使陶公爲副時，相其事宜，欲遷館於邑西水涯，以便往來，詢之於民，民以爲宜。公曰："事不難於改作，而難於宜民，吾今而惟民之從矣。"於是請官於朝。驛曰"東亭"，仍舊名也。其堂室門廡内外之制與小邦君等，蓋王命之所必由，非徒示觀美而已。予家驛夫籍，向之用役悉本於賦，用物悉出於公帑，而吾民不與焉。今也不然，具於官者，皆取於民；致處於賓客者，皆費於私。怒馬飛帆，往來如織，先其用於人，而後其職於己者，亦既多矣。由是觀之，則四方輻輳之衝，其所用豈啻十倍於此而已！驛，公府之小者也。小者如此，大者其何如哉？譬之人家，其輿馬僕從融融然有腴美富麗之氣[11]，翩翩然有奮張傲狠之習，則其主者可知矣。夫公府小大雖不同，皆所以爲民，非徒以厲民而自養也。外物不足以累其心，沛然行其所無事，如規矩權度然，隨其來而應之，雖萬變亦可也，吾何與焉？以此持己，以此爲人，以此事君，以此治民，其方不外是矣。夫何有於内外大小之别也哉？予來白沙，公屬記之，於乎！天下之心一也，豈無能廣予意者乎？弘治癸丑記。①

順德縣興造記

年不豐，穀不登，土木工興[12]，而人以爲厲民者，古人有行之者矣；年既豐，穀既登，土木工興，而人以爲厲民者，今人有行之者矣。

① 按：憲使陶公，即陶魯，"以祖先的恩蔭成爲新會縣丞，後因多次平定叛亂升爲新會縣知縣，繼而爲廣州同知，後又以軍功升爲湖廣左布政使兼廣東按察使"。參見王興亮《陳獻章〈辭修縣志〉詩考》，《廣東史志》2003年第2期。

夫人不可巢居穴處，又不可草衣木食，又不可無人倫上下，明不可無賓客，幽不可無鬼神。則夫宫室祭享，關梁衢塗，凡人生日用之需，故不可無其一焉。不可已而已，君子不忍爲也；可已而不已，君子不必爲也。成化丁未進士蒼梧吴君廷舉獻臣宰順德，於今八年，利民生、激風俗者，其罷行不踰時，於是錢穀之費用民之常平者、官缺員之有例者，新一堂以聽事。門廡左右内外〔13〕，悉以法，故用稱邦君。儒學戟門、東西齋，城隍廟，社稷壇，養濟院，輒一新之。又爲土堤，自縣東北達黎村、羊額、倫教，二千餘丈。又爲土堤，自喜涌達桂林、龍津、甘溪、都粘，三千餘丈〔14〕。於西南又爲土堤，自馬岡達桂州、容奇，五百餘丈。其間諸溪皆梁焉，曰沙滘、曰利才、曰關田、曰大東、曰小東、曰石洛、曰西雞洲、曰北雞洲、曰華豐、曰東海、曰北海、曰立鷺、曰飛鵬、曰羅村、曰陶田、曰南涌、曰分水、曰巷口、曰演慶、曰馬滘、曰永濟、曰小橋。工費出於民者，諸是也。亭有四，曰勸農、曰舒嘯、曰拱極、曰觀海。社學如亭之數，毓賢也、儲才也、養正也、孕秀也。館有禮賓，書院有鳳山，臺有觀物。工費不出於民者，諸是也。蓋廢淫祠而改爲之者也，是故不待披圖而盡順德之勝，不待入境而知獻臣之所用心矣。時論或非之。獻臣遺予書曰："廷舉猶懼夫後之君子以爲不必然，而徒責人無已時也；或以爲當然，而術不周身，又踵予之轍也。"屬箕記之。於是時，相其事事者，縣丞龍巖林奇、蜀邛魯泰和，主簿萬安蕭矧、武寧張如玘，典史進賢李岳。躬其事者，名氏列之碑陰。

遊羅浮記

舉天下之物，不足以動吾中。雖高登乎極天，幽入乎厚地，皆蕩蕩乎而無礙矣。孟子曰："孔子登東山而小魯，登泰山而小天下。"夫東山不足以小魯，泰山不足以小天下，亦明矣。然而天下之難犯者，莫大於水火，人固有蹈之若平地者。使其有以動吾中，雖三尺童子與我爲勍敵，五尺之梃亦足以壓我於泥沙矣，况其險阻有大於此千萬者哉！予與增城湛民澤約遊羅浮，適順德梁宗烈、宗正來白沙，欣然與俱。其邑大夫吴君獻臣聞之，濟舟楫，載酒登歌餞送之[①]。忽然聞歌而來者，李君伯温也。七日而至博羅，爲中春之四日矣。舘曾子魯於是導之，子魯申之以胡子學，謝廷憲、廷臣，李學文，朱宗珍。五日，於子學宿焉。六日，至曜真道院，而廷臣、宗珍不及從矣。七日，由麻姑峯北岡尋樵徑曲折而上，不知所經幾峯，宿分水坳，而廷憲、子魯又不及從矣。茵草枕石，星月穿林射人，神清骨寒，殆非人境也。八日，達飛雲峯，雲氣着衣，或青或白，忽開復合。坐盤石，酒數行，歌詩數闋。循黄龍迤邐而下，又不知所經幾峯。得曲水澗，爲流觴飲。予以杖憩淺水，群鰕集杖節間，因戲謂諸君曰："此龍也。"遂投諸深澗中。止梅花村，沽酒賦詩爲樂，諸君既歌，予亦和之。九日，大風微雨，入朱明洞，古石刻倒垂水中，字畫亦俗，遂摩挲石壁，篆刻題名而還。十日，大霽，欲尋鐵橋，野人云："大小石摟兩峯相際石脊乃橋也，自宋以來不可識矣。"與古書所述不同，何哉？深山大林窮谷，蛇長豕毒，荒不可尋。野人俗狀，言語侏㒧，尤不可問。所謂四百三十二峯者，足雖不遍，而意已得之矣。夫苟神遊而冥會焉，則一盆之水，一拳之石，一枝之花卉，一飛潛之高深，皆我有也。不然則乘虬龍，參鸞鶴，馭之以子晉，鞭之以安期，朝蒼梧，暮太行，扶桑之東，弱流之西，遍窮而密蹤之，何有哉？

遊榕溪記

予五人者還自羅浮，則巍巍而高、杳杳而深、險巇而百折者，既已吐吞而心得之矣。其平直廣衍不費攀挽之勞、扶持之力者，又未能盡

① 按：吴廷舉《東湖吟稿》卷一《贈梁宗烈》，有文爲："君從何處來，面帶雲山翠。談天語峥嶸，憂世顔憔悴。學貴造淵源，仕當究經制。古來豪邁人，才步久淹滯。高才日沉淪，誰爲世道計？我本轅下駒，致遠多顛蹶。君如萬斛舟，溟渤堪利濟。莫編養鶴經，且充食牛志。"（參見鄒壯雲《東湖集校注》，廣西大學 2004 届漢語言文字學碩士學位論文，第 29 頁）

於一舉足之間。於是謝仕綱、謝恩、朱琪、陳善、黄應賓、李博相與遊於榕溪而肆賞焉。尋其源，遠也；涉其波，淺也；旋其崖，曲也。惟其遠，故令人難窮；惟其淺，故令人不驚；惟其曲，故令人忘返。雜花細草，才半芳菲[15]，乘興而行，倦則即止。諸君呼酒於道院，酒既行，羽士手鼓吹簫，曰："此白玉蟾之遺韻也。"予喟然而嘆曰："予思古人者而不可見，得見其器，聞其風，如見其人矣。"復奏數闋，萬物若與同其懽樂而無涯涘者矣。酒既酣，壺矢復陳，東西既序，而十四人者，予皆主之，忽而陶然主賓之兩忘，遂自城南達城北而還。竹影摇月，瑣碎人影，婆娑醉者，灑然而復醒。當其醉時，不知其玄冥；當其醒時，不知其明融。明融者，粲乎萬象之具陳；玄冥者，寂乎一物之無有。是故可相有而不可相無者耶。曾子曰："莫春者，春服既成，冠者五六人，童子六九人，浴乎沂，風乎舞雩，咏而歸。"不然則登山臨水，送將歸者，此何景哉！於兹遊也，故不可無記。

采芳園記①

順德大良吴瑞卿兆麒，居邑之北門，有園百畝，草木生植之品，無乎不具，皆可以供四時朝夕之用，盖不徒付之一怡顔而已也。問名於石翁，曰"采芳"。玉之在石，珠之在淵，蘭茝之在蒿萊，騏驥之在鹽車，朝焉過吾前，暮焉過吾前，漠然而不顧如此者，不知其幾矣。且園林之勝，自往及今豈少也。役役其心而弊弊其力者，藥味花根，名卉奇

① 按：陳獻章《陳獻章集》卷一《題吴瑞卿采芳園記後》："歲云暮矣，冬雨淒淒。牛僵馬危，商旅不歸。號寒啼飢，窮民怨諮。采芳何爲？將以遺所思。所思在遠道，天寒日短，誰爲致之？不如待時。時維仲春，陽道既亨，萬物得時。和風披披，人情熙熙。博采衆芳，泛泛輕航。駕言出遊，不泥一邦。雲龍風虎，其傳自古。而德之所被，人將化之。如是壑之水，汩汩洋洋，不亦深乎！瑞卿，天下未有不本於自然而徒以其智，收顯名於當年、精光射來世者也。《易》曰'天地變化草木蕃'，時也。隨時屈信，與道翱翔，固吾儒事也。吾志其行乎，猗歟休哉！"（中華書局2008年版，第71頁）

樹，山㳺水錯，雅具真材，必遠搜而密致之[16]。而蒼耳、葴蕺、蒲菱、蓮芡之屬，不必皆能養和平而通仙靈。必於閬風玄圃之上，食青精、飲絳雪而後可。太公望之困於鼓刀也，海宇已懸於其肆，其妻去之，西伯不棄也。甕牖繩樞、簞食瓢飲者，以子貢之賢，猶以爲病，況他人乎？菊，雜卉也，寄於《騷》，不棄於屈原。《詩》曰“脊令在原”，羽毛之細者，周公有取焉。文王不棄昌歜，屈到不棄决明。郊焉之陶匏，廟焉之蘋藻。是故隔世不必可疏，把手不必可親。委我於物，委物於我，斯可矣。顧安得吏莊生、役於陵仲子，終日抱甕，别其區類以灌溉之，使生植皆得其天，而君將與神奇腐朽者變化於無窮耶？瑞卿曰：諾。

曝日臺記

吾與文都遊青天白雲之下，升高望遠，解衣盤礴而登其臺。所謂曝日者矣，非陵轢乎星辰而迴出乎風雨者也，非窮極乎幽眇而侈泰乎滔肆者也。放耳目而四顧，咫尺尋丈之間，已有千萬里之勢矣。返而觀之，吾始融融乎，着赫赫乎，杲乎其成，漠乎其凝，不知日也。昨日曝之，今日曝之，明日又曝之，復乎自然，性得理順，於是時，果孰爲吾乎？心與境兩忘，内與外一致也。若以此爲得貢之君，愛君也；同之天下，愛天下也，而豈徒哉？歌曰：鳳兮鳳兮下九天，飼而吾肉兮吾血而醴泉[17]。扶桑喬兮不勝寒，織烏啼兮風雨連連。大風起兮富貴蟻羶，秋井塌兮僊氣凄然[18]。鳳兮歸來兮，吾將與而遊延。於是又欲賦招魂以起臺之主人伯氏文邦，忽羲和舍我而復崦嵫矣。

世賴堂記

古之人三月無君則吊，又曰士有田則祭，古先聖王所以推己及人，而於死生、人鬼之際，有不敢忽焉如是。世遠教衰，舉以爲迂闊而不講。其所謂公侯、卿大夫、士者，已無田矣，況庶人乎？其所謂犧牲粢盛之品，几案尊俎之器，貴者已無備矣，况賤者乎？夫祀，政之大者也，擇其宗賢，復其丁賦，所以順孝子慈孫之心，而致其至誠惻怛之意者，雖有志之士，亦將無所於施矣。此而不脩，况其他乎？夫以菲飲食而致孝鬼神[19]，其貧賤而釣弋獵較者，此何人也[20]？是必有欲已焉而不能自已者矣。白沙先生作堂，以永厥祖渭川府君之祀，渭川當國朝開闢之初、家業零替之餘，踵德而邁之，行仁而累之，再啓陳氏之世，而爲其後世之所恃而顯之者也。於乎！君子盡力於其所當爲[21]，惟其心之所欲爲，力盡而止，豈待於外哉？斯堂以昭先德[22]，遺其後之人，不在土壤。故不可無記。

默庵記

蒼梧郡侯餘干張公克脩，以默名庵，嘉魚李承箕爲之記。曰：孔子曰“天何言哉”，公將有意是乎？有所激於世之呶呶焉，於立談之頃而遽爲人流涕者乎？抑有所畏懼，將懲羹而吹虀者乎？抑别有返觀内照，致之一處而然乎？夫學，莫善於静，莫不善於躁。静則翕翕，翕翕則流行而無窮矣。躁則刁刁，刁刁則支離而不知其所當止者矣。孟子曰：“士未可以言而言，是以言餂之也。可以言而不言，是以不言餂之也。”夫苟當其時，事其事，可行而止，可大號疾呼而冥然不覺，當然而不然，不當然而然者，又何爲？故曰：不言而信，天之道也，聖人之道也。盖有終日萬言而無聲，如天地之籟號於萬物之中，而吾之喉舌無與焉。公在朝廷、在江湖，事關天下國家，盖嘗直聞於當，宁不欲爲是泯泯也？致之誠而主之静，其道爲正，則夫陰陽、四時、天地、人鬼消息之機熟，其道於是盡矣。予豈知陰陽、四時、天地、人鬼消息之機者哉？將與公遨遊於無聲無臭之初，而付膠膠擾擾於蠛蠓之場，是其願也，故書之以俟。

易庵記

登天九關，虎豹磨牙掉舌，噬人如麻，人不以爲難。陟太行，跋羊腸九折，摧堅陷良，折臂裂首，人不以爲難。萬里滄溟，星辰希，日月黄，風濤噴天，浮一葦於其間，人不以爲難。矜矜然以好名，矯矯然以好勇，汲汲然以好利，故曰不難，心有所流注於此。惟其心有所流注於此，而能以此易彼。無所往而亦囂囂者，未之有也。《傳》曰："素富貴行乎富貴，素貧賤行乎貧賤，素夷狄行乎夷狄，素患難行乎患難。"君子之心固如是哉。蒼梧别駕、潮之謝公有容，别號易庵。則夫世之險巇百折，穿鑿而自賊者[23]，其心盖惡之矣。昔者大禹之鑿龍門也，有無窮岌業之勢，人皆以爲難，君子不以爲難也。周公樂則坐明堂以朝諸侯，憂則居東山如匹夫，人不以爲難，君子以爲難，何也？安其在我者而不必其在天與人者，非聖賢孰能與之？寂然中居，有感斯應，夫何難，夫何易？故曰：天下何思何慮？有容盖能玩其理，以契其心者也。予既述其義，復申之詞，曰：青山兮可出而鋤，坐黄屋兮其何殊？婉彼美人兮，寂然中居。窮通生滅何醜好兮，慨狹斜之多途。吸應之以雨兮，風感之其先呼。披肝膽於皇穹之下兮，知王公與卒徒。

東洲記

衡東南名山，古今多異人出入乎其間。石翁陳先生約箕，將於此焉居之[24]。衡山之陽，有王君良卿者，願有以主我。良卿世有勳閥[25]，帥閫元器，若不屑於世尚。予固聳然異之。其郊居有曰東洲，先阡神山也。懇妙賞於予一言。夫以飲其水不唾其井，遊其山不唾其地，古人之心抑何心哉！箕雖未登東洲而觀其勝[26]，以衡嶽之神靈，可以信其羅列者，東洲也。以古今之多才，可以信其嗣來者，良卿也。顧安敢有愛於一言而以謙讓爲事乎？嘗聞之太史公曰：海上有神山曰瀛洲，諸先聖及不老不死之藥皆在焉，盖嘗有至者。翁與箕迹不載吏籍[27]，槁項黄髮，吸風飲露，神形相忘，虛實相通，死生相無。雖四荒四海四極，何往而不暇，况居枕席之間者。而良卿將於我乎與乎？孔子乘桴浮海，豈將友諸仙聖而求不老不死？是未可知也。翁主良卿有日矣，當與良卿徙倚於東洲，徜徉於祝融諸峯之巔，尋孔子之所以不老不死者，相與於無窮，不特爲東南添勝事而已〔28〕。良卿知之哉？故先爲之記。

若谷亭記

白雲居士陳伯謙方塘之上有亭焉，李承箕請名之曰"若谷"。先民有言曰：大智不智，大謀不謀，大勇不勇，大利不利。古之聖賢，心志必堅，道義必勤，內外必一致，自考必亹亹。盤銘、盂戒、几杖、琴瑟在御，玉不去身，赴義若渴，見利超然。言辨也幽微乎，廣愛也委蛇乎，有容而不可干也恢恢乎。士之賢者潤其德，智者資其多聞，愚不肖者安其化，賤且譎者畏其矩度畫一而不能犯，而豈徒哉有其本焉。會萬物之性而無滯焉，虛也。合天地之極而無焉〔29〕，静也。風雨雲雷，日月山川，草木飛動，屈伸消息乎其間而自得焉，深且大也。予見伯謙於十三年之前，入經出史，辨説不竭。今年夏，特訪於家，得其朝夕空然默己，守之以默。白雲之空然，不足以廢其實，而守默果足以暢其辨？今之白雲非昔之白雲也，則後之白雲又豈今之白雲哉？世之人因名亭之義，而求居亭之人，可以得其槩矣。故記之。

承先裕後堂記

白雲居士陳伯謙曰：上爲祖宗春秋之享，下爲子孫典籍一穗一香之資，無館無穀，何義理圖？於是置田一頃五十畝〔30〕，以爲久遠圖，謂箕記是圖。予見嶺南人家祀先惟春秋，無禮於夏冬者〔31〕，問之亦不知也。間舉以問白沙石翁，翁亦不以予言爲然。於羅浮路中舉以問增城湛民澤，民澤曰："禮豈爲予輩設哉？"至於今，無以爲問者矣。伯謙置斯田，歲租入可得若干石，以若干石享春秋，几案罍洗宜華美，酒牲蔬果宜鮮盛，人神宜其醉飽而馨悦者矣，餘以豐厚經師及四方之賢明，其子弟出就外傅之年，加以十年或十五年，駸駸乎上達者，凡給一一於此，不能者驅而之隴畝中，非此所當養也。有能既壯而發憤如蘇明允，既鈍而發憤如張思叔，雖在隴畝中，非此之所當去也。仁厚之意，行於知本之先。詩書之教，流於多賴之後。跡雖舊而意則新，慮亦遠而謨亦大矣。嘗見近古有此舉者，則書契乞章符有司，伯謙獨予文字焉。官符泛也，可僞也。金石滯也，可壞也。文字流也，不可止也。以此易彼，何如哉？成立之難，信如升天哉！

珠錦堂記

珠錦堂者，吾攸縣陳君廷璲之堂也。其立名之意，吾不得而知之矣。其構堂之義，吾將不得而知之乎？然嘗聞之，古之家有東宫、有南宫、有西宫、有北宫，古之人豈故爲是以疏其所親也哉？蓋孝子仁人之心，不如是不足以遂其私而全其義也。廷璲諸兄弟皆有堂，其義果在兹乎？别墅悠然遠市廛，如隔生者，以居尊翁。左右前後，諸兄弟居也。所謂珠錦堂者，廷璲居焉。朝夕見若翁，不違其志，而諸兄弟仁聲義趍，樂善無厭，神與其和而福其謙。構堂之義，將不出於吾之所知乎？升其堂，不欺於室；發乎遠，不愧於邇；光明其道德，不矜於文章藻繪之門。東軒書東銘，西軒書西銘。高者爲臺，行克而益危；深者爲池，量擴而益宏。且君嘗即其高深，俯而思、仰而揖之於封邦之内乎？晦庵、南軒之流風餘烈[①]，益有激其孤高而振其踔厲矣乎？則此心之外，身之大也，去來之變也，高也、卑也，明也、晦也，盈也、縮也，蓋不足以與我矣。孟子曰："既醉以酒，既飽以德。言飽乎仁義也。所以不願乎人之膏粱之味也。令聞廣譽施於身，所以不願乎人之文繡也。"珠

① 按：南軒即沈都憲時暘。

云珠云，連城照乘云乎哉？錦云錦云，廻龍舞鳳云乎哉？立名之意，又烏知其不出於是乎？若夫山水之勝，田園之美，非關斯堂之大義者，故得而畧之。

李承箕集卷十五終

【校記】

〔1〕清鈔本“松桂”作“桂松”。

〔2〕“若”，據清鈔本補。

〔3〕“勢亦殊無難”，“焉”，據清鈔本補。

〔4〕“事”，“成”，據清鈔本補。

〔5〕清鈔本“急”作“爲”。

〔6〕清鈔本“香”作“杳”。

〔7〕清鈔本“腹”作“復”。

〔8〕清鈔本“而愚者魯者不與焉”後有“後世之大賢或歸於愚與魯，而勇與達與藝，又不與焉”。

〔9〕清鈔本“比”作“背”。

〔10〕清鈔本“已”作“矣”。

〔11〕清鈔本“氣”作“新”。

〔12〕清鈔本“土木”作“木土”。

〔13〕清鈔本“廡”作“廉”。

〔14〕清鈔本“湧”作“通”。

〔15〕清鈔本“才”作“木”。

〔16〕清鈔本“密致”作“致密”。

〔17〕清鈔本“囪”作“肉”。

〔18〕“僊”，據清鈔本補。

〔19〕“菲飲”，據清鈔本補。

〔20〕清鈔本“何”作“仁”。

〔21〕“力”，據清鈔本補。

〔22〕“斯”，據清鈔本補。

〔23〕清鈔本“賊”作“賤”。

〔24〕莊昶《定山集》卷八《東洲記》“箕”作“某”。

〔25〕清鈔本“閥”作“閱”。

〔26〕莊昶《定山集》卷八《東洲記》“箕”作“某”。

〔27〕莊昶《定山集》卷八《東洲記》“箕”作“某”，“吏”作“史”。

〔28〕莊昶《定山集》卷八《東洲記》“添”作“流”。

〔29〕清鈔本“無”後有一“窮”字。

〔30〕清鈔本“置”作“祭”。

〔31〕清鈔本“夏冬”作“冬夏”。

李承箕集卷十六

序

心泉詩序[①]

不混於泥淖，不觸於巖崖，澄徹矣，静定矣，抑或疏之而有來，塞之而無去，雖蹄涔不足以喻其濁矣，滓污不足以喻其濫矣，此豈水之性哉，而況於人心乎？況於天地乎？況於日月乎？況於鬼神乎？新會東門黄叔仁請號於石翁，曰心泉。心泉髭鬚疏朗，出語清激得韻正，聞者皆以爲汴洛聲。性尤幾警，以老弱急難、顯人達士爲意。董石翁嘉會樓役，功勞徧閭井，遠近皆服其能，鄉士大夫皆與交游，宦於土者皆知其名。是皆吾人索心泉之外者也，則心泉之應吾人也有窮。苟反是〔1〕，而心泉忘衆人於内者也，則衆人之測心泉也無方。蓋虚其本則萬有生，散其滛則一不壞。心泉一開户庭，一放眉目，一舒襟竅，則包乾括坤，納百川而富千形萬狀者，與吾尋丈之波，其大小雖異，而彼我無異矣。不一桔槔不加少矣，雖萬桔槔不加多矣〔2〕。故以適我者形神，以睦我者親紀，以享我者祖考，以繁以昌我者隴畝水陸畜産。夫動出無心，萬物自應其道，蓋如是也。翁有心泉詩，客有和翁心泉詩，推予叙心泉詩，敢以是爲心泉主人賀。

---

① 按：陳獻章《陳獻章集》卷四《題心泉贈黄叔仁》："夜半汲山井，山泉日日新。不將泉照面，白日多飛塵。飛塵亦無害，莫弄桔槔頻。"（中華書局 2008 年版，第 311 頁）

麥氏族譜序

麥氏姓於中原實鮮，而嶺南氏姓中亦復百之一二，予於石翁門下始識曰岐者[3]。夫自戰國以來，三王之後爲庶，史失其官，《世本》由缺，妄附訛承，委根莫究。麥氏居嶺南新會古博里，曰保平。保平生仲達。仲達生文清，岐之高祖也。曾祖曰國興，爲人長者。元季之亂也，有曾祖姑丈張姓者，恣意殺人，國興從容萬端排解曰："功不可先，禍可首乎？"姑丈悟，爲之易慮。國興於此一言，所活不知幾多人。國興生以廉，以廉當我洪武初，不願仕，剪髮佯狂，獲免於不爲君用之罪。以廉生伯軒，正統末，黄賊作孽，招無賴爲黨與，伯軒避地過淩村，無賴望見，輒避去，相誓曰："伯軒長者，胡可犯哉？"適道旁有戴笠、披破衣、扶老携幼數十餘人行，諸無賴曰："此斗峒頭首家衆也，殺之。"伯軒紿曰："誤矣。此滘頭吾宗麥預耳，何以殺爲？今吾同門伍元白在携焉。"伯軒子十一人，有仕有處。岐字秀夫，與予居石翁門下，示譜爲序之。嘗聞麥氏之先曰鐵杖，居南雄始興，仕隋，位開府，子三人皆貴顯，盡節於隋。世系中缺，不可續叙，兹以保平爲一世祖，其流可徵者也。今年秋，予與秀夫築石翁塚，偶讀李文達《天順日録》，至睿皇遭土木之難，適今北虜有内向之息。秀夫嘆曰："時無先公鐵杖使天下驚駭。"石畫之志，騶發之機，奮於面，見於言。予曰："此真鐵杖之苗裔歟！"故爲叙其世譜云。

南海崔氏族譜序

自井田封建之法廢，諸侯、卿大夫、士、庶人者，無以爲其家國[4]，而天下之所以維持鞏固於久遠者耗矣[5]，何也？此其恃也。夫以天地之經緯[6]，生民之紀綱有政焉，禮之寓也。此禮也，顧非其卑賤所得而輕議者也[7]。後之君子欲示本原、昭明分，於是乎有世系譜焉，亦私義也[8]。南海崔氏同壽二十世，十世祖諱質，自大梁來江西，至虔化[9]。十一世祖諱儁，自虔化來廣□，家河源、增城之間。子諱世明。世明之子諱與之，宋理宗贈太師、右丞相，其三代皆推恩太傅、丞相，當宋季，知進退存亡之道，自唐以下，嶺南一人而已，君子哉！諱繼祖者，同壽之高祖也，法古脩世譜，知本者矣。諱子璲者，以人才薦於我高廟，能不仕而還，不可謂不智也。諱伯張母孫氏，妾也，事夫於北，携子於南，逐子再北，卒身於南，可妾婦例之哉！予因反復其書，而考訊於其鄉，則知崔氏信多賢矣。於乎！古之聖人道始於身，推行於人，觀夫關雎麟趾之化行，内外相應，非苟而已也。世之君人者，心無返古棄私之學而先王之禮法泯，家無棠棣行葦之風而骨肉薄，人襲家貧出贅之勢而世家亡。分之親疏，本之源流，無所於徵據以永其持循，而生民本末上下逆順之理[10]，盖蕩然矣。同壽於丞相爲七世孫，法祖重脩世譜，以序屬予。賢哉，知本者矣。予於是慨然有感於千載之上，則知千載之下，豈無同予之心者哉！

西江漁隱序

身不可即，風斯邈矣。名不可聞，德斯神矣。自秦漢以下，幾二千年，寥寥乎斯人未之或聞也。五帝三王之世，其人無隱無不隱；春秋戰國之世，有有隱者，有有無隱者。吾於楚得二人焉，善觀其時，無隱無不隱者也，老莱子、屠羊説也。屠羊説不妄受王之賞，老莱子不妄拜王之相。若二人者姓氏，後世終不得而聞真焉。名者，身之累也。有名，猶不可有名。有有無名，猶可以無有有名哉！古岡西郭外朱君衣，號西江漁隱者，予未見其所以隱也。若將聞王通鼓琴遇屈子之行吟[11]，抑知身存操變之趣，且復鼓枻而歌以互答耶？夫然後可與達隱不隱之道，故序以記之[12]。

釣隱詩序

復舒一絲則灑然有以進，復卷一絲則灑然有以退，復無所取則灑然適其存，復有所取則灑然適其亡。絲竿之釣歟，非絲竿之徒釣者也。古岡濱大海，泛烟艇，張雲帆，漠然於往，泊然於來，無所求於海者，誰乎？非絲竿之釣者，必與之往來矣。古之君子，道不行於時，嘗欲乘桴焉。非絲竿之釣者，其知之乎？歌曰：茫茫乘桴者何人。一去不返今千春。誰與安期將羨門。與道存亡道有真。據膝持頤莫謾嗔。君乎曾相與爲鄰。推琴倘得聞緒言。

永感詩序

夷齊遺世社稷，飢餓矣，古今皆以爲榮，而親亦榮焉； 老萊子辭楚相，貧賤矣，古今皆以爲榮，而親亦榮焉。飢餓非榮也，貧賤非榮也，得其所以飢餓貧賤焉者也。不得其所以飢餓貧賤焉者，果庸衆人也。范文正爲參知政事時，告諸子，恨今得厚禄不及養親。其子純仁，既登仕又不肯離親，亦庶幾近代豪傑也哉。今之人惟以仕爲親榮，不仕爲親辱；以富爲已養盈，以不富爲已養缺。夫古今人品高下信不同矣，古今人情趣舍信不同矣。吾鄉王公，十六年而抱孤哀之痛，外磨内滌，學成行端，惟以不隳其世焉是思是懼也。登進士，官屬大理，轉廣左憲，惟以不隳其世焉是思是懼也。夫不可必者，禄足以爲親養也；可必者，道足以爲親榮也。然而禄足以逮親與否，雖間有可必近也；道足以爲親榮與否，信自有可必遠也。不求不可必於不得已之近，而必求可必於得已之遠。體盈虚消息之機於天，盡始終屈伸之道於我，則遺體超忽乎青天，流光迸騰乎黄案，流名實於窮通榮辱之外。公，吾鄉楚京山人，府君諱伯珍，敦道德於詩書。母陳夫人，助内教以正家。府君及夫人壽不滿五十年，公今亦五十餘，食飲猶飢，輕暖猶寒，傷念與方城俱高，動思與漢水俱長，親不逮也，此其志也。公有子三人，家學相承，楚之豪傑與吴相望乎？因公之思，感古慨今，故叙之。

嶽麓書院集序

予讀古傳記，自孔子及其諸弟子之言，何其多而哤歟？所與《論語》之言相爲終始者，何無幾歟？意多而哤者，殆考索模儗而附竊者歟？説者謂曾子卒入聖域，有子氣象類聖人。所謂《論語》者，多其徒所傳述，何其擇之審歟，抑亦二子之遺意歟？於乎，知言其難哉！夫毋意毋必者，孔子也。又曰：我戰則克，我祭必受福，非固必歟？豈聖人謀預乎先，誠存乎己，理則然歟？是固出於他書者也。故曰知言其難哉。長沙衛侯楊君，其集嶽麓書院古今文章印本以傳，示予求序。語曰："制宅名子，足以觀士。"此夫好正者歟？此夫思襲迹於其所以高明者歟？《易》曰：觀夫人文，以化成天下。君侯於是棄其糟粕而養其精華[13]，則陳故澌盡而妙用顯行矣。孔子曰"脩之廟堂之上，而折衝於千里之外"，亦由此而達之矣。

方伯周公詩集序

師心而言出焉，妙者其旨矣。與古爲訓而麾擲俗尚焉，崇者其德矣。渾然大儀而自然之本存焉，至當者其道矣。古之人不可作，得其言斯得其心矣。苟吾性情之不一、理義之未克，必欲使其虚實相通，而神氣之悠然，未之有也。説者謂《詩》三百篇皆古賢聖發憤之所爲作也，故其言足以爲法於天下後世也。苟其言之不文而欲其行之必遠，未之有也。夫然後知古之所以爲賢聖者，皆發憤焉。於乎！豈獨《詩》哉？廣東方伯廬陵周公以其平生所著詩寄序其末於箕。夫以公之行，支撑出幽在廬山，其文隨手倒流在彭蠡，其道存乎政教在諸方。人之耳目意者，其至神至妙者，既以治己，且以及人，而發緒餘於毫端硯滴之間。猶老將於輕裘緩帶之餘[14]，偶挽繁弱，寓金爪鏑，聊復中牛於百步之外，以爬剔其老癃者也。然而山林崇邃，木石同壇，絶溟廣渤，龍蛇蝦蜃之所爲居。精者、粗者，小者、大者，神腐者，天飛者、淵淪者，各各具矣。若夫上攀青蒼，下拔淵泉，喘汗險巇，以掃滅磨厲是務，而舍其心於明白坦易之途者，予故知公之作用與此誠異也哉。

香山林氏族譜序

香山林氏祐，遠祖諱舟之。舟之五世祖諱積仁，廣東轉運副使。高祖諱元忠，以奉直大夫贈正奉大夫。曾祖諱叔憲，從政郎。意此二祖悉以蔭補者歟？林氏之先，莆田人，居香山自舟之始也。舟之孫諱德澤，以仕牒鳴官，乞蠲徭役。蓋宋之慶元間。由德澤而上，賴此牒有其系可考也〔15〕，由祐之高祖泝德澤不可考也。諱敬者，於祐爲高祖，諱玄興者爲曾祖，諱蛋者爲祖，妣則黄氏，考諱漢齊，早卒。祐之兄弟三人，撫慈教嚴，惟黄是賴。祐率其弟禎暨禧之子某，謁譜序於予，而禎尤刧刧焉。予於是知斯人者，知類之本而知爲孝弟矣。然而林氏之有譜，自祐兄弟始也。夫人情果遠乎，果近乎？世有譜花藥者，譜食飲者，譜文章者，至於本源枝流則漠乎不以人懷。雖復磨閃貴富、海江才猷，不亦玩愒歲時、調弄唇脗，奔逐聞譽而湛於人僞者乎？視斯人之反明天理而以統之所自，或冥於先，别之所分，或忽於後，刧刧焉是懼，而惟博物者是資，可以爲不易矣。故紬繹而叙之。

送王承吉序①

往年壬子，予再謁白沙先生。先生曰："三楚人物得之襄樊，今御史曹公嘗詩之，曰'御史前身或姓錢'，急流勇退者也。"且稱其女夫王承吉從善者〔16〕。當是時，予胸中已著承吉，而恨未面〔17〕，蓋知其玉

① 按：此篇又見《明文海》卷二百八十八。

潤者也。今辛酉，承吉挾二僕夫徒步訪予山中，不交一言而彼此心醉，但相與於丘壑、林薄、田畝、飦粥、粗糲、瓦盆之間而已。依據賢聖講説經傳以立門户[18]，以僥声譽，以干非分，以損靈原[19]，非予所以心醉於承吉者也，亦非承吉所以心醉於予者也。予嘗於丘壑、林薄、田畝、飦粥、粗糲、瓦盆之餘，曰：古先賢聖之學不傳也久，予三見白沙先生，不敢考問爲學之方。先生甚怪之，曰："世卿三見白沙，不考問爲學之方，豈相從意耶？"予曰："聞見口耳之學，非其自得者，非真學。盖所以存其無竟其説之意。"先生聞斯言，甚然之。今五十年，凡在宇内，物物與之皆真。頗覺己之所以自存者，無待聞見口耳[20]，而其所以自存，不敢瀆告人也。他日訪承吉卧龍山中，觀耆舊之遺風，使江漢變於鄒魯者，吾於承吉豈别有言歟[21]？

孤山人物圖序

巢許絶世者歟？非歟？伊吕濟世者歟？非歟？世不可固絶，世亦不可固濟。固者非斯人意也，不然，無以居大而應世也。故曰："確乎其不可拔，潛龍也。"尚已！非斯人，孰能之？夫思才量力於世，不屑違物以獨清，升己以苟難。屹然與山嶽争高，淵然與江河争深，皎然與星漢争明，不屈天子之膝，不抗諸侯之禮，頽然不以窮困患難之卑[22]、榮顯富貴之高以苟喪其天真，可謂不昧己，下斯人一等者歟？非歟？真州黄君公獻，仕南畿民部大夫，以先世所藏孤山人物圖示予。纂者以孤山人物謂林君復也，予謂君復直孤山人物歟？非歟？未暇於深論也。君寶是圖也，珮玉而心若槁木，立朝而意在東山者歟？予序斯圖，乃及古今斯人之志，其有旨哉！

送柯容甫還莆田序

莆田柯君容甫者，吾聞其鄉先生吾嘉貳教陳君景重謂容甫擅辭章而能不爲，有進取之才而能不趍，退避紱冕而能不覬謁於指使剪拂之地，放遊江湖而能不動意遠時促留戀之懷。今中夏，景重偕容甫訪予山居，容甫言無瑣雜，肩背無欹側，聞於昔者，符於今矣。寓舘，景重往來予兄，唱和猶稔，即次懷資，各各得所。予兄謂容甫，有仕具而能隱見於親者，符於疏矣。吾嘗觀世之大賈者，居室自若也，衣冠自若也，語默自若也，騶從車舟自若也。珠不在污池，而海焉大焉耳；玉不歸頑礦，而珉焉美焉耳。鄧林豈乏？求其材，廣焉耳。淵泉豈乏？求其流，深焉耳。鼓刀投竿，甘爲垂白棄夫而不悔者，豈徒然哉？理者，其所自順者也；義者，其所自合者也；身者，其所自不屈者也；心者，其所不自違者也；時者，其所不自失者也。容甫之鄉，今之所謂材賢之鄉也。容甫之交遊，今之所謂材賢之流也。夫所謂材賢之流，必學也，然不知其所學，古與今似否。夫所謂材賢之鄉，必相化也，又不知其所化，古與今又似否。予兄於容甫，序以識别。予於容甫，欵然再見，忽如舊遊，能已於言乎？弘治辛酉夏五月序。

送葉生序

通山，予同郡邑也。山高而水淺，其人多直峭呈露而尚氣節。邑有生曰葉相會貞者，志士也。父卒官山東，歸旅殯於數千里外，廬於墓下三年，宗族鄉黨皆信之。於是欵予館且久[23]，予亦信之。予携之白沙，白沙聞生行，益嘉之。白沙卒，經營封事，人稱之。生不屑世尚，始來時，予使之與兒輩尋課試文。生曰："吾不能拘拘於世以求合也。"静坐之餘，乃手録真西山《文章正宗》一書讀之，尋常衆人，不肯苟合。人有過，則面折，不少假人，忤之不恤也。予每飲輒大醉，生固止之。生内之所存，可謂貞矣。孔子曰："君子義以爲質，禮以行之，遜以出之，信以成之。""文之以禮樂，亦可以爲成人矣。"聖人成己成物之功，盖如此也。開其所閉而收其所放，文華其氣質而廣大其心胸，則君子之道矣。吾於是有望焉。[①]

族譜序

吾宗自諱璠，當南唐時，由江西武寧來居嘉魚。璠之曾孫諱宗儀、諱宗儒，開義學於所居湖西之濱，而我李遂有聞於時。璠而上十四世，傳自鬱林，始無可考也。今吾惟以璠爲第一者有可考也，今至箕十七世矣。家故有譜，盖先伯祖定齋府君作之，先叔約庵府君述之者也。由六世而上，譜之也詳。由六世而下，則詳吾之所自出，而他悉末矣。意者世代更變，兵燹屢經，支分流衍，而後人無可考而然歟？今同邑及蒲圻、咸寧、臨湘之有李氏者，豈所謂支流歟？不可考矣。今居苦竹澥兩岸，族殆百餘衆，同高祖兄弟亦幾六十人矣。間者蔓延東西有五里者，有十里者，又有二十里三十里者。後之於今，亦猶今之於昔，吾甚

① 按：清丁宿章《湖北詩征傳略》卷五《通山·葉相》載："相父官山左，卒六年而櫬不能歸。相時猶童子，間關百狀，扶挈而行，卒歸葬故里，廬墓側三年。嗜古好學，從游李大崖之門，《陳白沙集》中有《贈葉孝子》詩，即爲相作也。"（清光緒七年孝感丁氏涇北草堂刻本）吴廷舉《東湖吟稿》卷二《題孝子葉相卷》，其文爲："僻遠通山縣，卑棲孝子家。心情同楚橘，名姓徹皇華。茅屋風時卷，荒墳土漸加。也知千載後，身不墮蟲沙。"（參見鄒壯雲《東湖集校注》，廣西大學 2004 届漢語言文字學碩士學位論文，第 114–115 頁）莊昶《定山集》卷五《贈通山葉秀才相》："日短日長憑大化，人非人是信當時。豈無湖水甘神瀵，更有溪毛當紫芝。步入塵埃遲亦得，樂非形器熟曾知。泯然獨與溪堂坐，畏壘千年或在兹。"（四庫全書本）李承勛《贈葉相》："年年旌孝子，不見有貧家。恨我言無補，憐君鬓易華。鄉評詩卷在，苦節歲寒加。莫負重泉下，吾兄與白沙。"（《同治重修嘉魚縣志》卷十二，江蘇古籍出版社 2001 年版，第 366 頁）清穆彰阿《（嘉慶）大清一統志》卷三百三十七載："葉相，通山人，父任山東鹽運經歷，卒於官，六年不能歸。相方童年，間關百狀，扶柩歸葬，廬墓三年。性好學，從李承箕游，陳獻章亟稱之。"（四部叢刊續編景舊鈔本）康熙《湖廣武昌府志》卷八《孝義列傳》載："葉相，通山人，父任山東鹽運經歷，卒於官，六年不能歸。相時猶童子，間關跋涉，備歷艱苦，扶柩歸葬，廬墓側三年。後從李大厓之門，白沙陳獻章、少保李承勛俱贈以詩。御史翁仰韓觀風至，单車騎詣其家，亦賦詩贈之。"（江蘇古籍出版社 2001 年版，第 414 頁）

懼之，乃續舊譜，并志其所居之地，房授一譜而藏之。於乎！昌而家世，蕃而子姓，祖宗之仁義深且遠矣。而吾輩得以坐深蔭而汲遠流者，何也？是故家可遠也，身不可遠也；身可遠也，心不可遠也。培之則愈崇，疏之則愈深，世慎其支哉！世慎其支哉！弘治甲子冬十一月嗣孫承箕謹序。

玉臺登高倡和詩序

今年秋，予脩書玉臺寺，間以詩呈白沙先生，約鈍齋伍君爲九日登高之會。先生謂久不出，自登舍北廬峯，想望予而寄之以詩。而鈍齋竟不來。先是，外海陳定息亦有是約，又以墮馬不赴，遣使賫詩來。適鄧賁庵、容雲泉、容友巢皆自載酒來，予與三君偕一僧，挾一僕、一寫手，張一油盖，直至於絶頂而憩焉。約用定息韻，賦詩不成者有罰。予志逸而情暇，率先倡焉。南望滄溟與天相連，安期生今何在乎？西望昆侖，思一浴於白龍池，北望蓬萊館諸山，如在足底，而東則廬峯江門，此先生之廬也，又東則外海諸山，突如海中一島。鈍齋、定息不與吾樂，吾何能忘情於觸目之下？步返稍西，凹處牆頽瓦毁，若嘗有居焉者。三君指予曰："此禱雨之壇也，丁侯亡而壇廢矣。"撫其迹而悲之，三君之詩既成，而後返也。明日，容雲泉以此卷而告予曰："白沙先生之詩，宜借以冠此〔24〕，吾輩亦附於其後，君其序之。"予曰："諾。"遂書之。時弘治戊申歲也。雲泉名珪、友巢名貫、賁庵文通、鈍齋裕、定息宗，而予則承箕世卿也。

白洲詩集序

豊城白洲李公訪陳先生於新會之白沙，座上相與論詩。陳先生曰："歐陽公甚愛唐人'曲徑通幽處，禅房花木深'之句，朱文公謂今人都不識此等處是如何好。"白洲不言，惟首肯而已。予列其間，亦得而聞之矣。既而白洲以數詩來白沙，予亦得而見之矣。比過羊城，白洲出其詩集，俾予叙之。集過寸餘，浩瀚如望洋，何廣博而未易窺也！舟中風雨無事，一一而讀之，灑然情與景會，言有盡而意無窮也。嗟夫！歐陽公、朱文公此二公者，因其所言，可謂極詩家之妙矣，而後世之論詩，卒不歸於兩公，何也？抑亦賢人君子不必致力於此乎？然而唐虞三代之聖君賢臣，其詩載諸經可考已。孔子曰："不學詩，無以言。"其所以教門人小子者，亦未嘗忘事於此也。若夫人之邪正、時之否泰，亦由是而見焉。詩可忽乎？白洲之詩，予言何足以輕重之哉！

石翁慶壽詩序

先生今年兩見戊申，蓋六十有一矣。箕，楚人也，在門下，將效其故俗[25]，作竹枝歌，載尊酒於堂上，爲先生壽。時先生之鄉閭諸君，乃相率作爲詩歌[26]，俾予冠以文，爲先生壽。承箕曰：前仲秋[27]，太夫人進壽八十有四，箕嘗再拜爲禮，太夫人不以其遠方人而樂我也[28]。諸孫華然衣冠[29]，長者在前，少者在後，皆北面立階下，輕清紆徐，抑抑揚揚，歌古今詩以侑觴[30]。先生西面立，喜形於色，先生非樂我也。太夫人在高堂，康健和悦，氣静而志閑；子孫皆恂恂寡過。先生心無悔恨，身遠利禄，天下之人始而疑之[31]，今釋然以順[32]，無遠近，無貴賤，咸來問學。先生怡然隨問而答，初不强語之[33]，亦未嘗輕拒人也。暇則閉門高卧，人不能以勢利相撓[34]。孔子曰："不知老之將至。"此豈人之所能知也？今孟冬二十有一日，先生誕晨[35]，諸君誦予文，予擇諸君詩似所謂竹枝者歌之[36]，諸君又從而和之，相與拜跪成禮[37]，將無煩先生飯客[38]。使箕他年亦披然白髮[39]，重上先生之堂，作千首鶴南飛之曲[40]，每遇斯晨，載歌而觴，觴而醉，醉而醒，醒而起舞[41]，相與忘先生弟子之老，日隨杖屨[42]，飄然羅浮[43]，遺世獨立而樂夫天命焉。先生豈遺諸君與我也？於是諸君皆再拜[44]，而言曰[45]：承箕之言，蓋以人事之至順而信天道於必然[46]。天豈不可必乎？①

送邑侯馬公膺召之京序②

予居於縣爲密邇，而邑侯馬公於予爲不疏。公以壬寅莅任，丙午獻績之京師。予亦以是秋赴禮闈，明年公復來，予亦還山林，至是己酉，盖七年矣。予暇未嘗一日不接公於言論之間，而公亦不以政治而減往來之興也。故凡古人之臧否、風俗之善惡、立身之出處、爲學之先後、施政之緩急、天道之盈虚、人事之得失，遠而登山臨水，近而賦詩酌酒，靡不相與從容於禮樂仁義、西東賓主之場，所謂狎於所溺、侮於所有、謹於既進、怠於既退，而君子之所惡者，盖又不待深戒而力勉之者也。予去春往廣東白沙，將以求從於陳先生之門，公以俸資促裝，予既行，以詩托老母於公，適歲大旱，公繼以養且歲餘。既歸，公問以所學。予曰：予無似。陳先生曰：人有伊周之事功、孔顔之道德、莊孟之文章，能於土窖中樂然逮老，不求人知，夫然後可以不失爲君子處己之道，而天下之風俗亦庶幾乎少變矣。何也？上之人所以驕我者，知我固不出於富貴聲利之間而已。使吾果不出其所知，則人亦何所恃而驕我也？公之所以考合於予者[47]，舍此盖無他道焉。公蕩然無偏執之見，侃侃然有固守之節，灑灑然有容人之量，慤慤然有御物之誠，而治事之才又不足以言之矣。此非予之言也，爲士者之通言也。予之郡隸縣者，九州者一，而下之情有不達，上之政有不宣，必責於公而後有所定，故受知於當道者爲不苟。今年膺召命還朝，上下之間，可謂至公而無私矣。吾黨

① 陳獻章：《陳獻章集》附録四《壽石翁陳先生六十一詩序》，有落款“時弘治元年十月庚戌，學生嘉魚李承箕拜書”（中華書局 2008 年版，第 924 頁）。

② 按：馬公，即馬思進。“壬寅莅任，丙午獻績之京師”，可知其 1482 年任嘉魚縣令，1486 年“獻績”於京師。馬思進有《大崖山寺》：“看破南華第一篇，此心端合大乘禅。亂雲引我入山寺，瘦竹扶人下阪泉。的的青山聊作供，涓涓寒流不知年。千秋此地如相待，静結浮生半日緣。”（《同治重修嘉魚縣志》卷十二，江蘇古籍出版社 2001 年版，第 347 頁）

之士作詩歌以贈行，推予序之。

留别聯句叙[48]

予追餞馬公思進於邑之東江數十里外，且再矣。予耕於邑之南鄉，嘗不及邑之賓從俱，而來往獨遲[49]，非敢後也。於時賓從已退，舟中惟公與予兩人而已。南風徐來，水波不動，棹歌收聲[50]，張數幅帆，不期飽帆腹，長夏時，南風盖其時也。兩江黍菽奮張，烟村相連，旱餘之民，聊復生意。一觸景之間，何往而非可樂者，是吾徒之所樂，非徒以己而已也。於是酌酒聯詩，酒以詩爲節，不以醉爲節；别以詩爲節，不以地之遠近爲節。先以六月辛卯，继以戊午後月餘，適予以他事來省，下宿寧湖僧舍，適公亦未得，即奉省檄去。予笑曰："事之機會，人之離合，莫不有數存乎其間。"比明，携雞黍走南門外水濱，又得與公相留於舟中，盖不期見而得見也。惟不期見而見，則其情洽於既期而始見者，固有間矣。又聯句數篇，總得若干篇，惟以暢達其情，不以巧豔爲工，盖取適也。予嘗以爲聯句之作，莫盛於唐之韓、孟。黄山谷謂東野却有潤色退之理，退之豈能潤色東野耶？若夫鈞奇摘怪，更相改作，剽竊古人，自多飣餖，是豈吾徒之所能也哉！

贈吴君獻臣赴成都序①

無憧憧，無將迎，渾然端且恪，其存心有如此者；惟正之從，不合故迹，不同流俗，其事事有如此者；矯矯暨暨，不畏萬强，不欺一孱，其合世有如此者，此治世之大人也。斯人而居治世，位必高，禄必厚，人皆以爲儀刑而瞻依者也。峥嶸以爲高，辨察以爲明，其存心有如此者；仁焉而煦煦，義焉而孑孑，其事事有如此者；熙熙而來，攘攘而

① 按：此篇又見於《明文海》卷二百七十九、何喬遠《皇明文徵》卷四十九。

往，其合世有如此者，此濁世之大人也。斯人而居濁世，位必高，禄必厚，人皆以爲儀刑而瞻依者也。予嘗以爲不主彌子而得衛卿[51]，不與射者比而得禽獸[52]，古之聖賢如此而始，如此而終，如此而富貴，如此而貧賤。吾將與之醉飽乎仁義，光明乎聞譽，遨遊乎霄漢，出入乎古今，舍此則無所用其力矣。吴君獻臣以成化丁未進士，爲順德八年陞四川成都府同知。成都領州三十有一，其爲人所景從宜亦多矣。况今治世也，獻臣將不爲治世之大人乎？僚簿武寧張如玘請文贈之，予忝知獻臣舊，故以爲言。

别駕獻臣奉母夫人就養成都序[53]

獻臣居蒼梧督府側，前後左右不能雞飛車馬，塵無虚目，声無虚耳，地隘陋矣，喧雜矣。獻臣爲縣七八年，奉母夫人順德，居不益楹，田不闢畝。其先同予鄉井，視其居猶蒼梧也，問其田猶蒼梧也。今進五品官秩，侍母夫人成都，獻臣將爲不得已也乎。夫以一日養不以三公换，而古人之愛其親固如是哉。夫以善養不以禄養，而古人之教其子又如是哉。尊富之辭而卑貧是居，獻臣將爲不得已也乎？今之帥守非古比，進謁兩省使及部使者，俯拜趍走不得與抗禮，故領郡無色，况爲其副？雖懷奇見正説，每莫得關達施用[54]，不謂之卑貧，殆不可也。獻臣行意，其心盖如是，故明之。

送許生還上虞序①

戊午之歲[55]，正月初吉，有生白袍草屨通予門，謂浙之上虞許

① 按：此篇又見於《明文海》卷二百八十八。

璋[①]。生挾一衾，風雨寒暑不顧。言若不出口，而所言皆根據，在昔可與共學者乎？予坐之大崖山中餘三時，有問疑則復至門〔56〕。予嘗語之曰：拘拘陳編，曰居敬窮理者，予不然；蹽蹽虚迹，曰傍花隨柳者〔57〕，予不然；罔象無形，求長生不死之根者〔58〕，予不然。生欲往白沙謁吾陳先生。夫自生之鄉去彼，五千有餘里，囊無粟，衾裏裂，錢掛杖頭者有幾？生又有老親雙垂白於堂，隻子可再遠〔59〕？吾於此未嘗不嘉其志，而又未嘗不恨其窮也。不然，吾自有樂地〔60〕，夫何恨其將反而求尋乎？予贈詩二章，予兄大理復和之[②]。生既歸〔61〕，歌數詩，上卮酒於堂上。暇則静坐以觀心，且讀聖賢書，其樂何如也。時弘治己未春正月序。[③]

李承箕集卷十六終[④]

---

① 按：黄宗羲《明儒學案》卷十《許璋傳》："許璋字半圭，越之上虞人。淳質苦行，潛心性命之學。白袍草屨，挾一衾而出，欲訪白沙於嶺南。王司輿送之詩云：'去歲逢黄石，今年訪白沙。'至楚，見白沙之門人李承箕，留大厓山中者三時，質疑問難。大厓語之以静坐觀心，曰：'拘拘陳編，曰居敬窮理者，予不然。嘐嘐虚迹，曰傍花隨柳者，予不然。罔象無形，求長生不死之根者，予不然。'先生亦不至嶺南而返。陽明養病洞中，惟先生與司輿數人，相對危坐，忘言冥契。陽明自江右歸越，每訪先生，菜羹麥飯，合宿不厭。先生歿，陽明題其墓曰：處士許璋之墓。先生於天文、地理、壬遁、孫吴之術，靡不究心。正德中，嘗指乾象謂陽明曰：'帝星今在楚矣。'已而世宗起於興邸。其占之奇中如此。"

② 按：李承芳所和之詩爲《送許夏卿還上虞次韻》，見《東嶠先生文集》卷六，四庫存目補編第75册，第312頁。

③ 按：莊昶《定山集》卷七《送許生還上虞序》無此落款。《明文海》卷二百八十八《送許生還上虞序》有李承箕落款。

④ 按：清鈔本有落款"嗣孫荀大録"。

【校記】

〔1〕底本“苟”前有空白，疑脱字。

〔2〕清鈔本“桔”作“秸”。但清鈔本上一個字作“桔”，當核之。

〔3〕清鈔本“曰”作“日”。

〔4〕“國”，據清鈔本補。

〔5〕“於”，據清鈔本補。

〔6〕“也，夫以”，據清鈔本補。

〔7〕“也，顧非其卑賤所得而輕議者也”，據清鈔本補。

〔8〕“昭明分，於是乎有世系譜焉，亦私義”，據清鈔本補。

〔9〕“十世，祖諱質，自大梁來江西至虔”，據清鈔本補。

〔10〕清鈔本“逆順”作“順逆”。

〔11〕“遇”，據清鈔本補。

〔12〕清鈔本“記”作“訊”。

〔13〕“俟”，據清鈔本補。

〔14〕清鈔本“猶”前有“殆”字。

〔15〕“賴”字，據清鈔本補。

〔16〕《明文海》卷二百八十八《送王承吉序》（李承箕）“女”作“主”。

〔17〕《明文海》卷二百八十八《送王承吉序》（李承箕）“而恨未面”作“而未會面”。

〔18〕《明文海》卷二百八十八《送王承吉序》（李承箕）“傳”作“説”。

〔19〕《明文海》卷二百八十八《送王承吉序》（李承箕）“原”作“元”。

〔20〕《明文海》卷二百八十八《送王承吉序》（李承箕）“聞見”作“見聞”。

〔21〕《明文海》卷二百八十八《送王承吉序》（李承箕）“歟”作“哉”。

〔22〕清鈔本“頽”作“欣”。

〔23〕清鈔本“欵”作“疑”。

〔24〕清鈔本“借”作“偕”。

〔25〕陳獻章《陳獻章集》附録四《壽石翁陳先生六十一詩序》無“將效其

故俗”，中華書局 2008 年版，第 924 頁（下同此本）。

〔26〕陳獻章《陳獻章集》附録四《壽石翁陳先生六十一詩序》“乃”作“亦”，第 924 頁。

〔27〕陳獻章《陳獻章集》附録四《壽石翁陳先生六十一詩序》“秋”後有“時”字，第 924 頁。

〔28〕陳獻章《陳獻章集》附録四《壽石翁陳先生六十一詩序》作“太夫人不以其疏遠而拒我也”，第 924 頁。

〔29〕陳獻章《陳獻章集》附録四《壽石翁陳先生六十一詩序》“華”作“肅”，第 924 頁。

〔30〕陳獻章《陳獻章集》附録四《壽石翁陳先生六十一詩序》“今”作“之”，第 924 頁。

〔31〕陳獻章《陳獻章集》附録四《壽石翁陳先生六十一詩序》“天下之人始而疑之”作“天下之人異之”，第 924 頁。

〔32〕陳獻章《陳獻章集》附録四《壽石翁陳先生六十一詩序》“釋”作“翕”，第 924 頁。

〔33〕陳獻章《陳獻章集》附録四《壽石翁陳先生六十一詩序》“語”作“括”，第 924 頁。

〔34〕陳獻章《陳獻章集》附録四《壽石翁陳先生六十一詩序》“人不能以勢利相擾”作“人不能以勢相誘”，第 924 頁。

〔35〕陳獻章《陳獻章集》附録四《壽石翁陳先生六十一詩序》“先生誕晨”作“先生初度辰”，第 924 頁。

〔36〕陳獻章《陳獻章集》附録四《壽石翁陳先生六十一詩序》“擇”作“歌”，無“似所謂竹枝者歌之”，中華書局 2008 年版，第 924 頁。

〔37〕陳獻章《陳獻章集》附録四《壽石翁陳先生六十一詩序》“成禮”後有“而退”，第 924 頁。

〔38〕陳獻章《陳獻章集》附録四《壽石翁陳先生六十一詩序》“飯”作“顧”，第 924 頁。

〔39〕陳獻章《陳獻章集》附録四《壽石翁陳先生六十一詩序》無“亦”，

第 924 頁。

〔40〕陳獻章《陳獻章集》附録四《壽石翁陳先生六十一詩序》“作千首鶴南飛之曲”作“作曲千首，所謂‘鵠南飛’者”，第 924 頁。

〔41〕陳獻章《陳獻章集》附録四《壽石翁陳先生六十一詩序》“醉而醒，醒而起舞”作“醉而起舞”，第 925 頁。

〔42〕陳獻章《陳獻章集》附録四《壽石翁陳先生六十一詩序》“日”作“得”，第 925 頁。

〔43〕陳獻章《陳獻章集》附録四《壽石翁陳先生六十一詩序》無“羅浮”，第 925 頁。

〔44〕陳獻章《陳獻章集》附録四《壽石翁陳先生六十一詩序》“於是諸君皆再拜”作“諸君於是再拜”，第 925 頁。

〔45〕陳獻章《陳獻章集》附録四《壽石翁陳先生六十一詩序》作“先生言曰”，第 925 頁。

〔46〕陳獻章《陳獻章集》附録四《壽石翁陳先生六十一詩序》“於”作“之”，第 924 頁。

〔47〕清鈔本“考”作“素”。

〔48〕清鈔本“叙”作“序”。

〔49〕清鈔本“邑”後有“中”字。

〔50〕“動棹”，據清鈔本補。

〔51〕《明文海》卷二百七十九《贈吴獻臣赴成都序》（李承箕）“予”作“吾”；何喬遠《皇明文徵》卷四十九《贈吴獻臣赴成都序》（李承箕）作“吾”；清鈔本作“吾”。

〔52〕《明文海》卷二百七十九《贈吴獻臣赴成都序》（李承箕）“卿”作“而”；何喬遠《皇明文徵》卷四十九《贈吴獻臣赴成都序》（李承箕）作“而”；清鈔本作“鄉”。

〔53〕清鈔本“序”作“叙”。

〔54〕清鈔本“闢”作“開”。

〔55〕《明文海》卷二百八十八《送許生還上虞序》（李承箕）“歲”作

"辰"。莊昶《定山集》卷七《送許生還上虞序》作"歲"。

〔56〕莊昶《定山集》卷七《送許生還上虞序》"餘"作"踰"。《明文海》卷二百八十八《送許生還上虞序》作"餘"。

〔57〕《明文海》卷二百八十八《送許生還上虞序》(李承箕)"蹘蹘"作"嘐嘐"。《明儒學案》卷十《許璋傳》作"嘐嘐"。莊昶《定山集》卷七《送許生還上虞序》作"嘐嘐"。

〔58〕《明文海》卷二百八十八《送許生還上虞序》(李承箕)"求"作"永"。莊昶《定山集》卷七《送許生還上虞序》作"求"。《明儒學案》卷十《許璋傳》作"求"。

〔59〕莊昶《定山集》卷七《送許生還上虞序》"子"後有"不"字。《明文海》卷二百八十八《送許生還上虞序》無"不"字。

〔60〕清鈔本"自"後有"然"字。

〔61〕莊昶《定山集》卷七《送許生還上虞序》"生"作"塵"。《明文海》卷二百八十八《送許生還上虞序》作"生"。

李承箕集卷十七①

序

半江序②

謝德明居紫水之曲，古岡城西人也，以半江自號，其志識豈塵埃中人也哉？白沙先生詠之以八詩，予嘗訪半江，半江出示予。予曰：“半江取其半而不全，何也？意者有取於水歟？”曰：“一江吾得其半亦足以自老矣，其間往來而利涉者，順境居少，逆境居多，慘晦清明形於天，而去來忻戚動於中，棄其半以與人，吾不與也。”予自楚經吴以至於越，明而行，晦而息，心境泊如，無所起也。江之半，君其與我乎哉？然而半江不出户庭者幾年，其蕩滌垢污，不往不來，停蓄乎自然者，又非予之所能及也〔1〕。予聞溟海之上多異人，混迹於漁獵之間，非人所能識也，半江亦嘗遊乎汗汗漫漫浴日滔星之天而見之歟？爲我謝曰：黄鶴樓西李承箕者，嘗以月夜登樓望東海而長嘯，其毋壤蟲我也哉〔2〕。

新會縣志書序

孔子曰：“吾猶及史之闕文也。”又曰：“我欲觀夏道，杞不足徵，

① 按：清鈔本卷十七下有“嗣孫正蕙、正蒨傳習”。

② 按：此篇又見於《明文海》卷三百。

而得夏時焉；我欲觀商道，宋不足徵，而得坤乾焉。”聖人宜無所不知，必待此而後發明，何也？至於叔世，人各自私，據意見而是非謬矣。予於是而有感於聖人之言也。予遊白沙，憲使陶公以書令纂脩新會邑志。予辭之曰：“平物吾心乎？明理吾知乎？適用吾才乎？達意吾詞乎？衡誠懸，規矩誠施，輕重曲直斯不謬也。識陋心粗，何足以語此？”時有司以公命之不可辭告予，然後考他書，蓋新會自秦通南越置吏至於今殆千有餘年，其歲月不爲近矣；幅員開拓殆五百餘里，其地不爲小矣。然而世變興亡，人事因革，及夫山崩水溢，災祥怪異之屬，苟可以損益世道而存乎勸戒者，漠乎如雲没鳥散而無所於考矣。於是凖世俗志書之例，采其近時之所可知者，或八九事，或三數人〔3〕，詩文百餘篇，倉卒成之，以答公命，非所以存勸戒也。

華容劉公遺愛序①

天下之理有不可易，而天下之情有不可齊，吾能契不易之理以通其情，夫然後人與我爲無間。故曰：“惟天下至誠，爲能盡其性。能盡其性，則能盡人之性。能盡人之性，則能盡物之性。能盡物之性，則可以贊天地之化育。可以贊天地之化育，則可以與天地參矣。”斯道也，非吾人之責而誰責歟？華容東山劉公，吾鄉先生，自廣東右布政使遷浙江

① 按：送東山先生之序文，最初是吴廷舉讓陳獻章來寫，後來陳獻章又將此任務推薦給李承箕。其據如下：“順德令來辱書，承以送東山先生序文屬之僕。東山先生愛百姓如己子，百姓戴之如父母。遍觀當世，未見有如此者。僕所目擊，序奚宜辭？顧僕平生拙學，於出處語默，有不容不致其慎者，不敢不告也。僕於送行之文，間嘗一二爲之，而不以施於當道者。一則嫌於上交，一則恐其難繼。守此戒來三十餘年矣。苟不自量，勇於承命，後有求者，將何辭以拒之？僕聞愛其人必欲其美，僕之辱愛於執事，不可謂不厚，獨於此偶未之察耳。伏惟執事終始此愛，不强其所不能，幸甚，幸甚。有李某者，嘉魚人，近自其鄉來白沙。其人東山先生知之，其爲文有氣采，僕讓之。慷慨特達，樂聞人之善而樂道之。僕謂執事倘可以此文托之乎？然否，惟命。”（陳獻章：《陳獻章集》卷二《復林府尊》，中華書局 2008 年版，第 195 頁）

左布政使。予少知公有侃侃之節而無所激，有休休之量而不可干。事有關國家而利民生者，勇於敢爲而不擇利害。自蒞省至於今二載矣，精思博訪，風俗庶務，必求其弛張之所在而罷行之。番禺、陽武賊作，當道請於上，即其地城之。公親率民間子弟度形勢、計工力，徒步而先之，二旬而集，及後山賊相繼作，討不可後。公在行，兵將無敢妄殺戮者。常曰：民之所以困敝，日思爲盜者，雖所以致之非一端，而其要在於賦斂之苛、貢獻之急、請托之煩，風俗之所由壞，而民之所以日窮也。於是考敝端，與衆更始，而民省虛費者十五。於乎！仁義之道不行於天下，其所由來遠矣。卑卑焉日趍於聲色貨利之場，如蜣螂之轉丸而不能止，視其心何如也？公來别白沙，民之逆者，如見父母，其去也，留之不得行，公何以得此於民也哉！故石翁詩畧曰：皇皇東山憂，朝夕不離抱。舉吾之所目，則十郡之民可不問而知矣。予嘗記往年遊京師，北虜寇邊。詔群臣廷議，卒無一人言者。公時爲兵曹郎中，從容就對，數言而決，既而事皆有方，各臻成效，天下之望，舉屬於公。而公乃瞿然自失，惟恐人知。夫然後知人心之不死者，發於事業，無不光明正大，而公之所抱負猶未盡見者，盖非常情所能窺測也。廣州知府林君泮因順德知縣吴君廷舉以予知公，求文以叙民之思慕者如此云。

順德縣志書序

聖人之言，如日月星辰自有定位，而無假於點綴之功，吾於《禹貢》及《春秋》見之。後之人其心去聖人遠矣，内而百體，外而萬事，自孩提之初，以至於老耋之餘，何者而非勉强以害己者？豈獨言語也哉！夫以聖人之言，理有當然，事有定則，動而習之，静而思之，優而遊之，厭而飫之，本然之心，於是乎無外矣。而孔子之所以不知老之將至，盖如是也。吾見世之人矣，學爲知也，讀書愈多而所見愈亂；學爲行也，外貌愈嚴而爲心愈僞，何哉？内外不相應，作輟之患也。豈惟是哉？射御書數之末，盖莫不然者，忘乎器於外，而後契其妙用於中，苟不能忘器而欲契其妙，吾未之見也。是則前經往史，雖藏於吾之身，亦猶倉箱之穀粟，彼何與焉？順德令吴君廷舉，集一邑之事，請志於箕。箕切以爲聖人之言，猶未足爲學者資其日用之實[4]，此又何爲者哉？吴君不以予言爲謬而懇益至，於是集衆識，粗加檃括而成之，總十有二卷。立異以爲高，徇衆以爲同，非我事也。

僉憲李公征黎詩序

曩年，瓊州人符那南、符英與黎人聚党作亂於山中，吾季父時爲廣省參議，即日夜渡海[5]，調州兵生擒那南與英，斬之，焚其服器，撫其衆而還，迄於今二十餘年矣。復有作亂者，當道遣將將兵伐之，僉憲莆陽李公往，紀功事集，公不燕喜而還，公之心何心也？夫瓊去中國雖遐遠，其人之好惡豈異乎我也？而吏其土者皆王臣，何二十年間一再亂而自殺其身歟？豈其高山深林大谷，窮陰戾氣往往鍾人，如狂禽猛獸相與[6]，勁弓毒矢，强弱相吞，而故然歟？抑將貪而不信，兵困而不威，賞加於不功，罰及於不罪，號令不一而嗷嗷然將無所控告歟？吾嘗聞邊裔之際多龍蛇魑魅，與之爲伍者，亦變化不常，豈是也歟？於乎！凡有血氣者，豈有不愛其生者歟？魚蟲禽獸在束縛中，將引而殺之，其容戚，其声哀，若有可憐者。昔者庖羲氏之制爲飲食以養人，而孟子曰：見其生，不忍見其死；聞其聲，不忍食其肉。庖羲氏，聖人也，然則聖人非歟[7]？盖殺之於其所當殺，而止之於不可不止，聖賢之心歸於一而已。夫物猶不可，况人乎？吾生之也有素，養之也有道，謹吾所當謹者，以示嚮往之方，使其狂猛之氣無自而入焉。今皆有不然者，視之如草菅，一舉而焚之。公之所以爲心，我知之矣。石翁先生嘗詩之，友人周君文都請予言之，予因俯仰今昔，盖有不能已於言者，遂書之。

送羅冕服周序

予今年遊白沙，適南海羅服周在西館。服周敝衣冠，甘於貧賤，人百忤之無愠色，於是先生使教諸孫講習弟子職[8]，比鄰小子亦得從服周遊，而吾黨隨行者亦令從之。非徒明文義、解句讀而已也，若夫灑掃、應對、進退之節，則小子所宜敬畏以從事於其間而不可輟焉者也。予見諸小子，每旦更僕供灑掃，而安坐自如。服周在席，則小子執箕帚，昂首直身拂堂心，縱横三五行，塵迹不除，如晚村初霽時横輕烟數抹，服周視之不屑也。予問之，不答。服周熟隊仗文，曩年應鄉舉不中，棄而從先生遊。予因勸之仕進，又不答。比日，侍先生杖屨，尋梅諸村，服周信筆數詩①，予皆莫能及。豈服周不欲與群兒爲事樂，其冥然不屑者，意玆在耶？服周以歲暮告歸覲，先生贈之詩②，予既和之③，而意猶未盡者，則序之於右。弘治壬子蜡李承箕序。

順德令吴君獻臣考績之京贈行序

予友吴君獻臣，以成化丁未進士爲廣東順德令，於玆五年。予始會獻臣於京師，而知其藴。順德於新會爲鄰封，予遊白沙，問及士，士宜之；問及民，民宜之；問及君子，長者宜之。而欺負邪僻之徒，或反是焉。則獻臣之發於事業，果不易其中也。今年獻臣述職之京師，民願留之，時制有不可焉耳矣。民將碑其功德以示不忘，獻臣有不可焉耳矣。民思之不置，相率請於予。予曰：仁人挽不來，不仁推不去，可謂獻臣

---

① 按：此即本書卷十五《尋梅山行記》中所載羅冕作《尋梅詩》。

② 按：當羅冕解館歸去時，陳獻章作《送羅服周解館》："戀戀江門愧爾曹，不離酒處見揮毫。等閒歲月抛鉛槧，不賣聲名到桔槔。幾個兒童供白髮，一年燈火伴青袍。看花肯續春來約，莫待黄鸝辭碧梢。"（《陳獻章集》卷五，第 467 頁）

③ 按：見本書卷六《次韻石翁送羅服周解館一首》："衣馬輕肥非我曹，百年贏取不勞勞。春山且謾栽桃李，秋水不妨閑桔槔。覓句卻嫌干美譽，忍寒那肯厭綈袍。曲肱枕破寒江月，無數沙禽不避舠。"

之道之行之事也[9]。獻臣曰：何敢當，何敢當。予曰：君爲禄士而已乎，天下之人與我一而已，君子之學，要其極致如天地然，舉天下物，物在其中。吾惟其不極致而有遺憾之爲心也，非徒翱翔乎一世之上，激清名於一朝、發義氣於一二事以爲心也。聖人之學不傳於天下，上守其巍巍而不知所以巍，下守其卑卑而不知所以卑。夫自唐虞以及後世，其君皆南面以治人，其臣皆北面以敷治，固未始有異也。君知其相與感通之妙密，非徒周章於禮數之末，而誇示於形迹之間者乎？彼如曰：天下賢士願從吾遊者，吾皆爵禄之。此何謂也？豈以三代以降、貞元以微、聖學以弛，曾不自知其言之不可相與尋常諂瀆乎？爵禄以爲當然，而古人交際之道，有不得而想像其彷彿於萬分之一也，固如是乎？今聖天子在上，其將想像賢臣之風采，而喜獻臣於既見矣乎？予告順德之民，曰：君臣相遭，黎民之利也。汝其大矣哉，毋徒私而鄉也。

贈張侍御叔亨還京序

予曩年初至白沙，一見侍御張公，公行則讓其左，坐則避其中。當是時一見而已，未狎也。既而公北上京師，南巡滇雲，寄長風之情而連篇累牘，紙幅既莊，字畫不頗側，蛟龍虎鳳，鎮予之狂鄙者，歲幾接也。箕，山野之人，麋鹿之性也。公貴在朝廷，位列諫官，上與天子相可否，下領天下之庶政，能及是耶？嘗見魏野諸逸人，與卿相往來，作爲詩歌，賤以援貴，頗竊怪焉。以往況今，似有不可偏惡者。夫君臣朋友，其義一也。一相見而十年不渝其情，公之心能忘天下耶？聊以處予者卜之也。曩予和公詩有云“藥爐寄在朱明洞，何日逢君越海涯”①。公還，自滇朝京師，予適遊飛雲還，又接公五羊，此豈人力也哉？順德令吳君獻臣作詩別公，請序於予，予之不能忘言於此别者，非但序獻臣諸君子之詩而已也。

① 按：此詩見本書卷六《按治雲南張叔亨見寄次韻二首》。

贈李公之山東方伯序

往年華容劉公以廣東右布政轉左浙江，廣之士民頌劉公之德政者，有諮嗟咏嘆之言，予嘗采其言而序之矣。今年南昌李公以廣東按察使超拜山東右布政，廣之士民頌李公之德政者，於劉公無先後焉。夫嶺南地，其陽窮大海，陰背山谷，皆沃土也。齒角珠香、果木稻蔬，凡所以資人生日用之具者，莫不溢於中州，是以人心驕悍，易怨以變。公昔副按察，不靡靡以爲同，不棘棘以爲異，刑政自我，其断若神。去任二年，民思慕之不衰，朝廷以爲賢，進職維長，其生殺予奪，舉適其宜，姦慝欺負之徒日消，而柔良者日滋，盖三年於是矣。冰蘗之操、敏踔之才、通博之學、堂堂正正之心，愈張而愈大，愈變而不窮，薄言施之，亦足以感動民之心志有如此者。山東聖賢鄉，中州也。布政，百工之長，教化之所自出，非敲朴擊搏之司也，物從其化，如泥在鈞，况于齊魯之民乎？孔子曰：齊一變至於魯，魯一變至於道。其間豈無豪傑士聞風而來，登泰山上下七十二峯，以跡公後塵者乎？

潘氏族譜序

南海潘氏家譜，題秘書公者爲一世祖，謂秘書仕宋仁宗朝，及高宗南渡時，秘書始來廣州居之，又謂秘書之子仕元爲提舉，顧其父子之間乃能閱歲三百餘耶？武宣教諭張君，謂秘書提舉朝奉，三世無可考者。今也總圖官稱，而列傳則名諱履歷俱詳者，又何相爲牴牾也？孔子曰：吾猶及史之闕文也。夫顯晦、賢不肖先後不相及。吾之同姓，以其等而言，固有貴賤矣；以其分而言，固有親疏矣；以其本而言，吾可攀附棄置於其間。使有攀附棄置於其間，譜不作可也。秘書九世孫曰漢天章者，屬予序其譜。天章疑吾言乎？題其五世祖仕英爲始祖，而存秘書以下四世，題曰傳疑。使博洽君子或有所考而是正之，庶幾乎不誣也。天章之心，豈不仁且智哉？

石翁先生詩集序

《詩》雅頌各得其所，而樂之本正，可以興，可以群，可以觀，可以怨，而《詩》之教明，孔子之志，其見於是乎？石翁先生詩曰“從前欲洗安排障，萬古斯文看日星”，其本乎？曰“一笑功名卑管晏，六經仁義沛江河”，其用乎？曰“時當可出寧須我，道不虚行只在人”，其出處乎？所謂吟咏性情而不累於性情者乎？成都府同知吴君獻臣廷舉録先生詩，自成化甲辰至弘治乙卯正月，得六百八篇，刻之，而以序屬承箕。於乎！三百篇之旨，其源塞而其光微也久矣。役心篇翰者不知知，留情贊毁者不知好，其知而好之者，又患其不能昔，有以造夫鳶飛魚躍之天，而不知手之舞之足之蹈之也。濟其源，發其光，内外一致，默語惟時，而超然自得於形器之外者，存乎其人焉耳。傳曰：質諸鬼神而無疑，百世以俟聖人而不惑。其道將不在兹乎？先生之詩，固不待序以傳，而獻臣好尚之正，用心之勤，必因序而後見也，故書之。

定山先生詩集序①

箕聞定山先生之於詩，嘗求之往古，以三代之餘波，流至於纖穠偶麗，而穆穆熙熙之風衰矣。近體莫盛於唐，而唐莫盛於天寶，於是求之少陵，以其大而肆、憂愁而流離，自以爲未足，於是又求之宋、元之間，破簡齋②的，契劉因三昧，餘則決其藩垣[10]，啟其扃鑰，親見其人，而下上一堂之上。風踔乎宇宙，電跳乎岩谷，濤舂乎高天，冰僵乎

---

① 按：陳獻章有《題莊定山集》：“春風一曲有霓裳，不落人間小錦囊。今代名家誰李杜，先生高枕自羲皇。乾坤兀兀中流柱，風月恢恢大雅堂。莫道白沙無眼孔，濯纓千頃破滄浪。”（《陳獻章集》卷五《題莊定山集》，中華書局2008年版，第406頁）《讀定山集》：“千首鶯花萬蠹魚，眼昏心亂意何如？白頭許我編摩不，活水源頭洗硯書。”（同上，第577頁）

② 按：“簡齋”，即陳與義（1090–1138），字去非，號簡齋，洛陽人，其著述被譽爲“簡齋體”。

厚地，乘之以盛氣，將一掃而空之。夫以驚風震雷一皷而雨，物固有生者矣。苟不伺夫三日之甘，而欲求速化之術，未見其能濟也。孟子曰："君子深造之以道，欲其自得之也，自得之則居之安，居之安則資之深，資之深則取之左右逢其原，故君子欲其自得之也。"盖有不援天道而忽人事之切當，不涉虚詭而悮性情之自然，不言鳶飛魚躍，不必隨柳傍花，天機默契乎無聲，真樂何關於外物。是故定山之詩非魏晋詩，非唐、非宋、非元諸名家詩，定山之詩也。定山之詩，四方學者争讀之，每以不得其全爲恨，獻臣賣馬鏤板行之，俾予繫一言於首。

立齋遺文序

柳子厚文章得永州力，信然也。鄒汝愚謫石城二年，予嘗惜其困之未極而死之太早也，不然，以汝愚慨慷之節、正直之才、邁往之志，而古人有不足言者矣。鑑之没於土壤中久也，則渣滓浄盡，其光暗然。士之困窮屈辱，去其所不可不去，存其所不可不存，殆天之意，士之福也，而文章又何足言哉？吾友吴獻臣嘗欲刻汝愚遺文以傳，箕故引一言於端，以告汝愚之同志者。

贈趙壽卿序

趙氏於古岡姓苑大且長，思仁壽卿於趙氏，無子弟之過，爲宗鄙之良。趙宋末，慈元后死崖山，往年石翁與東山劉亞卿議欲廟之，思仁慨然任之不辭，其所費與所勞厚甚。今年鄉人立故尹丁侯廟於白沙，思仁既助木石之費，又置田以供祀事。人謂壽卿好義，壽卿唯唯；人謂壽卿爲苟難，壽卿唯唯。夫事物之來嘗千萬，觀其外則是，考其内則非。世之人偶一善著，則以爲天下之善皆襲是而已。至於義不勝利，忽而驚風迅雷之交於前，往往失其故常而喪其匕筯者，又何也？膏不積而光漸微，武下趍而身益低。壽卿不必求之四海之衆、古今之遠也，一舉目之間，微而低者可勝言哉？諸友賢壽卿而譽之詩，予曰：是有所試且以望之，而天下之善將於是乎在。

贈莫侯維藩調封川序

莫侯維藩爲廣州之新會未三年調德慶之封川，新會民物倍封川十九。自洪武至今弘治，百二十餘年，新會宰無慮三十餘，不卒則黜，如是者豈其器使之然乎？抑其地使之然乎？吾聞侯爲政，不煩不污，人之愿姦易險，一待以和。曰子民之道當如是也。夫愛人以爲本，殺人以爲用，王道也，孰得而易之？孔子論爲政，先之以刑政，要之以德禮，亦可見矣。柳仲郢治京兆嚴，治河南寬，人以爲知變。夫以一門之內，賢不肖莫不皆無，此豈知變者也？致之以義，守之以仁，天下非大也，一家非小也。譬將適遠登高，强者恃其力，疾其足，五日疲，十日而不僨者，未之有也。弱者習其力，一日、二日誠若不能及，十日馴致而不過之者，亦未之有也。春然而甘雨和風，奮然而雷霆鬼神，吾將於封川見之。侯戒行，其同寅丞郁文、主簿陳嘉禮、典史陳獻請予文贈之，侯以爲何如？

新興令蒙允濟考績之京贈行序

善治天下者，不使内外之偏重。周公治内，召公治外，士有在下位者乎？宜大夫者，進大夫之；宜公卿者，進公卿之。周公用之，召公不疑也；召公引之，周公不疑也。功必賞，罪必罰。是故當是時，德位相稱，彼我相師，無覬覦之心，有交脩之道，近之不以爲榮顯，遠之不以爲怨憎。後之君子，盖有不必如此者矣。一出都門，顔色慘黑；一入都門，僮僕增氣。勢熱則挾炭而趍，氣衰則拂袂而去。况於卑官末秩之士，能與之同升而並立也，不已難哉？夫以今日千駟萬鍾，明日行乞於市，畧無幾微出於言面者，此何人耶？今之仕者，以進士途爲重，其授於外者，有三年徵者，有五年六年徵者，有徵爲御史者，有徵爲諸司屬佐者，亦有沿牒推移而不得徵者。於乎！周公之位，後世冢宰之位也；召公之位，後世方伯之位也；而天下之爲州縣者，皆古之子男也，何獨功業之建獨異於古之人乎？蒼梧蒙允濟舉弘治庚戌進士，令新興三年，薦進於部使者數矣。今年冬，以例奏課天曹，其民相率欲留，不可，則又相率速其租賦，不日而集，恐負侯之績而遠其還期也。予於侯，有一日之雅者，邑士葉阜來告侯行期，予嘉侯之志，書以贈之。

贈蕭先生序

禄三釜三千鍾，厚薄懸其心，悲樂係之不同，此何謂也？以大賢爲父，以大賢爲子，其養也，必資於禄有如是，非耶？夫然後知古人所以養親者，其情文内外莫不欲其兼致也。孟子曰：仕非爲貧也，而有時乎爲貧。夫然後知聖賢之所以教人者，不滯於一隅，而徒爲是拘拘翦翦也。偏橋蕭君公溥，訓高要學，奉二親于宦邸，九年於兹。儒官位卑禄薄，偏橋至此幾萬里，禄養無恙者九年，非人力也，天也。吾聞先生内致其忠，外致其法，夫嚴於上，妻承於下，朝焉忻忻，夕焉愉愉，故其親不知其在客之久也，非天也，亦人力也。使先生位諸侯之上，繫馬千駟，食粟萬鍾，而不及其親，雖南面王，其勢可以生人，可以殺人；其財可以貧人，可以富人，亦不足以爲樂，况下此者乎？先生以古賢人爲心，則所以爲其親之華者，必有在也。諸公以先生秩滿，奉二親而歸，舉以爲先生榮，太守題其卷曰“禄養榮歸”，予爲之序云。

高要左君考績之京贈行序

希哲左君尹韶之仁化四年，四民稱便，聲譽四達，大府以爲賢，改肇慶之高要，劇邑也，今三年矣。力惟求我盡效，不求其成。苟理矣，雖卑賤，所言不違；苟勢矣，雖高貴，所行不從。四民稱便，以爲前此無有也。予曩遊白沙經韶，問吏之良者，皆曰左君左君。去年會左君於白沙，聞左君之所存，知左君矣。予今年還白沙，於左君部下聞民之所以愛戴左君者爲詳，又以知予知之不失也。君名濬，閩之寧德人，領鄉薦，拜儒官，典文柄，因言求心，所選多賢矣。率資而進，歷尹者七年，兹將考績天曹。箕，山野人也，其所考與其所爲考，吾不得而知也。君歷仕幾二十年，知之熟矣，持鉛槧以升天官之堂歟？否歟？吾又不得而知也。於乎！三代而下，宰官首稱者，必曰卓茂，何哉？蓋以其進退之大者能不苟焉耳，豈曰良吏而已？士君子於此，可忽乎哉[11]？非左君知我，敢瀆告兹。

具慶詩序

予嘗以爲父母之於子，譬如師之於門人後進然。惟其後者有隆於其前，則前人之道可以不墜，而益有光矣。今夫水，惟其繼流之極清，則其合去流也愈明而愈潔。宋之程珦知周茂叔之賢，遣其子受學，而伯淳、正叔卒以道德顯聞天下後世。正叔又嘗言其兄弟之義行多母教使然，非性然者，則夫世之子弟之賢否，又有其由，此人力也，亦天也。當伯淳舉進士，有官禄時，父母尚無恙，此天也，非人力也。然嘗考其淵源所漸，所以不墜，而益有光焉，此人力也，非天也。予邑長辛丑進士内江馬君思進，厥翁以丙戌進士爲寧波太守，方年五十有二，即致其事而去①，今四年矣。母夫人王氏，封安人，今年五十有餘[12]，安人老益謙順如處子。君年才三十，乃有風憲之召，趣裝歸朝。太守公與安人家居，樂其子之道有行，雝雝怡怡於暮景，鄉邦以爲光，士大夫家以爲承式，其尊榮於世，何如也？君之鄉，昔有陳堯叟輩，皆以高第列卿相，於時父爲諫議大夫，母爲燕國夫人，高官大爵，金紫熒煌，仕望

① 按：李承芳有《贈太守馬公致仕還鄉》（《東嶠先生集》卷二，四庫存目補編第75册，第266頁）。

之顯，照時人之耳目，赫赫然也。夫以程氏之子與君鄉人之子，皆具慶之子也，彼以道德，此以仕望。馬氏之子其於彼此之間，必有能輕重之者，況其得於家庭之養也固多，其志之立也，固嘗超於萬物之表，蓋不待再見周茂叔而已。有吟風弄月、吾與點也之意，則所以無忝於天下後世者，固有在矣。時諸友樂君在具慶之下而膺朝廷之寵召，既詩以贈行，又別作歌以寄喜於太守公與安人者，推予序焉。

送姜希清還廣德序

姜希清省其兄大夫於予嘉魚，予訪之官舍。希清大布之衣，其帽岌岌，山林之氣發於容貌間。予曰：此學者之質，非耶？因問之曰："君年幾何？"曰："二十有六年矣。"孟春之初，侍大夫訪予鄉居，嘿然不言，久而有味。余曰：此學者之心，非耶？予始訪之也，禮成而歸。大夫自外至，使人返予歸路，舉酒相屬。大夫爲予歌以詩，即其要而復歌之，曰："吾弟句也。"予固以默識之，既而曰：此學者事，非耶？蘇明允年已壯，猶不知書，及二十六七時，始大發憤，閉户讀書，如此十餘年，卓然以文鳴當時、垂後世。文章，學之末也。不專心致志，則不足以造其極，況其大者乎？且嘗聞之，容貌之朴者其心一，心一則仁義可充。孟子曰：人有不爲也，而後可以有爲。又曰：人能無以飢渴之害爲心害，則不及人不爲憂矣。百尺之布始於一絲，不忽於粗精，斯至矣。謹之於微，著斯見矣。希清之心，必於此而求之，是吾黨之望也[13]。

紀異序

泗州張公輪以胄子拜吾邑令三年矣，世以胄子官者多自怠且退，以黄甲官者多謀晝好趍進。公表表偉偉，長身玉立，藹然若不勝衣，求勝己若不及，異於人，非耶？門無私謁，偏聽不行，異於人，非耶？迎合以希上，私惠以悦衆，盖絶意焉，異於人，非耶？公庭有寡鶴，忽有一鶴自天飛來作雙，士民小子皆曰有此哉。又有雉來乳，士民小子皆曰有此哉。又有義蜂群集，士民小子皆曰有此哉。士民小子又皆曰公澹然自得，每恐恐居諸侯間，一事之行，民曰宜，我亦曰宜；民曰不宜，我亦曰不宜。大府有令曰如此，公曰未可也，惟民宜；大府有令曰如彼，公曰未可也，惟民宜。宜公有此異也，盍徵諸吾邑人而紀之。箕曰：天地、人物、鬼神、草木、禽魚，其盈虚、消息、去來也，皆自我。公之在彼者，人不以爲異，而箕獨以爲公異；公之在此，人以爲異，而箕獨不以爲公異，何哉？故曰篤恭而天下平，其知此哉！其知此哉！

阮氏族譜序

古之君子，名字耿耿，垂不朽於宇宙間，未有不自孝弟中來者。范文正公謂：吾宗族甚衆，於吾固有親疏，以吾祖宗視之，則均是子孫，固無親疏也。明道先生養其族屬，鰥孤來歸，而僦屋以居，衣無兼副。若明道者，若希文者，不謂之極仁義之人不可也。仁義根於心，其行之也，若日月之浮天，八極皆洞，非留情於物物而洞之也。孟子曰：仁之實，事親是也。義之實，從兄是也。及其至也，則不知足之蹈之手之舞之。世之君子重世系者，其心烏可已也哉？新會庠士阮伯載示先世譜系屬序予，且曰：嚴君震命也第一世，宋教授，諱達，其上不可考，其迹不可詳，傳疑也。今至伯載十世矣，中間所紀若干人者，擇之審，録之實，傳信也。木主者，幽乎微乎其事哉，傳疑也。諱英豫者，於震爲七世，有功於阮，不遷。諱埠、諱謙者，積學行義，善盖一鄉，傳信也。阮於新會，宗爲名宗，姓爲望姓。藻思幽玄，有不足多，嗣宗之負才者乎〔14〕？青雲器業，有不足多，仲容之放達者乎〔15〕？仕者有不足多，景茂之介；而止者有不足多，孝緒之貞者乎？顯以微生，崇自卑積，干霄漢而直上，鼓聞譽而齊古先君子焉者，予於阮氏諸賢將見之矣。

聽主堂序

國家承平百三十餘年，海宇内外，民不知兵，茅茨之居、陶瓦之室，山之阿、水之濱，櫛比而鱗集。東溟沙鹵，千里稻區，故其士庶鮮當其分，而貧者亦足於蝦蟹蟲魚芻薪木石水陸之物，而免父母妻子溝壑之委之患也。有志於爲治者，可以觀矣。夫非生聚而教之時乎？今之所謂教者，讀誦隊仗之文而已矣，呈身干禄之策而已矣，下此筭子牙籌而已矣，詞牒契券而已矣。故其進者無王道平平之氣象，退者無耕釣堅白之風聲。新會，古之望邑也；鍾氏，邑之望族也。其俗稱四大姓者，猶晋之箕襄、邢帶，於家爲大；羊舌四族，於族爲强焉者也，豈曰土著之久云乎哉？又豈曰居積豐厚之多云乎哉？必其詩書禮樂之波，忠信恬静之風，背俗好古之行，足以被於一封，而人望之有不可及焉者也。箕，西楚迂僻之人，家居足迹不涉閭里。今鍾君之堂所謂聽主者，不得歷西階，觀其廉隅楹楝之疏密、廣狹、低昂之勢，又不能講説聽主之義於區區文字之間。君今翛然物外，荷帡幪之恩，太平之主人在彼也。若夫精神之運、心術之動，自得之主人在此也。彼此之間，各有内外之辨，獨立不倚，超流俗之上，而人望之，果有不可及焉者也。庠士阮君鞅樂鍾君之堂之成也，托予文以爲斯堂壽，故書之。

白日青山詩序

古之至人，其動也天行，其止也物化，萬物一府，死生同狀，无沈固偏滯之私，如春秋夏冬以寂寞爲主。非斯人也，在身係身，在事係事，在家係家，在天下係天下，同其志，出入仁義，相與樂而成之；不同其志，依世廢道，隨風乘流，必若與之隔生，是猶有意於斯世焉者也。下此皆非君子之所知也。衡陽歐陽公以進士歷官御史，按南畿、按廣左，凡所歷，人皆稱曰歐陽御史。御史歿，士大夫悲之，有悲歌悲其道之不得大行於天下，爵位之未崇、歲月之遽爾者，非士大夫之所悲也。夫代天子巡守者，惟御史。下民不得其所、必得其所，惟御史。三司使東西面，南面，一執筆有可、有否，惟御史。天子起居及百執事隆污遵、改進止，惟御史。予野人，不識朝儀，不知當今時居御史官者凡幾十人，慨然攬轡，有澄清天下之志者又凡幾十人，又不知當今時凡海宇内祥瑞不下，災眚不能消，鄙夫患得患失者不退，君子賢知含章藏伏者不進，其所當處分者，惟御史。予晚生不及見公，見公子二人，好儒術以世其家，聚士大夫悲歌爲一册，予題之曰“白日青山”，既題之且叙，盖繫思於天下也。

四樂居士序

動静有同功，内外無二致。念正長之，邪抑之。事是因之，非違之。天非高也，地非厚也，日月非明也，春非榮也，秋非枯也〔16〕。與山同止，與水同波，虚爲神府，萬物同科，可喜者與之爲喜，可怒者與之爲怒，可哀者與之爲哀，可惡者與之爲惡。情何吾生隨之而應，何有於樂，何有於不樂？燕山百户劉君廷輔别號四樂居士，曰事親、曰教子、曰讀書、曰友扇〔17〕，居士於名教中有樂地矣。孔子曰：臨事而懼，好謀而成。七情感應，觸類而知，在名教中無滯而能獨樂者幾何人〔18〕？文王之爲父，管蔡能事其父乎？丹朱、商均之爲子，堯舜能養其子乎？不遷不貳，顔子之好學如此；許敬宗學博矣，姦邪如彼；指揮三軍，孔明之忠武如此；障面憔悴，其無廉隅，如彼王瑨也。渾然中居，順以正應，所寓無間，悉本於我，其爲樂何如哉？居士光儀，予未識之；而其心則識之似矣，名教致力人也〔19〕，故序之。

程節婦鍾氏詩序

經曰信及豚魚，又曰致中和，天地位焉，萬物育焉。夫以孔子之聖而不能使伯魚之婦安其室，而况有子思以爲之子，而不能安其母心於尊章之側，而卒有他適，何哉？蓋在我者，聖人之能事，常也；在彼者，聖人之不幸焉，變也。五羊鍾狂客，予故人。予弟藎卿尤篤厚狂客。狂客女名荆，生十七年而適指揮程某，七月而程某卒，荆自誓不他適。富貴顯人交求，誓死不聽，曰當位而已矣。藎卿弟每對家人誦女德之賢，輒舉荆，而荆母吾楚人，故予兄弟悉荆行也。狂客托交石翁，翁嘗爲程節婦詩，又每有贈遺，翁悉荆行也。府庠生梁汝翼偕其輩上荆行於方伯周公，將以旌表而例以待年，方伯悉荆行也。父母愛之，國人榮之，可謂士女矣。是孰使之然哉？蓋其受於天者獨也。荆行自石翁詩後[①]，而遠近諸君子皆有詩，而節行益彰。汝翼以書來求序諸詩，荆行不待叙也，叙諸詩也。弘治庚申秋八月，嘉魚李承箕序。

陳節婦鍾氏旌表揭扁序

陳節婦鍾氏二十有七年，而喪所天五十有二年，有司以聞，詔旌表其門閭。旌表式有聽事步欄，前列屏樹烏頭，正門閥閲，築雙闕，夾樹名木，古之制也。古之賢王豈故爲是觀美哉！今皆無之，惟門排四柱，板題姓字焉爾。然尤駁求數，四十始一二行之。閭閻单孑湮没無限若鍾氏者，其賢名於是益張且大，而慰心九原矣。陳氏鍾氏在古岡以門第相

① 按：陳獻章有《程節婦詩》："風俗當年壞一絲，直到於今腐爛時。欲論千古綱常事，除是渠家節婦知。"（《陳獻章集》卷六《程節婦詩》，中華書局 2008 年版，第 636 頁）本書卷十一《程節婦》："不問粧臺生網絲，却憐雙淚未收持。等閑不灑庭前竹，怕有斑痕惹世知。"吴廷舉《東湖吟稿》卷一《程節婦詩》："王言自古出如絲，幾見光華嶺海時。獨表程家鍾婦節，廣人都道有天知。"（參見《東湖集校注》，廣西大學 2004 届漢語言文字學碩士學位論文，第 54 頁）朱同《覆瓿集》卷一《程節婦》："玉可裂，劍可折，貞婦之心不可奪。山可摧，陵可隳，貞婦之操不可移。荃蘭松栢有至性，肯與百卉同衰盛。唐虞三代嘗比屋，共姜以來能幾姓。程家遺事得所聞，保幼植弱心尤勤。慈孫孝子不忍説，咏歌尚托垂後人。"孫一元《太白山人漫稿》卷二《程節婦》："君身椅桐枝，妾身葛藟草。相感纏綿意，永言百世好。一朝詎摧傷，妾身寧自保。生死願從君，寸心日杲杲。不學浮萍花，東西蕩風沼。"

高。世之人以門第相高者，侈官爵，較田廬，争輕肥，耳目口鼻四肢之欲莫不充足，言富貴者也。惟其與富貴圖，故其去禮儀廉恥益遠，而風俗壞矣。世之人讀古人書，模擬蹤跡，號爲士大夫。朝扣秦關，暮遊燕壁[20]，蒙恥忍辱於他人之門户，恬然自以爲當然者滔滔也，欲以此而責之婦人女子，不已難哉？婦人女子而能守此，不謂之賢不可也。有志於天下國家者，必知所以正天下人心之本。既知所以正天下人心之本，則風俗有不得而後之者矣。不後風俗則中才之人亦賴以自立，雖愚不肖者，亦有所畏而不爲，况夫賢智者哉？其真心實行，天運風行，灑然於萬物之上。若節婦者，人皆以爲榮，而門第爲之益高，盖在此而不在彼也。夫樂道人之善，君子之志也，故書之。

李承箕集卷十七終[①]

① 按：清鈔本落款爲“嗣孫觀大録”。

【校記】

〔1〕《明文海》卷三百《半江序》（李承箕）“又”作“有”。

〔2〕清鈔本“壞”作“壤”。

〔3〕《康熙新會縣志·李承箕序》無“三”字，書目文獻出版社 1991 年版，第 11 頁。

〔4〕清鈔本“實”作“寔”。

〔5〕清鈔本“渡”作“度”。

〔6〕“狂”，據清鈔本補。

〔7〕清鈔本“歟”作“與”。

〔8〕清鈔本“子”作“戢”。

〔9〕清鈔本“事”作“喜”。

〔10〕《明文海》卷二百五十九序五十《定山先生詩集序》（李承箕）“藩”作“長”。

〔11〕清鈔本無“乎”。

〔12〕“餘”，據清鈔本補。

〔13〕清鈔本無“黨”字。

〔14〕清鈔本“負”作“貧”。

〔15〕清鈔本“放”作“於”。

〔16〕清鈔本“枯”作“悴”。

〔17〕清鈔本改“扇”爲“朋”。

〔18〕清鈔本無“者”。

〔19〕清鈔本“教”作“中”。

〔20〕清鈔本“壁”作“璧”。

李承箕集卷十八[1]

銘

硯　銘

介于石，吾體之全。濡其首，吾用豈然？磨不磷，涅不緇，吾之白，吾之堅。

虛齋銘

行而下，下之萬物所以塞。形而上，上之萬物所以通。孰神而異，孰形而同？孰凝于隅，孰沛而通？道契於大儀，心游於太空。不然則堯舜揖遜之蹟，湯武放伐之功，其亦露電行風也哉！

① 按：清鈔本落款爲“嗣孫正蕙、正蒨傳習”。

指揮倪君墓志銘[①]

懷遠將軍指揮同知麟，姓倪氏，字聖祥。其先高郵州人。祖敬，以千户調廣東新會守禦千户所，有征討功，陞指揮僉事。父洪，継以功陞同知。官新會者三世。聖祥年二十而襲官，以才敏受知於當道，攝所事九年，弭寇盜，惜士卒，人人重違其令，安其雞犬。聖祥生天順丁丑三月七日，少岐嶷，從白沙陳先生學，志將以功名見於世，不幸以疾卒於家，年二十七，成化癸卯八月晦日也。母苗氏。娶魯氏都御史能女，無子，先聖祥二年卒，葬城北愍山之原。聖祥之弟鳳既襲官之三年，以今弘治戊申十一月壬申，奉其兄之柩與魯氏合葬焉，銘曰：

天道無知，斯人之不壽也。車摧於岐，矢折於彀也。世行攸遺，死無先後也。銘豈我私，收衆言於久也。

信豐養氣翁俞用中墓志銘[②]

嘗見古之人名於天下後世者，必自張大，務爲絶行異迹，而過於

① 按：江門市博物館曾徵集到兩方有關倪麟的碑刻，其一爲陳獻章所書："淑人名妙賢，字淑誠，陝西右布政魯公第三女，母羅氏。年十九歸倪氏。孝事舅姑，惠以使下，克相其夫。其生以丙子年二月二十九日申時，卒于成化十有七年辛丑夏四月二十八日子時，年二十六也。無子。其夫指揮同知麟以其年十月二十八日葬之新會城北通天廟之西山卯甲向之原。白沙陳獻章爲識。"其一爲李承箕所書："懷遠將軍指揮同知麟，姓倪氏，字聖祥，其先高郵人。祖敬，以千户調廣東新會守禦千户所，有征討功，陞僉事。父洪，以功升同知。官新會者三世。聖祥年二十而襲官，以才敏受知於當道，攝所事九年，弭盜寇，惜士卒，人人重違其令，安及雞犬。聖祥生天順丁丑三月七日，少岐嶷，從白沙陳先生學，志以功名見於世，不幸以疾卒於家，年二十七，成化癸卯八月晦日也。母苗氏。娶魯都憲女，無子，先聖祥二年卒，葬愍山之原。聖祥之弟鳳既襲官之三年，以今弘治戊申十一月壬申，奉其兄之柩與魯氏合葬焉。銘曰：天道無知，斯人之不壽也。商斷朱弦，不究於奏也。車摧於岐，矢折於彀也。世行攸遺，死無先後也。銘豈我私，收衆言於又也。"（見《略談陳獻章、李承箕所撰兩件墓志碑》源自 http://www.jmbwg.com/Research_View.aspx?id=322）碑文中所載李承箕所寫内容和《指揮倪君墓志銘》有數處不同。

② 按：俞通，字用中，自號養氣翁，江西信豐人。

中庸。至於事之所易能者，反以平常而忽之莫爲，卒爲庸人之歸而莫自覺。又見古之人離人去智，惟恐名之我隨，此又何人也？雖然，苟非有爲而爲，吾又何愧焉？江西信豐養氣翁俞用中者，予何以知斯人也？永豐鍾良玉，予舊好也。良玉主用中者，吾何間耶？用中諱通，狀貌偉然，少有志操，不拘俗尚，有司舉儀賓，托疾不應，鄉人由是奇之。既壯，以軍例補行伍，爲總守禦，自將軍及群有司皆折節下之。凡軍中幾畧悉資用中謀，非用中謀不臧不用。非其好也，遂解役去遊江湖間，遇異人授以導引之術，遂脱世故，翛然不以形骸自累。歸築屋於七里原中，屋後有流水，用中時着白布袍，緩步尋源，竟日忘返。僮僕皆化其意，種樹藝蔬，不督而能。客至則携壺尊引滿共酌，經歲或一至邑居，人歡趍之惟恐後，故御史楊克新托交於用中。克新好剛，聞用中言，敬服如不容。其聞人一善，則更相告語，不趍在我〔1〕，故人人樂與之遊。年愈老而愈明健，衆目之曰養氣翁云。其先直隸江寧人。大父亨，國初起義兵，從我太祖征伐〔2〕，死於陣。父安，以軍籍調信豐，遂爲縣人焉。母經氏。繼母葉氏。配戴氏，户侯貞女，選於衆而嫁與之者也。子一人，綸，仁以世其家。女三人，其婿鍾鯨百户、雷恒庠生、胡鷃。孫男二人，溥、淵，俱庠生，有時名。曾孫男一人，某。用中今年壽八十有五，五月二十八日卒。溥從游石翁先生之門，以箕有同門之義，求銘其墓，乃爲序而銘之：

名不可愧兮，究於其實。心不可槩兮，著於其迹。我不可悠久兮，胡資金石。

梁景龍墓志銘

順德鼎新堡吾友梁華卿有子六人，生成化丙申名景龍者，弘治壬子五月死矣。景龍，佳兒也，母病頭風，継日夜以手撫摩，不愈不止。母曰："嗟，吾季能愈吾頭風。"其邑大夫吴獻臣曰："景龍少而有志。"其言曰："看理深一層又須一層，爲人高一節又進一節。"景龍少多病，自愛惜，少出語，鄉人皆憐之。今有人樹松杉前後屋廬，牛羊毁其一，主者且嘆息不已，宜景龍父母昆弟哀之不實而求銘於我也。然世之不才子死則不哀，才者死則哀之，豈過哉？蓋亦中吾節焉耳。銘曰：

委蜕視其子者非歟？駁而白者誰歟？不然，悲夫！

陳公判卿配湯合葬志

陳公判卿，配湯氏。判卿卒元季，不知何甲子喪。始就穴，家徒遇賊兵，駭散，不知何人爲掩之，或云土自成墳。事雖不究其實，然以其見報之異如是，可知其人哉！墓故無碣，在今罾湾山之陽，旁割大水，垂百二十餘年矣。始徙湯於嶽廟山祔焉，而大封之。夫得令終於風塵草昧之秋難，草葬亦難，際時清明，胤慶超先，而耿光黄壤於百年之上尤難，不可無志也。判卿生東源，東源生渭川，渭川生樂芸，是爲先生所自出也。判卿之先，徙自南雄朱紫巷，譜系遠而亡，已五世而先生始以道德顯聞天下[3]。夫水土之積也，不厚則不能高，不深則不能長，物理固有然者矣，而况於人乎，况於君子有德者乎？

陳公渭川配吕重脩墓志

陳肇開，遠莫傳。家古岡，南雄遷。世足賴，惟力田。振厥中，曰渭川。惟渭川，性清浄。人間事，了不省。倚杖歌，竹枝引。玩老列，雪垂領。元丙午，公戴育[4]。我正統，癸亥卒。夏之仲，廿又六。淑配吕，貞威如。屏外華，儼中居。生甲寅，甲子殂。冬之季，五日初。孔山原，窆則同。脩弘治，乙卯冬。貽孫謀，信有終。厥孫誰？太史公。

陳公樂芸配林合葬志

宣德戊申九月十二日，陳公樂芸卒。於乎！生存於世者二十有七年[5]，何若是夭也！夫人林氏，卒於弘治乙卯二月十六日，春秋九十有一，又何其壽也！樂芸氣榦脩然，有悲歌感慨之氣。發於嘻怡諷咏之餘者，猶能使人爲之起舞悲咤於隔世之下。顯哉！夫人之有夫，孰與其夭也？夫人二十四年而寡居，早暮以思，嚴敬不忒，舅姑安之，忘其子之蚤亡也。既而詔旌表門閭，光及存没矣。懿哉！妻道之有成，宜乎其永年也。子疾母憂，母成子志，錦衣婆娑，朝夕安於菽水之養，一日三公而誰與易之？信哉！上觀盡婦，下觀盡母，如夫人之爲也，人道於是乎其無憾矣。夫人以是年四月八日葬於白沙小廬山所居之旁，明年丙辰正月壬午徙樂芸公而一丘焉。

雲潭居士周君二齡配陳氏合葬志

世之棄其親，仕千里外，酣於豢養之餘[6]，如蟻旋磨而不已也。有念母早亡，祭必悲泣，遇盛饌有不逭養之思，没世而情不衰者乎？坐有廣廈，出有新船，輝煌金碧，媚佛阿神，以徼非福者，何往非是也？有思其家廟未立，居室不可先者乎？公卿爲貴，匹夫爲賤，趍時爲賢，恬退爲拙，父兄所以教其子弟，舍是爲無用矣。有能懇懇於垂絶之一言戒家人，必令兒曹無流於小人之歸者乎？妻承夫範，爲未亡人，三十年如一日。既富矣，而女紅猶勤；既老矣，事繼母而猶在室。嚴肅於身，以愧頑鄙；義方於子，而令觀法賢人。夫以吾人之正位乎内外者固不當如是乎？若新會雲潭居士周君與其配陳氏之行有如此，宜銘也已。居士名二齡，字某，卒於成化丁亥，壽四十有七。弘治癸丑陳氏卒，壽七十有六。季子京遷居士葬於觀音山，陳祔焉。子三人：孟夭；仲鎬，先卒於其母八年；京，文都，成化丁酉鄉薦，請予銘。銘曰：

抱道而居，行於妻子，順而承之，媲其美，惟有祉，昭後嗣，我銘與海山終始。

弟婦龔氏墓志

吾從弟承勛，年二十二領鄉薦，始受室。明年登進士，謁告還鄉里，無幾時而婦云亡。吾叔父都憲府君，男子五人。承恩藎卿南京户部員外郎、承顔子卿、承勛立卿，無幾年而三婦皆失之。人生十九結髮偕老，殆無而僅有，自古皆然。生死去來之理，是將與爲春夏秋冬四時行焉者耶。初，壬子冬，承勛率婦謁太淑人於南京，未久而從夫還，還未久而死，故無以稱道於六親。今年寒食，族衆瞻掃府君墓，婦素衣列下位，容慘黑，若有喪者，退或問之。曰："夫君少富貴，尊翁不及見，尊姑遠在外，不覺爲之心傷耳。"夏四月，以産後得暴下，卒年二十有一。前御史貴州參議龔公德輝之季女也。以是年某月某日墓某鄉。禮，婦人之行不可遽述，而其所藏之地有不可不爲之識。嘗見先世之墓田多竊據於有勢力人，且恨無所於伸。承勛告予，以婦無所育，幸以文。

節婦鍾氏墓志

節婦姓鍾氏，南海人，生而慧，父曰鍾某[7]，好詩。里生曰吴貫之[8]，學詩於鍾。鍾曰："吾女必嫁吴生。"既嫁三月，吴生貫之死。節婦年甫十九，貫之執其手謂曰："吾負君，吾負君，吾師托我以君，不能百日，人世之恨，復有大此者乎？吾累君。以三世喪未即土，庶幾天未絶善，遺腹生男，他日君當以垂絶之言告之。悵哉！痛哉！吾實遺君憂也，君能許子，吾不以早死爲恨矣。"貫之死，六越月，生一男子。節婦綜理内外，數年之間，既葬其夫，而夫之所不克葬者，皆葬焉。父母以故信之，鄉閭相與驚悼曰難，嘖嘖曰賢。然能小心恭畏，不恃其成，家政肅然，不以姑息子孫，小有過差，老大猶加鞭撻。身壽嗣昌，表厥宅里，天絀其勞，享有常福，亦已多矣。卒某年，春秋若干。友人羅冕求予志之。辭曰：

能持其志，死生一視。斷金之信，明霜之義。士女孤撑，群孱之廢[9]。予讀五代《馮道傳》首之以王凝妻李氏者[10]，夫然後知史氏之意，不淺淺也，於乎悲夫！

龍溪縣丞趙君墓志

新會有謹默士曰趙弘仁善端，世之知善端者，盖以見其處天下於勞勞，不知者以爲遲鈍焉。貢於鄉，仕於福建龍溪丞爲弘治四年辛亥，其年若干矣。漳平、漳浦、長泰，龍溪鄰封也。先是，漳平賊作，龍溪民争起從之流，殺居人，遠近騷然。丞内酬民務，外給軍資，不失人心，卒爲上下所賴。賦役期會，親與民約，吏不敢緣以爲奸，又考其風俗，所以自陷於惡與其所以陷人者而悉去之。長泰富民，被誣繫獄，積年不决，諸使者以委丞，丞密得其情，富民得不死，夜遺金器以謝，丞叱出之。丞守官自信，不事迎合，分省嘗屈辱之，則委冠帶從容長揖而去，民無老少，遮道號呼乞留，又書丞善政於郵壁，分省悔謝曰："参政幾悮丞，参政幾悮丞！"調攝漳浦，政令如一，兩封之民争欲令在我，而聲譽歘然四馳矣。以朝正北行，次錢塘，疾作，還至江西而卒，爲九年之春　月　日，年若干矣。丞先是以母老累乞歸，諸使者輒不可。配聶氏，有賢行，先卒。子汝夔，哀感柴瘠，信於鄉閭，以　年　月，葬其父而母祔焉。銘曰：

孰掃溉於官？孰掃溉於庭？用不究其成，吁嗟乎丞！

周鎬墓志

石翁有門人曰周鎬文邦，十九年而從翁遊，十又四年而没，翁謂其千里之資駸駸未已者也。夫一日自子至亥，其變凡幾，此天道也。人生自毁齒以至没世，其變又凡幾，步一往則所見迥異，况夫歷時之久遠哉！人之齷齪卑下者，固不足云。文邦曠達而不拘，乘生馬不施銜勒，把酒尋詩，與朋遊，蕩輕舟盡日，不一問家事。悠然蟬蛻浮雲之表，故其詩往往有奇氣，而亦不爲無用。獨憶今之世無太史巡行采詩如三代時，民之風、人之志無所於觀，遺才無所於得，王政無所於弛張也。文邦娶香山鄭氏，無子。弟京以己子爲後，女一人〔11〕，嫁鍾□〔12〕，銘曰：

胡不罷牛駕兮而生馬駒？胡不咄嗟世兮而乃如如？近兮遠兮，孰一日促？孰九萬兮餘？

衡陽廖君墓志銘①

君諱思謨，字克仁，衡陽人。父通判河州，未幾，詣父所，請父曰："古人謂'人生貴適志，何能羈数千里要名爵'，是非名言耶？况乎未老得閒，尤爲適志寥絕者。"父奇其志，納其言，即去官。君賦性敏，自少老成，鄉先達進士朱公衡奇之〔13〕，以其兄之子妻之。君侍親孝，求備甘旨以悦親，日旱預蓄舟，水預蓄輿，自然之理也，故治産日豐。歲歉輸粟，活人不吝。歲又歉，輒輸粟，活人不吝。憲副信陽馮公兵備湖南，悲軍士貧窮無室家者，告民我意，君助金二金。君嘗謁致事都御史廣信高公明，高公奇之，贈以詩，大書扁於堂曰懷德。予去年嘗造其廬，扁其堂曰烟霞怡老。聞者可以想見其人矣。君生於正統乙丑十二月二十五日，卒於弘治己未十二月十日，葬某原河州。府君諱宗直，母曹氏，有内政。配朱氏。子男三人，廷璋、廷珪、廷琎。女三人，

① 按：廖道南《楚紀》卷四十八《闡幽外紀後篇·廖思謨》："廖思謨，字克仁，衡陽人。父通判河州，未幾，詣父所。請父曰：'古人謂人生貴適志，何能羈数千里要名爵耶，况乎未老得閒，尤爲適志寥絕者。'父奇其志，納其言，即辭去。思謨賦性敏，自少老成，鄉達朱衡以其兄之子妻之。侍親孝，求備甘旨以悦親，曰旱預蓄舟，水預蓄輿，自然之理也，故治産日豐。歲歉輸粟，活人不吝。歲又歉，輒輸粟，人皆得之。憲副信陽馮鎬兵備湖南，悲軍士貧窮，思謨助金二鎰。嘗謁都御史廣信高明，奇之，贈以詩，大書扁於堂曰懷德。亦嘗造其廬，扁其堂曰烟霞怡老。聞者可以想見其人矣。大厓李承箕銘其墓曰：烟霞與閒，石稟與積。嗟爲君兮，好義樂施。聖王不作，井田制廢。分濟窮之，十室空視。蟲沙於隧，不貴千駟。"（明嘉靖二十五年何城李桂刻本）按：廖道南之文，當是源自李承箕此條。

歐陽鳳、常鋭、趙賓，壻也。璋爲士，勤學，以其友王良卿狀謁銘於予。予嘗造君廬，扁君堂，何辭？銘曰：

烟霞與閒，石廩與積，嗟惟君義樂施。子貢聖人之徒，存發鬻之志。王者之耦太公也，通魚鹽之利。聖王不作，井田制廢。分貧濟乏，十室空視。鏰之中缺，蟲沙於隧。此孔子所以不貴千駟。

中憲大夫成都府知府蘄水魯君墓志銘

冢宰三原王公論法司人才，必曰魯君魯君；南昌東白張先生謂志趣才識，偉然一時之良，必曰魯君魯君。吾兄以寮佐，服君清苦甚，君妻華，歲寄百金爲君賓客費。衆心醉曰："君夫人幹君蠱矣。"知府成都吾友吴獻臣爲佐，服君者無異焉。君何如人也？君名永清，字端本，吾楚蘄水人，登進士，爲大理評事，援經據史，不少爽情理。當是時，有秀才丁憂弈被發，秋曹皆貸之，君流爲百姓，衆告貸，君曰："風俗不可敗也。"不可。先是，評事多剩員，君曰："得人足矣，何冗爲？"奏減三之一。又曰："三法司得一人足矣，何多人爲？"歷寺正，專而不私，聲譽四馳，王公屢薦不果。及知府成都，年五十有二矣，爲弘治之六年，適旱荒，君設法糴穀賑之，爲石四萬餘，府放倉無預備，乃置倉糴穀爲糶本。明年又飢，出如入数，而泛賑者不與焉[14]，曰："財費不足惜，而人心甚可惜；大利不足惜[15]，而小義甚可惜也。君子是之，而小人則否。"當是時，老幼相吊，曰："吾等不委溝壑者，府守再生我也。"安縣賊作，聚党萬人，君往撫之，賊聞風而服，蓋其豈弟子養之心，藹然形著於咳唾之間，非偶然也。致政大司寇杜公者，屬邑人長者，君以俸資養之終身，部使者皆以君有古良吏風，旌於朝，而君獻六載績。過家門，遘疾，謂妻曰："吾戚嘉魚李茂卿，知我者也，埋銘托其弟世卿，吾死矣。"父鋼，贈評事。母彭氏，贈太孺人。妻華，封孺人，後君二年卒，無子。側室徐，子四人，曰學、曰思、曰辨、曰行；女一人，許聘吾兄次子棨。君之卒也，爲十四年七月　日，明年吾兄卒，又明年徐卜某原葬君而華祔焉，使人速銘。予既悼吾兄之不作，無以詳君之行，乃以所聞叙而銘之，銘曰：

世匪清，生匪夫。敢委之，而已乎。義幹志，婆娑無。志有行，金紫紆。惟此影，愜此圖。

寧波太守馬公墓志銘

寧波太守馬公，西蜀内江人，諱琴，字廷宣。以直道能聲，無所於求合，世既遺公，而公亦遺世矣。登成化丙戌進士[16]，拜主事刑部雲南司，司攝京畿奏訟[17]，故多熾貴人所恨人，平人所庇人[18]，是能枉直不依違人，公用是有名。轉廣東司員外郎，廣東有副使爲不法，瓊州兵部奏檄公往鞫之。公嫉其爲人，舉正以法，還遷郎中。用能差慮囚江西，公親按諸州，瑣煩不爲憚，屈鬱而得伸者，殆千五百餘人。其生之非吾仁，殺之非吾威，理各當心，不專主己。庶民填路遮呼，曰："此制使哉！"尚書林公每詘己見，托法與心，自待不疑，人亦無猜。用大臣薦能，擢守寧波。公嘆曰："今天下益奢靡，而吴越尤甚。示儉朴先，地不能咸，爲政之道，推化與權[19]。化則屬我，權則屬時，吾何爲？"衆皆以爲緩。郡内逋負久，積数萬，公與設方計完之，而民不擾，此夫故非才者而能之乎？日本人時入貢，勞來之費，委均屬邑[20]，而民始便，此夫故非平其政者而能之乎？使臣私覿，常以寶器方物，公一不納，此夫故非廉以自飭者而能之乎？饗祀鬼神，而禮秩則豐；化導生徒，而廉恥是先；交承賓使，而儀物惟當。爲橋樑四：在江東者、在門南者、在定海者、在東湖者，此夫故非知所先後者而能之乎[21]？自迩及遠，因民之利害而興罷者尤多，在任盖五年矣。當是時，廣東副使之鄉人爲冢宰，仇副使之報公，卒以此去其官。公亦未嘗以此出毫髮語意告人，而人知者亦少也。公生於正統丙辰，其卒也，爲弘治甲寅五月十三日也，以某年某月某日葬亭溪山。公平生於人，厚施薄取，去來如遺[22]。有村翁盲疾且貧者[23]，以子女二人來鬻，公既酬其直，且曰：

“予并養若。”歲久，盲者告還[24]，公并以子女還之[25]。予嘗拜公吾賓舘，觀其容貌[26]，語默之間，侗然長者也。其先扶風人，五世祖仕閬中，元末避兵瀘州，徙今内江。考諱惟慶，贈刑部主事。妣盧氏，贈太安人。妻王氏，封安人。子三人，長湛然，次御史炳然，次炯然。女三人。孫男女各三人。御史嘗爲吾邑大夫，超拜御史，御史既除喪，過予曰：“先公事行，吾必托子。”既序之[27]，系以詩曰[28]：

厭厭九原，急於求名。竊竊萬變，求急於榮。求心公急，我否人能。幽哉微哉，文以寄明。

石翁陳先生墓志銘①

先生身長玉立，眼正黑色有光，右臉有七黑子如斗。爲兒時，讀《孟子》“有天民者，達可行於天下而後行之”，自誓曰：“爲人必當如此。”二十年領鄉薦，又七年從遊吴康齋聘君門[29]。聘君之學，主敬窮理之學也。先生退而家居，一守其轍。鞭之失先，放之失後[30]，而不得古人之所以好而樂之者也，乃擲書而嘆曰：“古先賢聖，其不可及矣乎？”於是習静端坐，積以歲月，以我之所得者，取正於古先賢聖格言，始似各得其職者矣。於是又優游停涵，積以歲月，翳者去而明者來，往者過而來者續，泯然無支離糠秕之患，怡然無内外動静之别，灑然與萬物同其上下而不庸我矣。先生之學，厭據故迹，故能超然自得有如此。性至孝，事母朝暮不離側[31]，後來廣東布政使彭公韶、總督兩廣軍務都御史朱公英交薦於朝。至京師，一造朝，隱隱得疾[32]，而母亦有疾報至。先生乃上疏曰：“臣生五十又六年，臣母七十有九，臣母以貧賤早寡，俯仰無聊，殷憂成疾，老而彌劇。今臣遠客異鄉，母憂日甚，憂病相仍，理難長久。臣又以病軀憂母，年未暮而氣則衰，心有爲而力不逮。夫内無攻心之疾，則外不見從事之難；上有至仁之君，則

① 按：此篇又見於《明文海》卷四百四十。

下必多曲成之士，願乞終養。”疏奏，詔授翰林院檢討，親終疾愈，仍來供職。遂以表謝而南歸矣。蓋其所以得己與其所欲及人者，非隨世以就功名，畸殘而補偏舉弊者也。隨世以就功名，畸殘而補偏舉弊者，殆秦漢以後，自獻其身者之學，非其志也。先生不著書，嘗曰：“六經之外，散之諸家百子，皆剩語也。許魯齋謂須焚却，顧我何復云云。”性喜吟咏，故其進退語默之幾，無爲自然之旨，悉發於詩，此非示著書遺意乎？予從先生十有三年，凡四見也。先生每以己之所以養心持身〔33〕，由微至著，自得無待於外之要，惺惺策之者，不但一二而已也。其故人有羅一峯倫者、莊定山昶者，一峯改官，俻撰南京，先生謂之曰：“子未可以去乎？”一峯即去之，蓋其言説精明，處義至到，立人如己有如此。先生諱獻章，字公甫，號石齋，廣州新會人。高祖判鄉。曾祖東源。祖永盛。考琮，早卒。母林氏，二十四年而寡居，七十二年而受旌表，九十一年而卒。先生生於宣德戊申十月二十一日，搆疾於弘治戊午，卒於庚申二月十日，葬於圭峯左股深坑。元配張氏，子男二人，景雲、景陽。張卒，先生獨居十餘年。継娶羊城羅氏女，無子。銘曰：

虚以立本，動而能神。孰握其幾，孰闢其門？凝而涵之，天飛淵淪。不以我故，何往非真？我最其迹〔34〕，抹掇譫諄。用納玄原，示委及顛。

贈監察御史萬公墓表

贈監察御史萬公，諱子信，字孟孚。中世家廣西古藤，父諱伯齡，洪武中選舉，仕南城典史。生母孺人李氏，閩之邵武人也。南城謫役海州，逵四月而公始生。永樂中，南城改役燕之上林苑監，母没外氏，公年四十有九矣。後六年南城竟謫死，後十九年，公壽七十有四以終。公隨母鞠外氏，甫勝戴冠，還藤，事主母，主母喜其善事，每喜復悲，每悲復喜。每曰：“計汝父，當安。”母泣，公亦泣。又曰：“汝母不知安否耶？”公泣，母亦泣。自歸藤盖嘗南北一往省父母，見子二人登科第矣。當是時，公省父母，不與歸别不肯行，行復旋爲之號咷数日。别既而念父母喪旅殯久於淺土，每臨風長號，擗踴自責，或数日不知食飲，至老未嘗頃刻去懷。疾且亟謂諸子：“吾天地間一罪人，小子識之。”子五人，曰昶、曰顯、曰相、曰禎、曰祥。顯卒官封川令。祥今御史，未官時嘗自燕奉南城遺蜕還葬藤，又三年，始克舉孺人喪於閩。御史之孝，遠而不衰，公之教可知矣，表之以告觀者。

萬孺人李氏墓志銘

孺人姓李氏，監察御史古藤萬公世和爲祖母，贈監察御史孟孚爲母，成都經歷邵武某爲父，南城典史伯齡爲君子。孺人性慧，女教、《孝經》諸篇悉能成誦。南城在官無幾，謫戍海州，南城、邵武壤地同，命孺人且外氏依，孺人謂南城：“君子素知賤妾心，其毋以妾爲慮。”南城去五越月而孟孚生，孺人一不以報南城，曰：“萬氏之宗，惟此一息，忍令孤苦戍伍？”哀痛教戒，無所不至。稍長，謂孟孚曰：“兒毋以母爲念，萬氏之宗一息惟汝[35]，吾遣兒歸藤矣。萬一皇天悔禍，吾從而父俱來也。”既而南城改戍上苑以卒，孺人亦没外氏矣。後三十有七年爲成化之甲辰，御史世和歸孺人喪於邵武。世和念孺人墓不可無刻文，序所以告箕。乃序而詩之，詞曰：

所天委命君不違，承宗祀者還吾兒。兩地哀哀苦生離，皇天明明矚予悲[36]。卅七之年魄始歸，魂乎安之從於斯。

城隍廟碑文

新會有城隍，又有廟貌在縣治西門内，創始於國初天順末。今憲使陶公丞縣時所重建者也。公嘗語箕曰：“鬼神之心固不可知，觀其理之著見於外而執持吾前者，如弓不張而發，如矢不注而中，隱然造化之柄也。曩年西賊之來，望吾城如銀山天塹以限隔之，就予授首者不足言也。其威靈有益於民如此。又嘗遣人賫折税銀之京師，將抵羊城，爲賊所劫。乃下令，得賊報者賞，且告於城隍以必得賊爲誓。是夕，卧廟中，恍惚若有人撼予曰：‘賊得矣。’予起，出廟門，行百步，内一室，燭光隱見，啃啃聞人語云官銀爲賊所劫，我識其人而不知其姓名，蓋嘗往來鬻販於此者也。明旦使蹤跡，果得賊。其威靈有益於民又如此。然人徒知城隍有險之險與山川之勢相爲無窮，而不知其無險之險與天地萬物相爲無窮有如是者。於乎！登山涉河，東封西祀，祇園靈境，金闕瓊樓，其地既非所以容民蓄衆，又非所以崇德顯功，方且低心伈伈俔俔而無所於抵止[37]，其爲淫妄何如哉？予已修其廟貌，以嚴祀事，子能爲書之乎？”承箕於是序次其所以，復作迎送神之曲，使祀而告之：

於乎神兮，與時偕行。樂以和煦兮，威以風霆。下民咸殖兮，奔走百靈。若天命兮，匪期報成。滄海雲深兮，昆侖言言。上徹穹隆兮，下則玄泉。善與天通兮，凶慝淪淵。經緯冥冥兮，轉坤旋乾。

李承箕集卷十八終①

① 按：清鈔本落款“嗣孫李見大録”。

【校記】

〔1〕清鈔本“趍”作“翅”。

〔2〕清鈔本“伐”作“戍”。

〔3〕清鈔本“聞”作“名”。

〔4〕清鈔本“戴”作“載”。

〔5〕清鈔本“二”作“一”。

〔6〕清鈔本“酣”作“酬”。

〔7〕“某”，據清鈔本補。

〔8〕清鈔本“里”作“禮”。

〔9〕清鈔本“之”作“並”。

〔10〕清鈔本“代”後有“史”。

〔11〕清鈔本“女”後有“子”。

〔12〕清鈔本“□”無字。

〔13〕清鈔本“朱”作“諸”。

〔14〕清鈔本無“入”，“数”後有“数”。

〔15〕清鈔本脱“大”。

〔16〕莊昶《定山集》卷九《寧波太守馬公墓志銘》脱“成化”字。

〔17〕莊昶《定山集》卷九《寧波太守馬公墓志銘》脱“司”。

〔18〕清鈔本“庇”作“在”。

〔19〕莊昶《定山集》卷九《寧波太守馬公墓志銘》“推”作“惟”。

〔20〕莊昶《定山集》卷九《寧波太守馬公墓志銘》闕“委均”。

〔21〕莊昶《定山集》卷九《寧波太守馬公墓志銘》脱“此”。

〔22〕莊昶《定山集》卷九《寧波太守馬公墓志銘》“來”作“采”。

〔23〕莊昶《定山集》卷九《寧波太守馬公墓志銘》“盲”作“育”。

〔24〕莊昶《定山集》卷九《寧波太守馬公墓志銘》“盲”作“育”。

〔25〕莊昶《定山集》卷九《寧波太守馬公墓志銘》“子女”作“女子”。

〔26〕清鈔本“覯”作“既”。

〔27〕莊昶《定山集》卷九《寧波太守馬公墓志銘》“序”作“叙”。

〔28〕莊昶《定山集》卷九《寧波太守馬公墓志銘》“詩”作“銘”。

〔29〕清鈔本“門”作“因”。

〔30〕《明文海》卷四百四十《石翁陳先生墓志銘》（李承箕）“鞭之失先，放之失後”作“助之長失先，放之忘失後”。

〔31〕《明文海》卷四百四十《石翁陳先生墓志銘》（李承箕）“暮”作“夕”。

〔32〕清鈔本“得”作“僻”。

〔33〕《明文海》卷四百四十《石翁陳先生墓志銘》（李承箕）“先生每以己之所以養心持身”作“先生每云以己養心持身”。

〔34〕《明文海》卷四百四十《石翁陳先生墓志銘》（李承箕）“最”作“撮”。

〔35〕清鈔本“息”作“日”。

〔36〕清鈔本“予”作“余”。

〔37〕清鈔本“俔俔”作“倪倪”。

李承箕集卷十九 ①

行狀并祭文

大理寺副東崙先生行狀

吾兄資稟高，生七月 ②，以筯畫灰上作“土地”兩字，見蒼蠅溺糞溷中，以杖拯之〔1〕。人問之，曰：“此其地也，使其在盤盂則撻之矣。”方九歲，伯父酒豪公常坐之膝上，謂之曰：“鄉人孔御史每愛誦‘衣紫腰金拜彩堂’，今驗矣。兒能如是乎？”對曰：“‘富貴不淫貧賤樂，男兒到此是豪雄’，兒愛此耳。”當是時，年十四，聞者異之。稍長，游邑庠。先生長者見所行與言，愛且敬之。有麻剌僧進貢經嘉魚〔2〕，数十人晝夜坐宿縣廳，勒索銀米，縣官不敢誰何，召諸生諭之。麻剌僧持刀梃亂擊〔3〕，諸生皆逸。兄被執，欲使跪其主僧。兄曰：“以外夷而侮華夏之官〔4〕，托進貢而使公家有無益之費，廩餼外勒要官錢，違法固如是乎！”麻剌僧懼〔5〕，即去之。提學副使莆陽嚴公洤者，性嚴刻，議論好異。試科卷文字〔6〕，披其卷，曰：“楊文定公、解學士不足多也。”欲使教諸司子弟。兄曰：“不可，吾不能以科舉文字爲人師。”聞者不樂。惡先儒注脚，以爲破裂聖經，聞者皆嫉之矣。其言曰：“夫詩書者，吾道之迹而已矣。必得知道者以爲之師，師於是而授人以詩書〔7〕，則詩

---

① 按：清鈔本有“嗣孫正蕙、正蒨重輯”。

② 焦竑《國朝獻徵録》卷六十八《大理寺·大理寺右寺副東崙李公承芳行狀》（弟李承箕）“七”作“九”，明萬曆四十四年徐象橒曼山館刻本。

書於人庶乎其有益也，使徒事詩書，亦末焉耳。古之時此學校也，後世亦此學校也。古之學者爲己，今之學者爲人。古之學者爲君子，今之學者爲小人也。豈學校之罪哉？予觀近代以來害天下之人心者，莫甚于學宫；害天下之士習者，莫甚於科舉；率天下士類爲惡而無所紀極者[8]，莫甚於學官。必將天下學宫學官一切而廢去之，惟天下之守令擇天下有道德之人以爲之，於郡邑之内，求老師宿儒而爲之。一鄉之善士則師其一鄉，一國之善士則師其一國。凡士子之所習者，六德、六行、六藝以立其本，經書以擴其用。而經書則惟原文而已，至於力田畝及錢穀、兵甲、律令之屬，而皆一一究拯之，而可施之實用焉。守令各詣其所會之地，卑躬盡禮而訪問之。其道成德就者，則舉之。夫舉而用不用則在執天下之政者之責也。然士之道成德就者，用則行之[9]，不用則藏之。亦不可以在外者爲欣戚也[10]。有司惟知舉賢才，士惟知守道，實惟兩得之[11]，他非所計。由郡邑而達之國，由國而達之天下，斯可矣。”年三十有七，領鄉薦。四十一年[12]，登進士。西涯先生謂之曰：“子盍與錢與謙謁閣老徐先生乎？”兄對曰：“吾恐張師德之見薄於王旦矣。”廷試榜出，與謙及第。兄列名同進士出身，拜大理評事。三年，陞寺副，憮然曰：“權不能救人之死生，才不能識時之變正，身不能應時之俯仰，負此官矣。”其言曰：“尚世之達官[13]，理得而勢順，勢順而事從，官則易矣；中世之達官，迹狥而理窒，理窒而事逆，無怪其官之難矣。勢同而理同，理達而官易。惟今時則然也。評事之職，古之士師也。今之所伍諫官也。刑可評也，事可言也，評事之職也。今之刑罰也，不中時事之得失亦多矣。三年之淹，亦何所爲評事之難爲也。謂評事之難爲，若昌黎所謂丞之難爲也。夫心與事一則專，二則雜；專則成，雜則敗，理固然矣。舉官者，人也；集事者，官也。官不負人，人常負其官。人負其官，官則廢其事。吾見亦多矣。”即以疾辭歸[14]。予嘗築釣臺于村莊黄公山，至是，兄奉母太孺人居之。徜徉臺上，或兄倡而弟和之，或弟倡而兄和之，歌以侑親觴。家固貧窮甚，每歲貸食於人，雖菜羹麥飯每絶乏，了無悔意。或勸之復仕，曰：“予素無作官才，非敢要譽以薄世也。”湖西義學，十四世祖宗儒所建。歲久傾圮，與族人脩葺之，將以教來學者。又有六世祖墓，見侵於蒲圻鄰封人，予嘗告白沙陳先生。先生曰：“必訟之官。”兄曰：“貧者自古無托心之助，富者忽然有傾蓋之知。姑待之。”予不能忍，訟之憲司。而華亭韓公謂人家五世祖墓不該脩，曲歸我李氏，予甚愧。兄能先事覺微也。辛酉之冬十月，太孺人卒，兄徒步經營葬事，冒寒多飢苦，竟以枯羸不起，爲壬戌五月二十二日，距其生年景泰庚午，才五十有三。兄性達，見人有饑寒色，多少盡與，己之帶索啜水，無毫髮後日計較也。成化十四十五年，湖廣既澇復旱，餓死道路者相枕藉，乃作爲歌謠数十首。當道聞之，大發賑貸，存活頗多。二十三年及弘治元年大旱，自貸邑人穀百餘斛以贍，族人不能還，既而其人適以輸歲辦物料之京，兄一一償之。兄名承芳，字茂卿，别號東嶠居士。十七世祖名璠，自南唐時居嘉魚[15]。五世祖名名遠，仕元爲譯史。曾祖名焕，洪武間舉西蜀鹽課大使。祖善，教諭。叔珙[16]，咸以叙父官贈都察院右副都御史[17]。曾祖母熊氏、祖母董氏俱贈太淑人。父阜，號鷗賓，不仕，以兄官贈大理評事。母鄧氏，封太孺人。娶同邑古氏，封孺人，先七年卒。子二人，肇、棨[18]。女三人，曾思進、周夔、袁褒，婿也。繼蕪湖嚴氏一子，瑗[19]。以卒之年臘月，葬兄于蒲圻烏石湖旁。

同兄祭程母文

坤法而静，虐以徐徐[20]，非此之宜。嗟惟孺人，夙有閫則，德門以歸。姑嫜貴豐[21]，田不加闢，居不厭卑。子廪黌宫，綏示嚴戒，穆穆如師。惟哲惟一，作法古先，豈富貴爲？懿範不同，鄉鄰則傳，來往則儀[22]。宗依我來，婿孺人孫，吾弟之兒。夫先其歸，十有餘祀，玄堂有基。友誼在昔，戚情匪私，吾甚其悲[23]。

祭石翁文

先生膺聘成化壬寅之秋，予省叔父官長安。竊自喜必得灑掃左右，既而此南彼北，相左於徐。先生至京師，予弟蓋卿旦暮謁見。先生曰："衡有兩端，道德聲利，孰輕孰重，且問而兄。"盖知予兄弟傾仰之誠。自成化己丑，叔父膺官廣藩，而子弟不得輒出入屬州，輾轉数十年之懷也。其後壬寅之七年，予始得拜先生白沙，既而每有請益，惟欲一啟其扃，不深其奥，待予自得焉而已。朝食夕飡，寒衣暑服。飲酒舉杯，投壺擁矢，一歌一曲。有唱有和，不一而足。近舍圖新，遠或玉臺。殆七踰月，予亦告歸。性命道德，形氣神虚。有詩有序，指我正途。既又四年，予致壽具於太夫人[24]。風來不薰，築臺處之，命曰楚雲。我獨静居，水月爲鄰。翁適佳景，度橋呼云。而我三兩，北徑南村。交蔭榮木，扶影清濱。一日夕而三四見也。又三年，太夫人没，予來赴吊。先生滂沱涕泗，若不勝丧。創祠堂，脩数世先阡，各有記志，并屬予筆[25]。既而得語澁疾，兩旬始平。乃曰："我於家事，亦云畢矣。祥禫之後，與子衡山而終老焉。"豈料不酬此約，而至此也。又三年，容一之以先生疾報至予兄茂卿[26]，曰："先生厭處煩囂，欲栖烟霞，殆示病歟？弟須往省。"予一見之，始知疾亟，非托言焉者。先生泣数行下，吾亦泣数行下。既数日，又連與投壺飲酒。又竊自喜先生疾自此或愈乎，衡山之約不負乎？中風之疾，世有淹留八九年者，有十六七年者，未必遽爾也。苟誠知其然，於微亟之際，吾必執其手足以待倏然長逝矣。豈料其遽爾耶！先生門士請益請業，各有知聞，發越施張，儼有門户。予獨憨愚村朴，而翁一視之，無先後焉。豈其得於天幾之内者，而不可欺以人耀之外哉！筆未臨紙，情已塞胸，不自知其言之亂也。

祭陳奉時文

福善禍淫，責報於天。俗子之見，而情乃牽。適豈遭逢？本於自然。短而摧折，非我之遽。老而耄耋，豈我之延！吁嗟奉時，死無後先。豈有麟角？續此絶絃。豈無百身？莫贖玄泉。翁亦卧病，床褥二年。乃使老淚，時復涕漣。我述君行，賫志九原。録之以實，與斯世傳。幽冥永隔，能已於言？

祭陶方伯

昔我戊申，遊石翁門。公倏枉書，問我楚人。翁曰誠哉，來以義因。百舍重趼，行不愧貧。有猿記孝，蜂以義陳。長沙賈傅，湘水靈均。哀忠悼道，意苦辭辛。傳寫連篇，公悦逮聞。又我書咨，不寒暄云。古岡文獻，缺百餘春。子直載筆，無亂僞貞。世烈有堂，表我先臣。貞誠伺白，大義以伸。詞不考德，筆愧傳神。公一撫卷，勞我斯勤。一傾其盖，鵷亦鷺親。有内若故，無形骸新。於乎！位不忝世，勳著於民。雨清嵩霧，風掃巒雲。名山大川，一回物化。風聲鶴唳，萬里猶存。

同兄祭張岳州孟賢

於乎！幽遠者天道，茫昧者鬼神。庸劣者高位而多福，齷齪者枉生而久存。於乎明府，官寄我鄰。披剔奸慝，撫摩善仁。畜馬不食官粟，飛鳥亦避公門。官雖佩諸金紫，志每偃其經綸。飭厨傳以取高譽，屈顔面以混俗塵。俗計掃絶，衆口反脣。良馬踠足而無主，飢鷹肆翮於秋旻。我坐空山，枉駕殷勤。藜羹蔬食，不厭我貧。話與心長，更僕夜分。弟遊白沙，帆濟飛雲。岳陽之樓，湖山之濱。心非貌執，意與情真。廊廟岩谷，雲水心身。死生同軌，何惜何嗔？寄偶生於一瞬，付清議於千春。

祭程親家母文二篇

嗟惟孺人，宦門攸出。不富於私，不墮於泆。歸逢其良，艮止其室。惟井將臼，心勚力屈。慰及姑嫜，何伺剪拂。愛及娣姒，我勞彼逸。良大學遊，五星霜歷〔27〕。歲弊四壁，勤勞夕日。積損成衰，遘不起疾。汝婿吾兒，情將義密。巵酒豆殽，靈欣斯即。

又代震卿兄嫂氏①

厚德載物，何嘻嗃之足云；君子偕老，抑今古之少聞。惟君之居，而比我鄰。毀齒相接，寡笑與言。君之君子，質清性勤。擇於鄉閭〔28〕，配始得君。既勞於臼，亦閔於薪〔29〕。不廢其職，不墜其身。君子國貢，就學成均。不强牽衣，喜其出門。君子南歸，琴瑟交欣。愧我暇日，問失棗榛〔30〕。病缺撫床，忽人世分。女聘吾兒〔31〕，而未歸婚。帨不竟結，續此淚痕。

祭周時可先生②

我遊白沙，廣右經行。公長憲臺，舟枉我迎。暖眼忘年，蓋不待傾。後堂館我，枕榻相登。歲惟丁巳，夏及殘蒸。庚申之歲，師白沙崩。我往吊哭，孰托死生？廣左左使，公銜是嬰。書促襄事，且委埋銘。白沙畢葬，我返歸舲。大開分司，行李少停。輿馬朝夕，月一弦盈。欲就君宿，官有法程。再欵公衙，榻下中廳。籠張焰燭，鼓報三更〔32〕。開户啟帳，驚客夢醒。禮專問下，有論吾聽。予起披衣，趺坐鬅鬙。西北邊陲，河湟誰畊？千萬冗食，將才孰能？予愧出位，念有此萌。公聞斯言，撫我之膺。舉世之事，惟人以成。詩文示我，盍序盍評。盍删其駁，盍存其精。我既文之，而無過稱。公謂冠大〔33〕，首恐不勝。我再批閱，圈重點輕。答以手書，評論足徵。紙墨在篋，越三歲星。吾兒南都，書報公薨。方伯乞休，寵獨座榮。於乎！吾人憔悴，喪

---

① 按：李承亨，字震卿，號石溪，曾爲丹徒令，刻印《藍田吕氏遺書鄉約》一卷、《鄉儀》一卷。震卿生正統戊辰，卒弘治乙丑八月初十日。有子五：敕、攻、儼、效、敵。

② 按：周孟中（1437–1502），江西吉安人，字時可，號章庵、畏齋。成化五年進士，曾任廣東布政使、右副都御史，著有《畏齋集》。

此典刑。古道稗稊，孰易以粳？濁流宦海，誰之與清？居貧道遠，喪母及兄。無由吊哭，悲感益增。千里含哀，文以致誠。

祭蒲圻游先生室

尊孺人黄，縣博之子。王傅之妻，弟爲御史。抑抑卑卑，有挾無恃。人處以貴，賤我敢彼。人處以富，貧我何此。内職既脩，先於廟祀。子多且賢，女亦是似。妹爲新婦，愛偏兒比。凡在姻親，稱女之士。不忝其終，况云其始。七十春秋，夫何憾已。後良朞亡，墳同高峙。豆我豚肩，尊我玄水。遣兒來臨，無我褻鄙。

祭提學姚先生

感而後應，是故天道之常。應不於感，詎非此心之良。既異其趣於顯微，故不見察於同床。若同則見黯然，黑而頎然長。我楚鄙人，山林伏藏。枉先生以尺牘，何矢來之無鄉。遣吏人以殷勤〔34〕，病畏毒於秋陽。心亟見而未酬〔35〕，廪就遺而先將。文旆勤東西之四馳，而賤蹟入城市之未嘗。良會何妨於艱難，而落月即掩於屋梁。於乎！慨俯仰之不欺，亦孰得而孰喪。今也感遇不盡其長呻，涕善能已其深眶？

祭雷姑娘

吾祖母太淑人於吾從姑孺人爲甚愛，吾母太孺人惟吾從姑孺人之有賴。自吾毁齒而往來，見朝夕而告戒。賢否由人而莫干，惟計汝身之見在。飯即熟而隨羹，殺必加而不菜。曩姑丈之官燕，城不易於居大。倖參軍而清貧，助内職於勞倈。義分明於秋霜，何嘗苟於假貸？陶佳婦而鑄佳兒，上有巾而下有帶。明肅勸乎本然，懲創加於自怠。壽高吾母之三年，福厚世人之四大。幽明隔而情無窮，金石盡而辭難壞。

祭周公養

昔我叔父，與尊先生。少交殆老，莫逆之朋。世契於君，德藝相承。君年我弟，我才君兄。秋賦君屈，卷不親呈。典墳功暇，屢舉我觥。君曰所懽，所懽難并。唱借南狸，感時不平。醉而起舞，西日峥嶸。我有鈍僕，把酒提瓶。酒淡嗔予，汝其别營。謂未下揾，衆笑齊聲。君曰啜醨，奚分濁清？我契君言，味不中更[36]。再就鄉薦，君降我登。鈍鋭易位，適遭匪能。我即退休，覺世緣輕。君守内艱，目微失瞢。煢煢孤村，迹曠舊黌。相將七載，既而復明。絶意利禄，與鹿豕盟。交口招來，有司諸生。廩餼隨頒，知己無憑。命與仇謀，身若俗嬰。自忱斜景，趋進何程。俯仰信屈，順事吾寧。曾幾何時，七尺長征。奠薄詞荒，莫罄悲誠！

祭古公

八十二年，齒牢步健，明聰少争。寒暑冠帶，欸曲盤犖，親賓稱情。比籬深沼，魚鳥汎沉，言樂其生。嘉蔬美木[37]，區别正方，勤閲自應。我值母喪，枉公吊臨，風雪衣纓。我兄公婿，倦仕久歸①，今夏俄傾。又枉吊唁，撫棺罷哭，語我丁寧。烏石岡頭，汝嫂新兆，盍葬同塋。仰其貌言，一無哀憊，下上便輕。仲秋旦四，告常往來，遊比化城。兒召醫來，公曰已矣，寢地以聽。反真有期，再拜酹觴，於邑吞聲。

李承箕集卷十九終②

① 由此可見，古公係李承芳岳父。

② 按：清鈔本有落款“嗣孫李必大録”。

【校記】

〔1〕《明文海》卷四百四十《大理寺副東嶅先生行狀》“杖”作“枝”。《國朝獻徵録》卷六十八《大理寺·大理寺右寺副東嶅李公承芳行狀》作“杖”，明萬曆四十四年徐象櫄曼山館刻本。

〔2〕《明文海》卷四百四十《大理寺副東嶅先生行狀》作“喇嘛”。《國朝獻徵録》卷六十八《大理寺·大理寺右寺副東嶅李公承芳行狀》作“麻剌”。

〔3〕《明文海》卷四百四十《大理寺副東嶅先生行狀》作“喇嘛”。《國朝獻徵録》卷六十八《大理寺·大理寺右寺副東嶅李公承芳行狀》作“麻剌”；《明文海》卷四百四十《大理寺副東嶅先生行狀》“挺”作“梃”。《國朝獻徵録》卷六十八《大理寺·大理寺右寺副東嶅李公承芳行狀》作“挺”。

〔4〕《明文海》卷四百四十《大理寺副東嶅先生行狀》作“以遠人而敢於侮王官”。《國朝獻徵録》卷六十八《大理寺·大理寺右寺副東嶅李公承芳行狀》作“以外夷而侮華夏之官”。

〔5〕《明文海》卷四百四十《大理寺副東嶅先生行狀》“麻剌”作“喇嘛”。《國朝獻徵録》卷六十八《大理寺·大理寺右寺副東嶅李公承芳行狀》作“麻剌”。

〔6〕《國朝獻徵録》卷六十八《大理寺·大理寺右寺副東嶅李公承芳行狀》脱“試科卷文字”。

〔7〕《國朝獻徵録》卷六十八《大理寺·大理寺右寺副東嶅李公承芳行狀》脱“師”。

〔8〕清鈔本“率”作“資”。

〔9〕《明文海》卷四百四十《大理寺副東嶅先生行狀》無“之”。《國朝獻徵録》卷六十八《大理寺·大理寺右寺副東嶅李公承芳行狀》有“之”。

〔10〕清鈔本“戚”作“欣”。

〔11〕《明文海》卷四百四十《大理寺副東嶅先生行狀》“兩”作“相”。《國朝獻徵録》卷六十八《大理寺·大理寺右寺副東嶅李公承芳行狀》作“兩”。

〔12〕《明文海》卷四百四十《大理寺副東嶅先生行狀》“年”作“歲”。

〔13〕清鈔本“尚”作“上”。

〔14〕《明文海》卷四百四十《大理寺副東嶠先生行狀》無“辭”。《國朝獻徵録》卷六十八《大理寺・大理寺右寺副東嶠李公承芳行狀》有“辭”。

〔15〕《明文海》卷四百四十《大理寺副東嶠先生行狀》無“魚”。《國朝獻徵録》卷六十八《大理寺・大理寺右寺副東嶠李公承芳行狀》有“魚”。

〔16〕清鈔本“叔”作“叙”。

〔17〕清鈔本“叙”作“叙”。

〔18〕《明文海》卷四百四十《大理寺副東嶠先生行狀》“棨”作“啟”。

〔19〕清鈔本“湖”作“胡”。

〔20〕莊昶《定山集》卷十《祭程阿婆文》“虐”作“雪”。

〔21〕莊昶《定山集》卷十《祭程阿婆文》“嫜”作“章”。

〔22〕莊昶《定山集》卷十《祭程阿婆文》“來”作“交”。

〔23〕莊昶《定山集》卷十《祭程阿婆文》“戚情匪私，吾甚其悲”作“吾甚其悲。嗚呼尚饗”。

〔24〕清鈔本中“予致壽具於太夫人”作“予致壽具（於太夫人住小蘆山）”。

〔25〕《明文海》卷四百七十四《祭石翁文》“予”作“余”。

〔26〕《明文海》卷四百七十四《祭石翁文》“容”作“客”，爲誤。

〔27〕清鈔本“大”作“人”。

〔28〕清鈔本“閭”作“鄰”。

〔29〕清鈔本“薪”作“情”。

〔30〕清鈔本“失”作“疾”。

〔31〕清鈔本“兒”作“兄”。

〔32〕清鈔本“三”作“二”。

〔33〕清鈔本“冠”作“官”。

〔34〕清鈔本“遣”作“遺”。

〔35〕清鈔本“酬”作“酧”。

〔36〕清鈔本“中”作“申”。

〔37〕清鈔本“木”作“禾”。

李承箕集卷二十[①]

書　簡

復憲長陶公書

十二月二日，忽承使者來，箕拜使者，頓首領書。未開緘而嘆曰：“王公大人不待面而先以書問及後生小子，此風胡爲乎而來哉！”既見詞益謙，情文益優渥，然後知執事之行義在寥廓之上，非泥土中脩羽毛效鳴嗷而嚇腐鼠者，所可想見其遺塵也。何可當！何可當！伏惟執事之事功滿邊徼，聲華在宇内，清議著於上下。箕拳拳然蓋欲求其公府，瞻望其威儀，而聽其議論也久矣。十月末，《新會志》成[②]，此執事之命也，夫何敢辭？識陋詞荒，付托不效，深有愧焉。正求裁可，舟纔便而風作，風纔定而執事有西州之行矣。箕即日回家，相望益遠，奉拜未有由，臨書不勝瞻企懸仰之至。

① 清鈔本卷二十有“嗣孫正蒽、正蒨重輯”。

② 按：弘治間，李承箕曾修《新會志》十八卷，參見（清）黄虞稷撰，瞿鳳起、潘景鄭整理《千頃堂書目》卷七“地理類中”，上海古籍出版社 2001 年版，第 197 頁。

復新會楊太尹議脩志書簡[1]

李昂英曰①："志莫先於表其産之良，以矜式乎後之士，此一書之大綱領也。"按郡志以梁臨、鄧林與馬持國、馬希驥俱類人物，如臨止以一進士，林稍稍能文章。予嘗訊之故老，他無可稱述焉者。今以伍隆起、羅蒙正、黎貞係馬氏父子五人類人物爲一卷，以周脩、劉德、張撝、梁臨、鄧林、湯有容、茹連、蕭嘉祐、魯能、余統十人類人物外傳爲一卷。分注備言[2]，自不可掩；差别先後，不無意焉。又按郡志及本縣舊志所録詩文，駁雜太甚，而又安置不類。如余觀國《航海詩》及羅蒙正所和者，皆不佳。一時招撫之由，頗見於此，故姑存之。其如送陳知縣、黄主簿等序，寶國、仙湧、慧龍、上臺、顯靈、華明、雷廟等記，四大姓、悦親堂、著思堂、紫溪書舍、思德亭等文，皆鄙俚可笑，今悉删之。所存者，靈湖堂一記而已。新收詩文當類於各門之下，則類之；不能類者，亦附於後。蓋文章於世，自有不可缺者也。觀者並新舊志通觀之，則其去留公私之意，亦畧見矣。

---

① 按：李昂英，字凌明，宋代番禺人，著有《文溪詞》一卷及《文溪集》二十卷。李昂英原文爲："志州之土地風氣，莫先於表其産之良，以矜式生乎後之士，此一書大綱領也。"（《文溪集》卷三《序・重修南海志序》，清粤十三家集本）

與馬公思進書三首[①]

大旆往返，經此伏暑，且審體履佳勝。予自别後抵舍，得一吐瀉，比日眼黑花，飯後飲冷過多，故如是耶。况體弱氣虚，其亦宜矣。早稻纔熟，食口頗不累人，奉見頻繁，情與義稱，豈可不暇於將别之高人也？行色的於何日，揖拜江滸，想不久矣。

二

蚳鼃因孟子之言而能諫，陽城因韓愈之言而能諫。使蚳鼃、陽城無慷慨忠厚之心，孟、韓雖善於詞説，安能固必之哉？執事之心，愚故熟知之。而今日之地實切於蚳鼃、陽城，愧愚之道不如孟、韓，疑不能使人信也。雖然，愚之爲是言，未嘗不積誠於未發之先，以求感動於聽言者，然其聽與否也，夫豈能必於人哉！盖以吾心不如是，則不盡矣。孟子曰："責難於君謂之恭，陳善閉邪謂之敬，吾君不能謂之賊。"君臣朋友，其義一也。執事能不過於思，而忽於愚之言耶！

① 按：明儲巏《柴墟文集》卷十五《與李茂卿》："屢辱寄問感感，近於馬思進處得公諸詩，皆豪岩奇偉，無今人軟美氣習。讀之快哉快哉！和陶詞亦佳。但蕭散冲澹之趣，便不得如陶爾。然公人品高，將來造詣亦當到古人也。僕淺薄多病，學問漸廢，道路遼邈，不得數從交遊之後，柰何！便中唯不惜教音是望。春暄，慎重不宣。"（明嘉靖四年刻本）。莊昶《定山集》卷十《祭馬御史思進書》："令公墓文發付里人，公務者去，未示隻字，如何？今歲秋蝗盛，葉節根實，次第而災，百年未之聞。官既不肯民聞，民亦不肯聞官，富兒已無可奈何，况貧窘而拙於生理如某者，其迫促可知矣。衡陽設有之，國民之勞瘁可勝言耶？近者常德又有封建，吉贛臨江非版圖内耶？天下皆民也。執事方當言路，恐未能忘均平一視之心，而失勳名於千載之下也。相知之深，遽忘其言之罪也。"按：雖然莊氏之文同於李承箕之文，僅標題不同，馬思進死於正德七年（1512），而李承箕之文作於弘治己未（1499），李承箕是爲馬思進的父親作墓文，而莊氏却將其改爲《祭馬御史思進書》，頗爲不妥，此文當是李承箕所作。莊昶之文僅把"况貧窘而拙於生理者如箕者"中"箕"（李承箕），改爲"某"。而金陵叢書本《定山集》則作《寄馬御史思進書》，正文亦是僅把"况貧窘而拙於生理者如箕者"中"箕"（李承箕），改爲"某"。

三

令公墓文發付里人，公務者去，未示隻字，何如[3]？今歲秋蝗盛，葉節根實，次第而災，百年未之聞。官既不肯民聞，民亦不敢聞官。富兒已無可奈何，况貧窘而拙於生理者如箕者[4]，其迫促可知矣。衡陽即有之，國民之勞瘁可勝言耶[5]？近者常德又有封建，吉贛臨江非版圖内耶？天下皆民也，執事方當言路，恐未能忘均平一視之心，而失勳名於千載之下也。相知之深，遽忘其言之罪也。弘治己未秋九月朔①，嘉魚李承箕頓首[6]。

與姜縣主②

箕無似。昨蒙惠馬，其惠大，切惟執事直爲其貧耶？抑别有一道也。况内無應門之僕以供芻，外無馳逐以利其力，謹當奉納不罪。

寄浙方伯東山劉公③

大斾之吴，廣民瞻想不已，而士論始終無間言。執事負重望於天下，而所蘊未施十一。吴奢靡，廣多寇盜，皆仁人君子所當兼憂而並濟者，安能使左右手置之提攜之下？初暑，想台候萬福。箕即日歸武昌

① 據此，可知此文作於1499年。

② 按："縣主姜"即姜溥，弘治間任嘉魚知縣。"姜溥，廣德人，成化丁未進士，弘治中知嘉魚縣。邑瀕江，多水患，乃自百疋山作長堤至三角鋪二百餘里，患乃息。擢御史，未任，卒。"《光緒重修安徽通志》卷二百"廣德州"，光緒四年刻本；姜溥有《大崖山寺》："何處天風不肯休，剛來吹我大崖遊。烟光簇簇薰人醉，江水茫茫覺地浮。事到圓時機自活，林當深處鳥頻謳。而今心迹何曾著，朝市山林只自幽。"（《同治重修嘉魚縣志》卷十二，江蘇古籍出版社2001年版，第347頁）

③ 按：東山劉公，即劉大夏（1436–1516），字時雍，號東山，湖南華容人，有《劉大夏集》傳於世。

矣。《羅一峯文集》承惠①。

復李白洲〔7〕

箕自游羅浮還，忽奉手教。帶名山之烟霞，嚼明公之冰蘖，醉其醇醪，歌其高詞，所得多矣，曷勝榮感。諸作在吾石翁者，一一奉讀，言語事功，迥出東南浮雲之上。北門園池之作，又近古之絶無也。顧予卑人，何幸見之。奉和小詩二章，吏散堂空，聊一過目而已。②

① “王昂（生卒年不詳）字柳之，揭陽縣桃山都塘邊村人。明成化十六年（1480）舉人，成化二十年（1484）進士。弘治元年（1488）授江西永豐縣令。勤職守，精核籍，革巫俗，擒宿盜，辨民冤，倡復學宫，修復名人歐陽修墓廬，刊印《羅一峯文集》，政績卓著。”（參見賀益明主編《揭陽縣志 1986–1991 續編》，廣東經濟出版社 2005年版，第431頁）李承箕所言《羅一峯文集》應該是王昂刊印本。《羅一峯文集》系明代羅倫所作，陳獻章《陳白沙集》卷四有《告羅一峯墓文》。

② 按：李士實，字白洲。沈德符《萬曆野獲編》卷二十九有“李白洲”條。其《白洲詩集》卷一《贈别李世卿兼柬陳白沙九首》，其文爲：

殘臘獨牽遊子夢，新寒聊割故人襟。連連風雨江間棹，卷卷圖書客裏心。酒盞未嫌今日淺，梅花還似去年深。羅浮春在乾坤外，何日重來再一尋。

越王台下小留連，欲買寒江上瀨船。爲客歲華誰索莫，向人意氣欲飛騫。英雄可少陶元亮，文字敢嫌司馬遷。到底百年公論定，一尊聊此話前賢。

到門頻問客人誰，見子茫然喜自知。寒火欲移風裏坐，冷厨聊辦午時炊。江山一過猶在眼，風雨獨眠都是詩。滚滚暮潮看漸遠，明朝何處弄漣漪。

嶺南臘月寒長少，只有梅花最耐看。今日送君江上路，清香真欲鬥新寒。

我欲今朝復送人，江頭愛此梅花新。折來不插懶人鬢，聊作行人擔上春。

遠客殘年覓去航，有人江上贈衣裳。莫教只作綈袍看，舞入高堂袖更長。

君家住在碧江涯，北去南來總容□。此去不須重問路，頭頭盡處是君家。

風送三朝雨，江添數尺灘。行人無歲暮，客路乍冬寒。得酒醺醺坐，連山慢慢看。南遊有新緑，休説寄來難。

小棹長江遠，寒潮暗浪生。交憐新裏藩，冬愛雨中晴。寄驛輕題字，還家易去程。重逢何處是，燒燭話天明。（參見天津圖書館輯《天津圖書館孤本秘笈叢書》集部10，中華全國圖書館文獻縮微複製中心 1999 年制，第 49–50 頁）

與立卿弟[8]

爲政暇即觀書，觀書倦即静坐，以養其憧憧治心，然後可以治人，其要如此。奶奶晚年想只欲得兒作好人，窮達崇卑無足道。吾奉吾母隨力而已，粥食不給，至於飲水，亦無可奈何。朱文公謂“和根斬断爲人機”，以此終其身，何往不可耶！爲弟言之他人，不足與語也。

與湛民澤

伻來，致美酒鮮笋，恍然醉鄉，悠然竹林，巴陵之間，瀟湘之浦，何以加此？李白所謂“但使主人能醉客，不知何處是他鄉”[9]。太白徒得酒耳，若復得笋，其情興又不知當何如也。拙作諸稿忽爲勉庵二守袖去①，兩記示欲再閲，聊彷彿一二，風濤岣嶁，依命易之，頗覺穩便，不知何如。《林塘詩序》欲得本翁意象[10]，始不落空，《月湖詩》草草而已。又不知林塘月湖有許多醬甕可與覆否？

與張廷實

箕在白沙，歲星又一周，十年三度，畧無少進，但自知不敢有愧冥冥耳。顧其病痛雖多，實未嘗不洗滌於其往來之間使百凡退聽而由我也。日夕冀得賢者來此一會，以助其不及也。自五羊至此，可以朝發夕至，久而不來，何也？每於翁處，竊觀來作，雖非寄我者，一讀之，宛見顔色於當年。人謂閣下不得於箕諸兄弟，不肯來，將伺既去而後來。竊聞閣下之學，素宗無爲而主自然，豈復有彼此行迹如世人一至是耶？

① 據卷三《次韻李二守題壁》，可知“二守”，即李二守。據卷五《次韻顧别駕見寄》，而顧别駕即顧勉庵，參見陳獻章《白沙子》卷六《顧别駕欲人以號稱不以官口號取笑》“别乘官高上元簿，夫君英氣盖東南。何須不學程明道，只要人稱顧勉庵”。可見，“勉庵”應是顧勉庵。

又謂閣下自以德高業就，無事於來，尤非知閣下者。子貢且居夫子墓上又三年，非耶？箕即日還楚，江湖日遠，會面難期，故以書，伏希照察。①

與曾復初

一住白沙，十六越月，搭船自廣西而下。不恨不即相見，以相見有日也。箕因石翁欲卜居衡山，以經始爲托。今以衡陽余君廷玉、王君良卿、常君邦靖爲媒，策馬入山，訪鄴侯之烟霞，尋率牛之紫虚，求致堂五峯之故蹟。既有定，即報翁。秋冬再來，專理之。明年翁則來也。去年夏間，永興有兩生來白沙，求講舉業。伏審閣下侍高堂，起居萬福爲慰。兩生自告困於盜，禮服悉無。箕飯而退之，不令翁見。翁聞之，追之不及。一姓蕭，居化龍橋；其一已忘之。二生還曾見閣下否〔11〕？

答石翁〔12〕

五月末到衡山，風景甚好，百倍羅浮，民俗尤淳雅。得一故址於嶽廟東，遠近正如小廬山去貞節堂耳。田地牓有，適巡撫沈公禱嶽，偶爾相見，一聞斯事，欣然爲主。夏少参昂，潘時用友也。昔年因時用進謁翁矣，尤有意。然翁未必真來〔13〕，如子畏言者，盖世人之見耳。故文定書院在嶽廟西李鄴侯故居，細觀之，惟嶽廟東爲最美。翁示書巡撫，方知箕所言不謬，百凡有足信者，非一端也。衡州同知鄧公准，克脩同年，周憲長時可姻家，時可示之書。心拳拳領土木工恐知。

① 按：陳獻章《白沙子》卷二《與張廷實主事》有文："李世卿（承箕也）不遠數千里來訪，白沙朝夕與之談，英偉特達，鄙陋當世。欲於聲利外立脚者，非但文辭之工而已。期過秋方還嘉魚，因便能一來會否耶？"

與容一之〔14〕

衡山風景，已備翁書〔15〕。渠儂墮地，自有衣食，分占人名〔16〕，言閣下能不孤負此興否〔17〕？衡陽秀才余琢〔18〕、王翰、歐陽述、常鎮能與翁作逍遥遊者，便不煩巡撫，亦了得此一屋。民澤新居沙堤，伯倚諸公又有家務，非吾一之，决無可偕者，幸知。①

與丘侍御〔19〕

箕啟。草茅賤士，不敢頻繁參次於公卿之間。途次疏慢，執事恕之，仰荷雅情，實萬萬矣。足疾不足畏，南方人常有之。石翁托卜居衡山，箕已得之。巡撫沈公適禱岳，欣然爲主，此皆執事崇奬山林，先聲有以風動之耳。小柬寄石翁者，幸即發遣，仍有以示之，恃雅愛不罪。②

① 按：容貫，又名友巢，字一之，廣東新會人，居住番禺，從學於陳獻章。陳獻章《贈容一之歸番禺序》，對容貫多有評介。

② 按：陳獻章亦有《與丘侍御》，涉及居住衡山之事，其文爲："承差廿褱來，得至蒼梧書。起居通例也，而何其辭之切切！前此兩附問皆不至，死者已矣。宋先生旦夕臨弊邑，將必見之，無狀何以致公之惓惓如是耶，感怍至矣。聖天子念遠方，簡命名御史出按治。公以井渫之才治之廣右，幸甚，幸甚。夫人之才，大小必用之而後見。不遇盤根錯節，無以别利器。閒居竊聞廣右之積弊甚矣，斯民之望治切矣。樹公道，明賞罰，去故即新，使人人盡力於所事而民被實惠，正今日圖任之盛意，亦公之能事也。老朽何足以知之！引領蒼梧，徒深嚮往。比與李世卿期至南嶽，世卿今行矣。道路其有藉哉，酒楮不瀆謝。"（陳獻章《陳獻章集》卷二，中華書局 2008 年版，第 136 頁）

答沈都憲①

一

箕無似。比者一拜執事祝融之下，不惟信其於俄頃之間[20]，而尤加之意於既别之後。王公大人崇獎山野，此風幽絶久矣[21]。伏承即日書并儀來，曷勝榮感。諸詩奚容贅美，奉和二章，前以寄意執事，後以寄意石翁。意陋詞荒，不勝悚息。

二

鄙野之詞，輒瀆台聽，乃辱寵和耶。年書尊翰，情澤兼流，曷勝感幸愧恐之至。石翁兹何恙，去臘嘗得語澀疾者旬餘。衡名山，貴賤相遇，自昔多異人，嬾殘、鄴侯、子廉、王祐，千載之下，令人思之，神思飛灑。今則相左，真同一慨也。以箕之不肖，心迹益孤，事信有不可固必者，而執事先生久要之情，於是爲篤。傾仰萬萬，小詩奉和，固知塵穢，伏惟長者忘年，王公屈貴，情深義隆，有不可虚辱焉耳。

寄魯成都

弛張鳴默，尊己庇民，仰惟明公已得要領。蜀波澄徹，東注於楚，其源長，其來易，故其所推無間遠邇[22]。家慈去歲得足疾，伏承遠致杉枋，默契陰虔，非但憐予貧，實公遵義者。未嘗瞻拜輝光，而乃致書，豈野人宜？榮感之餘，不能默默。

---

① 按：沈都憲即沈時暘。"沈時暘亞卿與震澤王文恪公交最厚，其居在黄瀆。嘗招文恪游張公洞，文恪至中途，風雨交作，舟不能前，榜人請先遊。善權公笑而許之。因寄沈詩云'孤村徹夜雨浪浪，思人荆溪轉渺茫。湖汊無緣隨去棹，善卷有路且鳴榔。特因赴約翻成爽，豈謂尋閑竟得忙。寄語休文莫相訝，好風晴日會須償。'王公此舉與昔賢姑游廣愛者，是一種襟度。却恨遊廣愛者，無此作也"（吴騫：《桃溪客語》卷四，乾隆吴氏刻拜經樓叢書本）。

與孔藎臣

舊冬，吴别駕來，始聞困於詩案，坎壈益甚。静居而冥思之，古人之所以處此者何如，理遣之，久則澹然矣。别駕卷中十詩似欠沈著妥貼，力到自達，明者自得於言語之外，况乎文字之學，非所以相望也，聊及之耳。

與孫生訓

别久矣，未通隻字，何如？吴别駕來，承夫人起居萬福。且領川扇，不得書[23]，故不識。久别之後，做得甚工夫耳[24]？令弟尚居婦翁二十四橋耶？十九年轉瞬如昨日，吾鬢髯白十數莖，餘知深及之。

答喻祈陽子乾惠魯公石刻并九疑茶

面隔來去，幾枉書問。箕山林放誕，明公何取於斯，顧其提挈大務，綜理細密，卜其政矣。顔碑已拜，嘉，更求濃墨一本。永州茶品不著於經，惠者甚佳。世之名者未必實，實者未必名，皆此類也。白沙先生示書，兹有此行，徑由郴嶺取截也。徒有爽靈西飛，悠然高閣名香之間耳。小詩閑令吏人隔墙歌之，而明公和焉，亦曹參之遺意乎！

寄徐亞卿

承箕頓首謹啟徐老大人先生執事，向歲於宜章遞中申達鈞牌，附文稿一通，曾徹呈几下否？継見邸報，而執事超入南都，然不知鎮吾楚爲專耶爲咸耶？在南都爲咸耶爲專耶？清烈與軟美不兩立，自古及今然矣。出處去就，明决孤高，盖大人君子求工於道理之是者，而不求工於世人之好惡，此則天下之所瞻望，執事之素所自樹，而亦承箕輩之所熟知焉者也。弘治丁巳十二月朔①，李承箕頓首再拜啟。

復張岳州孟賢②

執事威而能容，文而不泥，通而得己，介不失人，大行遠到，可以望而知之。箕無似迂疏，尺寸之資[25]，不益嚮往深峻之勢也明矣[26]。然而君子譽之而益勸，小人非之而不沮。既以此始，亦必以終[27]，古人明言也[28]。昨者邂逅傾蓋，執事不失朝夕[29]，禮溢而事周，精通於誠，在心無間於小大又如是者[30]。方寸之私，久而益醉。相去遠矣。愛之至而望之深，不覺其言之盡也。箕再拜[31]。

復徐朝文僉憲

仰望清塵，南北亦多年矣。勢分界別，造謁無由。枉辱嘉貺於旅舘，誠有光且有助，不勝榮感。大旆所歷，剩聞有益於人，如追回菊坡祭田，救火仰天罪己。凜然決不断之陳案，慨然發悔悟之善端。盖本之誠心，濟之以敏手[32]，斬新變炎荒，灑然作東南清亢主人。明公素取重於人者，不徒爾也。箕中夏還楚，有可示家兄者否?

與梁叔厚太史③

切念白沙先生潛德，惟我太史以老門客，其知則悉，其迹能最。他人雖頗見一二，顧胸次無萬頃波濤，使生者何以爲訓，死者何以不朽。

---

① 據此可知此文作於 1497 年。

② 按:《雍正河南通志》卷五十八載:“張孟賢，安陽人，天順己卯舉人，歷任南京兵部郎中。幼事繼母，以孝聞。居官時，有乘其卧病賂以金者，賢立起，叱曰:‘貪財者，後不昌;倖進者，根不固;心險，必傾理也。’遂嚴却之。祀鄉賢。”

③ 按:梁儲，字叔厚，號原齋，廣東順德人。

墓道之碑，惟我太史是圖。仲采具疏拜懇，而箕復云云者。前日與湛雨政儗造舟特告，後竟違之。

與陳仲采

一

李村山敞不敞，不必合葬，順父志不欲合葬。逆子心昨夜面言詳矣。同山各墓，且後幾時，何如嚴終事以事父，遂初心以事母，子道曲盡矣，吾党友義亦周矣[33]。即示不必云從緩。

二

麥君秀夫、謝君伯倚二友人者來否，爲孤哀子者曾遣人召否。不知二友者於地理術果然精通否，又不知誰在扶桑浩劫之外洞見此理，有否無否。嘗意風水之有驗者，正猶呼盧得隻偶之類耳。此未暇深論。但古之王者遣將，跪而推轂，今之使友人者如使僕夫矣。夫王者以天下之安危，而憂及一方，故未即丘墟其社稷而遣將如此之專者，愛其社稷也。人子以後代之禍福而干及先人，謂如桴鼓影響之在目前；待友人如此之畧，謂之愛及先人乎[34]？卜其宅兆而安厝之門生，與子孫孰先；雨崩其墓而非脩之，禍福與道理孰重？吾高祖父嘗假地於愛子婦翁胡氏者，越二年而高祖妣下世，卜葬其旁。胡氏反復鳴官，賴年歲未遠，即不能瞞。當是時，吾家惟以此墓抵爲界限，恐其再侵地也，非求福也。今七十有七年，衣冠亦頗有，每術來視，皆以爲吉。富貴貧賤，豈人力哉？吾家固窮不足道，尊兄聊視粗迹亦過半矣。每日相見，欲復諄諄，恐無終事之功，徒取斯疏之誚。天之所助者，順也；人之所助者，信也。山川鬼神，豈能外此理哉？千萬忖度，共襄大事。

與五羊楊鶴亭

一别三十年，枉承問遺亦已多矣，旅寓惟有愧愧耳。伏承色養高堂萬福，比聞行李適京師。八十慈闈，隻子六十，令器見舉於有司，美事也，給以慎密僕夫二人足矣。去高堂難得春秋之尊人，就遠道易得富貴之卑幼，輕重之勢甚懸。夫自維揚抵通州[35]，險我者洪，阻我者閘，礙我者千艘萬舶，穢我者臭塵黑沙，孰與我徜徉六榕，啜一盃枸杞茶耶？收遠遊之屦，釋已辦之裝，怡然坐孺人旁，倏然受即君拜别而祝之，曰：遠大自期，功名珍重。上下彼此[36]，各適其分矣。未即面，先以書察之。

復方伯周公①

模擬不失真，信於今，傳於後，必托斯文。政如畫工傳神，一望見之而知爲某人，斯善矣。若不計其承當與不承當，捕風剿説，果能傳於後以信於今乎？恭覩誄文，自所謂家於江門白沙之上，至爲詩章以寫其吟風弄月之趣[37]，字字有法；自所謂當道屢薦，至豈匹夫卑人執一行者，句句着实。康齋石齋師門出處，迹異心同，而以子陵爲證。筆端有眼，不華不俚不虚，今夫斯文乎！其必傳於後，信於今，無疑也。伏承

① 按：方伯周公即周瑛，其事蹟見《明儒學案》卷四十六《方伯周翠渠先生瑛》："然先生以居敬窮理爲鵠，白沙之學有所不契。寓書李大厓以辯之曰：'聖人静有以立天下之大本，動有以行天下之達道，求諸萬殊而後一本可得。盖始學之要以收放心爲先務，收放心，居敬是也。居敬則心存，聰明睿智皆由此出，然後可以窮理。所謂窮理者，非謂静守此心而理自見也，盖亦推之以及其至焉耳。積累既多，自然融會貫通，而於一本者自得之矣。一本如穀種，雖自塊然，而根苗花實皆聚於此；又如雞卵，雖自渾然，而羽毛觜距皆具於此。及其發見於行事，在聖人體用一貫，在學者未免差誤。盖在己者有所拘蔽，故所發不無偏重之殊；在外者有所摇奪，故所施不無遷就之意。然而既復本原，則於處善亦安，循理亦樂，至於患難事變，雖以死易生，亦甘心爲之。此聖學之大略也。今乃塊然静坐，求畢體用之學，是釋氏之虚空也。'"周瑛曾作《題嘉魚李氏義學》(《翠渠摘稿》卷四，文淵閣四庫全書本)。

書來，適箕獨在此，責以禮相之，愧甚愧甚。詞意諄複，義情懇到，死生之交，實在於此。若箕者，獨有其心而無其力，何能爲何能爲？大事未襄，忽踰三月。今取七月十八日爲葬期，卜者未協吉，尚夷猶也〔38〕。奈何奈何！

周方伯示文集令去取

《醉白堂記》①，或者以爲韓白優劣論守原議，或者以爲大緊促《平淮西碑》，或者以爲多冒頭文字未易知。如此高文，自當有具眼者。連日披誦，妄意於題下圈點，政東坡所謂"小兒强作解事者"耶②？

與王嶺南

先生與處皆天下士，而以永感文，委諸里巷人。長者之愛固多，而小子無乃謬承當此筆耶。連日患瘧於樂昌，且住數日，方神健，好過山。小詩寄意。承箕頓首。十月朔，在韶陽舟中啟。

與朱推府

海上諸無賴，説者謂撫而來之，非也。彼非大逆迫脅，何以撫爲？説者又謂伺其抵岸艙舡，則獲之甚易，尤可笑。海上客商堅好船何限？

① 按：黄庭堅《豫章黄先生文集》第二十六《書王元之竹樓記後》"或傳王荆公稱《竹樓記》勝歐陽公《醉翁亭記》，或曰此非荆公之言也。某以謂荆公出此言未失也。荆公評文章常先體制，而後文之工拙。盖嘗觀蘇子瞻《醉白堂記》，戲曰：'文詞雖極工，然不是《醉白堂記》，乃是韓白優劣論耳。'以此考之，優《竹樓記》而劣《醉翁亭記》，是荆公之言不疑也。"（四部叢刊景宋乾道刊本）

② 東坡之語可見於《仇池筆記》卷上《論文選》："舟中讀《文選》，恨其編次無法，去取失當，齊梁文字衰陋，蕭統尤爲卑弱。如李陵五言皆僞，今日觀瀾集可喜者甚多，而獨取數篇。淵明作《閒情賦》正所謂國風好色而不淫，正使不及《周南》，與屈原所陳何異，而統大譏之。此小兒强作解事也。"

劫而取之，併人從我，吾朽者斯以爲薪，食堅好腹中之物，用相繼無聊之人，腐儒不曉事，抑至是哉！必須遣能探事者十人或五人，又遣十人或五人併前遣者俱得其情，則彼之人船技術俱在吾腹中。又要知邊海村落人從違何如，賞罰操縱，惟在自擇耳。府尊處恭敬承問，如此等處則專之，他不可也。陳米拜領數日，瘧復作，迤邐行不能速。

龔氏發予祖墓代茂卿兄書寄黄公養德

承芳六世祖墓李大實，祖妣黄氏，蒲圻南門黄氏女也。於執事當爲遠祖姑，墓在黄龍望山。成化乙巳秋，予弟承箕、承恩嘗掃黄葉，當時塋域頽然。自後仕者遠出，處者多窮乏，不能雨霜料理，率爾賁緣廼侵占於令親龔氏。無主之墳，穿心留十八步，鄉里之常談，亦國典也。今龔氏掘棄黄泉之遺骨，淩辱親戚之祖宗，可謂害人矣。古人謂恩及朽骨，天下歸仁；滅及姻親，凡有心者所當共棄，明矣。惟執事爲親且厚，幸相與處分焉。不然，承芳於明處收龔氏者，豈其微哉？弘治辛酉夏四月啟[①]。

奉王少宰

十月六日，提學姚僉憲處拜領執事新文三篇者。兄茂卿下世已六月矣，不忍視封題，所謂高士者哀感隕涕，讀不見字。伏承執事位益高而政益繁，廼能及山野餘殘之人。痛哉！兄素蒙知愛惟執事一人，執事之外無一人。恃知愛，拜手埋銘於執事〔39〕，所以求重於今，而取信後世〔40〕。伏垂哀憐，泉壤有光矣〔41〕。箕自遭母喪，及半年又適兄喪，年才五十而鬚髪已皓。然情既荒迷，言無次第，不勝恐懼之至。伏惟照察。

---

① 據此可知此文作於 1501 年。

寄吳獻臣

先妣棄世，罪苦不可言。伏承香帛遠下靈筵，哀號感嘆不可言。兄以枯弱病絶於去夏五月二十二日，其苦又何如，想有聞於左右，亦或未信也。扣地號天〔42〕，無所于訴。母祔先君，兄葬同嫂氏烏石湖旁觀山之東八九里耳。

與魯振之

箕不孝，罪大禍及母氏，又及於兄，哀苦萬端，惟有喘息。兄病時，得高捷之報，割哀解顔於一聞之餘，以君子之道，自此通也。兄墓銘于守溪王先生，能爲伸懇於每見之時乎？知深契舊，謹此拜疏。

與陳景重

峻擢百里，甚慰君子之情。可以斟酌而爲政，可以呼吸而益民，可以通介而厲風俗，可以抑浮靡、起寒素而作士氣。不喜執事之得程鄉，實喜程鄉之得執事也。聚首至今，積歲時矣。法限禮制，不敢造謁叙别爲恨。車騎何時發？惟有心送而已。小詩侑微儀，輕浼皇恐。

奉守溪王先生

先兄靈筵，伏辱吊儀。墓道之碑，又承心許，哀感交至。又承手示，情意綢繆，風義高深，與世迥然。兹謹遣兒詣門下，拜領先君墓表〔43〕，并求親書，無以爲報。惟以此心刻髑髏於永永而已。

答李用昶

歲月流電，忽爾除麻，遵制而已，豈勝自悼？辱厚儀，益增悲感，未議相見，寒深雪盛也。瘡疾不可急醫，惟慎起居語默。至禱。

答馮侍御執之

山林僻遠，言笑未得相親。兒還自吴，伏承手書，照耀疏陋多矣。又示諸作，珍誦不已。既秘而復出，風味可遠想也。野坪記率爾應嘉命，言澀義淺，取愧大方。伏想大旆今當在京師，裨益世道者，更有論列乎？清識遠量，必不以浮榮爲意[44]。

答潭州楊衛揮

古道寥落，瞶昧滿前。執事至意，何其迥異如此？箕，山野人，意疏文陋，而執事乃使之厠名古今諸賢之末，此固無衆人之求[45]，而俟悠遠於他年者，餘可想矣。

與立卿弟

書來情義濃厚，治身治官可知矣。奶奶禄養萬福，一族喜幸，况愚孫夙昔久於膝下者，但不知賢弟何時能令奶奶有抱孫之喜也。肇六月間喪婦，困苦無比。棨歲暮不能赴，期新正遣之，但恐官邸添人，則事多。童來，得墨香，此清而不俗者，何妨不少。金陵來者，每不於我處取書，豈恝然耶？

復蒲圻仵秀才

書來，承委先人埋銘於僕，顧不見慘戚之容與懇切之言，而使僕迎意成之，何以傳遠而取重？況金石之文，平生不肯輕率多作，乞不罪。

寄沈休翁

獐一腿，兔一首，愧不鮮肥，聊以表意。倘肯以山谷機字韻和寄一章，詎不解霜儉之人於冰雪之地，而少將暄暖矣乎！

與樂昌鄧俊圭

歐舍人便，忽辱手書，文采字畫如覿面矣。讀誦再四，悲喜交集。古人謂非意相加，宜以理遣，如此俗輩，付一笑而已。吾非吏兹土，安能三黜我爲？苟能三黜，我於我道何爲？然而山鋭則不高，水狹則不深。又未可草草付一笑。箕自喪母及兄來，百感縈懷，鬚髮皓白。南望韶陽海濱之間，師友朝夕徘徊之意，便数日作惡，早晚衡山當與吾兄有未断之緣也。吴獻臣知吾兄久者，兵備嶺南[46]，想當相悉。

與廣西馮方伯大京

昨者大旆過嘉魚，箕走拜江滸，神隨飛鳥西上，而目力已不及矣。伏惟執事以雄才偉望，膺此峻擢，甚慰天下之望，而得君子之心也。箕哀餘疲病，情瀾益竭，便欲尋盟南嶽，未能即就道，屢辱執事眷顧惠問[47]，益增悚息而已。弊鄉一夏淫雨不止，入秋弥月不雨，遠惟長者行部爕調，想當自别，謹奉手狀承起居[48]，並布謝懇。

與馮公子洸

文明虎炳，愧罪数年。非爲老懶，政以憂病之末，文字率不如意，幾舉筆輒罷。顧安得清風生牙頰之間，颷輪出浮埃之表者[49]，爲公子發揚？使公子默感潛思，而俄頃足以照耀於天下，豈不快哉？拙作聊充一閱。

與邑主陳

一廛之處得沾仁人之利澤，亦足以自老。顧懶慢無堪，未遑参謁，愧罪愧罪。伏承書儀，榮感多矣。使回，謹此復。

與提學陳先生

老朽林下未得瞻謁，伏承惠問，古風動丘壑矣，感激何可言[50]？大旆經行，物物生色，大賢君子之學行，斯其驗乎？

李承箕集卷二十終

【校記】

〔1〕清鈔本無“簡”字。

〔2〕清鈔本“備”作“傋”。

〔3〕莊昶《定山集》卷十《祭馬御史思進書》作“如何”，四庫全書本。下同。

〔4〕莊昶《定山集》卷十《祭馬御史思進書》作“況貧窘而拙於生理如某者”。

〔5〕莊昶《定山集》卷十《祭馬御史思進書》“即”作“設”。

〔6〕莊昶《定山集》卷十《祭馬御史思進書》無“弘治己未秋，九月朔。嘉魚李承箕頓首”。

〔7〕清鈔本脱該標題與正文。

〔8〕此條據國圖膠片本補。從“以養其憧憧治心……不足與語也”，據清鈔本補。清鈔本此條很完整。

〔9〕清鈔本無“所”。

〔10〕清鈔本“序”作“叙”。

〔11〕底本脱“下否”，據膠片本補。

〔12〕此條據膠片本補。此條又見於清鈔本。

〔13〕清鈔本中“然”後有“意”字。

〔14〕此條據膠片本補。

〔15〕清鈔本“備”後有“達”字。

〔16〕清鈔本“占”作“古”。

〔17〕清鈔本“負”作“貧”。

〔18〕清鈔本“琢”作“瓊”。

〔19〕此條據膠片本補。又見於清鈔本。

〔20〕“箕無似，比者一拜執事祝融之下，不惟信其於俄頃之”據膠片本補。

〔21〕清鈔本“幽”作“断”。

〔22〕清鈔本“邇”作“適”。

〔23〕清鈔本“川”作“用”。

〔24〕清鈔本“甚”作“某”。

〔25〕莊昶《定山集》卷十《復張岳州書》無“箕”字。

〔26〕莊昶《定山集》卷十《復張岳州書》“往”作“德”。

〔27〕莊昶《定山集》卷十《復張岳州書》“以”後有“此”字，清鈔本“亦必以終”作“亦以此終”。

〔28〕莊昶《定山集》卷十《復張岳州書》“明”作“名”。

〔29〕清鈔本“傾”作“頃”。

〔30〕清鈔本“小大”作“大小”。

〔31〕莊昶《定山集》卷十《復張岳州書》無“箕再拜”。清鈔本無“箕再拜”。

〔32〕清鈔本中“濟”前有“而”。

〔33〕清鈔本“義”作“誼”。

〔34〕《嘉魚李氏族譜》第九册卷五《與陳仲采書》“人”作“生”，世祀堂咸豐八年合修本。

〔35〕清鈔本“揚”作“陽”。

〔36〕“功名珍重，上下彼”，據清鈔本補。

〔37〕清鈔本“章”作“草”。

〔38〕清鈔本“猶”後有“與”。

〔39〕清鈔本“手”作“幹”。

〔40〕清鈔本“而取”作“傳”。

〔41〕清鈔本“有”作“增”。

〔42〕清鈔本“扣”作“叩”。

〔43〕清鈔本“君”作“兄”。

〔44〕清鈔本“榮”作“雲”。

〔45〕清鈔本“固”作“因”。

〔46〕清鈔本“備”作“僃”。

〔47〕清鈔本“辱”作“欲”。

〔48〕清鈔本“狀”作“伏”。

〔49〕清鈔本“埃”作“涘”。

〔50〕清鈔本“何”作“曷”。

附　　録

附録一：李承箕及其著述研究

一、李承箕生平研究

李承箕，字世卿，號大厓，世稱大厓先生。成化二十二年，李承箕中舉後，一試進士不第，便不再參與科舉考試，“文出入經史，跌宕縱横，聞白沙之學而慕之。弘治戊申，入南海而師焉。白沙與之登臨吊古、賦詩染翰、投壺飲酒，凡天地間耳目所聞見，古今上下載籍所存，無所不語，所未語者，此心通塞往來之機、生生化化之妙，欲先生深思而自得之，不可以見聞承當也。久之而先生有所悟，入歸築釣台於黄公山，讀書静坐其中，不復仕進”[①]。從嘉魚到新會，“涉江浮海，水陸萬里”，李承箕四次拜見陳獻章，與陳獻章“真有相視而莫逆者”，“白沙之門更無過之”[②]。李承箕“爲人凌邁高遠，讀書山中，故超然有混濁寰宇之意，及歸自白沙，日坐一室，洗滌身心，不以著述自見”[③]。著有《大厓李先生詩文集》二十卷、《順德志》十二卷、《新會志》十八卷。李承箕以理學著稱於世，目前學界主要對其生平進行簡要介紹者較

①② 黄宗羲:《明儒學案》卷八《舉人李大厓先生承箕》，中華書局2008年版，第94頁。
③ 沈佳:《明儒言行録》卷三，清文淵閣四庫全書本。

多，並論述其儒學思想[①]。但對李承箕的詳細生平、李承箕著作的史源學考察以及李承箕的交遊物件，學界則論之較少。

李承箕之家族在南唐時，便從江西遷往湖北嘉魚，家族規模愈來愈大，代不乏名人。宋代李宗儒即創辦湖西義學。元末明初，族人李英又修復湖西義學。弘治間，李承芳、李承嘉等又繼續修葺湖西義學。由於嘉魚李氏歷代以讀書爲務，尤其有明一代，在李承箕祖父李善、父親李阜、叔父李田等人的影響下，李氏家族日益興隆。李承箕正是在這種大環境的影響下，終其身以讀書交遊爲樂。

（一）李承箕之家世

李氏家族南唐時由江西武寧之櫻川，遷徙到嘉魚湖西，繁衍生息，傳承不絶。李承箕高祖李煥，字文昌，洪武二十四年舉於朝，任四川九井鹽課使司大使，升登仕佐郎、福建延平府尤溪縣英果寨巡檢。壽四十九[②]。李煥之妻熊氏，“蒲圻義奉里人，性孝，好施與，從夫宦四川。未幾，語夫曰：‘舅姑誰養？’乃告歸，悉得分諸娣姒，早作暮宿，不辭難易，入則整容以事舅姑，出則常服除垢而已。小至殺蔬割切，步履進止，皆有法。生平無怒顔，無高聲語。夫亡，叔治家甚猛厲。事熊如事母焉。”[③]

李煥有子三：分别是榮壽、榮廣、榮川。榮壽，諱期，“性厭紛華，

① 湖北省嘉魚縣地方志編纂委員會編纂《嘉魚縣志》中對李承箕的生平進行簡要介紹（湖北科學技術出版社 1993 年版，第 926–927 頁）；葉賢恩《湖北名人》中有李承箕的傳記，主要介紹李承箕與陳獻章的交遊情況（湖北人民出版社 2011 年版，第 204–206 頁）。周積明主編《湖北文化史》中主要論述了李承箕思想的特點是對天道鬼神的懷疑及對“名”的看法（湖北教育出版社 2006 年版，第 415–419 頁）；孫奕《李承箕的心學》主要論述李承箕心學思想的表現在對理與氣、虚與静、天與人之間的關係（《江漢論壇》2009 年第 7 期）、孫奕《李承箕思想研究》主要論析李承箕的心學思想及其與陳獻章的交往（武漢大學 2006 届中國哲學專業碩士學位論文）。

② 參見《嘉魚李氏族譜》，世祀堂咸豐八年合修本。

③ 《同治嘉魚縣志》卷六人物，江蘇古籍出版社 2001 年版，第 173 頁。

田圃恒身親之，建莊三九畈，東作西成，朝暮往來，雖祁寒暑雨不倦"，享年七十三。有一子爲長春。榮廣，諱善，係李承箕之祖父，自幼聰慧，讀書過目不忘。二十三歲中永樂十八年舉人，任武功訓導，遷四川珙縣教諭，曾購置大量圖書。其夫人童氏在李善去世後，不顧路途遥遠，"挈諸孤兒，扶柩東歸，教諸孤各占業以繼先人，毋隳家聲"[①]。有子四：仲春、元春、田春、富春。榮川，諱錦，號堅叟，性敦厚，與物無競，嘗侍兄李善宦遊陝蜀，李善卒後，諸子皆幼，李錦扶柩萬里歸鄉。侄孫李承芳、李承箕從小跟隨其讀書，卒年七十五。有子四：嗣春、世春、續春、後春。

長春，諱官，性情剛毅，喜施舍，備受至知縣馬思進喜愛，被延爲鄉賓，李官辭謝不去。享年六十四。有子六：承亨、承嘉、承規、承宇、承根、承本。元春，李善之子，諱阜，號鷗賓，係李承箕之父，幼有大志，李善死後，圖書多半散佚，李阜盡力將書找回，以讀書爲樂。孝侍寡母，尊敬長兄，卒年五十一。[②]有子二：承芳、承箕。李田，李善第三子，字舜耕，號約庵。景泰元年中舉人，景泰五年中進士，成化五年任廣東左參議。[③]成化九年秋七月壬辰，升廣東布政司右參議李田爲浙江左參政。[④]成化十三年九月戊寅，升浙江布政司左參政李田爲右布政使。[⑤]成化十四年春正月乙酉，升福建右布政使李田爲左布政使詔廣東。[⑥]成化十六年五月戊子，升福建左布政使李田爲都察院右副都御

---

① 參見《嘉魚李氏族譜》，世祀堂咸豐八年合修本。

② "李阜，受澥里人，幼時能讀父書於死生顛沛散亡之餘，及長，誦朱柏廬《家訓格言》、真西山《文章正宗》等書，朝夕不倦，以隱爲高。性至孝，母病，湯藥嘗而後進，祈禱請以身代。兄善飲，往鄉党親戚家飲酒至醉，或不能行，阜雖夜，不分遠近扶回，略無倦意。與弟都憲公田尤篤愛。課其子。承芳、承箕皆以科第顯，以子貴，贈大理評事。"（《同治嘉魚縣志》卷六人物，江蘇古籍出版社 2001 年版，第 156 頁）

③ 《廣東通志》卷二十七《職官志二》。

④ 《憲宗實録》卷一百一十八，成化九年秋七月壬辰。

⑤ 《憲宗實録》卷一百七十，成化十三年九月戊寅。

⑥ 《憲宗實録》卷一百七十四，成化十四年春正月。

史整平山海諸處邊備兼巡撫順天永平二府地方。[1]成化十八年秋七月辛卯，薊州等處整飭邊備，右副都御史李田等奏居庸關水，關城券及隘口水門四十九座、城垣樓鋪墩台一百二處爲水冲決，乞撥官軍修理，事下工部，覆奏，從之。[2]成化二十年夏四月戊午，巡撫都御史李田言長陵等三衛官軍三千員名，輪守黄花鎮者，往往有缺無補，不若於兩班數内選閲精鋭一千五百人，常令在鎮守禦，餘留備陵寢灑掃役使，庶事體兩便，從之。[3]成化二十年四月二十日，都察院右副都御史李公，卒於京師長安街之第，享年五十七歲。子五：承恩、承顔、承勛、承新、承階。李郊，李善第四子，號槎清。其兄李田居官，“省問無間歲，及督軍餉四川，乃徒步萬里省之。約庵以清望昭於時，府君所至，益自謙恭，略無纖毫放縱意，歸家則爲農務，了不自憚”[4]。子一：承訓。

李承箕的同輩中，多出才俊，相互之間經常進行相關交流。李承嘉，字會卿，號三九，買田創屋於三九莊，修建湖西義學。李承芳，字茂卿，號東嶠居士，系李承箕長兄，成化二十二年與李承箕同中舉人，弘治三年登進士，由進士任大理寺評事，後升爲右寺副，以病乞歸。居家與弟李承箕以讀書論道爲樂，著有《東嶠集》。李承恩，字藎卿，號貞軒，成化十六年舉人，成化二十年進士，曾任南京户部雲南清吏主事。李承顔，字孝卿，號洪崖，又北山。弘治八年舉人，中舉後，因病未能出任官職。李承勛，字立卿，弘治五年舉人，弘治六年進士，曾任兵部尚書。

① 《憲宗實録》卷二百三，成化十六年五月戊子。
② 《憲宗實録》卷二百二十九，成化十八年秋七月辛卯。
③ 《憲宗實録》卷二百五十一，成化二十年夏四月戊午。
④ 見《嘉魚李氏族譜》，世祀堂咸豐八年合修本。

（二）李承箕之年譜[①]

壬申景泰三年（1452），一歲

李承箕以是年十二月壬寅巳時，生於苦竹澥南岸。

甲戌五年（1454），三歲

李田登進士。

丙子七年（1456），五歲

李承箕入小學。

丁丑天順元年（1457），六歲

叔祖堅叟府君授以小學外篇。

己卯三年（1459），八歲

六月二十九日，李承恩，字藎卿，號貞軒，出生[②]。

癸未七年（1463），十二歲

童淑人卒。

甲申八年（1464），十三歲

李承箕與李承芳同受詩於李田。

戊子成化四年（1468），十七歲

約庵以户曹使蜀過家，先生隨上京師，學舉業於舉人龍時用。時用者，故涪州守邑人也。

與廣東鍾雪舫兄弟以筆硯詩歌爲樂。"予年十七時，侍叔父官廣藩，

① 按：此年譜係據李承箕之孫李寶蒙所作簡譜基礎上，整理而成（見國家圖書館所藏《大崖李先生文集》縮微膠卷，1993 年製）。

② 見《嘉魚李氏族譜》，咸豐八年合修世祀堂本。

與穗城鍾雪舫兄弟以筆硯詩歌爲樂。既而見雪舫作春草，筆工妙名越南，即以紙似雪舫取春草，且告以必得兼翎毛。”①

己丑五年（1469），十八歲

李承箕由京師隨約庵參議廣東……雪舫春草兼翎毛，畫名天下者，李承箕指之也。

但李承箕在《鴝原聚樂記》言其十七歲時，已隨叔父到廣東，與鍾雪舫兄弟相交。②

庚寅六年（1470），十九歲

李承箕加冠，孟繼明爲之序。

辛卯七年（1471），二十歲

李承箕自廣東歸。

四月初八，李承勛生。

癸巳九年（1473），二十二歲

李承箕之子李教出生。是年，省約庵浙藩，約庵延慈溪童秀才潮信之爲西賓，先生與弟子之列，信之後舉進士，仕至九江太守，狀元李子陽、王德輝皆爲布衣交。

甲午十年（1474），二十三歲

夏，自浙歸應試。

己未十一年（1475），二十四歲

李承箕入邑庠，提學甫陽嚴宗源來考試，披其卷云云。有書上嚴公。

①② 見本書卷十四《鴝原聚樂記》。

丙申十二年（1476），二十五歲

補廩生，是冬丁鷗賓喪。

李承箕父李阜卒於是年冬月廿四。[①]

丁酉十三年（1477），二十六歲

李郊（李承箕之叔父）冬月廿三卒。[②]

戊戌十四年（1478），二十七歲

看望叔父李田於閩藩。

李承階出生，字升卿，號抑齋。[③]

己亥十五年（1479），二十八歲

李承箕之子李整出生。李承箕歸自閩。

李整，字端彝，號石室山人，生於成化己亥二月二十五日。[④]

庚子十六年（1480），二十九歲

鄉試下第，按考官桑民懌閱其卷，頗爲感嘆。

"成化庚子鄉試，桑悦時爲考官，欲取其卷爲解，監臨者不聽，悦遂題一絶於硃卷云：三復斯文感慨深，扶桑枝上鳳皇吟。臨風不盡英雄淚，湘水衡山知此心。"[⑤]

辛丑十七年（1481），三十歲

李承箕之兄李承芳自苦竹瀨南岸遷朱砂橋。

壬寅十八年（1482），三十一歲

李承箕遊京師，省約庵，有上大司成丘公、少宗伯徐公、少宰黎公書，各千餘言。

秋，省叔父於長安（"先生膺聘成化壬寅之秋，予省叔父官長

---

①②③④ 見《嘉魚李氏族譜》，咸豐八年合修世祀堂本。

⑤ 蔣一葵：《堯山堂外紀》卷九十一，文淵閣四庫全書本。

安”[①])。

癸卯十九年（1483），三十二歲

李承箕歸自京師。是秋，復不第。

甲辰二十年（1484），三十三歲

入大崖山。

李田（李承箕之叔父）卒於成化甲辰四月廿日（參見《李氏族譜》）。

春暮，作《重遊石室記》，“今年子卿弟讀書大崖，而立卿成進士，請告而歸，顧予以未老得閑舉無塵累者。時春暮矣，又相與一遊焉。”[②]

作《萬孺人李氏墓志銘》，“後三十有七年爲成化之甲辰，御史世和歸孺人喪於邵武，世和念孺人墓不可無刻文，序所以告箕。乃序而詩之，詞曰：所天委命君不違，承宗祀者還吾兒。兩地哀哀苦生離，皇天明明矚予悲。三十七之年魄始歸，魂乎安之從於斯”[③]。

乙巳二十一年（1485），三十四歲

在大崖山上，上提學薛公書求開廩。

秋，李承箕與李承恩爲六世祖掃墓於蒲圻黄龍望山。[④]

丙午二十二年（1486），三十五歲

是秋，同兄長李承芳領鄉薦。是冬，赴會試。

丙午方領鄉薦。[⑤]

---

① 見本書卷十九《祭石翁文》。

② 見本書卷十四《重遊石室記》。按：李立卿成進士爲 1484 年。

③ 見本書卷十八《萬孺人李氏墓志銘》。

④ 見本書卷二十《龔氏發予祖墓代茂卿兄書寄黄公養德》。

⑤ 蔣一葵：《堯山堂外紀》卷九十一，清文淵閣四庫全書本。

李承芳“年三十有七，領鄉薦”①。

丁未二十三年（1487），三十六歲

會試下第，内翰守溪王公送別詩云：杖藜入夜晃秋毫，兩意相求苦不遭。……②

丁未，禮闈下第。③

戊申弘治元年（1488），三十七歲

二月如廣左謁白沙陳先生，是秋，憲長陶公自强聘修《新會志》於大雲山……及歸，白沙贈古詩十三首。是年生李虔。

最初讓陳獻章修《新會縣志》，陳獻章推薦李承箕爲之④。陳獻章《辭修縣志》：“嘘嗟文獻荒凉久，著述圖經長老宜。令尹高才應處分，病夫何者敢聞知。嘗聞司馬開班範，直似家翁詔小兒。史體所關無大小，千秋麟筆寄宣尼。”⑤

撰《新會志》，“弘治戊申嘉魚李世卿氏乃撰志”⑥，又見於王命璿《新會縣志序》稱“新會自秦通南粤置吏，迄今遠矣。逭弘治戊申，嘉魚李世卿始撰爲志，邑士容翹等踵而成之，嗣後長樂陳侯繼修，而屬筆於太史黄泰泉氏”⑦。

與新會楊太尹論修《新會志》⑧。

李承箕“自首夏至白沙，至今凡七越月，中間受長官聘修邑志於

---

① 見本書卷十九《大理副東崙先生行狀》。

② 按：王鏊此事原文見《震澤集》卷一《李承芳承箕下第以詩投贈酬之》：“青藜入夜晃秋毫，兩意相求苦不遭。神駿並爲千里足，驪黄真誤九方皋。亡弓亦得君誠達，當局還迷我亦勞。把酒題詩成一笑，楚天空闊鴈行高。”

③ 蔣一葵：《堯山堂外紀》卷九十一，文淵閣四庫全書本。

④ 參見王興亮《陳獻章〈辭修縣志〉詩考》，《廣東史志》2003 年第 2 期。此文詳細考辨李承箕參修《新會縣志》的過程，並指出李承箕所修志書之缺憾。

⑤ 陳獻章：《陳獻章集》卷五《辭修縣志》，中華書局 2008 年版，第 414–415 頁。

⑥ 林星章修、黄培芳等纂：《新會縣志》卷十一，清道光二十一年刻本。

⑦ 陳光貽：《稀見地方志提要》卷十三，齊魯書社 1987 年版，第 864 頁。

⑧ 見本書卷二十《復新會楊太尹議修志書簡》。

大雲山五十餘日”[1]。“世卿修志邑中，近方下手，其行恐在冬春之間，厓山之遊不遂約”[2]。

“近舍圖新，遠或玉臺，殆七踰月，予亦告歸。性命道德，形氣神虛，有詩有序，指我正途。”[3]

康熙《新會縣志·流寓志》“李承箕”條：“李承箕，字世卿，楚嘉魚人，都御史承勛之兄，大理評事承芳之弟也。成化乙酉舉於鄉，即有志聖賢之學。弘治元年聞陳獻章倡道江門，挈其子侄從游最久，陳子甚器重之，爲築楚雲台居焉。時與投壺飲酒賦詩，倡和甚樂也。惟邑令請志新會，乃入縣城數旬，其餘俱朝夕江門。承箕豪邁自負，詩文奮迅逸宕，類其爲人。”

“李進士世卿承命修本邑志，成，雅慕執事之大專，兹進謁志稿，將刻板，乞一經目定之，一邑之幸也。此友素抱耿耿者，百凡乞照及。”[4]

四月，李承箕到達白沙。（四月，門人嘉魚李承箕來從學）[5]

李承箕請陳獻章爲其父作墓志銘（“承箕以今年首夏至白沙，留數月不去，因得問君家世之詳。君年五十一卒，葬蒲圻之某山，今七年矣。承箕至是屬予以墓銘”[6]）。

求學於陳白沙[7]。

是秋，與鄧賁庵、容雲泉、容友巢登高，“先生謂久不出，自登舍北廬峯，想望予而寄之以詩，而鈍齋竟不來。先是，外海陳定息亦有是約，又以墮馬不赴，遣使賫詩來。適鄧賁庵、容雲泉、容友巢皆自載酒來，予與三君偕一僧、挾一僕、一寫手，張一油盖，直至於絶頂而憩

① 陳獻章：《陳獻章集》卷一《送李世卿還嘉魚序》，第16頁。
② 陳獻章：《陳獻章集》卷二《與張廷實主事》，第163頁。
③⑦ 見本書卷十九《祭石翁文》。
④ 陳獻章：《陳獻章集》卷二《與陶方伯》，中華書局2008年版，第130頁。
⑤ 阮榕齡：《陳白沙先生年譜》卷二，咸豐元年至八年新會阮氏夢菊堂刻本。
⑥ 陳獻章：《陳獻章集》卷一《處士李君墓志銘》，中華書局2008年版，第89頁。

焉”[①]。

十月，作《壽石翁陳先生六十一詩序》[②]。

十月末，《新會志》撰成。“十月末，《新會志》成，此執事之命也，夫何敢辭？識陋詞荒，付託不效，深有愧焉”[③]。

作《華容劉公遺愛序》。“廣州知府林君泮因順德知縣吴君廷舉以予知公，求文以敘民之思慕者如此云”[④]。

順德令來辱書，承以送東山先生序文屬之僕。東山先生愛百姓如己子，百姓戴之如父母。遍觀當世，未見有如此者。僕所目擊，序奚宜辭？顧僕平生拙學，於出處語默，有不容不致其慎者，不敢不告也。僕於送行之文，間嘗一二爲之，而不以施於當道者。一則嫌於上交，一則恐其難繼。守此戒來三十餘年矣。苟不自量，勇於承命，後有求者，將何辭以拒之？僕聞愛其人必欲其美，僕之辱愛於執事，不可謂不厚，獨於此偶未之察耳。伏惟執事終始此愛，不强其所不能，幸甚，幸甚。有李某者，嘉魚人，近自其鄉來白沙。其人東山先生知之，其爲文有氣采，僕讓之。慷慨特達，樂聞人之善而樂道之。僕謂執事倘可以此文托之乎？然否，惟命。[⑤]

十一月，作《指揮倪君墓志銘》。“聖祥之弟鳳既襲官之三年，以今弘治戊申十一月壬申，奉其兄之柩與魯氏合葬焉”[⑥]。

冬天，從白沙返嘉魚。“去歲之冬，李世卿别予還嘉魚，贈以古詩十三首”[⑦]。

---

① 見本書卷十六《玉台登高倡和詩序》。

② 陳獻章：《陳獻章集》附録四《壽石翁陳先生六十一詩序》，有落款“時弘治元年十月庚戌，學生嘉魚李承箕拜書”，中華書局 2008 年版，第 924 頁。

③ 見本書卷二十《復憲長陶公書》。

④ 見本書卷十七《華容劉公遺愛序》。

⑤ 陳獻章：《陳獻章集》卷二《復林府尊》，中華書局 2008 年版，第 195 頁。

⑥ 見本書卷十八《指揮倪君墓志銘》。

⑦ 陳獻章：《陳獻章集》卷一《送張進士廷實還京序》，中華書局 2008 年版，第 13 頁。按：李承箕是十二月離開白沙（見本書卷二十《復憲長陶公書》）。

十二月，作《復憲長陶公書》[1]。

十二月，作《石翁慶壽詩序》。“先生今年兩見戊申，蓋六十有一矣。箕，楚人也，在門下將效其故俗，作竹枝歌，載尊酒於堂上，爲先生壽……”[2]

作《除夕韶州》：“坐我灘聲喧極浦，誰家歌響壓流塵。天涯造次東君面，燭底婆娑老子真。獨走四千餘里路，未謀三十七年身。乾坤到處皆爲客，楚水中央越水濱。”[3]

己酉二年（1489），三十八歲

二月抵家，是冬邑令趣赴會試，李承箕没有應從。

作《謫仙亭和鄒汝愚韻》[4]。

本書卷十七《立齋遺文序》：“鄒汝愚謫石城二年，予嘗惜其困之未極而死之太早也。不然，以汝愚慷慨之節、正直之才、邁往之志，而古人有不足言者矣。”據鄒汝愚卒於 1491 年，可知此文作於 1489 年。

作《送張進士廷實赴京兼柬六弟藎卿》：“小弟經年客帝畿，他鄉送客更依依。江門見月還相憶，馬上逢春且莫違。時止時行惟我遇，花開花落也天機。鳧鷺本是江南鳥，脛短難隨北雁飛。”[5] 據阮榕齡《陳白沙先生年譜》卷二載：弘治二年，陳獻章有送《張進士廷實還京序》[6]，可知，李承箕此文當作於此年。

作《答縣主召赴會試》：“月色下西轅，陽光轉東軸。大化不曾停，吾心能汩没。渴不飲濁流，飢惟燒楚竹。坐愛淵中魚，眠喜山前犢。風霜互慘悽，敝衣寒露肉。落日躬采薪，崎嶇歷榛曲。稍稍夜執經，侵侵

① 見本書卷二十《復憲長陶公書》。

② 見本書卷十六《石翁慶壽詩序》。

③ 見本書卷二《除夕韶州》。

④ 見本書卷六《謫仙亭和鄒汝愚韻》。按：陳獻章《陳獻章集》卷六《謫仙亭》：“遷客一亭眠海濱，當時誰號謫仙人？花汀柳市無疆界，盡是乾坤一樣春。”（中華書局 2008 年版，第 618 頁）

⑤ 見本書卷一《送張進士廷實赴京兼柬六弟藎卿》。

⑥ 阮榕齡：《陳白沙先生年譜》卷二，清咸豐元年至八年新會阮氏夢菊堂刻本。

晨作粥。舊書易過眼，牟米苦難熟。高堂老一親，不願兒出屋。妻孥知此意，肩赬供水菽。和風送東來，陽坡與種粟。天道早豈常，瘦田復栽穀。身憑大化遷，但願終無辱。”[①]

作《送邑侯馬公膺召之京序》，“予去春往廣東白沙，將以求從於陳先生之門，公以俸資促裝，予既行，以詩托老母於公，適歲大旱，公繼以養且歲餘，既歸，公問以所學”[②]。

作《留別聯句叙》[③]。

冬，作《次韻贈何子完赴會試》[④]。張萱《西園聞見録》卷一《何宇新》載：“弘治二年，當大比，主司初入境，藩臬諸公迎，謂之，若暗中摸索得何孝子者，即糊名，不愧古里選，真足爲得人慶矣。是科宇新果中式，所司大喜。”[⑤]

庚戌三年（1490），三十九歲

李承芳舉進士。邑令讓李承箕修《嘉魚縣志》。

東嶠“四十一年，登進士”[⑥]。

秋八月望日，與縣尹姜溥進行交流[⑦]。

辛亥四年（1491），四十歲

作鄉約，以里人雷宗誠爲約正，李爲仁副之，衆推先生爲月直，入約者宗誠之子，溥姪，淮邑庠生李鎔，鄉人舒亨、蔡五，先生從叔世春、續春、後春，從弟承顔也。冬，築釣台於黄公山。[⑧]

---

① 見本書卷三《答縣主召赴會試》。
② 見本書卷十六《送邑侯馬公膺召之京序》。
③ 見本書卷十六《留別聯句叙》。
④ 見本書卷五《次韻贈何子完赴會試》。
⑤ 張萱：《西園聞見録》卷一《何宇新》，民國哈佛燕京學社印本。
⑥ 見本書卷十九《大理副東嶠先生行狀》。
⑦ 《同治重修嘉魚縣志》卷九《赤壁山記》，江蘇古籍出版社 2001 年版，第 279 頁。
⑧ 見《嘉魚李氏族譜》，咸豐八年合修世祀堂本。

十月，作《長沙聞鄒汝愚訃》三首[①]。鄒汝愚係卒於弘治辛亥年十月[②]。金祺《廣東石城千户吏目鄒君汝愚墓誌銘》載鄒汝愚卒於是年十月九日[③]。

壬子五年（1492），四十一歲

春，赴白沙……比歲，築一臺處之，命曰楚雲臺……順德令吴獻臣請修《順德志》。是年，李承箕之子李改出生。

爲陳白沙母親祝壽，第二次到白沙。"又四年，予致壽具於太夫人。風來不薰，築臺處之，命曰楚雲"[④]。

秋，作《贈鄉貢進士周京文都赴會試》[⑤]。

南海羅服周於是年底從白沙告歸，李承箕作文送之[⑥]。

順德令吴廷舉任職期滿，將回京述職。李承箕作文送之[⑦]。

"承箕在港口黄公山築室待其兄歸，陳獻章題其額曰'黄公釣臺'"（參見《李氏族譜》）。

作《梁景龍墓志銘》，"順德鼎新堡吾友梁華卿有子六人，生成化丙申名景龍者，弘治壬子五月死矣……景龍父母昆弟哀之不寘而求銘於我也。然世之不才子死則不哀，才者死則哀之，豈過哉？"[⑧]

作《伏波橋記》[⑨]。

作《卧愚亭記》[⑩]。

作《順德縣學題名記》，"順德自成化丁未以前而石刻適蒲，弘治己

---

① 見本書卷五《長沙聞鄒汝愚訃》。
② 陳獻章：《陳獻章集》，中華書局 2008 年版，第 847 頁。
③ 鄒智：《立齋遺文》，清文淵閣四庫全書本。
④ 見本書卷十九《祭石翁文》。
⑤ 見本書卷五《贈鄉貢進士周京文都赴會試》。
⑥ 見本書卷十七《送羅冕服周序》。
⑦ 見本書卷十七《順德令吴君獻臣考績之京贈行序》
⑧ 見本書卷十八《梁景龍墓志銘》。
⑨ 見本書卷十五《伏波橋記》。
⑩ 見本書卷十五《卧愚亭記》。

酉至今壬子復得二十有二人矣”①。

癸丑六年（1493），四十二歲

李承勛中進士（癸丑科），李子卿入大崖山讀書，李承箕重遊大崖山。②

作《東亭驛記》③。

作《雲潭居士周君二齡配陳氏合葬志》，“弘治癸丑陳氏卒，壽七十有六。季子京遷居士葬於觀音山，陳祔焉。子三人：孟夭；仲鎬，先卒於其母八年；京，文都，成化丁酉鄉薦，請予銘”④。

作《新興令蒙允濟考績之京贈行序》，“蒼梧蒙允濟舉弘治庚戌進士，令新興三年，薦進於部使者數矣。今年冬，以例奏課天曹，其民相率欲留，不可，則又相率速其租賦，不日而集”⑤。

作《順德令吳君獻臣考績之京贈行序》，按：《東湖吳公年譜》載：“癸丑，公是歲赴京考滿。”⑥

甲寅七年（1494），四十三歲

李承箕之子李放出生。是冬，自朱砂橋遷居何公崙。⑦

作《寧波太守馬公墓志銘》，“公生於正統丙辰，其卒也，爲弘治甲寅五月十三日也，以某年某月某日葬亭溪山”⑧。

乙卯八年（1495），四十四歲

承芳解大理官歸。是冬，往吊白沙尊夫人喪。

---

① 見本書卷十四《順德縣學題名記》。
② 見本書卷十四《重遊石室記》。
③ 見本書卷十五《東亭驛記》。
④ 見本書卷十八《雲潭居士周君二齡配陳氏合葬志》。
⑤ 見本書卷十七《新興令蒙允濟考績之京贈行序》。
⑥ 吳廷舉：《東湖集》之《東湖吳公年譜》，光緒乙亥刻本。
⑦ 《嘉魚李氏族譜》，咸豐八年合修世祀堂本。
⑧ 見本書卷十八《寧波太守馬公墓志銘》。

陳白沙之母林夫人卒於是年二月二十六日，享年九十一歲[①]。

赴白沙吊陳獻章之母親。“又三年，太夫人没，予來赴吊。”[②]

冬，在楚雲臺。“李世卿乙卯冬留楚雲臺，數日前經還武昌矣”[③]。

作《順德縣興造記》[④]。

作《石翁先生詩集序》[⑤]。

作《陳公樂芸配林合葬志》，“夫人以是年四月八日葬於白沙小廬山所居之旁，明年丙辰正月壬午徙樂芸公而一丘焉。”[⑥]

丙辰九年（1496），四十五歲

在白沙與增城湛民澤游羅浮。

“世卿自嘉魚來，與民澤遊羅浮，今殆一月矣。”[⑦]

二月，游羅浮。於舟中作《書先公遺書後》（見本書卷十三《書先公遺書後》、卷十五《遊羅浮記》，湛若水《湛甘泉先生文集》卷十八《遊西樵記》）。“丙辰春，予與嘉魚李世卿遊羅浮、登飛雲，而縱觀夫所謂黄龍、朱明之勝，亦奇矣”（《遊西樵記》）。

遊羅浮後，又遊榕溪。[⑧]

作《贈吴君獻臣赴成都序》[⑨]。“弘治九年丙辰……順德知縣吴廷舉去任，遷成都同知，民數百艘送之，多泣下者”[⑩]。又見於《東湖吴公年譜》“丙辰，是年春，屠冢宰升公四川成都府同知”[⑪]。

---

① 陳獻章：《陳獻章集》，中華書局 2008 年版，第 852 頁。

② 見本書卷十八《龍溪縣丞趙君墓志》。

③ 陳獻章：《陳獻章集》之《陳獻章詩文續補遺》，中華書局 2008 年版，第 982 頁。

④ 見本書卷十五《順德縣興造記》。

⑤ 見本書卷十七《石翁先生詩集序》。

⑥ 見本書卷十八《陳公樂芸配林合葬志》。

⑦ 陳獻章：《陳獻章集》，中華書局 2008 年版，第 855 頁。

⑧ 見本書卷十五《遊榕溪記》。

⑨ 見本書卷十六《贈吴君獻臣赴成都序》。

⑩ 陳獻章：《陳獻章集》，中華書局 2008 年版，第 854 頁。

⑪ 吴廷舉：《東湖集》之《東湖吴公年譜》，光緒乙亥刻本。

作《龍溪縣丞趙君墓志》，“貢於鄉，仕於福建龍溪丞爲弘治四年辛亥，其年若干矣……以朝正北行，次錢塘，疾作，還至江西而卒，爲九年之春　月　日，年若干矣。”①

八月二日，李承恩卒。②

丁巳十年（1497），四十六歲

六月，遊南嶽③。

秋，李承箕離開白沙。見於陳獻章《世卿將歸二首》：“延緣過殘夏，滿意泛瀟湘。”“還山非早計，舉棹是秋涼。”④

作《與張廷實》，“箕在白沙，歲星又一周，十年三度，略無少進，但自知不敢有愧冥冥耳……箕即日還楚，江湖日遠，會面難期，故以書伏希照察”⑤。

十二月，作《寄徐亞卿》⑥。

戊午十一年（1498），四十七歲

正月，浙江上虞許璋來山中拜訪李承箕⑦。

五月末，遊衡山（見本書卷十四《遊衡山記》、卷二十《答石翁》）。

作《祭陶方伯》⑧。

因陳獻章於弘治十一年十一月二十七日作《祭陶方伯文》⑨，故李承箕此文當作於是年。

① 見本書卷十八《龍溪縣丞趙君墓志》。
② 見《嘉魚李氏族譜》，咸豐八年合修世祀堂本。
③ 見本書卷十四《遊衡山記》。
④ 陳獻章：《陳獻章集》，中華書局2008年版，第857頁。
⑤ 見本書卷二十《與張廷實》。
⑥ 見本書卷二十《寄徐亞卿》。
⑦ 見本書卷十六《送許生還上虞序》。
⑧ 見本書卷十九《祭陶方伯》。
⑨ 陳獻章：《陳獻章集》，中華書局2008年版，第859頁。

作《贈張侍御叔亨還京序》[1]。

己未十二年（1499），四十八歲

正月，浙江上虞許璋將歸，李承箕爲之序[2]。

九月，作《與馬公思進書》三首（見本書卷二十《與馬公思進書》）。

作《挽奉時》[3]。又見於《陳奉時傳》[4]。

十二月，作《衡陽廖君墓志銘》，“君生於正統乙丑十二月二十五日，卒於弘治己未十二月十日，葬某原河州府”[5]。

庚申十三年（1500），四十九歲

二月初十日，陳獻章卒。

三月十六日夜，夢有客題其文稿曰：臨蓍集。[6]

作《復方伯周公》，商議陳獻章之葬期。“恭觀誄文，自所謂家於江門白沙之上，至爲詩章以寫其吟風弄月之趣，字字有法……若箕者，獨有其心而無其力，何能爲何能爲？大事未襄，忽踰三月。今取七月十八日爲葬期，卜者未協吉，尚夷猶也。奈何奈何！”[7]

七月二十一日，陳獻章葬於圭峯之麓[8]。

作《石翁陳先生墓志銘》，“先生生於宣德戊申十月二十一日，搆疾於弘治戊午，卒於庚申二月十日，葬於圭峯左股深坑。”[9]

八月，作《程節婦鍾氏詩序》[10]。

---

① 見本書卷十七《贈張侍御叔亨還京序》。
② 見本書卷十六《送許生還上虞序》。
③ 見本書卷十《挽奉時》。
④ 見本書卷十三《陳奉時傳》。
⑤ 見本書卷十八《衡陽廖君墓志銘》。
⑥ 見本書卷十篇首。
⑦ 見本書卷二十《復方伯周公》。
⑧ 陳獻章：《陳獻章集》，中華書局 2008 年版，第 862 頁。
⑨ 見本書卷十八《石翁陳先生墓志銘》。
⑩ 見本書卷十七《程節婦鍾氏詩序》。

白沙卒，經營葬事，作墓銘。九月，别江門……

是年秋，李承箕與麥秀夫爲陳獻章修墳墓，“今年秋，予與秀夫築石翁塚，偶讀李文達《天順日録》”①。並爲嶺南麥秀夫之族譜作序（同上）。

十一月底，從白沙還，經臨蒸，自十一月二十九日至十二月四日，遊完衡山②。

孟冬，爲陳獻章、莊昶贈麥秀夫詩作跋③。

作《謝黄曆》，“客舍地偏春亦到，桃花風暖酒須開。試將歲月從頭看，四十九年知我來”（見本書卷十《謝黄曆》）。

作《南楚真遊記》④。

辛酉十四年（1501），五十歲

四月，因蒲圻龔氏發掘李氏六世祖墓，李承箕代李承芳向蒲圻執事黄養德申訴⑤。

五月，福建莆田陳景重與柯容甫來拜訪李承箕，“今中夏，景重偕容甫訪予山居，容甫言無瑣雜，肩背無欹側，聞於昔者，符於今矣”⑥。

十月，太孺人憂。“辛酉之冬十月，太孺人卒”⑦。

“太孺人佐府君奉事，小心惟謹，雖病而得其懽。性温惠，見人飢寒，分食與衣，不計己之無有。往年北來流孥，滿所居之旁，太孺人寧獨餓，盡與食之，初無毫髮作意。年七十六，弘治辛酉十月十三卒，與夫君俱葬蒲圻之范公園而一丘焉。子二：承芳、承箕。”⑧

① 見本書卷十六《麥氏族譜序》。
② 見本書卷十四《遊衡山記》。
③ 見本書卷十三《兩先生贈麥秀夫詩跋》。
④ 見本書卷十四《南楚真遊記》。
⑤ 見本書卷二十《龔氏發予祖墓代茂卿兄書寄黄公養德》。
⑥ 見本書卷十六《送柯容甫還莆田序》。
⑦ 見本書卷十九《大理副東崙先生行狀》。
⑧ 見《嘉魚李氏族譜》，咸豐八年合修世祀堂本。

襄樊王承吉來訪李承箕，“今辛酉，承吉挾二僕夫徒步訪予山中，不交一言而彼此心醉，但相與於丘壑、林薄、田畝、飦粥、粗糲、甕盆之間而已”[①]。

作《贈王承吉還襄》[②]。

壬戌十五年（1502），五十一歲

夏五月二十二日，李承箕之兄東嶠先生卒。

中秋，李承芳岳父去世，李承箕作《祭古公》一文[③]。

十月六日，李承箕從提學姚僉憲處領取王鏊新作三篇，李承箕給王鏊寫信，請其給兄長李承芳寫墓志銘[④]。

癸亥十六年（1503），五十二歲

遣兒子李教、李整到姑蘇拜謁王鏊，請其撰寫李承芳墓文。

本書卷二十《奉守溪王先生》亦言及“茲謹遣兒詣門下，拜領先君墓表”[⑤]。

和吴廷舉交流自己喪母失兄之痛，及兄李承芳所葬之處[⑥]。

作《祭周時可先生》，“歲惟丁巳，夏及殘蒸。庚申之歲，師白沙崩。我往吊哭，孰托死生？廣左左使，公銜是嬰。書促襄事，且委埋銘。白沙畢葬，我返歸舲。大開分司，行李少停。輿馬朝夕，月一弦盈。欲就君宿，官有法程。再欵公衙，榻下中庭。籠張焰燭，鼓報三更。開户啟帳，驚客夢醒。禮專問下，有論吾聽。……越三歲星。吾兒南都，書報公薨。方伯乞休，寵獨座榮。於乎！吾人憔悴，喪此典刑。古道稗稊，孰易以粳？濁流宦海，誰之與清？居貧道遠，喪母及兄。無

① 見本書卷十六《送王承吉序》。
② 見本書卷十二《贈王承吉還襄》。
③ 見本書卷十九《祭古公》。
④ 見本書卷二十《奉王少宰》。
⑤ 見本書卷二十《奉守溪王先生》。
⑥ 見本書卷二十《寄吴獻臣》。

由吊哭，悲感益增。千里含哀，文以致誠。”①

作《中憲大夫成都府知府蘄水魯君墓志銘》，“君之卒也，爲十四年七月　日，明年吾兄卒，又明年徐卜某原葬君而華祔焉，使人速銘”②。

甲子十七年（1504），五十三歲

撰修《嘉魚縣志》③。

作《祭雷姑娘》，“壽高吾母之三年，福厚世人之四大。幽明隔而情無窮，金石盡而辭難壞”④。

十一月，李承箕撰《族譜序》⑤。

十一月，作《李氏世系記》⑥。

十二月九日，作《喜雪和東坡》⑦。

乙丑十八年（1505），五十四歲

十二月二十日，以無疾而終。後二年，正德丁卯祔葬何公侖之原，提學休齋沈公爲墓志。

二、李承箕交遊考

李承箕一生不樂仕進，以讀書交友爲務，其交友雖廣，並非濫交。自嘉魚至新會，上萬里，不畏艱險，四次往見陳獻章，由此與陳獻章形成一種奇特的師生情誼，並由此與嶺南人物結下深厚的友誼，尤其以陳獻章的門人爲主。除外出郊遊外，李承箕大部分時間在黄公山釣臺讀

① 見本書卷十九《祭周時可先生》。
② 見本書卷十八《中憲大夫成都府知府蘄水魯君墓志銘》。
③ 見《嘉魚李氏族譜》，咸豐八年合修世祀堂本。
④ 見本書卷十九《祭雷姑娘》。
⑤ 見本書卷十六《族譜序》。
⑥ 見《嘉魚李氏族譜》，咸豐八年合修世祀堂本。
⑦ 見本書卷十二《喜雪和東坡》。

書、講學，與李氏子弟談道論學，且詩文往來頗多。

（一）李承箕與陳獻章之交遊

李承箕（1452–1505），字世卿，號大厓，湖北嘉魚人，師從當世大儒陳獻章，著有《大厓集》二十卷。1488 年，李承箕“徒步師陳獻章於嶺南”①，“自嘉魚至新會，涉江浮海，水陸幾萬里，君往見者四”，其爲文“可謂奇偉傑特者矣”②，羅洪先譽之爲“才子”③，黃宗羲稱李承箕“胸懷灑落，白沙之門更無過之”④。而陳獻章“獨於世卿莫逆。白沙去嘉魚數千里，詩牘往來甚勤，時一相聚，登山飲酒，吟詠唱和，無所不語，以開世卿，而世卿輒喟然發悟”⑤。李承箕的詩文集中有八十餘篇詩歌言及陳獻章，且爲陳獻章的作品作序，爲其作墓志銘、祭文等。陳獻章的著述中亦有一百一十餘篇詩歌中言及李承箕。學界對於李承箕與陳獻章之交往，主要論及其交往的過程和陳獻章對李承箕心學之影響⑥。筆者擬從李承箕與陳獻章之學術交流、李承箕對陳獻章之仰慕及陳獻章對李承箕的評價入手論析其交往。

1. 學問貴自得：師徒間之學術交流

李承箕數次往返於嘉魚與白沙之間，與陳獻章酬唱不已，師徒二人交往的具體過程，史籍載記較少。但李承箕首次拜會求學於陳獻章之

① 錢謙益：《列朝詩集》丙集卷七，上海古籍出版社 2008 年版，第 286 頁。
② 王鏊：《震澤集》卷二十六《李大厓先生承箕墓表》。
③ 葉春及：《石洞集》卷十，清文淵閣四庫全書補配清文津閣四庫全書本。
④ 黃宗羲：《明儒學案》卷八《白沙一》，中華書局 2008 年版，第 94 頁。
⑤ 顧天埈：《顧太史文集》卷四《二賢祠記》，崇禎刻本。
⑥ 周積明主編《湖北文化史》中主要論述李承箕治學之特點（湖北教育出版社 2006 年版，第 415–419 頁）；孫奕《李承箕思想研究》簡要論述李承箕與陳獻章的交往（武漢大學 2006 屆中國哲學專業碩士論文，第 32–35 頁）、孫奕《李承箕的心學》言及陳獻章對李承箕心學的影響（《江漢論壇》2009 年第 7 期）；郭齊勇《宋明時期湖北的儒學研究》主要論述李承箕與陳獻章的交往及李承箕的天人内外貫通的理學思想（中國社會科學出版社 2013 年版，第 203–232 頁）。

情景，陳獻章《送李世卿還嘉魚序》中載之較多。李承箕與陳獻章之間的學術交流，可以説是陳獻章如何引導他治學的過程。陳獻章告訴李承箕“所未語者，此心通塞往來之機，生生化化之妙，非見聞所及，將以待世卿深思而自得之”，“諸友相繼有言，世卿歸，以所聞於予者，質諸伯氏茂卿，登大崖山吟弄赤壁之風月。予所未言者，世卿終當自得之”[①]。陳獻章一再强調爲學之道當“自得之”，即學問貴自得[②]。

李承箕首次白沙之行，在白沙停留七個多月，其間除了修《新會志》外[③]，朝夕與陳獻章相處，探討耳目所聞、古籍所載，飲酒賦詩，相互酬唱，無所不談，其樂融融。對於“心通塞往來之機，生生化化之妙”，則需李承箕“深思而自得之”。李承箕因老母在家，需要返回，陳獻章把自己對李承箕的教誨與期望之語，以古詩十三首的形式予以告知，且希望李氏能與自己長期交流。陳獻章去世後，李承箕《祭石翁文》中再次追憶與陳獻章的交往：“朝食夕飡，寒衣暑服。飲酒舉杯，投壺擁矢，一歌一曲。有唱有和，不一而足。近舍圖新，遠或玉臺。殆七踰月，予亦告歸。性命道德，形氣神虚。有詩有序，指我正途。既又

① 陳獻章：《陳獻章集》卷一《送李世卿還嘉魚序》，中華書局2008年版，第16頁。

② 按：有關陳獻章的自得之學，學界的觀點頗多。熊禮匯《論陳白沙的文論傾向和山林散文藝術——從陳白沙“自然”“自得”説談起》（《武漢大學學報》2002年第4期）認爲陳獻章之“自得”在於以我爲主，獨立自主的治學門徑；彭煥英《生命境界的澄澈——陳白沙自得之學初探》（陝西師範大學2010届中國哲學碩士學位論文，第49頁）指出陳氏之“自得”是“自立、不累於外、不舍一物”；郝敏《陳獻章“自得之學”思想研究》（曲阜師範大學2011届中國哲學碩士學位論文，第7頁）指出“自得之學”是“主張不依賴外力，通過自我體認，自我感悟，具備心之體，獲取自然之機，從而完成作聖之功”；賈慶軍《白沙自得之學芻議——兼論儒家思想之超智識主義傾向》（《江漢大學學報》2012年第2期）認爲陳獻章的自得之學是一種整體之學，是超智識主義的；劉興邦《論白沙心學之“自得”》（《五邑大學學報》2012年第4期）認爲陳氏“自得之學”在於“既突出了個人的自主、自立，强調個人的自我價值；也突出了個人自得於道、自得於理，强調個人的社會價值；同時還突出了個人心靈的超越，超越名利、得失、生死，强調個人境界的提升”。

③ 參見王興亮《陳獻章〈辭修縣志〉詩考》，《廣東史志》2003年第2期。

四年，予致壽具於太夫人。風來不薰，築臺處之，命曰楚雲。我獨静居，水月爲鄰。翁適佳景，度橋呼云。而我三兩，北徑南村。交蔭榮木，扶影清濱。一日夕而三四見也。”[①] 師徒一起唱和不已，“一日夕而三四見”，臨歸還要指其“正途”，足見師徒情深，可謂“磬擊誰聞磬，神交始是交”[②]。

（1）陳獻章對李承箕的無私教誨

李承箕多次求教於陳獻章，但本書中有關陳獻章是如何教導的内容記載較少，使人覺得李承箕完全是“自得之學”。其實，這是一種錯覺，在陳獻章的詩文中，我們可以發現許多陳獻章對李承箕進行教誨、啟迪的文字。

李承箕首次拜會陳獻章返鄉時，陳獻章對愛徒戀戀不捨，相隔數千里，難以想像再相見於何時，於是寫下十三首贈送之詩，其間飽含老師對學生的關愛、教誨及牽掛。這些詩篇徵引典故較多，寓意深厚，爲使學人更好了解這些詩篇，陳獻章的高徒湛若水對存留的六首逐一進行注解。

其一：“采菊復采菊，嚴霜下庭木。豈無桃李顔，畏此天地肅。落落枝上英，未傷殘者獨。持贈楚人歸，投之江魚腹。”

湛若水解曰：

> 以采菊喻求道。言采菊於嚴霜之時，桃李皆謝，惟有此落落之英，又殘之者少，古今惟屈原淵明耳。今我采菊將何爲哉？蓋以贈世卿，使歸汨羅，投於江魚之腹以吊屈子。蓋憾知道者少，故企其曠世相感如此也。其寄託深矣。[③]

其二：“青青牆下竹，冬後色如是。燦燦月中花，歲寒香不匱。新

① 見本書卷十九《祭石翁文》。

② 見本書卷六《和石翁贈林縣博韻》。

③ 陳獻章：《陳獻章集》附録一，中華書局 2008 年版，第 757 頁。

知語未足，遠别情難置。獨上江門舟，北風日凌厲。”

湛若水解曰：

承上篇而言，又以竹桂之能持晚節者，以勵世卿，使不渝所守也。然與世卿新知，尚未能盡所欲言。如《外傳》云“所未言者，此心通塞之機，生生化化之妙”者是也。蓋世卿尚未能問，是以未及語之。今將遠别，故此情難置也。况世卿登舟别江門而去，北風日見凌厲乎！此又比世習日相侵奪，不可不謹素節也。[①]

其三：“進亦人所憂，退亦人所憂；得亦人所憂，失亦人所憂。所憂非憂道，所憂其可留；所憂非憂貧，所憂其可休。古來嚮道人，能辯憂所由。去去凌九霄，行行戒深溝。敬此之謂修，怠此之謂流。”

湛若水解曰：

九霄，至高也，喻爵位之崇高。深溝，言險也，喻利欲之陷溺。此亦贈世卿詩。言得失進退皆人所憂，然皆爲貧而非爲道也。憂道者，天理；憂貧者，人欲。不可不審其去取，古來向道之人所以必審辨乎此也。今世卿之去，有凌雲之志，而深溝或在乎其間，不可不戒也。[②]

其四：“元神誠有宅，灝氣亦有門。神氣人所資，孰謂老氏言。下化囿其迹，上化歸其根。至要云在兹，自餘安足論！”

湛若水解曰：

元神之宅，謂心也，心爲神明之舍。灝，與浩同。資，猶用

① 陳獻章：《陳獻章集》附録一，中華書局2008年版，第757頁。
② 同上書，第758頁。

也。能存其心志，則浩然之氣由此而出，故謂之門。孟子所謂“志至焉，氣次焉”，即此意也。然則神氣二字，乃人之全體大用，所資以爲人者，豈可謂老子之言而不求之哉？但老子囿於迹，所主在氣，若聖賢之所謂神氣，其根則主於理。須究其本然之體言之，所謂天理人欲同行異情也。學之至要在此而已，他皆非所急務也。①

其五：“可以參兩間，可以垂萬世。聖人與人同，聖人與人異。堯舜於舞雩，氣象一而已。大者苟不存，翩翩竟奚取？老夫嘗自力，兹以告吾子。文字費精神，百凡可以止。一落永不收，年光建瓴水。”

湛若水解曰：

賦也。大者，謂大頭腦處。與人同，即明道所謂渾然與物同體者也。此亦贈世卿之詩，指出道體之大，以勉世卿。謂聖人之道，可以參天地垂萬世者，以其與物同體，所以異於衆人也。堯舜舞雩事功不同而氣象則一，以其見此大也。此大不存，則其小者奚足取哉？又言此大者乃我之所自力者，故爲世卿告，不可徒以文字人爲撓之，若能知止息，則生生之機在我矣。又言時光之去，如建瓴水之不可再收，所當及時進修也。②

其六：“上上崑崙峯，諸山高幾重。望望滄溟波，百川大幾何。卑高入揣料，小大窮多少。不如兩置之，直於了處了。”

湛若水解曰：

崑崙峯，極高者。滄溟波，極廣者。然以其有形則有限，故雖登此而望，所見有窮盡。若夫揣度料量其高卑，則又出於想象意見

① 陳獻章：《陳獻章集》附録一，中華書局 2008 年版，第 758 頁。
② 同上書，第 759 頁。

而已。以喻人之求道於見聞之間、測度之際者，皆爲有限也。程明道所謂："泰山高矣，泰山頂上已不屬泰山。"又云："鳶飛戾天，向上更有天在。魚躍於淵，向下更有淵在。"亦此意也。若置之而於了處，則即其所不覩不聞者，而戒慎恐懼以存之，然後爲學聖之全功也。[①]

根據湛若水的相關解釋，我們可以看出李承箕臨行時，陳獻章作爲老師對弟子的深切期盼與教導。以采菊比喻求道，希望李承箕能如菊花一樣傲立枝頭，不落俗套[②]；以竹桂喻人，希望李承箕在"世習日相侵奪"的情況下，要持節不渝；教誨李承箕面對爵位與利欲、天理與人欲，應該有所取捨，做一個"向道之人"[③]；勸諭教誨李承箕要存其心志，保持聖賢之"神氣"，做到存天理去人欲；教誨李承箕應該明曉聖人之道，不要徒靡文字之功。同時，還要不断鞭策自己，"及時進修"[④]；告誡李承箕求道之事，不要計較其"高卑"，坦然處之，時常保持一顆"戒慎恐懼"之心，這樣才能達到求道之"全功"。陳獻章從做人、爲學、求道等方面，諸條予以教誨，故而湛若水也嘆道，"嗚呼！此先生之告世卿者，至矣。"

① 陳獻章：《陳獻章集》附録一，中華書局 2008 年版，第 760 頁。

② 陳獻章給李承箕的信中指出"世情不可盡狥，盡狥則失己"（《陳獻章集》卷二《復李世卿》，中華書局 2008 年版，第 220 頁）。

③ 陳獻章教誨李承箕應看淡貴賤、名利，"富貴何欣欣，貧賤何戚戚。一爲利所驅，至死不得息。夫君坐超此，俗眼多未識。勿以聖自居，昭昭謹形迹"（陳獻章《陳獻章集》卷四《送李世卿還嘉魚》，中華書局 2008 年版，第 314 頁）。達到無欲則剛，"疾風起驚濤，舟以柁爲命。柁乎苟不操，舟也何由静。是舟如我身，孰知身之穽。是柁如我心，孰祛心之病。不如棄其舟，免與風濤競"（同上）。

④ 希望李承箕多向賢人求教，"楚地多佳人，可慕不可求。長江崩西浪，五嶺障東暭。翩翩李叔子，晤語滄溟秋。諸賢當未衰，濟世吾何憂。歸去襄南州，問詢李與劉"（陳獻章《陳獻章集》卷四《送李世卿還嘉魚》，中華書局 2008 年版，第 314 頁）。且要有寬廣的胸懷，"襟懷有全楚，勝處多卧遊……行藏君自知，可以與我否"（同上）。

陳獻章甚至在晚上睡不着覺時，還没有忘記教育學生要珍惜光陰，在給李承箕、湛若水的信中言道："昨夕樓上聞雨聲澎湃，睡不能着枕，因檢會鄉里平時還往人，十亡七八，中間年及七十者才一二，餘皆六十而下，四十蚤晚死者恒多。嗚虖！人所得光陰能幾？生不知愛惜，漫浪虛擲，卒之與物無異。造物所賦於人，豈徒具形骸，喘息天地間，與蟲蟻並活而已耶？浮屠氏雖異學，亦必以到彼岸爲標準。學者以聖人爲師，其道何如？彼文章、功業、氣節，世未嘗乏人，在人立志大小。歲月固不待人也。"①

（2）陳獻章與李承箕的詩篇往來

李承箕自1488年首次到白沙後，十餘年間數次拜訪陳獻章，問道求學，"去歲首夏，李世卿過白沙，至臘初始別。閑與論一時人物，世卿亦以後進之才稱足下"②。涉及對當代人物的評點。李承箕在編撰志書時，陳獻章指出"邑中山水，白龍、玉臺最勝，諸前輩有賦詠，可盡收拾，志中慎勿留意拙作，爲世卿累也。切囑，切囑"③。對於朋友之間的詩作往來，陳獻章也常與李承箕交流，"昨晚陳伯謙過白沙，出示與僧文定詩，頗有援救意，不審聞於邑主否？封去某近作記文一首，據拙見，詞格不古，終傷安排，不知世卿以爲何如？朋友間評論文字在於求益，奚事虛讓爲？讀畢還一字示可否，乃老拙所望於世卿者也"④。

由於白沙與嘉魚相隔數千里，師徒間的交流多是憑藉書信往來，諸如陳獻章所作《得世卿書訝其太略》《答世卿書》《和世卿》《得世卿詩》等。陳獻章得到李承箕書信非常高興，"笑顏别後幾回開，詩到衰翁輒舉杯。擊壤狂歌千首在，一春無計寄君來"⑤，甚者指出"報答還山第一書，筆端有眼笑談餘。行藏付酒君亦醉，兄弟論文我不如"⑥。

---

① 陳獻章：《陳獻章集》卷一《漫筆示李世卿湛民澤》，中華書局2008年版，第79頁。
② 陳獻章：《陳獻章集》卷二《與順德吴明府》，中華書局2008年版，第209頁。
③④ 陳獻章：《陳獻章集》卷二《復李世卿》，中華書局2008年版，第220頁。
⑤ 陳獻章：《陳獻章集》卷六《得世卿詩》，中華書局2008年版，第680頁。
⑥ 陳獻章：《陳獻章集》卷五《答世卿書》，中華書局2008年版，第473頁。

李承箕與陳獻章相交十多年，其間互作詩答，交流頗多，爲便於考察其師徒間交流事項，兹以其往來詩篇爲例證，略作探究。

其一，陳獻章《與世卿閒談，兼呈李憲副》九首：

風光何處可憐生，共把閒愁向酒傾。今日花非前日看，少年人到老年更。秦傾武穆憑張俊，蜀取劉璋病孔明。萬古此冤誰洗得，老夫無計挽東溟。

禮樂猶存魯兩生，至今聞者尚心傾。乾坤已正高皇統，制作還隨漢事更。世情迥與淳風別，山色須看過雨明。枕底白雲閑一片，直從南斗跨東溟。

酒醒西巖看月生，此懷此夜向誰傾。百年自信官情淡，兩耳那聞世態更。露飲秋蘭分楚客，詩連石鼎對彌明。五湖煙水能多少，更整絲綸釣八溟。

午枕清風汗不生，鼻雷打到日西傾。東西山色移床看，六十年光轉瞬更。廬阜白雲真太華，玉臺高閣小朱明。丹青若更閑分别，老子江門是一溟。

草長津南薙復生，陰晴天氣欲相傾。短簷風暖偏宜睡，古瑟弦高且莫更。有客艤舟留信宿，呼兒問酒出黎明。短衣江畔聊延佇，又聽漁歌徹四溟。

病裏風光如隔生，泥尊名酒爲誰傾。不將蓴菜還張翰，也把茅根與率更。松下白頭眠卓午，沙邊赤脚步平明。安期久矣無尋處，知在南溟是北溟。

獨立蒼茫笑此生，瘦筇幾尺也扶傾。新傳隻屨無多售，舊濫吹竽亦小更。往往詩囊隨李賀，深深酒盞寄淵明。世間未必如公足，山有飛雲水有溟。

碧酒三杯春又生，偶逢騷客各披傾。楊雄識字終誰讓，家媪知音卻屢更。舊管一題都迭蕩，新收半卷轉高明。封緘遠寄而宗老，月在青天影在溟。

羞將白髮對黄生，信未通前意已傾。門静客稀偏足話，山回埭遠不知更。雞鳴桑柘孤村曉，日出東南一角明。我欲與君同辟穀，不携妻子住滄溟。

按：李承箕用陳獻章作文之韻，給陳氏寫信《次石翁寄李憲副若虚韻呈石翁》二首：

聯步溪橋看水生，中庭望月幾回傾。江山都與客情好，去住那知天道更。燕市有金收駿骨，腐儒無策獻皇明。向來孟浪都何意，欲逐秋風起北溟。

長空焰焰火雲生，欲挽天瓢翻倒傾。何處一凉消病骨，閑人千雪坐殘更。氣周寒暑應天道，地轉東南對月明。百尺珊瑚堪一倚，先生袖裏有垂溟。[①]

陳獻章主要言及自己的心情，“風光何處可憐生，共把閑愁向酒傾”，“病裏風光如隔生，泥尊名酒爲誰傾”，“獨立蒼茫笑此生”，“兩耳那聞世態更”。並提到當朝禮樂制度的變更，“乾坤已正高皇統，制作還隨漢事更”。最後，希望能與李承箕同隱山林，“我欲與君同辟穀，不携妻子住滄溟”。而李承箕則對世事比較看淡，“腐儒無策獻皇明”，且認爲“先生袖裏有垂溟”。

其二，陳獻章有《月下懷世卿，時在南山》：

世卿昔赴南山召，今見南山問世卿。信宿世卿向何處，一片南山空自青。滄波脚底機全活，勾漏囊中藥果靈。且傍鐵橋攜笛上，亂峯明月試吹聽。[②]

---

① 見本書卷一《次石翁寄李憲副若虚韻呈石翁》。

② 陳獻章:《陳獻章集》卷五《月下懷世卿,時在南山》,中華書局2008年版,第441頁。

按：李承箕作《石翁月下懷予南山之遊次韻奉答》予以回應：

連朝偶别陳夫子，兩度高吟問長卿。我未題詩愧孤嶼，公能着眼極變清。無邊意愜關飛動，有底愁來損性靈。更許銕橋共吹笛，遺音不遣外人聽。①

當李承箕去南山吴廷舉處修志書時，數日不見，陳獻章便掛念弟子，特向吴廷舉詢問相關事項。李承箕指出“我未題詩愧孤嶼，公能着眼極變清”，很期望與陳獻章“更許銕橋共吹笛，遺音不遣外人聽”。

其三，陳獻章《陳獻章集》卷四《寄容貫圭峯》：

西峯扶策上，病骨快新凉。乞米分僧飯，聞香過梵堂。閉門秋竹静，語鳥暮鐘藏。浩浩蒲團上，還同在醉鄉。

落日荒臺上，疏松古塔邊。身休論出世，趣欲到無弦。峯閣初生月，渠通自到泉。西庵憑藉問，許住過殘年。②

按：李承箕則用陳獻章之韻作《次韻石翁寄容一之圭峯》：

清秋望不極，楚客思無邊。得句雲歸岫，開尊月上弦。坐平臨海石，飲足在山泉。歸面垂厓壁，從頭又幾年。

何處無膏火，空門借晚凉。天機來滚滚，人世去堂堂。詩酒休相絆，形骸且獨藏。青蓮李居士，獨認醉爲鄉。③

其四，陳獻章《陳獻章集》卷四《江村晚望，寄世卿圭峯》：

---

① 見本書卷一《石翁月下懷予南山之遊次韻奉答》。
② 陳獻章：《陳獻章集》卷四《寄容貫圭峯》，中華書局 2008 年版，第 365–366 頁。
③ 見本書卷二《次韻石翁寄容一之圭峯》。

一望一延緣，諸山進目前。鄉邦無一老，知舊半重泉。黃葉寺旁下，白雲池上連。無窮幽澗水，日夜注東川。[①]

按：李承箕則有《奉和石翁江村晚望見懷》二首：

湖海身須遠，塵埃步不前。背人惟野寺，當酒只山泉。拜賜篇章富，平鋪水月連。好懷違咫尺，暝色下長川。

羈棲如客燕，豢養果神龍。偶托東南迹，無妨遝颯風。久遊穿客履，時食近僧鐘。龕糲須吾輩，能無自計功。[②]

其五，陳獻章《陳獻章集》卷四《重過大忠祠》：

宋有中流柱，三人吾所欽。青山遺此廟，終古厭人心。月到崖門白，神遊海霧深。興亡誰復道，猿鳥莫哀吟。[③]

按：李承箕用陳獻章韻作《大忠祠次石翁韻》：

崖山千古地，草木亦知欽。成敗非無筭，天人不共心。風波來得得，祠屋落深深。獨抱卧龍膝，誰聽梁甫吟。[④]

其六，李承箕有《薄暮登飛來寺次石翁韻》：

---

① 陳獻章：《陳獻章集》卷四《江村晚望，寄世卿圭峯》，中華書局 2008 年版，第 366 頁。

② 見本書卷二《奉和石翁江村晚望見懷》。

③ 陳獻章：《陳獻章集》卷四《重過大忠祠》，中華書局 2008 年版，第 367 頁。

④ 見本書卷二《大忠祠次石翁韻》。

佳景留人晚亦留，本來心不解悲秋。未嫌列炬驚猿鳥，只恐高風去馬牛。老屋都無烟火氣，先生端爲利名休。白沙門第山靈識，不用山僧問所由。①

按：李承箕用陳獻章之韻作文，陳氏則有《世卿寄示經飛來寺和予壬寅秋舊律詩復用韻答之》：

山寺然燈客欲留，客情到此淡於秋。詩篇可續還杯酒，行李無多共一牛。峽水更看東逝急，嶺猿那肯晝啼休。舊題回首今如夢，巢父猶應笑許由。②

其七，陳獻章《陳獻章集》卷五《憶世卿廷實，用寄景暘韻》：

東西垣竹影交欹，坐到芭蕉月上時。何處塵蒙春試馬，壁間苔没舊題詩。一杯脱粟吾將老，萬里長風子可羈。别有樵夫來歇擔，晚凉松下一殘棋。③

按：陳獻章關切李承箕會試之事，李承箕則有《石翁意予會試京師次韻奉答》一首：

天南杳杳雁行欹，天北書來春暮時。閑坐白駒芳草地，長歌滄海老人詩。江山本自難相負，才調何曾有不羈。門外白雲嘗閑客，獨閑猶勝橘中棋。④

---

① 見本書卷二《薄暮登飛來寺次石翁韻》。

② 陳獻章：《陳獻章集》卷五《世卿寄示經飛來寺和予壬寅秋舊律詩復用韻答之》，中華書局2008年版，第446頁。

③ 陳獻章：《陳獻章集》卷五《憶世卿廷實，用寄景暘韻》，中華書局2008年版，第447頁。

④ 見本書卷四《石翁意予會試京師次韻奉答》。

其八，陳獻章《陳獻章集》卷六《偕一之世卿詣楚雲臺偶作呈世卿》二首：

小立三人静楚雲，水田漠漠向秋分。千峯笑指來時路，黄鶴樓前月是君。

半牀明月半牀雲，光景行窩到幾分。眼角東溟秋一片，邵堯夫也不如君。①

按：對於陳獻章之信，李承箕予以回應，作《楚雲臺次石翁韻》五首：

震天風雨蔽天雲，咫尺村頭路不分。卻笑龍鍾衫袖濕，坐澆簷溜洗茆君。

寒月籠沙水拍雲，水光秋與月光分。舉杯笑向波中影，何處人間不負君。

西林一抹漏晴雲，曉景相將一兩分。雲裏氤氳便熟卧，眼前長路不宜君。

誰是山人誰是雲，閑心老去不曾分。壺中日月臺中漾，笑對壺公我亦君。

白日人閑一枕雲，紅塵路出小橋分。何人謾説相尋得，户鎖雲深不放君。②

其九，陳獻章《陳獻章集》卷六《與李世卿約遊圭峯》二首：

---

① 陳獻章:《陳獻章集》卷六《偕一之世卿詣楚雲臺偶作呈世卿》，中華書局 2008 年版，第 617 頁。

② 見本書卷五《楚雲臺次石翁韻》。

方壺使者與公期，老我三山乞住持。且約圭峯爲社會，一圖今古付王維。

愛山長負入山期，多少陰晴被把持。起倚秋原看落日，如今剛好著繩維。[①]

按：對於陳獻章邀約遊圭峯之事，李承箕作《約遊圭峯和石翁》四首：

不把青山作晚期，青邛白髮幾能持。誰家酒艇初回首，看盡秋天又解維。

一瓢花月也無期，醉倒花前月不持。可是山靈來抵頂，碧雲岩上夢相維。

避人何又與人期，顛倒風前不自持。亦見龍門程叔子，白頭高帽訪韓維。

一度看山一度期，茲盟今日定誰持。請君試上峯頭望，去馬來牛各被維。[②]

其十，陳獻章《陳獻章集》卷五《答世卿書》：

報答還山第一書，筆端有眼笑談餘。行藏付酒君亦醉，兄弟論文我不如。高榻忝同他雨坐，西山剛對此溪居。因君料理安身處，多少人間未結廬。[③]

按：對於陳獻章關心之事，李承箕答以《石翁見寄次韻》：

① 陳獻章：《陳獻章集》卷六《與李世卿約遊圭峯》，中華書局2008年版，第672頁。
② 見本書卷五《約遊圭峯和石翁》。
③ 陳獻章：《陳獻章集》卷五《答世卿書》，中華書局2008年版，第473頁。

不盡論心擬托書，縱教百紙也遺餘。一槎浦口今何處，孤枕江門獨宴如。天闕風雲無昨夢，楚雲花木憶郊居。應誰學得華山法，不共承明夜直廬。

牧吾牛處讀吾書，生理無餘樂有餘。徐孺腳根何敢望，桃源風景或能如。一杯聊足胡麻飯，半畝寧無水竹居。莫向黄公誇此興，煙霞深處是吾廬。[①]

其十一，陳獻章《陳獻章集》卷五《寄李世卿》：

再過湘江踏浪過，一帆西去傍煙蘿。家臨漢水心無住，人到衡山興亦多。豈是兵戈愁阻絶，不因婚嫁笑蹉跎。白鷗肯信閑於我，也解忘機浴遠波。

湖北竹枝高自歌，釣絲千丈引垂蘿。煙霞腳底真曾到，歲月人間頗厭多。雲水與君終浩蕩，題緘寄我莫蹉跎。秋風税駕衡山下，共泛清湘明月波。[②]

按：對於陳獻章之來信，李承箕作答以《石翁見寄次韻》：

花下一盃還一歌，梅雲細路隱垂蘿。春來紅紫花無數，此外東西路更多。影子青天從放誕，頭顱明鏡笑蹉跎。悠揚乘興前溪曲，戲撥流澌漱碧波。

萬里長風擊楫歌，了無此夢掛煙蘿。溪山到腳長嫌少，車馬臨門不愛多。瓢掛林梢風淅瀝，鶴巢松盖夢蹉跎。一聲引起漁家傲，兩兩三三唱隔波。[③]

---

① 見本書卷六《石翁見寄次韻》。
② 陳獻章：《陳獻章集》卷五《寄李世卿》，中華書局 2008 年版，第 483 頁。
③ 見本書卷八《石翁見寄次韻》。

上述十多首往來詩篇，可謂見證了陳獻章、李承箕師徒二人交流之廣泛，其形式絶大部分是互相酬答，其内容涉及面較廣，包括借詩抒情、國家時政、處世態度、相互關切等，充分顯示師徒二人相知之深，感情之切。

2. 虚以立本，動而能神：李承箕對陳獻章之仰慕

楊慎《胡、唐論詩》中言“弘治間，文明中天，古學焕日。藝苑則李懷麓、張滄州爲赤幟，而和之者多失於流易。山林則陳白沙、莊定山稱白眉，而識者皆以爲傍門”①。而自少不喜舉子業，性格豪邁之李承箕對陳獻章更是仰慕已久，數次往返於嘉魚白沙之間，樂此不彼。

（1）李承箕對陳獻章之仰慕

史籍所載李承箕1488年首赴白沙，其實，1482年秋，李承箕便仰慕陳獻章，希望能隨其“灑掃左右”，但未能如願，“先生至京師，予弟藎卿旦暮謁見。先生曰：‘衡有兩端，道德聲利，孰輕孰重，且問而兄。’盖知予兄弟傾仰之誠”②。

在陳獻章六十壽辰時，李承箕恰好在白沙，和衆人一起作詩祝壽。李承箕《石翁慶壽詩序》中稱陳獻章“心無悔恨，身遠利禄，天下之人始而疑之，今釋然以順，無遠近，無貴賤，咸來問學。先生怡然隨問而答，初不强語之，亦未嘗輕拒人也。暇則閉門高卧，人不能以勢利相撓”。陳獻章的博學及高尚人格吸引衆多學子前來問學，均能獲得釋疑，且其不受世俗利益的影響。以至於李承箕希望“他年亦披然白髮，重上先生之堂，作千首鶴南飛之曲，每過斯晨，載歌而觴，觴而醉，醉而醒，醒而起舞，相與忘先生弟子之老，日隨杖屨，飄然羅浮，遺世獨立而樂”③。即終身追隨陳獻章左右，享受人生之樂。

① 楊文生:《楊慎詩話校箋》，四川人民出版社1990年版，第100–101頁。按：楊慎所言，足見當時陳獻章在學界影響之大。

② 見本書卷十九《祭石翁文》。

③ 見本書卷十六《石翁慶壽詩序》。

獲悉陳獻章病重，李承箕千里迢迢前往探視，師徒相見，感慨萬千，“先生泣數行下，吾亦泣數行下”。陳獻章的病情稍有好轉，便“連與投壺飲酒”，不料陳獻章突然因病去世，李承箕對此嘆惋不已，“苟誠知其然，於微亟之際，吾必執其手足以待倏然長逝矣。豈料其遽爾耶！”在書寫祭文時，“筆未臨紙，情已塞胸，不自知其言之亂也”[①]。足見李承箕對陳獻章的尊敬。

在陳獻章的墓志銘中，李承箕不僅悉數陳氏之生平，稱其學問“厭擄故迹”，“超然自得”，“性至孝，事母朝暮不離側”，“蓋其所以得己與其所欲及人者，非隨世以就功名，畸殘而補偏舉弊者也。隨世以就功名，畸殘而補偏舉弊者，殆秦漢以後，自獻其身者之學，非其志也”[②]。對待弟子，更是諄諄教誨，“每以己之所以養心持身，由微至著，自得無待於外之要，惺惺策之者，不但一二而已也”[③]。諸如羅倫改官修撰南京，陳獻章對其言曰：“子未可以去乎。”羅倫便辭職回鄉，其因在於陳獻章“言説精明，處義至到，立人如己有如此”[④]，故李承箕爲其銘曰：“虚以立本，動而能神。”[⑤]

（2）陳獻章對李承箕之影響

陳獻章爲學宣導“超然自得”之學，不喜著述，侍親純孝，淡泊名利，與其爲“神交”的李承箕自求師白沙後，終其生秉承白沙之學行。故而王夫之對此嘆道：“夫之讀白沙先生集而有疑焉，疑當時之授宗旨於江門者，自張廷實、林緝熙以及乎容貫、陳冕之流，洗髓伐毛於釣臺之下，無幽不抉，以相諳印，而白沙所珀芥以弗諼者，則唯大崖先生。其唱和詩幾百篇，抑未嘗以傳心考道之爲娓娓，視彼諸子者言不勤矣。以此疑而思，思而不得者數月。乃置其往還唱和之迹，而設身以若侍兩先生之側者又數月，而後庶幾若見之。嗚呼！兩先生之映心合魄，而非張、林、容、陳之得與者，豈其遠哉？白沙之於一峯，猶是也；於

① 見本書卷十九《祭石翁文》。

②③④⑤ 見本書卷十八《石翁陳先生墓志銘》。

定山，猶是也；於醫間，猶是也；於汝愚，猶是也。其時相與接迹者，前爲三原，後爲楓山，雖未嘗與白沙遊，大崖亦未嘗造膝焉，而亦猶是也。踰此而外，交臂失之者多矣。……江門風月，黃公臺披襟而對之，扶疏蔥蔚，拄青天而蔭滄海，言惡足以及之哉。”①

李承箕回憶追隨陳獻章求學的經歷，“其後壬寅之七年，予始得拜先生白沙，既而每有請益，惟欲一啟其扃，不深其奥，待予自得焉而已”②。在實際中，李承箕是堅守老師的教誨，其《茅屋書聲》有文：“萬卷亦未足，三冬良遲遲。君子貴自得，輪扁乃吾師。”③且言：“聞見口耳之學，非其自得者，非真學。”④評論孔蓋臣的詩作亦言：“别駕卷中十詩似欠沈著妥貼，力到自達，明者自得於言語之外。”⑤因此，吴廷舉稱李承箕“送許生文而憫俗學之支離，闢異學之汗漫，而令之静坐以觀心，有得於深造自得之妙焉”⑥，“其自得之妙，非惟人不能知。雖先生亦不自知也。又嘗觀其所謂道德矣，泰山喬嶽而不自以爲高，岷江渤海而不自以爲深，威鳳祥麟而不自以爲瑞，翔龍踞虎而不自以爲猛，其變化之功，先生自信之，予知而亦信之”⑦。從首次由白沙返回嘉魚後的十多年，李承箕一直秉持自得之學。

在著述方面，陳獻章持謹慎態度，不虚爲文字，“白沙之學不立文字，教人端坐，澄心優遊，停涵久之，渣滓消融，神明内朗，其學號簡易直捷，一時學者翕然趨向。然亦或訾且議之，大厓心獨喜其説”⑧。對此，李承箕認爲陳獻章“不著書，嘗曰：‘六經之外，散之諸家百子，皆剩語也。許魯齋謂須焚卻，顧我何復云云。’性喜吟詠，故其進退語

① 王夫之：《船山遺書》第七卷《薑齋文集》，北京出版社 1999 年版，第 4231 頁。
② 見本書卷十九《祭石翁文》。
③ 見本書卷七《茅屋書聲》。
④ 見本書卷十六《送王承吉序》。
⑤ 見本書卷二十《與孔蓋臣》。
⑥⑦ 見本書《大崖先生文集序》。
⑧ 王鏊：《震澤集》卷二十六《李大厓先生承箕墓表》。

默之幾，無爲自然之旨，悉發於詩”[①]。李承箕稱陳獻章的詩篇，“所謂吟詠性情而不累於性情者乎”，“濟其源，發其光，内外一致，默語惟時，而超然自得於形器之外者，存乎其人焉耳”[②]。

李承箕從白沙歸來後，深受白沙“不立文字”之影響，“日端坐一室，洗滌身心，不涉階級，徑造本真，或勸之著述，曰：‘近世箋注繁蕪，郢書燕説，鼎沸絲棼，方欲一剗去之，而更推波助瀾耶？’顧猶喜吟詠，客至，相與劇飲賦詩，醉起書之，劄草濡墨，斜斜整整，無不如意。及爲文章，刮濯陳垢，無起無止，莫可端倪”[③]。

陳獻章對母至孝之情，對李承箕亦有很大影響。李承箕自白沙歸，不復仕進，贍養老母，許多史籍載有此事，玆列如下：

> （李承箕）慕白沙陳先生振學東粤，而往師事焉。卒不復赴春官，歸養其母垂二十年。伯兄大司馬及仲廷評君聞大厓風，一時盡解官歸，大厓因日與兩兄者奉母夫人甚歡。每進食前起舞爲壽，或擊缶而歌，母夫人亦時應聲和之，如是竟其天年。……大厓信純孝，乃不謂能感其兄。[④]
>
> （李承箕）與其兄日夕奉母，怡愉一堂，雖貧約不計焉。[⑤]
>
> 己酉除夕，兄弟侍親榻至中夜，母嘆曰今夕有二子在，明夕當何如？世卿聞言即泣下，不忍去，勸兄就道，己留奉親，遂棄科名，不復言禄仕。久之，兄棄官歸，相與日夕奉母，怡愉一堂，及母喪，寢苫枕塊，不離喪次。[⑥]

---

① 見本書卷十八《石翁陳先生墓志銘》。

② 見本書卷十七《石翁先生詩集序》。

③ 王鏊:《震澤集》卷二十六《李大厓先生承箕墓表》。過庭訓亦言李承箕“爲人寡言笑，終日端坐，人莫窺其所存，爲詩文下筆立就”(《本朝分省人物考》卷七十六《李承箕》，明天啟刻本)。

④ 莫如忠:《崇蘭館集》卷十一《壽姚母李孺人八袠序》，明萬曆十四年刻本。

⑤ 李賢:《明一統志》卷五十九《李承箕》，清文淵閣四庫全書本。

⑥ 張夏:《雒閩源流録》卷十四，清康熙二十一年黄昌衢彝叙堂刻本。

李承箕不僅自己孝侍老母，且勸諭友人亦應孝敬老人，其《送許生還上虞序》中言“生欲往白沙謁吾陳先生。夫自生之鄉去彼，五千有餘里，囊無粟，衾裹裂，錢掛杖頭者有幾？生又有老親雙垂白於堂，隻子可再遠？”[①]

對於名利，李承箕非常看淡，曾言“卑卑焉日趍於聲色貨利之場，如蛲螂之轉丸而不能止，視其心何如也？”[②]並在詩文中，多次言及自己乃山野之人，其兄李承芳言“世卿本以忘名者”[③]，廖道南稱“觀《大厓集》，乃見其以邁往之志，棄榮利而耽幽寂”[④]。

3. 安知不是野狐精：陳獻章對李承箕之評價

李承箕與陳獻章書信往來持續十餘年，從李承箕的相關著述中可見其對陳獻章可謂是欽佩之至，“君子以道交者也，同明相照，同類相求，雲從龍，風從虎，聖人作而萬物睹”[⑤]。同樣，陳獻章對於這位數次徒步數千里來訪的學生亦是關愛有加，提供食宿，並爲之構建楚雲台。

當李承恩把李承箕的文章給陳獻章看時，陳獻章覺得其文“出入經史，跌宕縱横，筆端滚滚不竭來，數千言沛然出之，若不爲勢利所拘者。予時未識世卿而知世卿抱負有大於人，既不忘於心，亦時於詩焉發之”。世人評價當世文章，總會以李承箕之文爲參照，“然又意世卿少年，凌邁高遠則有之，優遊自足無外慕，嗒乎若忘，在身忘身，在事忘事，在家忘家，在天下忘天下，世卿未必能與我合，孰知世卿有意於來耶？”未謀面時，陳獻章認爲李承箕非同常人，但未必與自己旨趣相同，更不會料到他會千里來訪。但李承箕“自其鄉裹糧南望大庾嶺，沿途歌吟，入南海”，拜訪陳獻章於白沙，兩者“一見語合意”[⑥]，且陳獻

① 見本書卷十六《送許生還上虞序》。
② 見本書卷十七《華容劉公遺愛序》。
③ 見本書之《采菊稿引》。
④ 廖道南：《楚紀》卷二十二《昭文内紀後篇》，明嘉靖二十五年何城李桂刻本。
⑤ 黄宗羲著：《明儒學案》卷五《復李世卿》，中華書局 2008 年版，第 87 頁。
⑥ 陳獻章：《陳獻章集》卷一《送張進士廷實還京序》，中華書局 2008 年版，第 13 頁。

章喜曰："吾與子神交久矣。"[①]

對於李承箕這位後來入門的弟子，陳獻章非常器重，"先生門士請益請業，各有知聞，發越施張，儼有門户。予獨憨愚村朴，而翁一視之，無先後焉"[②]，並且不断把李承箕的情況介紹給其他弟子或當地名流。

（1）與弟子及當地名宦交流間論及李承箕

古人重視師生門第關係，强調學脉淵源，由此形成一個個學術圈子或者學術流派。黄宗羲《明儒學案》中立有"白沙學案"，陳獻章傳後附有李承箕、張詡、賀欽、鄒智、周茂烈、林光等人，彰顯陳獻章之學自成體系，且學術影響較大。其實，陳獻章在和弟子交流的過程中就非常注重學生間的相互交流。

張詡，字廷實，係陳獻章比較喜愛的門徒。陳獻章與張詡的信中屢次言及李承箕：

> 李世卿不遠數千里來訪白沙，朝夕與之談，英偉特達，鄙陋當世，欲於聲利外立腳者，非但文辭之工而已。期過秋方還嘉魚，因便能一來會否耶？[③]
>
> 李世卿近往南山，未還白沙。承欲爲一會，此念自好，但一有所繫，則不如勿强，行止蓋亦有數也。[④]
>
> 順德人謗李世卿，由吴獻臣、王嶺南；怪李世卿，由某多言。孟子曰："愛人者，人恒愛之；敬人者，人恒敬之。"今之愛人者，人惡之；敬人者，人侮之，與古不同，置之勿復道矣。[⑤]
>
> 曩辱佳章並賀儀，愧感千萬。李世卿行時，諸友追餞，倥傯

① 王鏊：《震澤集》卷二十六《李大厓先生承箕墓表》。
② 見本書卷十九《祭石翁文》。
③ 陳獻章：《陳獻章集》卷二《與張廷實主事》，中華書局2008年版，第169頁。
④ 同上書，第178頁。
⑤ 同上書，第160頁。

不及奉簡。亦謂與世卿相知，不待面，安事簡耶？世卿闊達，善評文，想青燈對榻，高論層出，麗澤之益多矣。更冀寬廣，以來天下不一之善。別有贈章，勿愛垂示。①

如李世卿平日自負，至論詩則以爲甚難，不敢出一語，亦近方得覺也。秉常南京寄來諸稿，讀之不能竟，又不知所養者近來何如也。別紙録去拙作，閑呼子長共讀之，《懷世卿》末一聯，以問容一之，亦不能了，知音者真難得也。②

去歲之冬，李世卿別予還嘉魚，贈以古詩十三首。其卒章云："上上崑崙峯，諸山高幾重？望望滄溟波，百川大幾何？卑高入揣料，小大窮多少？不如兩置之，直於了處了。"世卿豪於文者也，予猶望其深於道以爲之本，廷實至京師見世卿，重爲我告之。③

來看竹上舊題名，已有清風挹世卿。夭矯龍蛇不堪捕，安知不是野狐精。④

陳獻章與張詡的數封信中，指出李承箕的優點："英偉特達，鄙陋當世，欲於聲利外立腳者"，爲人"闊達，善評文"，"豪於文者也"，以"野狐精"稱之，但"論詩則以爲甚難"。陳獻章希望張詡能來白沙與李承箕進行相關交流。當李承箕返鄉後，陳獻章讓張詡轉告李承箕治學應"深於道以爲之本"。

陳獻章與弟子鄧球的書信中言："首夏，湖廣嘉魚貢士李承箕世卿者過白沙，甚聰明，有文章，留白沙數月，不忍別去，議論間頗覺有益，恨足下不與同也。眼中朋友，求可與言者不可得，世味之移人者不少，大者文章功業，然亦爲道之障，爲其溺也。足下苟有見於此，幸

① 陳獻章：《陳獻章集》卷二《與張廷實主事》，中華書局 2008 年版，第 166–167 頁。
② 同上書，第 167–168 頁。
③ 陳獻章：《陳獻章集》卷一《送張進士廷實還京序》，中華書局 2008 年版，第 13 頁。
④ 陳獻章：《陳獻章集》卷六《與廷實看李世卿題竹》，中華書局 2008 年版，第 594 頁。

甚，幸甚。”[①] 與弟子朱甘節言：“李世卿首夏自嘉魚來訪，今尚留白沙。與之語，甘節真知人哉！”[②] 與弟子湛若水言：“李世卿書來問守臺者，老朽以民澤告之。冷焰並騰，殆出楚雲之山，盖以勉世卿，使求諸言語之外。如世卿，可惜平生只以歐蘇輩人自期，安能遠到？”[③]

陳獻章與當地名流交往中極力推薦李承箕，順德縣令讓陳獻章寫送東山先生序文時，他向府台大人推薦“有李某者，嘉魚人，近自其鄉來白沙。其人東山先生知之，其爲文有氣采，僕讓之。慷慨特達，樂聞人之善而樂道之。僕謂執事倘可以此文托之乎？然否，惟命”[④]。向陶方伯推薦李承箕修撰《新會縣志》[⑤]，讓李承箕代撰《玩琴軒記》[⑥]。

（2）陳獻章對李承箕的牽掛

當李承箕暫時離開白沙，或是返回嘉魚時，陳獻章詩文中盡顯對李承箕的關愛與掛念。如李承箕赴南山修志書，數日未歸時，陳獻章言：“世卿昔赴南山召，今見南山問世卿。信宿世卿向何處，一片南山空自青。”[⑦] 李承箕和湛若水一起遊羅浮未歸，“李世卿自嘉魚來，與湛民澤往遊羅浮，今殆一月矣，未知所得何如。老朽亦欲深潛遠去，爲終老計”[⑧]。吴廷舉因修《順德志》請李承箕商量，陳獻章有《世卿赴順德

---

① 陳獻章：《陳獻章集》卷二《與鄧球》，中華書局 2008 年版，第 226 頁。

② 陳獻章：《陳獻章集》卷三《與朱甘節》，中華書局 2008 年版，第 264 頁。

③ 陳獻章：《陳獻章集》卷二《與湛民澤》，中華書局 2008 年版，第 192 頁。

④ 陳獻章：《陳獻章集》卷二《與林府尊》，中華書局 2008 年版，第 195 頁。

⑤ 陳獻章：《陳獻章集》卷二《與陶方伯》，中華書局 2008 年版，第 130 頁。參見王興亮《陳獻章〈辭修縣志〉詩考》，《廣東史志》2003 年第 2 期。

⑥ 按：“先子當年坐一軒，軒中高榜揭無弦。斯文觸目休論價，世德流芳可盡年。從此兒童堪我誦，是何風韻與人傳。道旁雖有崖千尺，不得名家一字鐫。”（《陳獻章集》卷五《代陳汝岳謝李世卿撰玩琴軒記》，第 445 頁）

⑦ 陳獻章：《陳獻章集》卷五《月下懷世卿，時在南山》，中華書局 2008 年版，第 441 頁。

⑧ 陳獻章：《陳獻章集》卷二《與林君博》，中華書局 2008 年版，第 215 頁。

吴明府之召，五日不返，詩以促之》[①]。

當李承箕返回嘉魚時，陳獻章有“客路經南嶽，湘帆背嶽開。江湖閑老夢，歲月是君來。相見兒童喜，别離琴瑟哀。惟應楚雲外，更起望仙臺”[②]。還有《有懷世卿》四首[③]、《圖新書舍懷世卿，時别白沙半月》[④]、《炒蜆憶世卿》[⑤]等，皆是對李承箕的掛念之作。甚者，陳獻章與他人交流之中，仍不忘李承箕，“玉臺此日秋風賦，誰敵縱横李世卿”[⑥]，“碑蹟我留諸叔久，酒杯誰放世卿寬”[⑦]，“大厓居士此彈琴，誰繫孤舟緑渚尋？”[⑧]更甚者，長時間不見李承箕，難開笑口，陳獻章在憶李承箕的詩中言：“去歲逢君笑一回，經年笑口不曾開。山中莫謂無人笑，不是真情懶放懷。”[⑨]

陳獻章給張梧州的信中對李承箕評道：“德行文章要兩全，乾坤回首二千年。自從孟子七篇後，直到於今有幾賢；多病爲人未足羞，遍身

① 按：其文爲：“何處千杯一放歌，楚雲剛好共婆娑。百年幾見都難説，一日三秋不啻過。笑索梅花催拄杖，照眠山月滿行窩。高樓遠卜衡陽下，却到而今夢更多。”“今雨相逢聽此歌，江門漁父老婆娑。紫霞酒琖千回醉，黄鶴仙人兩遍過。遮莫支離親藥裹，何曾造次出眠窩。廬岡準備明朝飯，小市津頭蚌蛤多。”（《陳獻章集》卷五《世卿赴順德吴明府之召，五日不返，詩以促之》，第466–467頁）

② 《陳獻章集》卷四《贈别世卿》，第377頁。

③ 按：湛若水對陳獻章《有懷世卿》四首分别予以闡釋，指出陳獻章對李承箕的思念，甚者三年不見，“書至有不可讀者矣”。（《陳獻章集》附録一，中華書局2008年版，第761–763頁）

④ “月上齋垣白，疏梅共主賓。偶來對月飲，不見如花人。已覺書難至，常疑夢與親。海山猶在眼，何處卻逢春。”（《陳獻章集》卷四《圖新書舍懷世卿，時别白沙半月》，第368頁）

⑤ 按：“如今歌舞人何處”，“春風解憶江門否，正是江門蜆賤時。”（《陳獻章集》卷六《炒蜆憶世卿》，第601頁）

⑥ 陳獻章：《陳獻章集》卷五《九日李鴻兄弟攜酒從予，登舍北小廬峯四望，書所見寄世卿主峯》，中華書局2008年版，第443頁。

⑦ 陳獻章：《陳獻章集》卷五《贈朱玭還郴陽》，中華書局2008年版，第450頁。

⑧ 《陳獻章集》卷五《次韻世卿，贈蔡亨嘉還饒平》，中華書局2008年版，第466頁。

⑨ 黄宗羲：《明儒學案》卷八《白沙一·孝廉李大厓先生》，中華書局2008年版，第94頁。

無病是吾憂。眼中誰是醫和手，恨殺刀圭藥未投。”[①] 在給李承箕的信中指出：“半床明月半床雲，光景行窝到幾分。眼角東溟秋一片，邵堯夫也不如君。”[②] 陳獻章母親去世後，“創祠堂，脩數世先阡，各有記志”，均由李承箕執筆，並希望“祥禫之後”，與李承箕“衡山而終老焉”[③]，足見陳獻章對李承箕的信任與高評。所以，顧天埈稱“白沙先生之學真虞廷之精一、孔氏之格致也。獨於世卿莫逆。”[④] 黃宗羲言陳獻章與李承箕“真有相視而莫逆者。蓋先生胸懷灑落，白沙之門更無過之。”[⑤]

（二）李承箕與嶺南人物之交遊

李承箕自 1487 年會試下第後，次年便遠赴江門，師從陳獻章，十餘年間，四赴江門。李承箕同陳獻章求學問道中，與陳獻章的門人及嶺南士人交往甚多，且留下衆多詩文，因此，梳理李承箕與嶺南士人的交遊情況，對於研究李承箕的思想不無裨益。

1. 李承箕與陳獻章弟子的交往

古人比較重視同門之交誼，李承箕亦言，其《寄黃若雨有序》指出“（黃）若雨於予雖未聚首，而同門之義益親切於以形骸而相索者矣”[⑥]。《信豐養氣翁俞用中墓志銘》中亦載“（俞）溥從游石翁先生之

① 陳獻章：《陳獻章集》卷六《答張梧州書中，議李世卿人物、莊定山出處、熊御史薦剡》，第 630 頁。吳廷舉亦言“能文章矣，有道德矣，不求於世矣，又終身居之不變也，吾於吾友大崖李世卿見之。”（見本書《大崖先生文集序》）

② 陳獻章：《陳獻章集》卷六《偕一之世卿詣楚雲臺偶作呈世卿》，中華書局 2008 年版，第 617 頁。

③ 見本書卷十九《祭石翁文》。

④ 顧天埈：《顧太史文集》卷四《二賢祠記》，崇禎刻本。

⑤ 黃宗羲：《明儒學案》卷八《白沙一・孝廉李大厓先生》，中華書局 2008 年版，第 94 頁。

⑥ 見本書卷五《寄黃若雨有序二首》。

門，以箕有同門之義，求銘其墓，乃爲序而銘之”[①]。從李承箕傳於世的詩文而言，許多是與白沙弟子之間交往的心得體會。據本書可見李承箕與陳獻章二十余位弟子有詩文往來，兹述其下。

張詡（1456–1515），字廷實，號東所，南海人，有《東所先生文集》十三卷,《南海雜詠》十卷等著述，“以理學名於海内”[②]。黄佐《南京通政司左參議張公詡傳》稱其爲“嶺海孤風”。《廣東通志》卷四十五稱“(張)詡學務主静，淵源聖始，陳獻章每喜其微會，與楚李承箕齊名”。張詡是陳獻章較早納入的得意門生，中進士後授户部主事，遂歸隱“閉户天游，終日默然自得，屢薦不起”[③]。而李承箕則是陳獻章晚年所收得意弟子，會試下第後，便不復求仕。雖然張詡和李承箕皆爲陳獻章高足，均以理學著稱，從張詡的相關著述中未見有與李承箕交往的詩文。但本書中卻有十多首與張詡有關的詩篇及一封書信，如卷一《送張進士廷實赴京兼柬六弟藎卿》《次韻張東所六首》、卷四《次韻寄張東所一首》、卷十《和答張廷實二首》《讀張廷實寄容一之詩有“丹成分寄朱陵洞”之句，用前韻寄一之並求丹也》《代容一之和答張廷實二首》《東所惠米》、卷十一《次韻張廷實贈别二首》、卷二十《與張廷實》。其内容有歡送張詡赴京，有臨行贈别、有感謝惠米，有希望得到張詡詩篇，還有期望能與張詡見面交流。上述説明李承箕給張詡的書寫的詩篇較多。而《寄五羊楊景昌》“東所來，伏聞先生數年内連值兩艱，哀苦可知。勢隔城府，造吊無由”，東所，即張詡，更説明兩者是有往來的。

另外，作爲李承箕和張詡的老師，陳獻章更希望兩個得意弟子能夠相互交流，尤其是督促張詡能與李承箕多交流。誠如陳獻章與張詡的書

① 見本書卷十八《信豐養氣翁俞用中墓志銘》。

② 張詡:《東所先生文集・刻東所先生文集張希舉序》，四庫全書存目叢書集部 43 册，齊魯書社 1997 年版，第 353 頁。

③ 張詡:《東所先生文集・東所先生文集黄佐序》，四庫全書存目叢書集部 43 册，齊魯書社 1997 年版，第 351 頁。

信：

李世卿不遠數千里來訪白沙，朝夕與之談，英偉特達，鄙陋當世，欲於聲利外立脚者，非但文辭之工而已。期過秋方還嘉魚，因便能一來會否耶？[1]

李世卿近往南山，未還白沙。承欲爲一會，此念自好，但一有所繫，則不如勿强，行止蓋亦有數也。[2]

曩辱佳章並賀儀，愧感千萬。李世卿行時，諸友追餞，倥偬不及奉簡。亦謂與世卿相知，不待面，安事簡耶？世卿闊達，善評文，想青燈對榻，高論層出，麗澤之益多矣。更冀寬廣，以來天下不一之善。別有贈章，匆愛垂示。[3]

陳獻章給張詡寫信的背景是李承箕首次訪白沙，陳獻章對李承箕評價甚高，稱其"英偉特達，鄙陋當世，欲於聲利外立脚者，非但文辭之工而已"，且"朝夕與之談"，因此希望張詡能與李承箕有所溝通。應該是在老師的督促下，張詡與李承箕有所交往，但爲何張詡的著述未能留下兩者交流的痕迹呢？我們從李承箕給張詡的書信中，可能窺出其中的端倪。李承箕第三次拜訪白沙時，給張詡寫了封信，其文爲：

箕在白沙，歲星又一周，十年三度，略無少進，但自知不敢有愧冥冥耳。顧其病痛雖多，實未嘗不洗滌於其往來之間使百凡退聽而由我也。日夕冀得賢者來此一會，以助其不及也。自五羊至此，可以朝發夕至，久而不來，何也？每於翁處，竊觀來作，雖非寄我者，一讀之，宛見顏色於當年。人謂閣下不得於箕諸兄弟，不肯來，將伺既去而後來。竊聞閣下之學，素宗無爲而主自然，豈復有

① 陳獻章：《陳獻章集》卷二《與張廷實主事》，中華書局 2008 年版，第 169 頁。
② 同上書，第 178 頁。"李世卿日望一來會"（《陳獻章集》卷二，第 186 頁）。
③ 同上書，第 166–167 頁。

彼此行迹如世人一至是耶？又謂閣下自以德高業就，無事於來，尤非知閣下者。子貢且居夫子墓上又三年，非耶？箕即日還楚，江湖日遠，會面難期，故以書，伏希照察。[①]

從李承箕的信中至少可以看出三點資訊：其一，李承箕非常希望能與張詡進行直面交流；其二，李承箕與張詡以前是有所交流的，可能機會不多；其三，張詡可能不願與李承箕多往來。

鄧球，字俊圭，韶州樂昌人。“成化甲午，領鄉薦，禮闈數蹶，遂遊陳白沙之門，質美好學”[②]，著有《理學宗旨》二卷。李承箕首次去江門拜訪陳獻章時，陳獻章把對李承箕的印象告訴鄧球，“湖廣嘉魚貢士李承箕世卿者過白沙，甚聰明，有文章，留白沙數月，不忍別去，議論間頗覺有益，恨足下不與同也。眼中朋友，求可與言者不可得，世味之移人者不少，大者文章功業，然亦爲道之障，爲其溺也”，而鄧球對陳獻章的説法應該是贊同的，故陳獻章言“足下苟有見於此，幸甚，幸甚”[③]。李承箕與鄧球交往的詩文有卷五《鄧俊圭之金陵留別次韻二首》、卷七《寓鄧俊圭宅》《寄鄧俊圭》、卷九《五羊寄鄧先生俊圭二首》及卷二十《與樂昌鄧俊圭》。鄧球家居樂昌，李承箕返程時還曾住過鄧球的家，把鄧球比作西漢的的知名隱士鄭子真。並且經常與鄧球進行相關交流，如李承箕《與樂昌鄧俊圭》一信中言道：

歐舍人便，忽辱手書，文采字畫如覿面矣。讀誦再四，悲喜交集。古人謂非意相加，宜以理遣，如此俗輩，付一笑而已。吾非吏玆土，安能三黜我爲？苟能三黜，我於我道何爲？然而山鋭則不高，水狹則不深。又未可草草付一笑。箕自喪母及兄來，百感縈懷，鬚髮皓白。南望韶陽海濱之間，師友朝夕徘徊之意，便數日作

① 見本書卷二十《與張廷實》。
② 歐樾華：《(同治)韶州府志》卷三十三列傳《鄧球》，清同治刊本。
③ 陳獻章：《陳獻章集》卷二《與鄧球》，第226頁。

惡，早晚衡山當與吾兄有未断之緣也。吴獻臣知吾兄久者，兵備嶺南，想當相悉。[1]

李承箕給鄧球的這封信應該寫於 1502 年 5 月以後[2]，主要談到自己的相關情况及回憶與陳獻章及同門之間在江門的交誼。

容貫，又名友巢，字一之，番禺人，從遊陳獻章十多年，亦“鋭意以求自得”之學[3]，陳獻章對其評價甚高。同樣，追求自得之學的李承箕與容貫交往較多，《用楚雲臺韻寄容一之》載：

碧天萬里静無雲，此夜秋光滿十分。我寄愁心與明月，東溟浪裏好逢君。

一巢高寄幾層雲，欹枕扶桑曙色分。别采雲根鐺裏煮，人間誰亦解分君。

羅浮千丈閣飛雲，眼孔真誰豁一分。四百峯餘三十二，豈無一箇解留君。

悠揚天際幾浮雲，風未來時勢已分。一夜思君頭欲白，秖思沉醉不思君。[4]

《用韻呈容一之》二首：

宿醉睡未足，陰川花不然。雲岩談警句，露茗得新煎。無復傷春意，都忘帶索年。一袍仍半臂，海氣自多偏。

断飲尤清絶，休吟似恝然。木犀丐剩馥，瓦鼎減餘煎。好日虚

① 見本書卷二十《與樂昌鄧俊圭》。
② 按：1502 年 5 月李承芳卒。
③ 陳獻章：《陳獻章集》卷一《贈容一之歸番禺序》，第 19 頁。
④ 見本書卷六《用楚雲臺韻寄容一之》。

新歲，多情記往年。巴陵三醉夢，花綴曉燈偏。[①]

《疊前呈一之》一首：

鄭侯疑得計，种放豈其然。譽廣終爲祟，膏明直自煎。流塵如昨日，取象有千年。酩酊黄昏後，遊人坐馬偏。[②]

李承箕"一夜思君頭欲白""多情記往年""种放豈其然"等詩句，印證了其與容貫的同門之誼及同道之樂，故有"我是滄溟同病客，公爲風雨惜春人"[③]。雖然容貫寫給李承箕的詩文尚未覓得，但從李承箕卷十《催一之和詩》《呈友巢》《和友巢二首》《讀張廷實寄容一之詩有"丹成分寄朱陵洞"之句，用前韻寄一之並求丹也》《代容一之和答張廷實》等詩文，一定程度上也反映兩者交往之一斑。而李承箕《尋梅山行記》載其與容貫一同游梅山的情形[④]，陳獻章《偕一之世卿詣楚雲臺偶作呈世卿》則説明兩者同陳獻章在楚雲臺的酬唱情景[⑤]。且在《與容一之》的信中指出"衡山風景，已備翁書。渠儂墮地，自有衣食，分占人名，言閣下能不孤負此興否？衡陽秀才余琢、王翰、歐陽述、常鎮能否與翁作逍遥遊者，便不煩巡撫，亦了得此一屋。民澤新居沙堤，伯倚諸公又有家務，非吾一之，決無可偕者，幸知。"[⑥]即希望能與容貫能一起陪同陳獻章遊衡山。

湛若水，初字民澤，後改名雨，字元明，號甘泉，廣東增城人，弘治乙丑進士，"從學於白沙不赴計偕"，會試主考楊廷和判閲其卷稱"此

① 見本書卷十《用韻呈容一之》。
② 見本書卷十《疊前呈一之》。
③ 見本書卷十《催一之和詩》。
④ 見本書卷十五《尋梅山行記》。
⑤ 《陳獻章集》卷六《偕一之世卿詣楚雲臺偶作呈世卿》，第617頁。
⑥ 見本書卷二十《與容一之》。

非白沙之徒不能爲也，拆名果然”[①]。其與李承箕可謂陳獻章門下之高徒，陳氏曾爲李承箕建楚雲臺，後因李承箕欲奉養老母，陳獻章便言“民澤足下，李世卿書來問守臺者，老朽以民澤告之”[②]，即陳獻章已把李承箕、湛若水作爲自己衣缽之傳承人。

作爲陳氏兩位得意弟子，李承箕與湛若水之間亦有不少交流，兩人一起遊羅浮山，“八日達飛雲峯，雲氣着衣，或青或白，忽開復合。坐磐石，酒數行，歌詩數闋。循黄龍迤邐而下，又不知所經幾峯。得曲水澗，爲流觴飲”[③]。對於這次羅浮之行中所遊歷飛雲峯、黄龍之奇觀，李承箕《飛雲頂和湛民澤》：“黄龍之下花冥濛，黄龍之上飛雲峯。峯頭西望天連海，招手仙翁騎白龍。”[④]《寄湛民澤》：“飛雲春步晚晴時，手拄藤稍口誦詩。何日便離烟火去，梅花村裏夕陽遲。”[⑤]以詩寄情，展露與湛若水的同遊之樂。

除了游山樂水，師兄弟之間也進行了相關學問探討。李承箕《承先裕後堂記》言其“見嶺南人家祀先惟春秋，無禮於夏冬者，問之亦不知也。間舉以白沙石翁，翁亦不以予言爲然。於羅浮路中舉以問增城湛民澤，民澤曰：‘禮豈爲予輩設哉？’至於今，無以爲問者矣”[⑥]。此是有關嶺南祭禮問題求教於湛若水。李承箕《與湛民澤》的信中指出“拙作諸稿忽爲勉庵二守袖去，兩記示欲再閲，聊彷彿一二，風濤岣嶁，依命易之，頗覺穩便，不知何如？《林塘詩序》欲得本翁意象，始不落空，《月湖詩》草草而已。又不知林塘月湖有許多醬甕可與覆否？”[⑦]這是在詩文寫作方面與湛若水的交流。很遺憾，在湛若水的相關文集中未發現

① 黄宗羲：《明儒學案》卷三十七《甘泉學案》一，中華書局 2008 年版，第 875 頁。
② 《陳白沙集》卷二《與湛民澤》，第 192 頁。
③ 見本書卷十五《遊羅浮記》。陳獻章亦言：“李世卿自嘉魚來與湛民澤往游羅浮，今殆一月矣，未知所得何如。”（《陳白沙集》卷三《與林郡博》）
④ 見本書卷七《飛雲頂和湛民澤》。
⑤ 見本書卷七《寄湛民澤》。
⑥ 見本書卷十五《承先裕後堂記》。
⑦ 見本書卷二十《與湛民澤》。

其與李承箕交流的詩文。

周鎬，字文邦，新會人，陳獻章門人，建有讀書樓曝日臺。其卒，李承箕有挽詩："天道終難定，鄉評久則知。白沙門下士，黑髮眼中誰。荆老花猶在，臺高日未移。青山杳何處，寄此一哀詩。"[①] 並爲之作墓志銘，稱"石翁有門人曰周鎬文邦，十九年而從翁遊，十又四年而没"，爲人"曠達而不拘"，爲文"往往有奇氣"[②]。

周鎬之弟周京，字文都，成化十三年舉人，曾求學於陳獻章，常讀書於曝日臺。李承箕與周京同臨此臺，並撰有卷一《周文都曝日臺次石翁韻》二首、卷十五《曝日臺記》。兩人交往較多，周京曾給李承箕贈送茶葉[③]、方山巾[④]。1492 年，周京將赴京參加會試，周母已七十余歲，李承箕認爲"文都其不必於仕者耶"，而周京"所以願仕者，意必有在也。因其行，詩以送之"[⑤]。1493 年，周母去世，周京請李承箕爲其父母合葬作碑銘[⑥]。

羅冕，字服周，南海人，李承箕與之交往甚多，著有《次韻石翁送羅服周解館一首》《官窑懷羅服周》《羅服周見寄奉答》《羅浮次韻答羅復周》《與羅服周話石翁病一首》《次韻羅服周見懷》《次韻羅服周見懷二首》《次韻服周見寄二首》。羅冕不在陳獻章家擔任教職，準備回南海時，李承箕作《送羅冕服周序》詳論羅冕的任教、爲文及對仕進的態度，稱自己"皆莫能及"[⑦]。因此，與羅冕不在一起時，李承箕有"人間此會非前數，别後孤懷空短章"[⑧]，"人間空有張羅在，萬里長天不

① 見本書卷二《周文邦挽詞》。
② 見本書卷十八《周鎬墓志》。
③ 見本書卷八《周文都惠茶》。
④ 見本書卷八《文都惠方山巾》。
⑤ 見本書卷五《贈鄉貢進士周京文都赴會試》。
⑥ 見本書卷十八《雲潭居士周君二齡配陳氏合葬志》。
⑦ 見本書卷十七《送羅冕服周序》。
⑧ 見本書卷七《官窑懷羅服周》。

及鴻”之感[①]。

李孔修，字子長，號抱真，順德人，由張詡介紹成爲陳獻章門人[②]。李承箕與其往來詩篇有卷七《次李子長韻》《羅浮次韻答李子長》、卷十《子長見寄次韻奉答三首》《寄李子長用前韻二首》。

何宇新，字子完，惠州博羅人，弘治己酉舉人，世稱其爲孝子，曾求學於陳獻章[③]。當何宇新入京會試時，李承箕贈有詩篇[④]。

俞溥，字德洪，信豐人，陳獻章弟子。李承箕作卷五《楚雲臺小集時信豐俞溥德洪在坐二首》《送俞秀才德洪還信豐一首》。俞溥“以箕有同門之義”，讓李承箕爲其祖父撰寫墓志銘。[⑤]

林時嘉，字子逢，東莞人，陳獻章門人，李承箕作《次韻答林子逢一首》[⑥]。

麥岐，字秀夫，新會人，“石翁徒也”[⑦]。李承箕嘗與麥秀夫酬唱飲酒[⑧]，並爲陳獻章、莊昶給麥秀夫的詩作跋[⑨]及麥氏族譜作序[⑩]。

謝祐，字天錫，南海人，陳獻章門人[⑪]。李承箕嘗與其吟對附和[⑫]。

梁貞，字惟正，順德人，陳獻章門人。李承箕有《和梁惟正病中見懷》[⑬]。

張希載，字博之，順德人，李承箕有《龍山張博之見寄次韻三首》

---

① 見本書卷十《次韻羅服周見懷》。

② 湛若水：《湛甘泉先生文集》卷三十《祭李子長墓文》，清康熙二十黄楷刻本。又見黄宗羲《明儒學案》卷九《白沙二・李孔修》。

③ 陳獻章：《陳白沙集》卷二《與光禄何子完》，第 156 頁。

④ 見本書卷五《次韻贈何子完赴會試》。

⑤ 見本書卷十八《信豐養氣翁俞用中墓志銘》。

⑥ 見本書卷五《次韻答林子逢一首》。

⑦⑨ 見本書卷十三《兩先生贈麥秀夫詩跋》。

⑧ 見本書卷七《留麥秀夫謝伯倚飲》。

⑩ 見本書卷十六《麥氏族譜序》。

⑪ 黄宗羲：《明儒學案》卷六《白沙二・謝祐》，中華書局 2008 年版，第 107 頁。

⑫ 見本書卷七《和謝天錫》、卷十《用前韻與謝天錫》。

⑬ 見本書卷七《和梁惟正病中見懷》。

言其交往之情[①]。

梁文冠，字華卿，少號鶴山，晚號古谷老人，順德人，嘗從陳獻章遊，“與嘉魚李世卿、吴獻臣相厚善，詩劄之遺無虚歲，餘無所與親”[②]。李承箕稱其爲“孤鶴”“高士”[③]，並爲其子梁景龍作墓志銘[④]。

梁文冠之子梁景行，字宗烈，順德人，弘治二年舉人，崇明知縣，著有《壺山集》十卷，曾與李承箕同遊羅浮[⑤]。

趙思仁，字壽卿，新會人，陳獻章弟子。陳獻章籌建丁侯廟時，趙思仁爲之出力甚多，李承箕稱道之[⑥]。

黄若雨，號個竹，師事陳獻章，與李承箕之間有詩文往來。李承箕撰有《次韻答黄若雨二首》《寄黄若雨有序二首》。《寄黄若雨有序二首》言：“予再遊白沙，間求石翁先生詩集觀之，有贈黄生若雨者。既而若雨疊寄予詩，予亦和之。若雨於予雖未聚首，而同門之義益親切於以形骸而相索者矣。”[⑦]可謂詳述與黄若雨的交遊情况。

梁儲，字叔厚，號厚齋，晚號鬱洲，成化戊戌進士，順德人，“受業陳獻章”[⑧]，撰有《鬱洲遺稿》十卷。李承箕曾與之遊[⑨]，稱其爲陳獻章之老門客，並請梁儲爲陳獻章撰寫“墓道之碑”[⑩]。

陳仲采，陳獻章子，李承箕與其往來之詩文[⑪]。陳獻章去世後，爲擇墓地及合葬事專門與其溝通並提出相關建議[⑫]。

---

① 見本書卷十《龍山張博之見寄次韻三首》。
② 崔銑：《洹詞》卷一《梁古谷先生墓志銘》。
③ 見本書卷十一《次韻梁華卿贈别二首》。
④ 見本書卷十八《梁景龍墓志銘》。
⑤ 見本書卷十五《遊羅浮記》。
⑥ 見本書卷十七《贈趙壽卿序》。
⑦ 見本書卷五《寄黄若雨有序二首》。
⑧ 《明史》卷一百九十列傳第七十八《梁儲傳》。
⑨ 見本書卷十《寄答梁叔厚先生》。
⑩ 見本書卷二十《與梁叔厚太史》。
⑪ 見本書卷十《雨中呈仲采一首》《仲采遣子畹尋醫肇慶值風雨一首》《仲采和詩奉答》。
⑫ 見本書卷二十《與陳仲采》。

李承箕能與衆多白沙弟子相交往，與其注重同門之誼有關。另外，作爲老師的陳獻章比較垂愛李承箕，其許多詩文中言及李承箕的才華，且向衆多弟子推薦李承箕之道德學問，也有一定的密切聯繫。如陳獻章曾將李承箕介紹給張詡、鄧球等，並多次建議這些弟子能與李承箕相交流，無疑使李承箕在陳獻章衆弟子中有很深的印象。況且李承箕數次到白沙，每次都要停留一段時間，和陳獻章一起論道問學，更便於和同門之間進行相關交遊活動。

2. 李承箕與嶺南其他學者的交往

李承箕在白沙以陳獻章爲中心及其他同門的介紹，結識了不少嶺南學人及在嶺南爲官之人。

林俊，字待用，號見素，莆田人，成化戊戌進士，官至刑部尚書。著有《見素文集》二十八卷、《奏疏》七卷、《續集》十二卷。李承箕曾讀過林俊的奏疏[①]，得知林俊被擢爲方伯不去就職時，專門爲此寫下《聞林待用擢方伯不赴》一詩[②]。

陳静軒，南海人。與陳獻章交往[③]，其七十歲壽辰時李承箕爲之作賀壽詩[④]，陳獻章用李承箕之韻亦爲陳静軒作壽詩[⑤]。

鍾禧，字百福，順德龍江鄉人，“與李承箕友善，及卒，承箕挽焉。白沙亦倚而和之”[⑥]。鍾禧卒，李承箕作《鍾狂客挽詞》[⑦]。

張泰，字叔亨，順德人，成化丙戌進士，1492 年出任雲南。與李承箕詩文往來較多[⑧]，李承箕稱張泰與其“一相見而十年不渝其情”[⑨]。

① 見本書卷一《讀林公待用奏疏》。
② 見本書卷九《聞林待用擢方伯不赴》。
③ 陳獻章：《陳白沙集》卷六《答陳静軒過訪》，第 642 頁。
④ 見本書卷二《壽陳静軒》。
⑤ 陳獻章：《陳白沙集》卷九《壽陳静軒七十，次世卿韻》，第 652 頁。
⑥ 阮榕齡：《陳白沙先生年譜》卷二，清咸豐元年至八年新會阮氏夢菊堂刻本。
⑦ 見本書卷六《鍾狂客挽詞》。
⑧ 見本書卷六《按治雲南張叔亨見寄次韻二首》《張叔亨見寄次韻奉答》。
⑨ 見本書卷十七《贈張侍御叔亨還京序》。

黎紳，東莞人，弘治二年舉人。李承箕言“梅花相對坐分卮，花未飛時又別離。酒底花枝顔色好，十年曾記我來時”[①]。説明二人是有交往的。

羅子房，字宗傑，順德人，成化十六年舉人。李承箕嘗拜訪過羅子房，爲其讀書處作《卧愚亭記》[②]。當其遠赴廣西永福爲官時，李承箕專門作《贈羅宗傑尹廣西永福》[③]。

楊景昌，五羊人，李承箕有卷十《寄五羊楊景昌一首》、卷十一《次韻景昌楊先生贈别》。

蕭用，順德人，李承箕《次韻順德蕭秀才用》及《和蕭用》説明二人是有詩文往來[④]。

謝德明，號半江，古岡人，陳獻章與之過往較多，李承箕與其有一定交往，可見卷十《用韻寄謝半江德明》及卷十七《半江序》。

黄景著，字用晦，古岡人。由陳獻章而識，作《黄用晦字説》[⑤]。

陳階，字升之，五羊人。由吴廷舉而識，作《陳升之字説》[⑥]。

岑峻，字景德，順德桂洲人。待李承箕甚厚，李氏作《岑景德字説》以述其情誼[⑦]。

徐世昌，字伯恒，耒陽人，李承箕爲之字，並予以解説[⑧]。

左濬，字希哲，福建寧德人，曾任韶州仁化縣令四年，又任肇慶高要縣令三年，李承箕在白沙時曾與其會面，對左氏之爲人多有了解，當其進京考績時，爲之作《高要左君考績之京贈行序》[⑨]。

---

① 見本書卷七《與肇慶黎紳》。
② 見本書卷十五《卧愚亭記》。
③ 見本書卷七《贈羅宗傑尹廣西永福》。
④ 見本書卷十《次韻順德蕭秀才用》《和蕭用》。
⑤ 見本書卷十三《黄用晦字説》。
⑥ 見本書卷十三《陳升之字説》。
⑦ 見本書卷十三《岑景德字説》。
⑧ 見本書卷十三《徐伯恒字説》。
⑨ 見本書卷十七《高要左君考績之京贈行序》。

楊鶴亭，五羊人。李承箕《與五羊楊鶴亭》中言“一别三十年，枉承問遺亦已多矣……未即面，先以書察之”[①]，説明二人是有一定交往的。

另外，還有一些嶺南人士慕名而與李承箕有所交往。新會人陳紹裘爲其父所居之處請記於李承箕[②]；順德張彦餘遣其子爲其居處求記[③]；順德教諭趙璜爲其父西溪翁居處求記[④]；爲順德吴兆麒居處題記[⑤]；新會黄叔仁負責爲陳獻章建造嘉會樓，感於其事，衆人爲之詩，李承箕爲之作序[⑥]；南海崔同壽爲其族譜求序[⑦]；記載古岡朱衣隱逸事蹟[⑧]；新會倪麟係陳獻章門人，卒於1483年，1488年其弟倪鳳求墓銘於李承箕[⑨]；新會趙汝夔爲其父求銘於李承箕[⑩]。

3. 李承箕交遊對象類型淺析

李承箕作爲一名具有獨特個性的讀書人，“不屑與世俛仰”[⑪]，但其在白沙，因陳獻章而結識了數十位嶺南人士，且與之有許多詩文往來，相互請益，兹將這些有交往的嶺南人士予以歸類，以冀窺見李承箕交遊對象之特點。

其一，無欲爲大，不樂仕進。

張詡係成化二十年進士，授户部主事，但“丁憂，累薦不起”。陳獻章“謂其學以自然爲宗，以忘己爲大，以無欲爲至”[⑫]，喜其“爲

① 見本書卷二十《與五羊楊鶴亭》。
② 見本書卷十四《雲卧軒記》。
③ 見本書卷十五《泉石記》。
④ 見本書卷十五《西溪草閣記》。
⑤ 見本書卷十五《采芳園記》。
⑥ 見本書卷十六《心泉詩序》。
⑦ 見本書卷十六《南海崔氏族譜序》。
⑧ 見本書卷十六《西江漁隱序》。
⑨ 見本書卷十八《指揮倪君墓志銘》。
⑩ 見本書卷十八《龍溪縣丞趙君墓志》。
⑪ 王鏊：《震澤集》卷二十六《李大厓先生承箕墓表》，清文淵閣四庫全書本。
⑫ 《明史》卷二百八十三列傳一百七十一。

人清虚高邁，忘己無欲"[①]；羅服周"曩年應鄉舉不中，棄而從先生遊。予因勸之仕進，又不答。比日，侍先生杖屨尋梅諸村，服周信筆數詩，予皆莫能及。豈服周不欲與群兒爲事，樂其冥然不屑者，意兹在耶"[②]；梁景行不樂仕進，"以憂歸，服除不起"[③]。

其二，不習流俗，秉持個性。

俞溥"清修飾行，弘治間貢，授涇府審理正，憂歸不起，闢館談道，以倡來學。疾革，猶正衣正巾，與學者講尊德性章"[④]。《贛州府志》亦載"俞溥不倚勢隨俗以病軍民。憂歸不起，吟詠自娱"[⑤]；林子逢，"南川光之族子也，嘗從光遊白沙之門，自律甚嚴。入邑庠，規行矩步，不習流俗，雖盛暑未嘗去冠服，無事則終日對書，唔咿不輟"[⑥]；林俊"性侃直，不隨俗浮"[⑦]；李孔修"詩字不蹈前人，自爲户牖，白沙與之論詩，謂其具眼……霍韜曰：白沙抗節振世之志，惟子長（李孔修）、張詡、謝祐不失"[⑧]。《大清一統志》亦載李孔修"不肯投合於時"[⑨]，亦"如廷實所稱非俛首當世之人也"[⑩]；容貫，其師陳獻章評道"容生卓錐無地，從予遊者十有一載，未嘗對人作皺眉狀。入京師，見聲利烜赫輒不樂，語人曰：'古之仕者將以行其志耳，徒食人禄而不知恥，雖吾不能以一日居。'生之志可謂篤矣。……生方鋭意以求自得"[⑪]。甚者陳獻章言"老夫如辟穀，與子（容貫）入羅浮"[⑫]。

---

① 何喬遠：《名山藏》卷八十四《儒林記・張詡》，明崇禎刻本。
② 見本書卷十七《送羅冕服周序》。
③ 《廣東通志》卷四十五《人物二》。
④ 謝旻：《(康熙)江西通志》卷九十四，清文淵閣四庫全書本。
⑤ 董天錫：《(嘉靖)贛州府志》卷十，明嘉靖刻本。
⑥ 阮元：《(道光)廣東通志》卷二百七十四列傳七《林時嘉》，清道光二年刻本。
⑦ 《明史》卷一百九十四列傳第八十二《林俊傳》。
⑧ 黄宗羲：《明儒學案》卷六《布衣李抱真先生孔修》，中華書局2008年版，第106頁。
⑨ 穆彰阿：《大清一統志》卷三百四十《廣州府二》。
⑩ 陳獻章：《陳白沙集》卷二《與張廷實主事》，第161頁。
⑪ 陳獻章：《陳獻章集》卷一《贈容一之歸番禺序》，第19頁。
⑫ 陳獻章：《陳獻章集》卷四《至容貫宅》，第333頁。

其三，以親侍孝，於友爲義。

梁貞“師事陳獻章，篤志向古，居父喪，苫塊三年，哀毁踰禮，服除不入寢所。弘治八年乙卯舉人，未仕，卒。(《白沙集·奠梁貞》文曰：於乎惟正，思慕古之人師之非不足於才也，歲月永謝於呻吟回翔；今之世行之非無其志也，科第未殫其胸襟。又曰：果司命之在天不可以人力勝耶？抑所養之未至，不可委之命耶？今館中之士，求如惟正者守一而歿，盖亦希矣。薄俗移人，始終殊歸，不自知其非也)”[①]；梁華卿“父歿，葬始用灰隔，喪尚哀素，不用浮屠，始用質明行祭事，性好吟詩，不苦鍛削[②]；羅宗傑“成化十六年庚子舉於鄉，明年會試不第，歸以母老，築卧愚亭，奉母爲樂。母卒，執喪盡禮”[③]。羅宗傑“往年居喪，欒欒其中，有事未嘗假墨衰，出跬步，鄉人重之”[④]。羅宗傑築有卧愚亭以供讀書之用，李承箕亦築室於大崖山。岑峻，字景德，李承箕評之曰“景德處友盡矣”，“景德孝友矣”[⑤]；何宇新，“父蚤卒，每遇忌日，輒悲慟不食。母卒，水漿不入口者七日，號泣不絶聲，獨居中門之外，不盥不櫛不爐不扇，衰絰不去身，既葬，躬率子弟負土成墳，自誅茅，廬於墓側，其居廬惟麻衣草屨粥罌薑籃而已，形毁骨立，哀動路人”[⑥]。麥秀夫“事賢而親仁，善遊而多藝”[⑦]。

其四，淡泊名利，自由灑脱。

徐世昌“聲色勢利非其所問也，積詩書禮樂之道以潤其身，沃其子孫，嚴戒其藩籬，周流乎閨闥，往來乎交遊”[⑧]；陳紹裘之父陳章“生於中州之濱，處於東海之上，漠然與世無聞，兀然不出於里巷之外

---

① 史澄：《(光緒)廣州府志》卷一百十五《列傳四·梁貞》，清光緒五年刊本。
② 崔銑：《洹詞》卷一《梁古谷先生墓志銘》，清文淵閣四庫全書本。
③ 阮元：《(道光)廣東通志》卷二百七十三《列傳六·羅顯韶》，清道光二年刻本。
④ 見本書卷十五《卧愚亭記》。
⑤ 見本書卷十三《岑景德字説》。
⑥ 徐乾學：《讀禮通考》卷一百十一，清文淵閣四庫全書本。
⑦ 見本書卷十三《兩先生贈麥秀夫詩跋》。
⑧ 見本書卷十三《徐伯恒字説》。

者”[①]；張彦餘“安於不求俯仰之間”[②]；謝祐“築室葵山之下，並日而食，襪不掩脛，名利之事，纖毫不能入也”[③]；周鎬“曠達而不拘，乘生馬不施銜勒，把酒尋詩，與朋遊，蕩輕舟盡日，不一問家事，悠然蟬蜕浮雲之表，故其詩往往有奇氣，而亦不爲無用”[④]；

從上述交遊對象的類型分析而言，李承箕並非有交無類，而是有其一定的交遊標準，或者説他是有一定擇友尺度。誠如其在《新興令蒙允濟考績之京贈行序》言“有交修之道，近之不以爲榮願，遠之不以爲怨憎。後之君子，蓋有不必如此者矣。一出都門，顔色慘黑；一入都門，僮僕增氣。勢熱則挾炭而趨，氣衰則拂袂而去。况於卑官末秩之士，能與之同升而並立也，不已難哉？”[⑤]故而出現“論交此地無多伴，人物他年第幾籌”[⑥]。在《和石翁贈林縣博韻》所言“磬擊誰聞磬，神交始是交”[⑦]。李承箕心目中的“神交”，恰如陳獻章給他的信中所言“君子以道交者也，同明相照，同類相求，雲從龍，風從虎，聖人作而萬物睹。己不遵道而好與人交，惡在其能交也”[⑧]。

（三）李承箕與李氏子弟之交遊

在李承箕的詩文中，不僅有其與陳獻章及嶺南人物的交遊記載。同時，也有他與李氏子弟交往的記録，比較多的是與同輩之間的交流。

與李承芳的交流。

李承芳，字茂卿，號東嶠居士。成化二十二年，與李承箕一起中舉

① 見本書卷十四《雲卧軒記》。
② 見本書卷十五《泉石記》。
③ 黄宗羲：《明儒學案》卷六白沙二・謝祐，中華書局 2008 年版，第 107 頁。
④ 見本書卷十八《周鎬墓志》。
⑤ 見本書卷十七《新興令蒙允濟考績之京贈行序》。
⑥ 見本書卷一《答陳舉人廷信次茂卿韻》。
⑦ 見本書卷六《和石翁贈林縣博韻》。
⑧ 黄宗羲：《明儒學案》卷八《復李世卿》（陳獻章），中華書局 2008 年版，第 87 頁。

人。弘治三年，成爲進士。由進士任大理寺評事，後升爲右寺副，以病乞歸。居家與弟李承箕以讀書論道爲樂，所著有《東嵩集》。明代進士登科録中，有李承芳一個簡要的履歷。

李承芳。貫湖廣武昌府嘉魚縣，民籍，國子生，治《詩經》。字茂卿，行五，年四十一，七月十六日生。曾祖英，巡檢，贈右副都御史。祖善，教諭，贈右副都御史。父阜。母鄧氏。慈侍下。兄承業；承亨。弟承箕，貢士；承訓；承仕。娶古氏。廣東鄉試第二十四名，會試第七名。[①]

張萱《西園聞見録》比較詳細地記載李承芳的相關情況，兹録如下：

李承芳，字茂卿，湖廣嘉魚人。舉進士，官大理寺評事，三年進右寺副。君貞高志，在大理不甚事事，獨以講學明道爲務，敢爲危言激論。嘗謂當今壞天下者莫如學校、科舉，甚者先儒注疏欲一切廢棄抹殺，直探孔子孟軻之奥。聞者駭其詞，莫察其意。群咻衆訕，指以爲狂爲惑，而茂卿傲然不顧不惑不沮也。久之，遂謝病去。與其弟承箕世卿講道於黄公山。……二人日聚黄公之臺，更唱迭酬，伯仲之間，自相師友，家徒壁立磬懸，家人告不足，二人相視而笑，曰：吾道非也。或曰白沙之學，不事著述，大厓之見於文與詩，抑何多耶。豈以是爲非著述乎？王鏊曰：道去言耶去行耶？聞昔之君子有終日言而未嘗言者，余何足以知之？大厓之銘白沙曰："虚以本立，動而能神。凝而涵之，天飛淵淪。"嗚呼！其殆以自見也夫。[②]

---

① 陳文新主編:《明代科舉與文學編年》(中)，武漢大學出版社2009年版，第1180頁。
② 張萱:《西園聞見録》卷七，民國哈佛燕京學社印本。

李承芳中進士後，爲官大理寺評事，對當官興趣不大，尤喜讀書論道，與衆不同，並能直陳時弊。後來謝病歸鄉，與李承箕相爲師友，談道論學，酬唱不已。

在與兄長李承芳的交流中，李承箕談到自己的生活狀況："也輕犯手成生活，不下耕牛是設施。飲啄亦知人有分，家常曾計食無糜。弟脩白下年年政，兄辦長安日日詩。只我平生真潦倒，不知丘壑與京師。""堂下舞衫風滿袖，閑來揮筆雨催詩。不知此意應誰會，舍瑟高人是我師。"[①]

在李承芳中進士爲官，李承箕對此並没有太多興奮，而是有種種莫名的孤獨。如其所言："獨抱絲桐出舊函，時時拂拭下衣衫，人從氣味還相感，春到龍蛇自出岩。滿眼風光酣獨卧，空江月色浸孤帆。天機之妙渾如此，何處應官不結銜。"[②]

李承箕與李承芳的感情非常深厚，當好友李恕來拜謁祖墳，李承箕寫下《李三用恕偕雷松坡謁先君墓歸口占奉答兼懷茂卿兄》[③]。在《左童復之京寄茂卿兄》指出"不獨种家母，憐兒出翠微。孤燈明白髮，雙淚濕青衣。黄葉露纔下，歸鴻春又飛。不才餘叔子，詎守故山薇。"用"憐兒""孤燈""歸鴻""詎守"等字眼，彰顯對兄長的想念。

當李承芳解官歸鄉時，王鏊爲之作《送李茂卿大理還嘉魚》：

嗟哉何物名與利，奔走海内無窮已。紛紛之中誰獨超，嘉魚兩卿伯仲李。仲卿見道何太先，三十不復舉進士。徒行萬里訪白沙，欲挽南溟供洗耳。伯卿少貶來京師，三年大理何曾理。支頤終日望西山，眼近薄書如著眯。有時開口恣雌黄，上到周公下朱子。瑰詞異論駭傍人，造謗興訛殊未止。我生與世百無合，門報君來僮僕

① 見本書卷四《茂卿兄見寄次韻兼懷蓋卿弟是日得雨二首》。
② 見本書卷四《茂卿兄拜官日見寄》。
③ 見本書卷四《李三用恕偕雷松坡謁先君墓歸口占奉答兼懷茂卿兄四首》。

喜。小齋欵語每終日，儀部君謙昔參此。君謙去矣君尚留，君今復去吾何以。家居苦貧仍歲惡，往往人家半扉水。午烟未起朝爨清，且趂官家五升米。謂予不爾弟書來，黄公山下臺成矣[①]。從來一士係興衰，胡爲閒此兩兄弟。未論救敗與扶顛，激懦廉頑功不細。送君極目洞庭波，木落瀟湘風暮起。[②]

王鏊此詩可謂真切反映了李承芳、李承箕的性格品行，感嘆李承箕“見道何太先”，李承芳“瑰詞異論駭傍人”，以及李承芳解官歸鄉與李承箕讀書問道黄公山的願望。針對王鏊之詩，李承箕以“巢由不折虞廷腰，草莽中間亦臣子”，“高堂一親小供給，菽水一盂而已矣。長繩繫日樂無央，舞者是兄歌是弟”，展現了兄弟二人甘願歸隱，一起侍親，其樂融融的場景。

李承箕與李承芳均與陳獻章熟識，李承箕得到陳獻章的書信時，會給李承芳談自己的感受，“又拜封書到石翁，非商非我復非戎。百年老只門牆下，幾樹花留闌檻中。白髮庭闈兄旦暮，青郊菽水子西東。明年鸚鵡洲邊路，活水和風百尺篷”[③]。

李承箕在給别人寫信時，會以李承芳的詩韻作文，如《用茂卿兄韻呈定山先生》[④]《謝天與改官汴臬幕東嶠兄有詩次韻並寄》[⑤]《送莆田陳秀才次東嶠兄韻》[⑥]。甚至代李承芳寫信處理一些家庭事情，如蒲圻龔氏破壞李氏祖輩的墳墓，李承箕希望當局應予以處理，有《龔氏發予祖

① 按：李承箕曾言“予嘗築釣臺於村莊黄公山，至是兄奉母太孺人居之。徜徉臺上，或兄倡而弟和之，或弟倡而兄和之，歌以侑親觴。家固貧窮甚。每歲貸食於人，雖菜羹麥飯每絶乏，了無悔意”。可以説印證了王鏊之説法。（《大厓李先生詩文集》卷十九《大理寺副東嶠先生行狀》）

② 王鏊：《震澤集》卷三《送李茂卿大理還嘉魚》，清文淵閣四庫全書本。

③ 見本書卷九《途次得石翁書寄東嶠兄》。

④ 見本書卷二《用茂卿兄韻呈定山先生》。

⑤ 見本書卷八《謝天與改官汴臬幕東嶠兄有詩次韻並寄》。

⑥ 見本書卷十二《送莆田陳秀才次東嶠兄韻》。

墓代茂卿兄書寄黄公養德》一文①。

與李承恩的交流。

李承恩，字藎卿②，號貞軒，生天順己卯六月二十九，李田長子，成化十六年舉人，成化二十年登進士，卒弘治丙辰八月二日。

畢夫人連失數男，間歲得公，極鍾愛，而教之甚嚴。甫六齡，遣就傅。府君早朝，必令偕與。少遲，即訶之。公亦警敏異常兒，讀書二三遍，背誦無遺。日讀十三四册。年十三，舉止如老成人。博通經史，爲文清勁。所與游，皆天下英俊，在廣則鍾公禧、梁公儲，浙則李公旻之類。與東嶠、大崖二兄講究古學，所見常出意表。每一詩成，二兄追和，數年凡數十首，未已，猶自以爲不及也。成化庚子鄉試，桑先生民懌閲其卷曰："此天下奇才宿學，困場屋久矣。"揭曉見公，驚曰："是何年之少而文之老乎！"辛丑，入國學，丘文莊公亟稱許其文。壬寅，白沙陳先生應召入京。公謁之寓館，一見合意，閑日輒往。白沙曰："以子之聰明，異日何所爲而不成！昨過淮，鍾君語次必及李氏兄弟，信有徵矣。"公又袖大崖文求郢正。自是世卿遂往，傳其學，實公發之。甲辰，登進士。是歲，府君卒於京。諸孤皆幼，喪禮家政，在公一身。號哭骨立，又觸熱遍謁名筆，求志挽，遂得弱疾。府君之卒，橐無百金之儲，家無一椽一丘之業，公扶柩歸。連值凶歲，畢夫人至餐麥粥。沖冒霜露，謀卜宅兆，往往夜半乃返，甚則霑濡透體。爲諸弟求田問舍，極力營辦，而一不以煩有司。體愈羸憊。服闋，除南京户部雲南司主事，三載最稱，進承德錫郎敕命。居官清素，類府頗傷於苛細，

① 見本書卷二十《龔氏發予祖墓代茂卿兄書寄黄公養德》。

② 按："嶺南楊景昌别墅在番禺山中，嘗植松以自嬉，遂自稱松谷道人。景昌後舉進士，拜東流令，去山中將十年矣，意未嘗不在是也，間發諸篇什傳詠於時，户部主事涂邦玉、李藎卿與之游，倡諸詩人爲屬和之，既成帙，諉序於巏。"（儲巏《柴墟文集》卷七《松谷道人詩叙》，明嘉靖四年刻本）

衆畏其明察，而群小尤不便之，公亦因之積勞發疾。擢山西司員外郎、廣西郎中，數月卒。生天順己卯六月二十九，卒弘治丙辰八月二日，年三十八，葬梅瀨神山。配王氏，以賢孝稱，先公卒，葬西莊畈。繼娶謝氏，以公貴，贈王封謝，俱安人。無子，以從兄震卿子效爲嗣。公學問夙成，目得疾後，幾廢筆硯，人怪其久無吟詠，白沙稱其挽鍾禧首句云："'洗酸亭上索歌吟，十載難忘掛劍心'，此貞軒近日佳句也。"聞訃，復爲詩哭之，有"長安一傾蓋，狂客萬回嗟。白首心常在，青山日易斜"之句，蓋深以遠大期之，而惜其不壽也。子一：效。[①]

李承恩早於李承箕就與陳獻章交往[②]，且由其紹介，李承箕得以求學於陳獻章。李承箕與李承恩兄弟情深，比較關心李承恩。當李承箕遠遊江門還不時想着李承恩，如《寓白沙寄藎卿弟南京》："鶯花辭鄂渚，荔雨對江門。世味真成冷，權爐敢旁温。憧憧偏爾夢，耿耿共誰論。早晚扶吾步，羅浮月可捫。"[③]《送張進士廷實赴京兼柬六弟藎卿》："小弟經年客帝畿，他鄉送客更依依。江門見月還相憶，馬上逢春且莫違。時止時行惟我遇，花開花落也天機。鳧鷖本是江南鳥，脛短難隨北雁飛。"[④]李承恩亦是時時牽掛李承箕、李承芳，如《送雷長甫還鄉因寄意東嶠大崖兩兄》："鴻飛隨處自飄翩，邂逅風塵亦偶然。來看韶華春陌上，坐談鄉曲夜燈前。天涯遠道勞相憶，醉後狂歌愧浪傳。花蕚樓高成五鳳，歸尋雲月兩詩仙。"[⑤]

李承箕的母親過壽時，李承恩以織金紗袍祝壽，李承箕對此有"青

① 見《嘉魚李氏族譜》，世祀堂咸豐八年合修本。
② 按：本書卷十九《祭石翁文》中言"先生至京師，予弟藎卿旦暮謁見。先生曰：'衡有兩端，道德聲利孰輕孰重，且問而兄。'蓋知予兄弟傾仰之誠。"
③ 見本書卷一《寓白沙寄藎卿弟南京》。
④ 見本書卷一《送張進士廷實赴京兼柬六弟藎卿》。
⑤ 《嘉魚李氏族譜》第九册卷五《送雷長甫還鄉因寄意東嶠大崖兩兄》（李承恩），世祀堂咸豐八年合修本。

天飛下金麒麟，雲霧光騰白髮身。我繞襟裾前後戲，感皇恩處卻思君”的詩句[①]。

與李承顔的交流。

李承顔，字子卿，生成化丁亥三月十七日，李田次子，後白沙以子易孝，又字孝卿，號洪崖，又號北山，弘治八年舉人，卒正德壬申六月十一日。

> 美丰姿，善詞翰，少頗不檢，稍長，從諸兄遊，折節向學，至忘寢食。領弘治乙卯鄉薦，尋染瘮疾，十餘年竟不起。公爲人孝友温良，篤於故舊，犯之亦不較，人服其德量。學可以遠到，才足以大受，而厄於疾，不得一有所表見於後，惜哉！生成化丁亥三月十七日，卒正德壬申六月十一，壽四十六，葬西瀣。配黄氏，先卒，葬牛頭山。繼配温氏，勤儉柔嘉不妒，爲未亡人絶去飾容，未嘗輕踰閫域，族人賢之。生成化癸巳二月廿六日，卒嘉靖壬子七月十一，壽八十，葬梅瀣神山後。[②]

李承箕與李承顔的詩文較多，如《寄承顔弟一首》《承顔弟違鄉約堂兩會九日往城中風雨懷之》《九日與子卿弟》《與子卿弟》《寄子卿弟洪崖山墅》《子卿以詩送蓮蓬次韻二首》《子卿弟洗心亭和子卿韻》《廣子卿叔詩意》等。其中李承箕主要論及對相關事情的看法，“商山白髮老垂肩，不管人間事幾年。誰説留侯能解事，留侯元不識神仙”[③]；“曾傷六翮未傷神，立倦槎牙喜欠伸。自信古今都幻迹，卻甘雲水作陳人”[④]；“人間塵土無來去，酒裏經綸有淺深”[⑤]。其次，李承箕詩文中

① 見本書卷六《吾母受勅封蓋卿弟以織金紗袍爲壽詩以寄謝》。
② 見《嘉魚李氏族譜》，世祀堂咸豐八年合修本。
③ 見本書卷四《寄承顔弟一首》。
④ 見本書卷十二《與子卿弟》。
⑤ 見本書卷十二《子卿弟洗心亭和子卿韻》。

體現了兄弟之間的關心，及相互交往之樂趣。如“蓑衣木屐未曾軋，惟有兄知老弟寒”①；“萬里圭峯眼，思君望海濤”②；“何事在家相對貧，翁詩許共一壺春。早年獨協池塘夢，浮世兼藏雲水身。洗手一錢無紙裹，盟心二仲少交鄰。欣欣好雨糟床注，爛醉相將迭主賓”③。形象生動地再現兄弟之間飲酒酬唱之快樂。再者，是在詩文中論及後輩的事情。李承箕之子李棨遊學秋部時，李承箕給李承顔有文“對貧賴有書連屋，就傳肯教兒在庭。叔父委波深有潤，建康敢浪説曾經。兩杯粥許朝朝白，一杖燈留夜夜青。小大人間都是器，好知宗廟肅惟馨”④。以及感謝李承顔的關切及李承勛的培養，“白下兒孫有此行，洪厓叔子頗關情。阮家南北休貧富，經訓菑畬孰重輕。清白急移高處步，功名緩請俗邊纓。東軒（立卿號也）信有栽培地，風動芝蘭處處馨”⑤。

與李承勛的交流。

李田三子，字立卿，初號東軒，白沙先生告訴李承箕，謂勛當遜，遂號遜庵。弘治六年進士，曾爲兵部尚書。

> 李承勛，貫湖廣武昌府嘉魚縣，站籍，儒士，治《詩經》，字立卿，行九，年二十三，四月初八日生。曾祖奐，巡檢，贈右副都御史。祖善，教諭，贈右副都御史。父田，右副都御史。母畢氏，封淑人。慈侍下。兄承業；承芳，大理寺評事；承箕，貢士；承恩，員外郎；承顔。弟承新；承階。娶龔氏⑥。湖廣鄉試第十一名，會試第二百六名。⑦

① 見本書卷四《承顔弟違鄉約堂兩會九日往城中風雨懷之》。
② 見本書卷六《九日與子卿弟》。
③ 見本書卷十二《寄子卿弟洪崖山墅》。
④ 見本書卷十二《棨兒遊學秋部立卿叔用子卿韻送之》。
⑤ 見本書卷十二《賡子卿叔詩意》。
⑥ 按：龔氏係天順八年甲申科進士龔晟之女。
⑦ 陳文新主編：《明代科舉與文學編年》，武漢大學出版社 2009 年版，第 1247 頁。

李承勛爲官顯要，可謂是李氏家族的一大榮耀。李承箕給李承勛的書信多論及爲官爲學之道。如“扶摇九萬快相扶，萬里雲霄羽翼孤”①；“藏神初見老，易事莫論兵。浮世官何況，高堂禄最榮”②；“爲政暇即觀書，觀書倦即静坐，以養其憧憧治心，然後可以治人，其要如此”③。李承箕所謂“易事莫論兵”，“治心”“治人”之道，可以説是對兄弟的教誨。另外，也談到作爲家人，對高官無甚求，“隨力而已”。

李承勛給李承箕的書信較多，多論及其爲官做人之處，“書問殷勤還老弟，風花爛漫又春天”④，“書來情義濃厚，治身治官可知矣”⑤。

李承箕也多和李承勛聊一些家庭之事，“奶奶晚年想只欲得兒作好人，窮達崇卑無足道。吾奉吾母隨力而已，粥食不給，至於飲水，亦無可奈何。朱文公謂“和根斬断爲人機”，以此終其身，何往不可耶！爲弟言之他人，不足與語也”⑥；“奶奶禄養萬福，一族喜幸。况愚孫夙昔久於膝下者，但不知賢弟何時能令奶奶有抱孫之喜也。肇六月間喪婦，困苦無比。桀歲暮不能赴，期新正遣之，但恐官邸添人，則事多。童來，得墨香，此清而不俗者，何妨不少。金陵來者，每不於我處取書，豈恝然耶？”⑦

與李承階的交流。

李田五子，字升卿，號抑齋。

承階，約庵（田）五子，字升卿，號抑齋，以蔭補國子生，除鴻臚序班。性通敏，嫻於詩禮，嫡母畢夫人及諸兄皆愛樂之，親戚

① 見本書卷十二《送立卿弟之京》。
② 見本書卷十二《寄立卿弟》。
③⑥ 見本書卷二十《與立卿弟》。
④ 見本書卷十二《寄立卿用子卿韻》。
⑤⑦ 見本書卷二十《與立卿弟》。

鄉閭見者無不愛敬，竟困於酒色，一無所成而逝。生成化戊戌，卒正德辛巳四月二十四日，葬熊公堂。[1]

李承箕與李承階之間的詩文交流，有《次韻升卿弟四首》[2]《和升卿》[3]，而《送升卿弟赴太學》一文，則論及道對李承階的期望，“駸駸令弟文章進，楚楚賢關步履趨。恩許贊皇隨例補，官承憲府應時須”，“人物直將千古看，功名肯爲一時須”[4]。

與李承亨的交流。

李承亨，係李承箕伯父之子，字震卿，號石溪，曾爲丹徒令，刻印《藍田吕氏遺書鄉約》一卷、《鄉儀》一卷。

承亨，長春長子，字震卿，號石溪，自少以剛直聞，鄉試累不第，見諸從弟登科，欣喜不啻在己。族人有難處事，多倚辨焉。應貢除儀真學訓導，遇諸生有恩禮，九載秩満，乞休致歸，踰年卒。生正統戊辰，卒弘治乙丑八月初十日，壽五十八，葬大澥。娶程氏，生正統乙丑，卒正德甲戌二月二十七，壽七十，葬石溪。子一：敕。繼娶田氏，子四：攻、儼、效、敵。[5]

李承箕曾與李承亨、李承嘉一起扁舟遊蕩湖中，有“秋盡湖波不肯乾，扁舟聊此汎深寒”[6]。並且代表李承亨夫婦給别人寫有關子女婚事的信函，其文爲：

---

① 見《嘉魚李氏族譜》，世祀堂咸豐八年合修本。
② 見本書卷九《次韻升卿弟四首》。
③ 見本書卷九《和升卿》。
④ 見本書卷十二《送升卿弟赴太學》。
⑤ 見《嘉魚李氏族譜》，世祀堂咸豐八年合修本。
⑥ 見本書卷四《同震卿兄承嘉弟李珩秀才泛湖有作寄答秀才》。

厚德載物，何嘻嗃之足云；君子偕老，抑古今之少聞。惟君之居，而比我鄰。毀齒相接，寡笑與言。君之君子，質清性勤。擇於鄉閭，配始得君。既勞於臼，亦閔於薪。不廢其職，不墜其身。君子國貢，就學成均。不强牽衣，喜其出門。君子南歸，琴瑟交欣。愧我暇日，問失棗榛。病缺撫床，忽人世分。女聘吾兒，而未歸婚。悒不竟結，續此淚痕。①

當李承亨之子李攻遠赴揚州時，李承箕滿懷關切地寫有《送攻姪儀真謁父官》："贈别諸郎歌白頭，起居千里上揚州。庭前有訓惟麟化，腰下無纏與鶴謀。聲落長江風滿席，影連高帽水涵秋。竹林坡長盈坡竹，小阮能同老子遊。"②

與李承嘉、李承規的交流。

李承嘉，字會卿，號三九，生於成化元年六月初十，卒嘉靖十年八月初二，享年六十七歲。有子五：稷、度、聲、愛、慤；李承規，字循卿，號梅溪，生成化十五年，卒嘉靖三十八年二月十七。有子二：梅、絛。

承嘉，長春次子，字會卿，號三九，自幼聰敏，即能幹父蠱，判鄉閭曲直，大崖深愛而教之，嘗試以對曰："蟬聲断續哀殘日。"隨應以："雁影縱横過断雲。"大崖喜曰："玆非詩耶！"淳孝友。兄官儀真，公奉母於家，甘旨不缺，愉色有常。父疾革時，以庶子幼且衆難成立爲慮，公涕泣，誓以不負遺命。囊無宿錢，買田創屋於三九莊，皆其剿心唾手所起也。及分異，均與諸弟而無私。主持族事，綽有果断，遜庵謂其才堪守府。性不飲，能以酒樂客。四方士來學問於其門者，殷勤館穀之費，或問之，曰："兩兄方育群英，吾亦與有樂焉，安得貴耳而賤目也？"修葺湖西義學，東嶠提其綱，

① 見本書卷十九《又代震卿兄嫂氏》。
② 見本書卷十二《送攻姪儀真謁父官》。

而土木細務，公實主之，人兩稱焉。素寬厚，嘗有人妄認其牛者，公笑而付之。迨數日，其人還牛，且謝過。公曰："物故有相似者，此何謝？"蓋有古長者之風云。生成化乙酉六月初十，卒嘉靖辛卯八月初二，壽六十有七，葬石溪祖墓旁，即公所恢復者。配徐氏，祗順慈惠，内外稱賢，生天順戊寅四月九日，卒嘉靖丙辰臘月六日，壽七十有九，葬大橋王家坡。子五：稷、度、聲、愛、慤。[①]

承規，長春三子，字循卿，自幼警敏圓活，滑稽有智，無論識與不識，相見後即與相善。嘗爲里正，事易集而里不擾，邑宰折公，愛其能家法，復留爲里之老，固辭歸，吾兄端彝喜而爲序。號梅溪。生成化己亥，卒嘉靖己未二月十七，壽八十一，葬大橋母塋右。配蔡氏，卒嘉靖癸巳七月十七，壽六十一，葬梅澥西岸。子二：梅、條。[②]

李承箕不僅在閑暇時，同李承嘉、李承亨等一起郊遊，同時，也非常關注諸位兄弟一些不當行爲，並予以規勸。當李承嘉讓弟弟李承規用船送客人到武昌，在返回途中遇到族弟李承敬，兩船相牽挽而上時，船傾覆，但李承規與李承敬均得救，兩人丟下船回到嘉魚。李承嘉得知消息後，讓弟弟李承規去尋找船。李承箕認爲"兩弟磯頭真陸沉，茫茫不記此來心。扁舟直得曾多少，天與平安抵萬金"[③]。即勸阻李承嘉不必讓弟弟去尋船，兄弟們能平安歸來已屬萬幸。

當李承嘉準備花錢給住處安裝籬笆時，李承箕建議不必爲此花費錢財，"分付周遭不插籬，雲爲簾幙霧爲茨。堂堂大路容人去，稍稍灰心得老遲。元亮醉鄉同此醉，叔牙知己是誰知。隨身宮殿皆堪適，何許勞勞費四支"[④]。還有李承嘉曾許諾給李承箕買菟絲子這樣的中藥，可能李承嘉

---

①② 見《嘉魚李氏族譜》，世祀堂咸豐八年合修本。

③ 見本書卷八《承嘉弟遣弟承規挐舟送客武昌，舟還金磯，適族弟承敬會磯下，許相挽而上。舟覆，規與敬得拯，規遂舍舟而歸，承嘉欲令規求前舟，止以詩》。

④ 見本書卷九《寄答會卿弟示詩》。

忘記此事，卻送來鯽魚。李承箕指出“兔絲約驗古來方，鯽板新承舊約忘。兄愧自肥憐弟瘦，食言何似食魚强”。幽默詼諧中，盡顯兄弟之情。

與李承德的交流。

承德，李承箕族叔次子，字一卿，號石磩，生成化二十一年二月十四日，卒於嘉靖四十年二月十一日。

承德，嗣春次子，字一卿，號石磩。生甫晬而孤，母氏撫摩成長。俾就學，即嚮往效吟詠，弱冠有《中秋賞》之作，先君子喜而和之。學《戴記》於吾兄端彝門，略世序，執弟子禮，吾兄没，有心喪三年之意。東湖吴公撫楚時，創咸嘉書舍於清洪故里，以待二縣子弟之來遊者。謂一卿經明行修，移書請主教事，其受知如此。聞東湖公訃，即匍匐萬里，往蒼梧吊哭，粤中人士高其義。至老玩書，手自抄寫，就其子迎養夔庠，踰五年卒，爲嘉靖辛酉二月十一日也，距其生成化乙巳二月十四日。葬玄壇咀父塋左。娶任氏，生成化辛丑，卒嘉靖壬子五月廿七日。①

李承德年輕時寫有《中秋賞》一文，頗具文辭，李承箕覺得小兄弟詩文不錯，故有《中秋賞月和承德弟》，其文爲：

金波麗滄海，滿意可當中。形影三人對，乾坤一大櫳。天心真默契，世味肯謀豐。莫掛嫦娥念，嫦娥奈苦空。②

李承箕與諸兄弟之間的交流，主要體現在相互之間的詩文往來，在内容上涉及相互之間的關心與幫助、學問交流，以及對家族事務的處理等。正如李承箕在《下莊栽禾呈諸兄弟》中所言“苗意懷新時雨效，人

① 見《嘉魚李氏族譜》，世祀堂咸豐八年合修本。
② 見本書卷十二《中秋賞月和承德弟》。

情依舊濁醪知。蓬蒿剪盡兄兼弟，賓祭年年合有支”，“呼牛應馬誰能事，運水搬柴君得知。世短意長無俗念，青簾影裏酒頻支”，“施爲正處勞神少，租税先時見吏遲。容足江山如有待，候門童稚總能知”[①]。

① 見本書卷九《下莊栽禾呈諸兄弟》。

附録二：李承箕傳記輯要

先考大崖先生府君行狀

吾父諱承箕，字世卿，生景泰壬申十二月十四日。幼有大志，舉止異常，眉疏目朗，神氣清逸。先叔祖都憲約庵府君奇之，及參議廣左，挾之行。故大司寇江浦張公時爲方伯，號知人，喜接引後進，見所作，甚器重之。二十三歲有聲場屋，時人見其言行，皆以道學稱之。提學憲副莆陽嚴公宗源試其應舉文，驚異曰："吾閱人多矣，未有如子者也。子力行之，則孔孟可到。"庚子，二十九歲，再鄉試，海虞桑民懌，同考試官，民懌，文士也。駭其論議，將取魁，多士主者陰嫉而落之。民懌爲賦詩曰："三復斯文感慨深，扶桑枝上鳳凰吟。臨風滴盡英雄淚，湘水衡山知此心。"聞者兩韙之。尋讀書邑之大崖山僧舍，别號大崖居士。邑大夫内江馬公思進爲構書舍。山中有澗水，鑿石爲橋，扁曰：鐵橋。橋下有泉，扁曰：洗耳。在山三年覺世緣輕，將謝廪氣而歸。提學者曰："予薄我耶？我薄予耶？"勉留之。明年丙午，同先伯東嶠府君領鄉薦，年三十五。又明年，會試下第。又明年，往見白沙。始白沙聞吾父名，神交有年。至是待以友誼。特築一臺處之，命曰：楚雲。心相契而道相孚者也。自是杜門不出。有司趣赴禮闈，吾父答之以詩曰："月色下西轅，陽光轉東軸。大化不曾停，吾心能汩没。渴不飲濁流，飢惟燒楚竹。坐愛淵中魚，眠喜山前犢。風霜互慘凄，敝衣寒露肉。落日躬采薪，崎嶇歷榛曲。稍稍夜執經，侵侵晨作粥。舊書易過眼，牟米苦難熟。高堂老一親，不願兒出屋。妻孥知此意，肩赬供水菽。和風送東來，陽坡與種粟。天道早豈常，瘦田復栽穀。身憑大化遷，但願終無辱。"乃築釣臺於村莊黄公山。學士震澤王公爲之記，有曰："湖山襟帶，映發户闥。鳶魚飛泳，影在几簟。"蓋紀實也。會東嶠解大理官歸，母子弟兄怡然一堂，更唱迭和，啜菽飲水、布衣野服終其身，人不能以勢力相擾。弘治十八年，年五十又四，十二月二十日，以無疾而終。屬纊之時，凛然如生。吾父孝友正直，出於天性。太孺人卒年已躋艾，寢苫枕壞之禮，肅肅如也。東嵩幼同筆硯，長亦謙服，自少不喜習舉業。曰：惟故盖夫抵抑論之，不足以爲文也。厲志爲學，洗滌身心，而以不欺暗室爲主本。齋居終日，凝神端坐，人莫窺其際。閨闈不妄言笑，不輕假妻子以辭色。及入大崖、走白沙，功深力到，華落實存。粤自宋末箋注之學競起，枝葉荒蕪，而無結果。天下之學進乎此者謂之羽翼六經，謂之扶持聖道，至康齋吴聘君始重違其意，不事著述；再傳而白沙，習静端坐，高朗簡易，直截徑捷，以造其極，而世不察，黨同伐異，指爲禪學，論者紛紛。在門之士未能窺其閫域，特竊其一二口耳之迹以亂其真，末流支離，妄誕其弊，有不可勝言者。吾父涉江浮海，不遠數千里，四度其門，所以親炙之者，至矣。顧嘗不考問爲學之方，曰："聞見口耳之學，非其自得者，非真學也。"白沙甚然之。至今學者考論師友淵源所自在，吾父若會逢其適者。性喜文章，凡傷時憤世之意，水流雲行之懷，皆發於述作間。論者以爲譬之屋窪天馬，不施控勒，雖或奮迅猛縱，有時而蹶，而龍蹴虎躍，終無幾步。又如伐叛之師，聲罪致討，仗義直前，雖士卒勇怯不齊，戈矛利鈍相錯，而堂堂正正，自不可犯。而白沙亦以其非世俗之文推之，祠堂先阡文皆屬筆。白沙之詩，吾父之文，其皆示著書之遺意乎！嘗倣古立鄉約堂。鄉人至相戒曰："盍求無愧於斯堂乎？"由是鄉俗爲之一變。家固窮，田之所入，僅足給家口之半，每貸食於人，饘粥蔬食，不免缺乏，處之裕如也。喜飲酒，客至則投壺歌詠，勸酬必至於醉，醉則行草，大小諸書並出，正正奇奇，前無古人矣。初，吾父兄弟一意古學，不屑時尚，困頓場屋，久之，親戚朋友頗竊怪之。問於約庵公，笑而不答。吾伯父亦居之自如。晚歲，吾伯父間問吾父所得，對曰："平生覺得樂處多耳。"從弟子卿讀所撰白沙墓文，曰："異日欲知兄者，求之此文，大概可得也。"人以爲知言。所著《大崖集》二十卷，嘉魚、新會、順德志又若干卷。我李之先爲江西武寧人，唐吴王恪之後，居嘉魚五百有餘歲。宋慶曆間，有諱宗儀、宗儒，開義學於湖西之濱，蓋吾父之十四祖也。曾祖諱焕，皇明舉鹽課大使。祖諱善，珙縣教諭。考諱阜，有隱行，白沙所爲志其墓者也。曾祖母熊、祖母童、母鄧，三代皆以約庵、東嶠恩封贈如典。配任氏，木訥無華。男六人：曰教，曰嚴，曰整，曰虔，曰改，曰放。一女，適蒲圻舉人胡堯凱。孫男十三人：寶容、寶成、寶至、寶在、寶愚、寶醇、寶孚、寶儲、寶蒙、寶頤、寶隨、寶節、寶艮；女□人。正德丁卯正月八日葬吾父於所居之右何公侖之原，先阡在焉。子整謹狀。[①]

李大厓先生承箕墓表[②]

楚之嘉魚有兩李先生，伯承芳字茂卿，人稱東嶠先生。仲承箕字世卿，人稱大厓先生。二人皆清修苦節，好古力行，鬱鬱抱奇氣，不屑與世俛仰，學皆不治章句，必欲直探孔孟遺旨。成化間爲庠生，已厭科舉之學，所司迫蹙，不得已就試，歲丙午同占湖藩鄉薦。庚戌，茂卿登進士，授官大理。世卿[③]不肯會試，時五嶺之南有陳公甫者，號白沙先生，以道學名重天下。白沙之學不立文字，教人端坐，澄心優遊，停涵久之，渣滓消融，神明内朗，其學號簡易直捷，一時學者[④]翕然趨向。然亦或訾且議之。大厓[⑤]心獨喜其説，[⑥]往見。白沙大喜曰："吾與子神交久矣[⑦]。"自嘉魚至新會，涉江浮海，水陸幾萬里，君[⑧]往見者四，白

① 此文源自上海圖書館清鈔本。
② 參見王鏊《震澤集》卷二十六"墓表·李大厓先生承箕墓表"、焦竑《國朝獻徵録》卷一百十四儒林（明萬曆四十四年徐象橒曼山館刻本）、黄宗羲《明文海》卷四百四十一《李大厓墓表》（王鏊）。
③ 清鈔本作"大崖"。
④ 清鈔本此處有"多"字。
⑤ 清鈔本作"大崖"。
⑥ 清鈔本此處有"徒步"。
⑦ 清鈔本此處有"寧俟見而後信耶"。
⑧ 清鈔本中"君"作"大崖"。

沙與之登臨吊古，賦詩染翰，投壺飲酒，終不及爲學之方①。久之，世卿②曰："箕得之矣。凡學以言傳非真傳也，其有目擊而道存者乎③？"遂歸④。初，世卿讀書山中，作亭瞰水，扁⑤曰洗耳，固已⑥超然有⑦混濁寰宇之意。及歸自白沙，日端坐一室，洗滌身心，不涉階級，徑造本真⑧。或勸之著述，曰："近世箋注繁蕪，郢書燕説，鼎沸絲棼，方欲一剗去之，而更推波助瀾⑨耶？"顧猶⑩喜吟詠，客至，相與劇飲賦詩，醉起書之，劄草⑪濡墨，斜斜整整⑫，無不如意。及爲文章，刮濯陳垢，無起無止，莫可端倪。如山川出雲，雷雨交至，倏然雨霽，天日清朗，亦可謂奇偉傑特⑬者矣。久之，茂卿⑭自大理得謝歸，二人日聚黄公之臺，更倡迭酬。伯仲之間，自相師友，家徒壁立罄縣，家人告不足，二人相視而⑮笑曰："吾道非耶？"壬戌五月，茂卿卒。乙丑十二月二十日，君亦⑯無疾而終，春秋五十有四，天下惜其學之不及顯也。李之先自江西武寧來居嘉魚，宋慶曆間，有宗儀、宗儒，開義學於湖西之濱。曾祖

① 清鈔本此處有"或叩之。亦微啟其扃而不顯其奥"。
② 清鈔本中"世卿"作"大崖"。
③ 清鈔本此處有"白沙驚曰子真其人耶。吾也請從而後也"。
④ 清鈔本無"遂歸"。
⑤ 清鈔本無"扁"字。
⑥ 清鈔本此處有"有"字。
⑦ 清鈔本此處無"有"字。
⑧ 清鈔本此處有"所得益深矣"。
⑨ 清鈔本中"瀾"作"之"。
⑩ 清鈔本中"猶"作"獨"。
⑪ 清鈔本中"紮草"作"束茅"。
⑫ 清鈔本中"斜斜整整"作"整整斜斜"。
⑬ 清鈔本中"傑特"作"不凡"。
⑭ 清鈔本中"茂卿"作"東嵛"。
⑮ 清鈔本中無"而"字。
⑯ 清鈔本中"君亦"作"大崖"。

焕，鹽課大使。祖善，珙縣學教諭[①]。考阜，封[②]大理評事。[③]配任氏，亦甘貧苦節[④]。子男六：教、嚴、整、虔、改、放。整。鄉貢進士[⑤]。女一，歸[⑥]鄉進士胡堯愷[⑦]。孫男八[⑧]。以正德丁卯正月八日[⑨]祔葬何公崙之原。昔茂卿[⑩]之葬，君命[⑪]教、整自楚來吴，屬予[⑫]表其墓，及是[⑬]整與放復來請，豈以余嘗窺其造詣之一二耶？且二子遠來之意不可虚辱，則爲之表於墓，曰：人或曰白沙之學不事著述，大厓[⑭]之見於文與詩[⑮]抑何多耶？豈以是爲非著述乎？余曰：道去言耶，去行耶？聞昔之君子有終日言而未嘗言者，余何足以知之[⑯]？大厓之銘白沙曰："虚以立本，動而能神。凝而涵之，天飛淵淪。"於乎[⑰]！其殆以自見也夫，其殆以自見也夫！[⑱]

---

① 清鈔本中此處有"皆贈都察院右副都御史，加贈光禄大夫，太子太保兵部尚書"。
② 清鈔本中"封"作"贈"。
③ 清鈔本此處有"大崖"。
④ 清鈔本中"亦甘貧苦節"作"亦能清貧甘苦節"。
⑤ 清鈔本此處有"餘皆績學有文"。
⑥ 清鈔本中"歸"作"適"。
⑦ 清鈔本中"愷"作"凱"。《湖廣通志》、勞光泰《蒲圻縣志》卷九《人物二·儒林》作"胡堯凱"，爲正德八年舉人。
⑧ 清鈔本此處有"賓容、賓成、賓至、賓在、賓愚、賓醇、賓孚、賓儲、賓蒙，余幼"。
⑨ 清鈔本無"正月八日"。
⑩ 清鈔本中"昔茂卿"作"初東嵩"。
⑪ 清鈔本中"君命"作"大崖遣"。
⑫ 清鈔本中"予"作"余"。
⑬ 清鈔本中"及是"作"今兹"。
⑭ 清鈔本作"大崖"。
⑮ 清鈔本此處有"者"字。
⑯ 清鈔本中"聞昔之君子有終日言而未嘗言者，余何足以知之"爲"至虚之極而文生焉，又烏知其爲言耶，其爲不言耶"。
⑰ 清鈔本無"於乎"。
⑱ 清鈔本此處有"正德戊寅仲秋二十四日光禄大夫柱國少傅太子太傅户部尚書武英殿大學士予告間居震澤王鏊撰。嗣孫昌大録"。

大崖先生祠堂記

古人以學道爲急，故不遠千里而從師。子游，吴人也，而學於魯；陳良，楚人也，而北學於中國。若此者，難望於後世矣。後世以訓詁辭章爲學，其於聖人之道，莫不自以爲知之也久，又奚以師友爲哉！先生幼抱異質，長雄於文，一領鄉薦，遂絶仕進，從嘉魚走新會以學於白沙先生，此果何所見而爲之耶？盖先生禀天地剛明之氣，故其神識拔出於流俗之表，一切功名富貴不足以爲之動。人之嗜好不在彼則在此，理固然也，地之相去豈止千有餘里而已，至白沙者凡四。其始也，居七越月；其繼也，居一歲；又其繼及再繼也，幾二歲矣。當是時也，師弟子相與登高山望遠海，追雲逐月，飲酒賦詩以爲樂，至於何物而爲道，何物而爲學，師不言，曰："吾以待世卿之自得也。"弟子亦不問，曰："吾亦待自得之也。"此其聲應氣投，高風遠韻，萬世之下，豈不令人有餘思哉！今之知先生者，皆以瑰琦之文及不仕之節而已，至於依依於白沙而不忍舍者，未重也，是棄先生之所重者以重先生也。先生未遊白沙時，已有文名，今觀集之所存者，皆在白沙時所作及遊白沙後所作也，則先生之所自重者可知矣。白沙先生嘗序交爲先生别，意義最爲微奥，大抵言有道而後有交。嗟夫！交義之不明於世久矣，如先生之於白沙，乃所謂交也。交義立，然後友之倫不廢，然後彝倫常叙矣。然則吾人與天下後世所當重先生者，誠在此。先生没八十餘年，嘉魚令蔣公始倡率士民構堂而祠先生，又捐俸置田若干畝，以奉祀事。蓋先生之德久而彌彰，亦蔣公之志行有曠世相感者。乃孫憭致蔣公命（徵記）於予。予廣人也，嘗讀白沙書，稍知先生始末，不敢辭，故特著之以示務學者知求師而事師若先生可也。蔣公名時馨，福建漳平人，同予舉丁丑進士，今擢南京大理寺評事。①

① 楊起元：《楊復所先生家藏文集》卷四《大崖先生祠堂記》，明崇禎楊見晙等刻本。

李舉人承箕

承箕，字世卿，嘉魚人。幼有大志，不喜爲舉子業，讀書大厓山，非禮不動。成化庚子鄉試，考官桑悦首選其卷，監臨不從，悦上書政府論薦。丙午領鄉舉，一試禮闈而歸。徒步師陳獻章於嶺南，不復仕進。兄承芳，以大理寺副謝病歸，築釣臺於黄公山。日夕奉母，講學賦詩。世卿爲詩文，下筆立就，若不經意。工草書，人争傳之。①

李承箕傳論

論曰：余鄉問念庵羅太史，世卿何如人哉？太史曰才子。陳子嘗謂世卿在白沙，朝夕與論名理，天地間所聞見，古今載籍所存，無不語。未語者，此心通塞往來之機，生生化化之妙，待世卿自得之。太史止才之也，豈竟未得耶？周梁石題李氏義學，其語又别，果孰是乎？陳子言順德人謗世卿由吴獻臣，固獻臣遊揚太過，或志故則不傳其書，無惑哉？②

舉人李大厓先生承箕

李承箕，字世卿，號大厓，楚之嘉魚人。成化丙午舉人。其文出入經史，跌宕縱横，聞白沙之學而慕之。弘治戊申，入南海而師焉。白沙與之登臨吊古，賦詩染翰，投壺飲酒，凡天地間耳目所聞見，古今上下載籍所存，無所不語。所未語者，此心通塞往來之機，生生化化之妙，欲先生深思而自得之，不可以見聞承當也。久之，而先生有所悟入，歸

---

① 錢謙益：《列朝詩集小傳》丙集《李舉人承箕》，上海古籍出版社 2008 年版，第 286 頁。

② 葉春及：《石洞集》卷十《志論一・順德縣》，清文淵閣四庫全書補配清文津閣四庫全書本。

築釣臺於黄公山，讀書静坐其中，不復仕進。自嘉魚至新會，涉江浮海，水陸萬里，先生往見者四。而白沙相憶之詩："去歲逢君笑一回，經年笑口不曾開。山中莫謂無人笑，不是真情懶放懷。"又："衡嶽千尋雲萬尋，丹青難寫夢中心。人間鐵笛無吹處，又向秋風寄此音。"真有相視而莫逆者。盖先生胸懷灑落，白沙之門更無過之。乙丑二月卒，年五十四。唐伯元謂其晚節大敗[①]，不知何指，當俟細考。[②]

李承箕，字世卿，嘉魚人。成化乙酉舉於鄉，宏治元年至新會從陳獻章，獻章築楚雲臺居之。時與投壺雅歌，甚歡也。所爲詩文尤清拔。吴廷舉延之修《順德志》，後歸卜築黄公山，遂不復出郝志。[③]

李承箕，字世卿，湖廣嘉魚人，中成化鄉試，與兄承芳、弟承勛並知名。聞白沙先生倡道江門之上，挈其子侄來從學。先生甚器重之，築楚雲臺以館焉。承箕亦以豪邁自負，飲酒多而不亂，爲詩文奮迅逸宕，類其爲人。嘗遊鐵橋、石樓諸峯，至夜擁蔽木葉以居，有遊山記及紀游諸詩。所著《大厓集》二十卷。[④]

---

① 唐伯元（1540–1597），字仁卿，號曙臺，廣東省澄海縣蘇湾都仙門里人，著有《唐曙臺集》《醉經樓集》等。

② 黄宗羲：《明儒學案》卷八《白沙一》，中華書局 2013 年版，第 93–94 頁。

③ 阮元：《（道光）廣東通志》卷三百二十七列傳六十，清道光二年刻本。

④ 宋廣業：《羅浮山志會編》卷六，清康熙刻本。

李承箕，字世卿，湖廣嘉魚人，幼有大志，不喜舉子業，好古文辭，非禮不言動。初赴成化庚子鄉試，考官桑悦首選其卷，監臨者不從而罷，悦乃上書政府論薦。至丙午與兄承芳同登賢書，每上公車，定以元旦，不忍以令節違親。己酉除夕，兄弟侍親榻至中夜，母嘆曰："今夕有二子在，明夕當何如？"世卿聞言即泣下，不忍去，勸兄就道，己留奉親，遂棄科名，不復言禄仕。久之，兄棄官歸，相與日夕奉母，怡愉一堂，及母喪，寢苫枕塊，不離喪次。凡再入粤訪白沙，事以師禮。讀書大崖之峯，因號大崖。家徒壁立，家人告不給，適兄弟對坐相視，曰："吾道非耶？"後竟以學行名天下。世卿爲人寡言笑，終日端坐，人莫窺其所存，爲詩文下筆立就，若不經意。工草書，人争傳之。所著有《大崖集》。卒，配享濂溪祠。[①]

李承箕

李承箕，字世卿，嘉魚人。幼有大志，不喜爲舉子業，好爲古詩文，入大崖山讀書，非禮不動。赴成化庚子鄉試，考官桑悦首選其卷，監臨者不從，悦上書政府論薦。丙午領鄉舉，丁未一試禮闈而歸，聞嶺南陳獻章講學，徒步往師之，不復仕進，乃築釣臺於黄公山，與兄承芳日夕奉母，怡愉一堂。雖貧約不計。及母喪，寢苫枕塊，不離喪次。爲人寡言笑，終日端坐，人莫窺其所存。爲詩文，下筆立就，若不經意。工草書，人争傳之。所著有《大崖集》。[②]

---

① 張夏：《雒閩源流録》卷十四，清康熙二十一年黄昌衢彝叙堂刻本。

② 過庭訓：《本朝分省人物考》卷七十六《李承箕》，明天啟刻本。

李承箕

李承箕，字世卿，湖廣嘉魚人，與兄承芳同薦鄉書，不復公車。受學於陳白沙，白沙與之登臨吊古，賦詩染翰，投壺飲酒，終不一及爲學之方，久之辭歸。白沙送之文曰："天地間耳目所聞見，古今上下載籍所存，吾無不與世卿談。所未語，此心通塞往來之機，生生化化之妙，待世卿深思而得之也。"承箕歸，日坐一室洗滌身心，不以著述自見，曰："近世箋注繁蕪，思一剗去不得，更推波助瀾乎？"客至，與劇飲賦詩，醉起援筆，斜斜整整，無不如意。其爲文辭出入經史，縱横跌宕，滚滚而不休。久之，承芳謝大理歸，兄弟師友。學者稱承芳東嶠先生，承箕大厓先生，年五十餘，無疾終。①

李承箕

李承箕，字世卿，爲諸生已厭科舉之學矣，所司迫蹙，不得已就試，成化中與其兄承芳同舉鄉薦。久之，承芳登進士授官大理，承箕獨不肯會試，從白沙受業。涉江浮海，水陸萬里，往見者四。白沙與之登臨吊古，賦詩染翰，投壺飲酒，終不及爲學之方。久之辭歸，白沙送之文曰："天地間耳目所聞見，古今上下載籍所存，吾無不與世卿語。所未語者，此心通塞往來之機，生生化化之妙，待世卿深思而自得之也。"承箕爲人凌邁高遠，讀書山中，故超然有混濁寰宇之意。及歸自白沙，日坐一室，洗滌身心，不以著述自見，曰："近世箋注繁蕪，郢書燕説，鼎沸絲棼，思一剗去之不得，而更推波助瀾乎？"客至，與劇飲賦詩，醉起更書，斜整無不如意。其爲文辭，出入經史，縱横跌宕，滚滚不休。久之，承芳謝歸大理，相與日聚黄公臺，更唱迭酬，伯仲間自相師友。學者稱承芳曰東嶠先生，承箕曰大厓先生，年五十餘，無疾

① 查繼佐：《罪惟録》卷十《李承箕》，四部叢刊三編景手稿本。

終《儒林記》。[①]

李承箕

李承箕，字世卿，爲諸生已厭科舉之學矣，所司迫蹙，不得已就試。成化中，與其兄承芳同占湖藩鄉書。久之，承芳登進士授官大理，承箕獨不肯會試，從白沙受學於陳獻章，涉江浮海，水陸萬里往見者四。獻章與之登臨吊古，賦詩染翰，投壺飲酒，終不及爲學之方，久之辭歸。獻章送之文曰："天地間耳目所聞見，古今上下載籍所存，吾無不與世卿語。所未語者，此心通塞往來之機，生生化化之妙，待世卿深思而自得之也。"承箕爲人凌邁高遠，讀書山中，故超然有混濁寰宇之意。及歸自白沙，日坐一室，洗滌身心。不以著述自見，曰："近世箋注繁蕪，郢書燕説，鼎沸絲棼，思一剗去之不得，而更推波助瀾乎？"客至，與劇飲賦詩，醉起更書，斜斜整整，無不如意。其爲文辭，出入經史，縱横跌宕，滚滚而不休。久之，承芳謝歸大理，相與日聚黄公臺，更唱迭酬，伯仲間自相師友，學者稱承芳曰東嶠先生，承箕曰大厓先生。年五十餘，無疾終。[②]

李承箕

嘉魚李承箕，幼有大志，不喜舉子業，好作古詩文，非禮不言動，時人目爲李道學。成化庚子鄉試，桑悦時爲考官，欲取其卷，爲解監臨者不聽，悦遂題一絶於朱卷云："三復斯文感慨深，扶桑枝上鳳皇吟。臨風不盡英雄淚，湘水衡山知此心。"尋上書政府論學，丙午方領鄉薦，丁未禮闈下第，歸即從陳白沙遊，不復求仕。[③]

① 沈佳：《明儒言行録》卷三，清文淵閣四庫全書本。
② 何喬遠：《名山藏》卷八十四《儒林記·李承箕》，明崇禎刻本。
③ 蔣一葵：《堯山堂外紀》卷九十一《李承箕》，明刻本。

李承箕

李承箕，承芳弟，領鄉薦，一試禮闈而歸，師事陳獻章，不復仕進。築釣臺於黄公山，與其兄日夕奉母，怡愉一堂，雖貧約不計焉。所著有《大崖集》省志。[①]

李承箕

李承箕，字世卿，嘉魚人，與兄承芳、弟承勛俱有得於理學。弘治丙午，中鄉試。走海南，從白沙陳獻章遊。作《海蓬賦》，其辭曰："渺九江兮，日月吐吞。采芳芷兮，望九疑以南奔。諮重華之既遠兮，羌欲濟乎無津。我思中崧兮，阻黄河。我思岷峨兮，栢有十圍。二峽險巇兮，誰其致之？望不極兮，江之廣。尺踰千兮，江之深。奈何乎墟之歸兮，坎之宗。出無入有兮，孰究乎西東？風刀刀兮，雲冥冥。雷電交加兮，兩雹紛轟。儼真仙兮三山，與世絶兮無還。風回轉兮，送我芝蘭。夢欲去兮，足蹣跚。海桑轉瞬兮，易自我艱。忽中道邂逅兮所歡，風發發遠兮動天，如插羽兮飛船。勢飄忽兮太空，影連蜷兮長虹。横絶九幽兮，咽宇宙於胸中。朝以産萬化兮，夕以收鴻蒙。羌自度以先登兮，從吾石翁。

史南曰：臣觀《大厓集》，乃見其以邁往之志，棄榮利而耽幽寂，邈乎其不可親也。何李氏之多賢！其行實見闡幽。紀贊曰：焱海森茫，波浮蕩兮。衡嶽崔嵬，馳霞想兮。幽人貞吉，肆高尚兮。檜楫欐舟，擊蘭槳兮。左右流之，若下上兮。[②]

---

① 李賢：《明一統志》卷五十九，清文淵閣四庫全書本。
② 廖道南：《楚紀》卷二十二《昭文内紀後篇》，明嘉靖二十五年何城李桂刻本。

李承箕，字世卿，嘉魚人，幼有大志，不喜爲舉子業，好爲古詩文。入大崖山讀書，非禮不動。赴成化庚子鄉試，考官桑悦首選其卷，監臨者不從，悦上書政府論薦。丙午領鄉舉，丁未一試禮闈而歸。聞嶺南陳獻章講學，徒步往師之，不復仕進。乃築釣臺黄公山，與兄承芳日夕奉母，怡愉一堂，雖貧約不計。及母喪，寢苫枕塊，不離喪次。爲人寡言笑，終日端坐，人莫窺其所存。爲詩文，下筆立就，若不經意。工草書，人争傳之。所著有《大崖集》。①

李承箕，字世卿，嘉魚人，成化中與兄承芳同舉於鄉，兄弟二人清修苦節，好古力行，不屑與世俛仰。承芳，字茂卿，登進士，世卿遂不會試。時白沙以道學名重天下，人或訾其禪。承箕心獨喜其説，不遠數千里往見，白沙大喜曰："吾與子神交久矣。"白沙與之登臨吊古，賦詩染翰，投壺飲酒，不及爲學之方。久之，承箕曰："箕得之矣。凡學以言傳非真傳也，其有目擊而道存者乎？"及歸，白沙贈之詩，曰："上上昆侖峯，諸山高幾重。望望滄溟波，百川大幾何。卑高入揣料，小大窮多少。不如兩置之，直於了處了。"世卿歸自白沙，日端坐一室，洗滌身心，不涉階級，徑造本真。或勸之著述，曰："近世箋注繁蕪，郢書燕説，鼎沸絲棼，思一剗去之，而更推波助瀾耶？"顧喜吟詠，時與同志士劇飲賦詩，醉起書之，創草濡墨，斜斜整整，無不如意。及爲文章，洗濯陳垢，無起無止，莫可端倪，如山川出雲，雷雨交至，倏然雨霽，天日清朗。茂卿官大理，尋亦謝歸。伯仲之間，自相師友。家徒壁立，家人告不足，二人相視而笑，曰："吾道非耶？"世卿之銘白沙，曰："虚以立本，動而能神。凝而涵之，天飛淵淪。"或曰，

① 凌迪知：《萬姓統譜》卷七十三，清文淵閣四庫全書本。

其殆有以自見也夫。[1]

貢士李承箕卒。承箕字□□，嘉魚人，同兄承芳舉成化丙午鄉榜。慕陳獻章，不計偕日，端坐冥會，或勸之著述，曰：箋注繁蕪，又可推波助瀾耶？伯仲間自相磨厲，年五十四，學者稱大厓先生。[2]

二賢祠記

我明自國初，蓋多儒者，然聖學真脉，開於白沙陳先生。先生不立文字，而未嘗不發於文字。予嘗讀《仁術論》云“桓文用意，周公用心”，一時疑滯豁然，夫舍意而心何自見哉？則心與意之别微矣。又《送張廷實序》云“即心觀妙以揆聖人之用”，又嘗叙溯生平，自從吴聘君歸，索之方册，累年無所入。静坐久之，忽焉心體呈露，因教人静中養出端倪，一以自得爲主。又《送嘉魚李世卿序》云“在身忘身，在事忘事，在家忘家，在天下忘天下”，白沙先生之學，真虞廷之精一、孔氏之格致也。獨於世卿莫逆。白沙去嘉魚數千里，詩牘往來甚勤，時一相聚，登山飲酒，吟詠唱和，無所不語，以開世卿，而世卿輒喟然發悟。世卿，諱承箕；兄字茂卿，諱承芳，皆少小好學，同舉於鄉。兄成進士，世卿往見白沙先生，即絶應試，專精洗滌身心，落筆驚世。未幾，兄亦謝政，相與悠然物外。居大崖山，號大崖先生。予私淑白沙，恨不得當其時親炙之，而慨羡乎大崖先生者深矣。往歲獲交於大崖之曾孫景穎公，端潔弘遠，受益良多。一日以二賢祠記見委，二賢者，大崖先生與蘭居蔣公也。蔣公，諱時馨，閩人。今世潛心聖學之君子，令

① 尹守衡：《皇明史竊》卷七十四，明崇禎刻本。
② 談遷：《國榷》卷五十五，清鈔本。

於嘉魚，仰止大崖先生，立祠大崖。蔣公去邑二十餘載，而邑人思之不置。有龐令諱一德者，因構宇邑中，設大崖先生並蔣公像以祠焉。曩白沙先生屢召至京，授官旋歸，而與之遊從，若大崖兄弟輩，相繼遠迹聲利，僻處深山。當時遂疑白沙之學，純務遯藏，而與世漠然者。嗚呼！此非惟不知白沙、大崖，兼不知行藏矣。仲尼門人三千，獨奇顏子，顏子一簞一瓢，齋居陋巷，而仲尼告以四代禮樂，且曰惟我與爾，用則行，舍則藏，何哉？蓋凡人惟有用舍，聖賢斯有行藏。凡人用則公卿，舍則韋布。聖賢用則有以行，舍則有以藏。豈有能行而不能藏，能藏而不能行者邪？白沙、大崖往矣。蘭居蔣公、景穎李公，當今海内莫不嚮往，朝廷登之大位，抒所淵源，然後學者始信白沙、大崖，蓋行藏一如者歟！[1]

① 顧天埈：《顧太史文集》卷四《二賢祠記》，崇禎刻本。

附録三：李承箕交往人物表

李承箕交往人物表

人物姓名	所在卷數	簡介
李三用恕	卷一《謝李三用恕招飲》、卷四《李三用恕偕雷松坡謁先君墓歸口占奉答兼懷茂卿兄四首》《訪李三用恕不遇一首》、卷二十《答李用恕》	
余舉人端卿	卷一《寄余舉人端卿》	按：此人不知是否爲余正，字端卿，丙辰進士，任華亭縣知縣，俱成化二十二年舉人。（見明代朱衣《漢陽府志》卷七，嘉靖刻本）
夏秀才	卷一《夏秀才偶然見訪》	
陳舉人廷信	卷一《答陳舉人廷信次茂卿韻》	按：此人是否爲陳璽，字廷信，任四川西充縣知縣，宦業未著而鄉行可觀，儉約循矩。（見明代朱衣《漢陽府志》卷七，嘉靖刻本）陳璽與李承箕同爲成化二十二年舉人。
彭忠秀才時忠	卷一《贈樂平彭忠秀才時忠歸自泰州》	
胡義官	卷一《胡義官送米》	
古體乾	卷一《古體乾送米》	
雷長甫深甫	卷一《湖邊看柳寄雷長甫深甫三首》	
李藎卿	卷一《寓白沙寄藎卿弟南京》、卷六《吾母受勅封藎卿弟以織金紗袍爲壽詩以寄謝》、卷十七《程節婦鍾氏詩序》	李承恩，字藎卿。[1]

① 按："嶺南楊景昌别墅在番禺山中，嘗植松以自嬉，遂自稱松谷道人。景昌後舉進士，拜東流令，去山中將十年矣，意未嘗不在是也。間發諸篇什，傳詠於時。户部主事涂邦玉、李藎卿與之游，倡諸詩人爲屬和之，既成帙，諉序於巏。"（儲巏《柴墟文集》卷七《松谷道人詩叙》，明嘉靖四年刻本）

續表

人物姓名	所在卷數	簡介
張　詡	卷一《送張進士廷實赴京兼東六弟藎卿》《次韻張東所六首》、卷四《次韻寄張東所一首》、卷十《和答張廷實二首》《讀張廷實寄容一之詩有丹成分寄朱陵洞之句用前韻寄一之並求丹也》《代容一之和答張廷實二首》《東所惠米》、卷十一《次韻張廷實贈别二首》、卷二十《與張廷實》	張詡，字廷實，號東所，陳獻章門人。"少負經濟，力行好古，不爲口耳之學。莆田彭韶見其所作詩，美之曰：'嶺南孤鳳也。'成化甲辰登進士"（過庭訓《本朝分省人物考》卷一百十《張詡》，明天啟刻本）。
周文都	卷一《周文都曝日臺次石翁韻》、卷五《贈鄉貢進士周文都赴京會試》、卷八《周文都惠茶》《文都惠方山巾》、卷十五《曝日臺記》、卷十八《雲潭居士周君二齡配陳氏合葬志》	周京，字文都，新會人，成化十三年舉人，陳獻章門人。
陳獻章	卷一《石翁以詩送東坡荔次韻二首》《石翁雨中見訪》《次石翁寄李憲副若虚韻呈石翁二首》等。	
林公待用	卷一《讀林公待用奏疏》、卷九《聞林待用擢方伯不赴》	林俊，字待用，號見素，號莆人，莆田人，著有《見素集》。
陳廷息	卷二《九日陳廷息以詩送酒》	
容雲泉昆季	卷二《借前韻催容雲泉昆季和詩後期者罰》	
劉針工	卷二《催劉針工》	
周文邦	卷二《周文邦挽詞》、卷十八《周鎬墓志》	周鎬，字文邦，陳獻章門人。
陳静軒	卷二《壽陳静軒》	"南海隱君子陳静軒先生"（王慎中《遵岩集》卷十一《壽陳静軒翁序》）。
容　憑	卷二《贈容憑》	

續表

人物姓名	所在卷數	簡介
何子直	卷二《贈何子直》	
白洲李憲副	卷二《白洲李憲副同予至西南驛三宿而往廣巡視珠池時盜珠者已遁，詩寄白洲》、卷六《白洲擢憲長次石翁韻》《擬會白洲次韻石翁》、卷七《和白洲見寄》《贈山東右方伯李白洲若虚》、卷十六《白洲詩集序》、卷二十《復李白洲》	李士實，字若虚，號白洲，江西新建人，成化丙戌進士，著有《世史稽疑》二卷。
廖士希	卷二《與吉安司訓廖士希話舊》、《次韻奉答吉安司訓廖士希》	
馬思進	卷三《次韻馬公午日見寄》《馬公登大庢次韻》《送馬公膺召之京》《次韻奉答馬公見寄》、卷六《用韻寄馬公思進清戎雲貴》、卷九《太守馬公墓志成詩寄其子侍御》、卷十六《送邑侯馬公膺召之京序》《留别聯句叙》、卷十七《具慶詩序》、卷十八《寧波太守馬公墓志銘》、卷二十《與馬公思進書三首》	馬炳然，字思進，成都内江人，成化辛丑進士，曾爲嘉魚知縣。（過庭訓《本朝分省人物考》卷一百七《馬炳然》，明天啟刻本）
九峯霄上人	卷三《次韻寄九峯霄上人》	
沈仲律	卷三《再次韻奉答沈仲律先生二首》	沈鍾，字仲律，上元人。（見過庭訓《本朝分省人物考》卷十二《沈鍾》，明天啟刻本）
郭先生	卷三《用韻呈郭先生》《郭先生以詩招飲不赴次韻奉答二首》《新年郭先生惠香並茶次韻奉答二首》《用韻寄奉郭先生》、卷四《再寄郭先生》《郭先生見寄次韻二首》	

續表

人物姓名	所在卷數	簡介
縣　主	卷三《答縣主召赴會試》《縣主招飲不赴兼呈郭先生》《用韻寄呈縣主》《同縣主遊赤壁次韻三首》、卷四《縣主奉例召赴監一首》《縣主示遊大崖記文時予在病奉答二首》《同縣主學中諸先生遊赤壁有懷郭先生一首》《次韻縣主約賞芍藥風雨不赴十首》《遊大崖次韻縣主一首》《縣衙盆池蓮一莖四花縣主以詩邀賞因病不赴次韻奉答四首》、卷八《題縣主山水圖》	
李二守	卷三《次韻李二守題壁》	
魯宗泗	卷三《次韻留別魯宗泗會試二首》《送魯宗泗分教温江》	
李用勇	卷三《次韻寄新喻貳教李用勇》	
夏秀才	卷三《用韻寄答漢陽夏秀才》	
黄養德	卷三《蒲圻黄公養德以詩見懷次韻奉答二首》、卷二十《龔氏發予祖墓代茂卿兄書寄黄公養德》	
孔文昭	卷三《途次遇孔文昭少留别墅》	
游先生	卷四《奉寄蒲圻游先生一首》	
李承顔	卷四《寄承顔弟一首》《承顔弟違鄉約堂兩會九日往城中風雨懷之》、卷六《九日與子卿弟》、卷十二《與子卿弟》《寄子卿弟洪崖山墅》《子卿以詩送蓮蓬次韻二首》《子卿弟洗心亭和子卿韻》《廣子卿叔詩意》	李承顔，字子卿。

續表

人物姓名	所在卷數	簡介
李承芳	卷四《茂卿兄見寄次韻兼懷蓋卿弟是日得雨二首》《次韻茂卿兄左掖值雨一首》《茂卿兄拜官日見寄》《左童復之京寄茂卿兄一首》、卷九《途次得石翁書寄東嶠兄》《用前韻寄東嶠兄》、卷十九《大理寺副東嶠先生行狀》	李承芳，字茂卿，號東嶠居士，嘉魚人，系李承箕兄長。
雷德興	卷四《雷德興爲風雨阻赤壁之遊用韻奉柬一首》	
古體順	卷四《寄古體順一首》	
左童複	卷四《左童復之京寄茂卿兄一首》	
李震卿	卷四《同震卿兄承嘉弟李珩秀才泛湖有作寄答秀才》、卷十九《又代震卿兄嫂氏》	李承亨，字震卿。
李承嘉	卷四《同震卿兄承嘉弟李珩秀才泛湖有作寄答秀才》、卷八《承嘉弟遣弟承規挈舟送客武昌，舟還金磯，適族弟承敬會磯下，許相挽而上。舟覆，規與敬得拯，規遂舍舟而歸，承嘉欲令規求前舟，止以詩》	
李　珩	卷四《同震卿兄承嘉弟李珩秀才泛湖有作寄答秀才》	
雷松坡	卷四《登鳳凰山觀同雷松坡李息陰》	
李息陰	卷四《登鳳凰山觀同雷松坡李息陰》	
鄒汝愚	卷五《長沙聞鄒汝愚訃三首》、卷六《謫仙亭和鄒汝愚韻》、卷十七《立齋遺文序》	鄒智，字汝愚，四川合州人。（參見查繼佐《罪惟録》列傳卷之十三上《鄒汝愚》）

續表

人物姓名	所在卷數	簡介
黄若雨	卷五《次韻答黄若雨二首》《寄黄若雨有序二首》	
莊　昶	卷五《次韻呈定山》、卷十二《定山先生挽詞》、卷十七《定山先生詩集序》	莊昶，字孔暘，直隸江浦人，成化二年進士。
劉東山	卷五《送劉東山之浙江左布政一首》《次韻東山先生一首》、卷十七《華容劉公遺愛序》、卷二十《寄浙方伯東山劉公》	劉大夏（1436–1516），字時雍，號東山，湖南華容人。
馬文祥	卷五《馬文祥見寄次韻奉答二首》	馬文祥，字時明，桂平人，與弟文奇博洽善文詞。文奇魁於鄉，文祥由歲薦授文昌知縣，會采珠，議省珠池無益費。界多海寇，計圖綏靖，未幾遭内艱。復補宜城縣。上知其才，擢南京户部主事，出理鳳陽諸倉，奏最，荷封典以疾告歸。所著有《西園傳羨集》（縣志）。（見金鉷《(雍正）廣西通志》卷七十九，文淵閣四庫全書本）
吴廷舉	卷五《次韻吴獻臣夜坐一首》、卷七《寄吴順德獻臣》《贈吴别駕赴成都》《寄吴獻臣》、卷八《和廣西吴憲副》、卷九《贈吴别駕獻臣復之成都》、卷十二《寄廣東僉憲吴獻臣》、卷十五《順德縣興造記》《遊羅浮記》、卷十六《贈吴君獻臣赴成都序》《别駕獻臣奉母夫人就養成都序》、卷十七《順德縣志書序》《順德令吴君獻臣考績之京贈行序》《贈張侍御叔亨還京序》《石翁先生詩集序》《立齋遺文序》、卷二十《與孔藎臣》《寄吴獻臣》	吴廷舉，字獻臣，號東湖，嘉魚人。

續表

人物姓名	所在卷數	簡介
顧别駕	卷五《次韻顧别駕見寄》《次韻顧别駕江門夜泊一首》、卷六《歲暮次韻顧别駕留别一首》《奉答邵顧兩别駕次韻》、卷八《和顧勉庵風雨有感》	
何子完	卷五《次韻贈何子完赴會試一首》	陳獻章門人。"何宇新，字子完，惠州博羅人，居喪廬墓盡禮，有司以狀聞，詔旌表之。弘治己酉舉於鄉，仕至宗人府經歷，世稱爲孝子"（參見凌迪知《萬姓統譜》卷三十四）。何宇新事迹詳見於張萱《西園聞見録》卷一《何宇新》）。
張克脩	卷五《題松泉爲張克脩二首》、卷十五《默庵記》	張吉，字克脩，江西餘干人。（見鄧元錫《皇明書》卷三十五《張吉》）張吉與陳獻章往來較多。
鄧俊圭	卷五《鄧俊圭之金陵留别次韻二首》、卷七《寓鄧俊圭宅》《寄鄧俊圭》、卷九《五羊寄鄧先生俊圭二首》、卷二十《與樂昌鄧俊圭》	鄧球，字俊圭，韶州樂昌人。陳獻章門人。
蔡秀才	卷五《送蔡秀才還饒平》	
馬默齋	卷五《求荔枝栽楚雲臺奉寄馬默齋一首》	
俞溥德洪	卷五《楚雲臺小集時信豐俞溥德洪在坐二首》《送俞秀才德洪還信豐一首》、卷十八《信豐養氣翁俞用中墓志銘》	信豐人，俞"溥從遊石翁先生之門，以箕有同門之義，求銘其墓"。"溥，字德洪，信豐人，陳白沙弟子，弘治中以貢授涇府審理正，乞養歸。辟館論道，爲後學師式"（曾燠《江西詩征》卷五十四明·俞溥，清嘉慶九年刻本）。
顧通守	卷五《次韻顧通守擬歸四首》、卷六《次韻顧通守壯哉亭見寄一首》	顧通守即顧叔龍，莆田人，弘治元年任廣州通判，凡三年。（見阮榕齡《陳白沙先生年譜》卷二，清咸豐元年至八年新會阮氏夢菊堂刻本）

續表

人物姓名	所在卷數	簡介
林子逢	卷五《次韻答林子逢一首》	林時嘉，字子逢，東莞人，陳獻章門人。“南川光之族子也，嘗從光遊白沙之門，自律甚嚴，入邑庠，規行矩步，不習流俗。雖盛暑未嘗去冠服，無事則終日對書，唔咿不輟，提學魏校嘗選爲廣州西隅社學師。初聘妻李，未娶而瞽，母欲改聘，時嘉堅執不可，竟娶之，相敬終其身不衰，時高其義（《粵大記》）。白沙嘗作《紫菊吟》寄之”（阮元《（道光）廣東通志》卷二百七十四列傳七《林時嘉》，清道光二年刻本）。
梁舉人	卷五《送梁舉人會試一首》	
崔希説	卷五《和崔希説見寄一首》、卷七《崔希説見寄次韻奉答》、卷八《崔希説留别次韻》	
羅服周	卷六《次韻石翁送羅服周解館一首》、卷七《官窑懷羅服周》《羅服周見寄奉答》《羅浮次韻答羅復周》、卷十《與羅服周話石翁病一首》《次韻羅服周見懷》、卷十一《次韻羅服周見懷二首》《次韻服周見寄二首》、卷十五《尋梅山行記》、卷十七《送羅冕服周序》、卷十八《節婦鍾氏墓志》	羅冕，陳獻章門人。
蔣韶州	卷六《啜南華茗次石翁答蔣韶州韻呈韶州一首》	蔣韶州即蔣世欽，上饒人，“蔣韶州世欽挽詩二首七絶。按，郝《通志》：蔣世欽，上饒人，弘治十一年任韶州知府，凡一年。卒於署中”（阮榕齡《陳白沙先生年譜》卷二，清咸豐元年至八年新會阮氏夢菊堂刻本》）。

續表

人物姓名	所在卷數	簡介
鍾狂客	卷六《鍾狂客挽詞》、卷十七《程節婦鍾氏詩序》	鍾狂客即鍾禧，字百福，順德龍江人。“鍾狂客禧，南海人，甚有詩名。成化中，淮南督理漕運總兵官平江伯陳公鋭取歸幕下，過杭友人招遊西湖寄之詩。鍾和曰：‘湖光山色最宜秋，君不來招也去遊。已辦蜀川千丈錦，爲誰今日盡纏頭；萬頃西湖水貼天，芙蓉楊柳亂秋煙。湖邊爲問山多少，每個峯頭住一年。’信乎狂客也。”①（田汝成《西湖遊覽志餘》卷十一）
張叔亨	卷六《按治雲南張叔亨見寄次韻二首》《張叔亨見寄次韻奉答》、卷十七《贈張侍御叔亨還京序》	張泰，字叔亨，順德人，成化丙戌進士，1492年出任雲南。（其事蹟見過庭訓《本朝分省人物考》卷一百十《張泰傳》，明天啟刻本；雷禮《國朝列卿紀》卷三十四《張泰傳》，明萬曆徐鑒刻本）
姜仁夫	卷六《姜仁夫見寄次韻二首》	姜麟，字仁夫，蘭溪人，成化丁未進士。“以史事使貴州，特取道如白沙，師事陳子。出謂人曰：‘吾閱人多矣，如先生者，耳目口鼻，人也；所以視聽言動者，殆非人也，吾何以名之？’至京師，有問之者。對曰活孟子云”（凌迪知《萬姓統譜》卷五十）。

① “廣東鍾狂客，名禧，甚有詩名，能書。淮安平江伯陳公鋭辟居幕下。成化壬寅，嘗過杭，友人召遊西湖寄之詩。鍾和曰：‘湖光山色最宜秋，君不來招也去遊。已辦蜀州千丈錦，爲誰今日盡纏頭。萬頃西湖水貼天，芙蓉楊柳亂秋煙。湖邊爲問山多少，每個峯頭住一年。’（《蓉塘紀聞》）按，先生《讀世卿蓋卿挽五羊鍾狂客》卷末云‘萬里平江能送我，十年燈火夢淮陽’。自注：平江伯陳公嘗致狂客於幕下。鍾禧，字百福，順德龍江鄉人，與李承箕友善，及卒，承箕挽焉。白沙亦倚而和之(《順德縣志》)。又按，《廣東詩海》張詡有《送鍾狂客應薦北行》七古一首、七律二首”（阮榕齡《陳白沙先生年譜》卷二，清咸豐元年至八年新會阮氏夢菊堂刻本）。

續表

人物姓名	所在卷數	簡介
林憲長	卷六《林憲長寄紙並曆》、卷八《寄致仕林憲長》	
林縣博	卷六《和石翁贈林縣博韻》	即林光，字緝熙。陳獻章門人
容　貫	卷六《用楚雲臺韻寄容一之》《得容友巢書》、卷十《用韻呈容一之二首》《疊前呈一之一首》《催一之和詩一首》《呈友巢》《和友巢二首》、卷十六《玉臺登高倡和詩序》、卷十九《祭石翁文》、卷二十《與容一之》	容貫，又名友巢，字一之，番禺人，陳獻章門人。“白沙有《贈一之歸番禺序》曰：‘容生卓錐無地，從予遊者十有一載，未嘗對人作皺眉狀。入京師，見聲利烜赫輒不樂，語人曰：“古之仕者將以行其志耳，徒食人禄而不知恥，吾不能以一日居。”生之志可謂篤矣。’白沙又嘗至其宅，有‘敝衣寒露肘，破屋早知秋。家業憑觚翰，廚煙管去留’之句”（阮元《（道光）廣東通志》卷二百七十四列傳七《容貫》，清道光二年刻本）。
雷震春	卷六《寄雷震春》	
王　鏊	卷六《茂卿兄解官内翰王公濟之作長歌贈别且及賤子》、卷二十《奉王少宰》、卷二十《與魯振之》《奉守溪王先生》	王鏊，字濟之，號守溪，吴縣人，成化乙未探花。
邑貳教陳先生	卷六《邑貳教陳先生以詩贈行用韻奉答》、卷八《黄公山釣臺浸水答陳二教先生二首》、卷十二《送程鄉令陳景重》、卷十六《送柯容甫還莆田序》、卷二十《與陳景重》	即陳景重，莆田人，見本書卷十六《送柯容甫還莆田序》“吾聞其鄉先生吾嘉貳教陳君景重”。
魯振之	卷七《景陵魯振之見寄次韻一首》	魯鐸，字振之，竟陵人，成化丙午領鄉薦。（參見過庭訓《本朝分省人物考》卷七十七《魯鐸》，明天啟刻本）
李士脩	卷七《岳州逢李别駕士脩》、卷八《隨守李士脩見寄次韻》	李充嗣，字士脩，四川成都府内江人。（參見過庭訓《本朝分省人物考》卷一百七《李充嗣》，明天啟刻本）
施公節	卷七《次韻寄施公節》	

續表

人物姓名	所在卷數	簡介
乃兄貳憲	卷七《乃兄貳憲見訪用韻寄答》	
黄舉人宗器	卷七《黄舉人宗器見贈次韻奉答》	
明　袖	卷七《與南華寺明袖》	
德　忠	卷七《與僧德忠》	
黎　紳	卷七《與肇慶黎紳》	廣東東莞人，弘治二年舉人。
張月溪	卷七《張月溪翁》	按：張月溪翁當爲張如玘，參見陳獻章有《壽月溪翁爲順德主簿張如玘》。
萬孝孫	卷七《萬孝孫詩》	
湛若水	卷七《飛雲頂和湛民澤》《寄湛民澤》、卷十《留别湛民澤》、卷十一《留别湛民澤用前韻》、卷十五《遊羅浮記》、卷二十《與湛民澤》	湛若水，字元明，廣東增城人，陳獻章門人。
湛林塘	卷七《贈湛君林塘翁》	
三山居士	卷七《三山居士》	
麥秀夫	卷七《留麥秀夫謝伯倚飲》、卷十三《兩先生贈麥秀夫詩跋》、卷十六《麥氏族譜序》、卷二十《與陳仲采》	麥岐，字秀夫，新會人，陳獻章門人。
謝伯倚	卷七《留麥秀夫謝伯倚飲》、卷二十《與陳仲采》	
游　深	卷七《與豐城游深》	
李子長	卷七《次李子長韻》《羅浮次韻答李子長》、卷十《子長見寄次韻奉答三首》《寄李子長用前韻二首》	李孔修，字子長，號抱真，順德人，陳獻章門人。（見湛若水《湛甘泉先生文集》卷三十《祭文·祭李子長墓文》，清康熙二十年黄楷刻本；又見黄宗羲《明儒學案》卷九《白沙二·李孔修》）
莫明府	卷七《贈莫明府之封川》	
郁少府	卷七《題郁少府扇次韻》	

續表

人物姓名	所在卷數	簡介
丁明府	卷七《次韻丁明府題壁》	丁明府即丁積，字彦誠，寧都西關人。（參見鄧元錫《皇明書》卷二十九《丁積傳》，明萬曆刻本；又見於何喬遠《名山藏》卷六十七《臣林記・丁積傳》，明崇禎刻本）陳獻章有《菊節後五日丁明府彦誠攜來飲白沙社賦補會》。
謝天錫	卷七《和謝天錫》《用前韻與謝天錫》	謝祐，字天錫，南海人，陳獻章門人。（參見黄宗羲《明儒學案》卷九《白沙二・謝祐》）
羅宗傑	卷七《贈羅宗傑尹廣西永福》、卷十五《卧愚亭記》	羅子房，字宗傑，順德人。“成化十六年庚子舉于鄉，明年會試不第，歸。以母老，築卧愚亭，奉母爲樂。母卒，執喪盡禮。是時古岡陳檢討、江浦莊行人、大良李孔脩皆與子房友善，爲賦卧愚亭。尚書吴廷舉治縣時，聞其賢良，數諮問民間利病，子房棘棘言之。縣積疑獄，囚乞鞫不已，廷舉無以自決，曰：‘安得宗傑言可決也。’人詣其所請言，子房曰：‘不可，奈何用已見奪邑大夫。’及廷舉以密叩，公復棘棘言如故。人有得理於官者，請獻百金爲壽。子房大叱曰：‘言時未知有，子何得污我？’弘治八年，復入京謁選吏部，知永福縣。永福故近邊，地著瘠耗，習猾而俗夷，且盜藪也。至則覈徵租，平徭役，招流亡，立城障，戒巡徼，實倉庾；又葺廢墜，療疾疫，禁巫禨，伐邪祟禮，興學誨徒，然治多本於内廉。初，縣大猾張月麒縱其子殺徐姓二子，亡不得。夕有二烏遶卧所，徹夜號鳴，怪之，從走卒微行廉知其狀，遂下吏捕月麒及其子，棄市正法。監司重之，奏治行爲廣西第一。居無何，遂乞致仕。父老聞將歸，走泣堂下。歸之日，無十金之囊。及卒，子鬻其祖所置産爲喪葬（具《羅司動集》）”。（見阮元《（道光）廣東通志》卷二百七十三列傳六《羅顯韶》，清道光二年刻本）

續表

人物姓名	所在卷數	簡介
陳奉時	卷七《陳奉時惠燈檠》、卷十《挽奉時》、卷十三《陳奉時傳》、卷十九《祭陳奉時文》	陳景陽，字奉時，陳獻章仲子。
胡居正	卷七《答胡居正》	
李可久	卷七《答李可久》	
李醫士宗尹	卷七《用韻寄五羊李醫士宗尹》	
梁惟正	卷七《和梁惟正病中見懷》	梁貞，字惟正，順德人，陳獻章門人。“梁貞，字惟正，父贅室桂洲，因家順德。師事陳獻章。篤志向古，居父喪，苫塊三年，哀毀踰禮，服除不入寢所。弘治八年乙卯舉人，未仕，卒”。(《白沙集・奠梁貞》文曰：“于乎惟正，思慕古之人師之非不足於才也，歲月永謝於呻吟回翔；今之世行之非無其志也，科第未殫其胸襟。又曰：果司命之在天，不可以人力勝耶？抑所養之未至，不可委之命耶？今館中之士，求如惟正者守一而歿，盖亦希矣。薄俗移人，始終殊歸，不自知其非也。”）（見史澄《(光緒)廣州府志》卷一百十五《列傳四・梁貞》，清光緒五年刊本）
陳參戎	卷七《代簡答陳參戎》	
張世華	卷七《常春書屋次韻張世華》	
陳貴椿	卷七《贈陳貴椿還雷州》	
劉少參朋節	卷八《寄廣藩劉少參朋節致仕憲副江一元》《和劉少參朋節留别》	劉信，字朋節，蜀之南溪人。
江一元	卷八《寄廣藩劉少參朋節致仕憲副江一元》、卷十《寄致政江一元憲副》	江源，字一元，番禺人。成化五年進士，擢四川副使，乞休歸。
吴海道	卷八《和吴海道留别》	
梁太尹	卷八《題平樂梁太尹都亭别意卷》	

續表

人物姓名	所在卷數	簡介
周憲長時可	卷八《和周憲長時可留别》、卷十一《次韻周方伯時可贈别兼柬右伯宗周鄧公二首》、卷十七《程節婦鍾氏詩序》、卷十九《祭周時可先生》、卷二十《復方伯周公》《周方伯示文集令去取》	周孟中，字時可，江西廬陵人，成化五年進士。（其事迹見過庭訓《本朝分省人物考》卷六十六《周孟中》，明天啟刻本。又見於焦竑《國朝獻徵録》卷五十五《都察院二·周孟中》，明萬曆四十四年徐象橒曼山館刻本）
沈都憲時暘	卷八《次韻沈都憲時暘》《沈都憲詩來次韻奉答二首》《沈公見寄次韻奉答五首》、卷十四《遊衡山記》、卷二十《答沈都憲》《答石翁》	沈暉，字時暘，宜興人，天順庚辰進士。（見過庭訓《本朝分省人物考》卷二十七《沈暉》，明天啟刻本）
鄧貳守	卷八《衡州鄧貳守示寄石翁詩次韻奉答三首》	鄧應仁，字子榮，南海人。成化辛卯領鄉薦，辛丑登進士，授浦城知縣，除南京禮部主事，历任户部郎中。弘治末出守南安。
劉　媪	卷八《劉媪送酒三絶》	
許夏卿	卷八《送許夏卿還上虞》、卷十二《贈别許夏卿》、卷十六《送許生還上虞序》	許璋，字半圭，上虞人。（其事迹見徐象梅《兩浙名賢録》卷四十四《高隱·許半圭璋》，明天啟刻本）
謝天與	卷八《謝天與改官汴臬幕東峰兄有詩次韻並寄》	
嚴先生	卷九《寄嚴先生罷任》	
沈大有國賓	卷九《和沈大有國賓韻》《沈大有》	
李升卿	卷九《次韻升卿弟四首》《和升卿》、卷十二《送升卿弟赴大學》	李承階，字升卿，號抑齋。
雷　敏	卷九《與雷敏》	
諸兄弟	卷九《下莊栽禾呈諸兄弟三首》	即李承箕之兄弟輩。
任仲禄仲謀萬鈞	卷九《任仲禄仲謀萬鈞諸弟載酒訪田所用韻》	

續表

人物姓名	所在卷數	簡介
李會卿	卷九《寄答會卿弟示詩》、卷十二《會卿弟許買兔絲子今即惠鯽魚一首》	
李公冶	卷九《用韻答李公冶》	
雷震東	卷九《寄雷震東讀書熟湖並寄震陽諸昆弟用前韻三首》、卷十五《尋梅山行記》	
方文亨	卷九《桃林書屋爲巴陵方文亨題》	
張孟賢	卷九《岳陽樓留别張孟賢太守》、卷十九《同兄祭張岳州孟賢》、卷二十《復張岳州孟賢》	張舉，字孟賢，真定欒城人。（其事蹟見石珤《熊峯集》卷五《張岳州傳》）
喻子乾	卷九《次韻喻子乾見贈六首》	
余秀才	卷九《次韻余秀才二首》	
歐陽汝賢	卷九《寄歐陽汝賢一首》	
馬貞夫	卷九《養庵爲永興馬貞夫題一首》	
韓先生	卷九《次韻郴州博韓先生》	
孔貢士	卷九《用韻簡孔貢士一首》	
高揮使	卷九《郴州留别高揮使一首》《再寄高揮使》	
孔千兵	卷九《與致政孔千兵一首》	
王朝儀	卷九《答王朝儀貢士一首》	
葛别駕	卷九《郴州葛别駕兩訪寓舍詩以復之一首》	
黄别駕	卷九《答廣州黄别駕黄華容人一首》	
朱節推伯驥	卷九《答朱節推伯驥一首》	朱伯驥，通山人，成化癸卯舉人，曾任廣州推官。（見過庭訓《本朝分省人物考》卷七十六《朱伯驥》，明天啟刻本）
楊景昌	卷十《寄五羊楊景昌一首》、卷十一《次韻景昌楊先生贈别》	五羊人

續表

人物姓名	所在卷數	簡介
江　薄	卷十《新會江薄送竹蓬二首》	
羅進士	卷十《安福羅進士見訪一首》	
屈兵幕	卷十《寄答屈兵幕一首》	
陳光普	卷十《次韻陳光普》《次韻光普送予歸衡山二首》《次韻光普重贈》	
陳仲采	卷十《雨中呈仲采一首》《仲采遣子畹尋醫肇慶值風雨一首》《仲采和詩奉答》、卷二十《與梁叔厚太史》《與陳仲采》	
蕭　用	卷十《次韻順德蕭秀才用》《和蕭用》	順德人。
謝半江德明	卷十《用韻寄謝半江德明》、卷十七《半江序》	謝德明，號半江，古岡人。
梁叔厚	卷十《寄答梁叔厚先生》、卷二十《與梁叔厚太史》	梁儲，字叔厚，號厚齋，順德人。（事迹見過庭訓《本朝分省人物考》卷一百十《梁儲傳》，明天啟刻本；又見於何喬遠《名山藏》卷七十《臣林記·梁儲》，明崇禎刻本）
張博之	卷十《龍山張博之見寄次韻三首》	張希載，字博之，順德人。其事迹見阮元《(道光)廣東通志》卷二百七十四列傳七《張希載》："張希載，字博之，順德人。從游白沙，嘗誨之曰：'君子之心，常存恐懼。於善有未遷，於過有未改，恐生懈怠；於静曰惺惺，於動曰惺惺，恐生冥醉。'（白沙弟子傳）湛若水曰：'昔遊白沙，惟柏山張子學有端緒。'柏山即希載也。正德年間貢，教諭攸縣（白沙弟子補編）性和藹而不肯詭隨，士熏其德，不嚴自化云（《湖南通志》）。"清道光二年刻本。
趙景鳳	卷十《寄趙景鳳鄧良壁二首》《再和景鳳》	
鄧良壁	卷十《寄趙景鳳鄧良壁二首》	

續表

人物姓名	所在卷數	簡介
陳伯謙	卷十《次韻陳伯謙見寄二首》、卷十一《次韻陳伯謙留別二首》、卷十五《若谷亭記》《承先裕後堂記》	號白雲。
胡達明	卷十一《胡達明共宿嘉會樓用前韻》	
李伯瑜	卷十一《和雪竹李伯瑜》	
梁華卿	卷十一《次韻梁華卿贈別二首》、卷十八《梁景龍墓志銘》	梁文冠，字華卿，順德人，嘗從陳獻章遊。（其事迹見阮元《（道光）廣東通志》卷二百七十四列傳七《梁文冠》，道光二年刻本）
葉子毅	卷十一《次韻葉子毅送別二首》	
貳教徐先生	卷十一《答貳教徐先生》	
陳遠峯	卷十一《謝陳遠峯贈黄公釣臺圖》	
沈太尹	卷十一《沈太尹中秋送酒》	
徐憲僉朝文	卷十一《次韻徐憲僉朝文贈別三首》《謝徐朝文寄東斋兄布》、卷二十《復徐朝文僉憲》	“徐弦，字朝文，武進人，弘治庚戌進士，由刑部主事升廣東按察司僉事。時白沙先生講聖賢之學，弦首式其廬，建周元公書院。嶺南地連山海，吏多不檢，弦發摘奸伏，墨吏多望風解綬去，升雲南副使，卒於官。”（見毛憲《毗陵人品記》卷八，明萬曆刻本）
劉　洪	卷十一《用韻寄劉憲長》	劉洪，字希范，安陸州人，成化戊戌進士。（見過庭訓《本朝分省人物考》卷七十八《劉洪》，明天啟刻本）
王僉憲	卷十一《寄答王僉憲用韻》	
韓州博	卷十一《答韓州博遺白絹》	
楊守備	卷十一《寄都閫王公楊守備》	
劉廷茂棨伯	卷十一《次韻劉廷茂棨伯》	

續表

人物姓名	所在卷數	簡介
涂太參	卷十一《遊衡嶽諸作次韻同遊涂太參鄭僉憲共十三首》《遊嶽麓書院呈涂鄭二公》《疊前韻呈涂公》、卷十二《寄答藩府涂公惠曆》	
鄭僉憲	卷十一《遊衡嶽諸作次韻同遊涂太參鄭僉憲共十三首》《遊嶽麓書院呈涂鄭二公》《呈鄭公》《大石八景爲鄭僉憲先隴題八首》、卷十二《鄭公爲予表黄山釣臺畫幅至》	
王承吉	卷十二《贈王承吉還襄》、卷十六《送王承吉序》	王從善，字承吉，號鳳林，襄陽人，嘉靖癸未進士，官主事，有《鳳林詩文集》。“從善有詩文集七卷，爲其子之瑞所編，《千頃堂書目》不著録，殆偶未見歟。”（見丁宿章《湖北詩征傳略》卷三十六《王從善》，清光緒七年孝感丁氏涇北草堂刻本；又見於永瑢《四庫全書總目》卷一百七十七集部三十）
陳秀才	卷十二《送莆田陳秀才次東崙兄韻》	
葉秀才	卷十二《井湾書屋爲葉秀才題》《贈葉會貞》《送葉會貞》、卷十六《送葉生序》	葉相，字會貞，通山人[①]。
李　攻	卷十二《送攻姪儀真謁父官》	李承芳之子。
亮上人	卷十二《寄寧湖亮上人》	
田大章	卷十二《石泉爲松滋田大章題》	田紱，字大章，松滋人，弘治壬戌進士，授行人。田大章與李承箕同爲成化二十二年舉人。

① “葉相，一度人，父任山東鹽運經歷，卒於官，六年不能歸。相時猶童子，間關百狀，扶柩歸葬於羊都，廬墓側三年。更好學，從游李大厓之門，白沙陳獻章、少保李承勛俱贈以詩。御史翁仰韓觀風至縣，單騎詣其家，亦賦詩遺之，俱載藝文，見《興國志》。”（《興國州志》卷五，江蘇古籍出版社 2001 年版，第 210 頁）

續表

人物姓名	所在卷數	簡介
沈先生	卷十二《寄休翁沈先生》《承休翁問日用》《答休翁》《休翁見寄次韻》、卷二十《寄沈休翁》	
沈舉人	卷十二《沈舉人華父遺惠用前韻奉答》	
縣侯	卷十二《喜雨簡縣侯》	
徐　珪	卷十二《讀徐珪奏疏》	徐珪，應城人。"弘治間以掾役刑部，時閹宦李廣用事，其党楊鵬監東廠，羅織朝士輒至死，珪手疏數千言，指斥廣竊柄將不利於國"（過庭訓《本朝分省人物考》卷七十八《徐珪》，明天啟刻本）。
李承德	卷十二《中秋賞月和承德弟》	
董汝淳	卷十二《楚雄守董汝淳過訪》	董樸，字汝淳，麻城人，成化甲辰進士。（其事蹟可見儲巏《柴墟文集》卷七《贈董汝淳知楚雄序》《榮壽圖詩叙》，嘉靖四年刻本）
李承勛	卷十二《寄立卿弟》《粲兒遊學秋部立卿叔用子卿韻送之》《送立卿弟之京》《寄立卿用子卿韻》、卷十四《重遊石室記》、卷十八《弟婦龔氏墓志》、卷二十《與立卿弟》《與立卿弟》	李承勛，字立卿。
胡公器南雍	卷十二《寄胡公器南雍》	
張亞卿世安	卷十二《寄張亞卿世安先生》	
游　伸	卷十二《送游甥伸之官唐縣》	游伸，蒲圻人，弘治十七年舉人。李承箕外甥。
吕明府	卷十二《贈吕明府調新寧》	
鄺敬所	卷十三《鄺敬所贊》	
趙司訓	卷十三《耒陽趙司訓贊》	
英德鄧君伯善	卷十三《淵明像及歸去來辭跋》	

續表

人物姓名	所在卷數	簡介
任　鉞	卷十三《思親樓詩跋》	任鉞，福建甄寧人，監生，弘治十二年任新寧縣。（見阮榕齡《陳白沙先生年譜》卷二，咸豐元年至八年新會阮氏夢菊堂刻本）
梁大尹	卷十三《題平樂梁大尹都亭别意卷》	
朱　珙	卷十三《兩節婦傳》	
鄺筠巢	卷十三《鄺筠巢傳》	鄺筠巢與陳獻章交往較多。
陳渭川	卷十三《陳渭川傳》、卷十五《世賴堂記》、卷十八《陳公判卿配湯合葬志》《陳公渭川配吕重修墓志》	陳渭川爲陳獻章之祖父。
陳樂芸	卷十三《陳樂芸傳》、卷十八《陳公判卿配湯合葬志》、《陳公樂芸配林合葬志》	應爲陳獻章之父，陳琮，號樂芸。（見朱國禎《湧幢小品》卷十六《陳白沙先生》，中華書局1959年版，第360頁；又見於阮元《（道光）廣東通志》卷二百七十四列傳七《陳琮傳》，清道光二年刻本）
黄用晦	卷十三《黄用晦字説》	黄景著，字用晦，古岡人。
陳升之	卷十三《陳升之字説》	陳階，字升之，五羊人。
岑景德	卷十三《岑景德字説》	岑峻，字景德，順德桂洲人。
馮宗曾	卷十三《馮宗曾字説》	馮沂，字宗曾。
徐世昌	卷十三《徐伯恒字説》	徐世昌，字伯恒，耒陽人。
鍾雪舫	卷十四《鴒原聚樂記》	
鄧　英	卷十四《崇本堂記》	
豫章涂公	卷十四《遊衡山記》《南楚真遊記》	
信陽馮公	卷十四《遊衡山記》	
永豐鄭公	卷十四《遊衡山記》《南楚真遊記》	鄭公别號大石。

續表

人物姓名	所在卷數	簡介
郝驛丞	卷十四《遊衡山記》	衡山史典史郝驛丞。
何子元	卷十四《委心亭記》	兵曹郎中郴陽何君子元命亭委心，記以屬予。
徽州程氏實	卷十四《重遊石室記》	
山人孫氏亮	卷十四《重遊石室記》	
憲長陶公	卷十四《孝猿記》、卷十五《東亭驛記》、卷十七《新會縣志書序》、卷十八《城隍廟碑文》、卷十九《祭陶方伯》、卷二十《復憲長陶公書》	陶魯，字自强，廣西郁林人。（見陳元素《古今名將傳》卷十六《陶魯》，明天啟刻本；過庭訓《本朝分省人物考》卷一百十三《陶魯》，明天啟刻本；黄道周《廣名將傳》卷二十《陶魯》，清海山仙館叢書本）
陳嵩壽	卷十四《玩琴軒記》	古岡人。
陳紹裘	卷十四《雲卧軒記》	古岡有叟名章，白沙先生里中同姓叟也。……叟不自名其軒，得先生而名也，遣其子紹裘，請予記之。陳紹裘，新會人，弘治八年中鄉薦。（阮榕齡《陳白沙先生年譜》卷二，清咸豐元年至八年新會阮氏夢菊堂刻本）
張文瀚	卷十五《尋梅山行記》	
鍾　邦	卷十五《尋梅山行記》	
戴　惠	卷十五《尋梅山行記》	
張彦餘	卷十五《泉石記》	張彦餘，順德人。
趙　璜	卷十五《西溪草閣記》	趙璜爲順德儒承教諭。（見卷十四《順德縣學題名記》）
梁宗烈	卷十五《遊羅浮記》	梁景行，字宗烈，南海人，弘治二年舉人，崇明知縣。①
梁宗正	卷十五《遊羅浮記》	
李伯温	卷十五《遊羅浮記》	
曾子魯	卷十五《遊羅浮記》	
胡子學	卷十五《遊羅浮記》	

① 按：梁景行之父曰文冠，字華卿，少號鶴山，晚號古谷，與李承箕交流較多。參見黄宗羲《明文海》卷四百四十一《墓文·梁古谷先生墓志銘》（崔銑）。

續表

人物姓名	所在卷數	簡介
謝廷憲	卷十五《遊羅浮記》	
謝廷臣	卷十五《遊羅浮記》	
李學文	卷十五《遊羅浮記》	
朱宗珍	卷十五《遊羅浮記》	
謝仕綱	卷十五《遊榕溪記》	
謝　恩	卷十五《遊榕溪記》	
朱　琪	卷十五《遊榕溪記》	
陳　善	卷十五《遊榕溪記》	
黄應賓	卷十五《遊榕溪記》	
李　博	卷十五《遊榕溪記》	
吴瑞卿兆麒	卷十五《采芳園記》	吴瑞卿，兆麒，順德大良人。吴瑞卿與陳獻章交往頗多。
王良卿	卷十五《東洲記》、卷十八《衡陽廖君墓志銘》、卷二十《與魯復初》	王翰，字良卿，湖南衡陽人。（見楊佩《（嘉靖）衡州府志》卷七“將材”，明嘉靖刻本）
陳廷璲	卷十五《珠錦堂記》	“陳廷璲，攸縣人。性孝友，富於吟詠，凡天文地理諸書，無不通曉，隱於朝天峯下。成化十九年，母宜人彭氏卒，哀毁柴立，負土築墳，結廬墓側，居三年，悲號不已，致有靈芝烏鵲馴虎死狸之異。成化二十一年知縣陳鉞，以其事奏聞。弘治元年，復應詔。膺薦赴吏部考，未及授選而卒。所著有《天峯樵唱詩集》等十餘卷。”（見過庭訓《本朝分省人物考》卷八十一《陳廷璲》，明天啟刻本）
黄叔仁	卷十六《心泉詩序》	黄叔仁，號心泉，新會東門人。與陳獻章交往較多。
崔同壽	卷十六《南海崔氏族譜序》	崔同壽，南海人。
朱　衣	卷十六《西江漁隱序》	古岡人。
吾鄉王公	卷十六《求感詩序》	京山人。
長沙衛侯楊君	卷十六《嶽麓書院集序》	

續表

人物姓名	所在卷數	簡介
廣東方伯廬陵周公	卷十六《方伯周公詩集序》	
香山林氏祐	卷十六《香山林氏族譜序》	香山人。
黄公獻	卷十六《孤山人物圖序》	黄瓚，字公獻，儀真人。（見過庭訓《本朝分省人物考》卷三十《黄瓚》，明天啟刻本；又見於雷禮《國朝列卿紀》卷五十三《黄瓚》，明萬曆徐鑒刻本）
柯容甫	卷十六《送柯容甫還莆田序》	莆田人。
鄧貢庵	卷十六《玉臺登高倡和詩序》	
容雲泉	卷十六《玉臺登高倡和詩序》	容珪，字雲泉。
伍鈍齋	卷十六《玉臺登高倡和詩序》	伍裕，字鈍齋。
陳定息	卷十六《玉臺登高倡和詩序》	陳宗，字定息。
僉憲李公	卷十七《僉憲李公征黎詩序》	莆陽人。
南昌李公	卷十七《贈李公之山東方伯序》	南昌人。
潘天章	卷十七《潘氏族譜序》	
趙壽卿	卷十七《贈趙壽卿序》	趙思仁，字壽卿，新會人，陳獻章弟子。“趙思仁，字壽卿，新會人，捐資二百千建全節廟，又捐田以祀丁侯，陳子稱之。（白沙弟子傳）”（阮元《（道光）廣東通志》卷二百七十四列傳七，清道光二年刻本）
莫維藩	卷十七《贈莫侯維藩調封川序》	
蒙允濟	卷十七《新興令蒙允濟考績之京贈行序》	蒼梧人。
蕭先生	卷十七《贈蕭先生序》	蕭公溥。
左希哲	卷十七《高要左君考績之京贈行序》	左濬，字希哲，福建寧德人。
姜希清	卷十七《送姜希清還廣德序》	
張　輪	卷十七《紀異序》	張公輪，泗州人。
阮伯載	卷十七《阮氏族譜序》	新會人。
阮　軥	卷十七《聽主堂序》	

續表

人物姓名	所在卷數	簡介
劉廷輔	卷十七《四樂居士序》	
梁汝翼	卷十七《程節婦鍾氏詩序》	
倪　麟	卷十八《指揮倪君墓志銘》	倪麟，字聖祥，新會人。
鍾良玉	卷十八《信豐養氣翁俞用中墓志銘》	
趙汝夔	卷十八《龍溪縣丞趙君墓志》	新會人。
廖思謨	卷十八《衡陽廖君墓志銘》	廖思謨，字克仁，衡陽人。
魯永清	卷十八《中憲大夫成都府知府蘄水魯君墓志銘》、卷二十《寄魯成都》	魯永清，字端本，蘄水人。“魯永清，成化十七年王華榜，授大理寺評事，升四川成都府知府”（盧希哲《(弘治)黄州府志》卷五《人物》，明弘治刻本）。“魯永清，蘄水人。弘治間知成都府，耿介不阿，自甘清約”（黄廷桂《(雍正)四川通志》卷六，清文淵閣四庫全書本）。
萬子信	卷十八《贈監察御史萬公墓表》	萬子信，字孟孚。
萬世和	卷十八《萬孺人李氏墓志銘》	
游先生	卷十九《祭蒲圻游先生室》	
姚先生	卷十九《祭提學姚先生》	
周　養	卷十九《祭周公養》	
古　公	卷十九《祭古公》	
楊太尹	卷二十《復新會楊太尹議修志書簡》	
姜　溥	卷二十《與縣主姜》	姜溥，廣德人，成化丁未進士。
曾復初	卷二十《與曾復初》	曾全，字復初，號碧潭，永興人，成化丁未進士，“授户部主事，適彗星爲變，抗疏陳四害，言甚剴切，至侵權貴，中以他事繫獄，幾一載，竟被放，朝論惜之。居家二十餘年，手不釋卷，爲文必力追古作，所著有《尋樂稿》”（見胡漢《(萬曆)郴州志》卷十六，明萬曆刻本；又見廖道南《楚紀》卷四十二《考履内紀後篇·曾全》，明嘉靖二十五年何城李桂刻本）。

續表

人物姓名	所在卷數	簡介
丘侍御	卷二十《與丘侍御》	
孔藎臣	卷二十《與孔藎臣》	長壽人。
孫生訓	卷二十《與孫生訓》	
喻祈陽子乾	卷二十《答喻祈陽子乾惠魯公石刻並九疑茶》	
徐亞卿	卷二十《寄徐亞卿》	
楊鶴亭	卷二十《與五羊楊鶴亭》	五羊人。
王嶺南	卷二十《與王嶺南》	
朱推府	卷二十《與朱推府》	
魯振之	卷二十《與魯振之》	魯鐸，字振之，景陵人。（見王兆雲《皇明詞林人物考》卷四《魯振之》，明萬曆刻本；又見於過庭訓《本朝分省人物考》卷七十七《魯鐸》，明天啟刻本；雷禮《國朝列卿紀》卷一百五十九《魯鐸》，明萬曆徐鑒刻本）
馮執之	卷二十《答馮侍御執之》	馮允中，字執之，永興人，成化甲辰進士。（見過庭訓《本朝分省人物考》卷八十三《馮允中》，明天啟刻本）
楊衛揮	卷二十《答潭州楊衛揮》	潭州人。
仵秀才	卷二十《復蒲圻仵秀才》	
馮方伯大京	卷二十《與廣西馮方伯大京》	
馮公子洸	卷二十《與馮公子洸》	
邑主陳	卷二十《與邑主陳》	
提學陳先生	卷二十《與提學陳先生》	

附録四：《李承箕集》相關版本

李大厓集二十卷附録一卷浙江孫仰會家藏本

明李承箕撰。承箕字世卿，嘉魚人，讀書大厓山，自號大厓居士，成化丙午舉人。嘗徒步至嶺南，從陳獻章遊。及歸，遂隱居黄公山，不復仕進。《明史·儒林傳》附載於《獻章傳》末。是編乃其弟立卿所刻。《明史·藝文志》載“大厓集二十卷”與此本合，前十二卷爲詩，後八卷爲雜文，附録一卷則墓表行狀及陳獻章所贈詩文。前有其兄承芳所作《采菊稿引》，《采菊稿》者，即獻章所贈古詩，凡十三首，裝潢成卷，以其首句有“采菊”二字，因以名焉。然此宜入附録，乃以冠諸簡端，蓋欲假獻章以重承箕，殊非體例。且重不重繫乎其人，亦不繫乎其師也。①

清　徐乾學《傳是樓書目》載“李大崖詩集二十卷，明李承箕，四本”。

清　丁仁《八千卷樓書目》卷十六集部，民國本。載“李大厓集二十卷附録一卷，明李承箕撰，明弘治刊本”。

李大厓文集八卷詩集十三卷附録一卷明嘉魚李承箕撰　明寫本。有大印如左式：《續文獻通考》館貯庫守書盜賣盜買者，俱照律治罪，有捕獲盜賣者賞銀十兩　滂喜齋藏書。丁卯。②

大崖李先生集三十卷明嘉魚李承箕世卿撰　舊寫本，十行二十字，間有空缺之字。前有東湖子吴廷舉序，龍江居士唐錦序，弘治三年兄承芳序，楊起元大崖祠堂記。　辛巳十一月六日見於翰文齋潘伯寅遺書。③

---

①《四庫全書總目·李大厓集》。

②③ 傅增湘：《藏園群書經眼録》，中華書局 1983 年版，第 1406 頁。

李大厓集二十卷附録一卷明李承箕撰

浙江孫仰曾家藏本一（總目）。《浙江省第四次孫仰曾家呈送書目》："《李大崖集》二十卷，明李承箕著，四本。"《浙江採集遺書總録》："《大崖李先生集》二十卷，刊本，明舉人嘉魚李承箕撰。"《湖北巡撫呈送第三次書目》："《大崖集》四本。"湖北省圖書館藏明正德五年吴廷舉刻本作《大崖李先生詩集》十二卷《文集》八卷《附録》一卷，題"嘉魚李承箕世卿"，半葉十二行，行二十二字，白口，四周雙邊。前有正德四年乙巳七月既望唐錦序云："僉憲吴君獻臣時爲順德長……獻臣啞然而笑曰：子殆世卿之知己也，吾方梓其文，請以子之言並刻之。"又吴廷舉序云："方圖鋟梓於廣東，工將具，予以事去，忽五年，來官西省。先生之弟立卿亦官洪郡，相與校正，付之梓人。"卷一至卷十二詩集，卷十三至卷二十文集。鈐"槜李蔣石林藏書印記""蔣氏家藏""金元功藏書記""徐恕讀過""小招引館""曾歸徐氏强誃""禮培私印""埽塵齋積書記"等印，《存目叢書》據以影印。日本内閣文庫有是刻。南圖亦有是刻，有闕葉，丁氏八千卷樓故物，《善本書室藏書志》著録。上海圖書館藏清鈔本，作《大崖先生集》二十卷《附録》一卷，半葉十行，行二十二字，無格。《藏園群書經眼録》著録潘氏滂喜齋藏明鈔本一部，清鈔本一部。卷數均有出入。[①]

嘉魚李承箕世卿

承箕，嘉魚人。幼有大志，不事舉業，讀書大崖山。成化庚子鄉試，考官桑悦首選其卷，監臨不從，悦上書政府論薦。丙午領鄉舉，一試禮闈而歸。徒步往師陳獻章於嶺南。兄承芳以大理評事

① 杜澤遜撰：《四庫存目標注》集部五，上海古籍出版社2007年版，第2664–2665頁。

謝病歸，築釣臺於黄公山，奉母講學賦詩，兄弟自相師友。承芳有《東嶠集》行世，承箕爲詩文下筆立就，若不經意者。集乃東湖子吴廷舉所刊，並自爲序。又有宏治庚申增城湛題，上海陸深序，後爲附録一卷，則其孫寶蒙所録墓表、行狀及陳獻章所贈詩文也。①

大崖李先生詩集十二卷文集八卷附一卷　李承箕明正德四年序刊四册合二十卷（景泰三年—弘治十八年）（見日本《内閣文庫藏明代稀書》書目）（上海圖書館藏有此本）

明　焦竑《國史經籍志》卷五集類（明徐象橒刻本）載“李承箕大崕集二十卷”。

《中國古籍善本書目》收入李承箕撰著詩文别集三種　明正德五年吴廷舉刻本《大崖李先生詩集》十二卷《文集》八卷；明正德五年吴廷舉刻本、清丁丙跋《大崖李先生詩集》十二卷《文集》八卷；清鈔本《大崖先生文集》二十卷附録一卷。②

① 丁丙：《善本書室藏書志》卷三十六，清光緒刻本。

② 参見劉方《明代湖廣作家研究》，上海師範大學2007届中國古代文學專業碩士論文，第86頁。

附録五：與李承箕相關詩文

陳獻章與李承箕相關詩文

去歲之冬，李世卿别予還嘉魚，贈以古詩十三首。其卒章云："上上崑崙峯，諸山高幾重？望望滄溟波，百川大幾何？卑高入揣料，小大窮多少？不如兩置之，直於了處了。"世卿豪於文者也，予猶望其深於道以爲之本。廷實至京師見世卿，重爲我告之。(《陳獻章集》卷一《送張進士廷實還京序》，中華書局 2008 年版，第 13 頁[①])

弘治元年戊申，夏四月，湖廣嘉魚李承箕世卿自其鄉裹糧南望大庾嶺，沿途歌吟，入南海，訪予白沙。一見語合意。先是[②]五六年，予會都憲公之子承恩[③]於北京。承恩[④]，世卿從弟也。示予以世卿之文，出入經史，跌宕縱横，筆端滚滚不竭來[⑤]，數千言沛然出之，若不爲勢利所拘者。予時未識世卿而知世卿抱負有大於人，既不忘於心，亦時於詩焉發之。或聞論當世士有文章，必問曰："如李世卿否？"然又意世卿少年，淩邁高遠則有之，優游自足無外慕，嗒乎若忘，在身忘身，在事忘事，在家忘家，在天下忘天下，世卿未必能與我合，孰知世卿有意於來耶？

自首夏至白沙，至今凡七閲[⑥]月，中間受長官聘修邑志於大雲山五十餘日，餘皆在白沙，朝夕與論名理。凡天地間耳目所聞見，古今上下載籍所存，無所不語。所未語者，此心通塞往來之機，生生化化之

① 按：以下源自《陳獻章集》者皆屬此本，僅隨文標注卷數及頁碼。
② 清鈔本"先是"作"前此"。
③ 清鈔本中"承恩"作"藎卿"。
④ 清鈔本中"承恩"作"藎卿"。
⑤ 清鈔本中"來"前有"一"字。
⑥ 清鈔本中"閲"作"越"。

妙，非見聞所及，將以待世卿深思而自得之，非敢有愛於言也。時時呼酒與世卿投壺共飲，必期於醉。醉則賦詩，或世卿唱[①]，予和之，或予唱[②]而世卿和之，積凡百餘篇。其言皆本於性情之真，非有意於世俗之贊毁。

至是，世卿以太夫人在堂辭去，欲留不可，爲古詩十三首别之。諸友相繼有言。世卿歸，以所聞於予者，質諸伯氏茂卿，登大崖山吟弄赤壁之風月。予所未言者，世卿終當自得之。世卿之或出或處，顯晦用舍，則繫於所遇，非予所能知也。予老且病，行將采藥於羅浮四百三十二峯，以畢吾願。世卿能復索我於飛雲之上否耶？序以送之。[③]（卷一《送李世卿還嘉魚序》，第 15–16 頁）

昨夕樓上聞雨聲澎湃，睡不能著枕，因檢會鄉里平時還往人，十亡七八，中間年及七十者才一二，餘皆六十而下，四十蚤晚死者恒多。嗚虖！人所得光陰能幾？生不知愛惜，漫浪虚擲，卒之與物無異。造物所賦於人，豈徒具形骸，喘息天地間，與蟲蟻並活而已耶？浮屠氏雖異學，亦必以到彼岸爲標準。學者以聖人爲師，其道何如？彼文章、功業、氣節，世未嘗乏人，在人立志大小。歲月固不待人也。（卷一《漫筆示李世卿湛民澤》，第 79–80 頁）

幼而能求父書於死喪顛沛散亡之餘，長而能誦朱文公《資治通鑑綱目》、真西山《文章正宗》及他書，而不以媒仕進，志非不立也，才非不充也，富貴貧賤愛惡之出於己非與人異也。父殁於官，母挈諸孤，匍匐萬里，扶護來歸，憂極成疴，是以不能去離左右，旦夕與婦謀所以便母者，母痛亦痛，母飯亦飯。其兄慨慷嗜酒，衆目之爲酒豪，一飲或盡酒一石。每出從所親飲，自旦至日晡，既醉而歸。率諸卑幼迓於途，或

① 清鈔本中“唱”作“倡而”。
② 清鈔本中“唱”作“倡”。
③ 清鈔本有“是年冬十一月冬至後一日，玉臺病叟陳獻章公甫書”。

徑至飲處，扶前曳後，徐徐而隨，肅肅而趨，莫敢少拂其意。雖以弟之貴至公卿，自視漠如，足未嘗至公府。若是者，吾謂之賢不可乎？此故處士嘉魚李君行實之著於州閭，吾聞其子承箕之言也。

李氏之先世自江西武寧來居嘉魚，至名遠仕元爲譯史，君之四世祖也。大父奐，洪武間舉巡檢；父善，教諭敘珙，咸以弟官贈至通議大夫、副都御史。祖母熊氏、母童氏俱贈淑人。君名阜，字元春。伯曰陵，是爲酒豪，非直爲酒豪，於義亦豪。季曰田、曰郊。田即所謂貴至公卿，而以其官贈三代者也。兄弟四人相爲師友，而庭無間言。君娶鄧氏。承芳、承箕，其二子也，皆舉進士有名。長女適王鉅臣，次適游恢，皆蒲圻儒家子。承箕以今年首夏至白沙，留數月不去，因得問君家世之詳。君年五十一卒，葬蒲圻之某山，今七年矣。承箕至是屬予以墓銘。予少不樂多學，老益孤，世豈以文而望予，何承箕所嗜與人異？謹爲序而銘諸：

有道於此，匪難匪易。能者謂賢，不能者恥。母疾子侍，弟扶兄醉。堯舜之道，孝弟而已。（卷一《處士李君墓志銘》，第 88–89 頁）

李進士世卿承命修本邑志，成，雅慕執事之大專，兹進謁志稿，將刻板，乞一經目定之，一邑之幸也。此友素抱耿耿者，百凡乞照及。（卷二《與陶方伯》，第 130 頁）

順德人謗李世卿，由吴獻臣、王嶺南；怪李世卿，由某多言。孟子曰："愛人者，人恒愛之；敬人者，人恒敬之。"今之愛人者，人惡之；敬人者，人侮之，與古不同，置之勿復道矣。（卷二《與張廷實主事》，第 160 頁）

曩辱佳章並賀儀，愧感千萬。李世卿行時，諸友追餞，倥偬不及奉簡。亦謂與世卿相知，不待面，安事簡耶？世卿闊達，善評文，想青燈對榻，高論層出，麗澤之益多矣。更冀寬廣，以來天下不一之善。別有

贈章，勿愛垂示。（卷二《與張廷實主事》，第 166–167 頁）

如李世卿平日自負，至論詩則以爲甚難，不敢出一語，亦近方得覺也。秉常南京寄來諸稿，讀之不能竟，又不知所養者近來何如也。别紙録去拙作，閑呼子長共讀之，《懷世卿》末一聯，以問容一之，亦不能了，知音者真難得也。（卷二《與張廷實主事》，第 167–168 頁）

李世卿不遠數千里來訪白沙，朝夕與之談，英偉特達，鄙陋當世，欲於聲利外立脚者，非但文辭之工而已。期過秋方還嘉魚，因便能一來會否耶？（卷二《與張廷實主事》，第 169 頁）

李世卿近往南山，未還白沙。承欲爲一會，此念自好，但一有所繫，則不如勿强，行止蓋亦有數也。（卷二《與張廷實主事》，第 178 頁）

民澤足下：李世卿書來問守臺者，老朽以民澤告之。冷焰并騰，殆出楚雲之上，蓋以勉世卿，使求諸言語之外。如世卿，可惜平生只以歐蘇輩人自期，安能遠到？賢郎在病，可徐徐而來，眼中未有能奪公楚雲手段也。（卷二《與湛民澤》，第 192 頁）

順德令來辱書，承以送東山先生序文屬之僕。東山先生愛百姓如己子，百姓戴之如父母。徧觀當世，未見有如此者。僕所目擊，序奚宜辭？顧僕平生拙學，於出處語默，有不容不致其慎者，不敢不告也。僕於送行之文，間嘗一二爲之，而不以施於當道者。一則嫌於上交，一則恐其難繼。守此戒來三十餘年矣。苟不自量，勇於承命，後有求者，將何辭以拒之？僕聞愛其人必欲其美，僕之辱愛於執事，不可謂不厚，獨於此偶未之察耳。伏惟執事終始此愛，不强其所不能，幸甚，幸甚。有李某者，嘉魚人，近自其鄉來白沙。其人東山先生知之，其爲文有氣采，僕讓之。慷慨特達，樂聞人之善而樂道之。僕謂執事倘可以此文托

之乎？然否，惟命。（卷二《復林府尊》，第 195 頁）

李世卿將還武昌，敝邑具人船送行，世卿不可。即日東作方興，家無餘力。吴别駕人回，具審明府與顧勉庵候送之勤，某與世卿均一感謝。因世卿行，布此，餘不及。（卷二《與左知縣》，第 208 頁）

去歲首夏，李世卿過白沙，至臘初始别。閑與論一時人物，世卿亦以後進之才稱足下。（卷二《與順德吴明府》，第 209 頁）

李世卿自嘉魚來，與湛民澤往遊羅浮，今殆一月矣，未知所得何如。老朽亦欲深潛遠去，爲終老計。（卷二《與林郡博》，第 215 頁）

圭峯山靈，相候已久，何濡滯爾耶？世情不可盡狥，盡狥則失己。與諸鄉老龍興寺舍相對竟日，孰與置一榻於圭峯爲足快也。邑中山水，白龍、玉臺最勝，諸前輩有賦詠，可盡收拾，志中慎勿留意拙作，爲世卿累也。切囑，切囑。昨晚陳伯謙過白沙，出示與僧文定詩，頗有援救意，不審聞於邑主否？封去某近作記文一首，據拙見，詞格不古，終傷安排，不知世卿以爲何如。朋友間評論文字在於求益，奚事虚讓爲？讀畢還一字示可否？乃老拙所望於世卿者也。（卷二《復李世卿》，第 220 頁）

所須縣志，謾往一册，世卿爲此書，盖亦自以爲未足云。（卷二《答陳宗湯》，第 221 頁）

首夏，湖廣嘉魚貢士李承箕世卿者過白沙，甚聰明，有文章，留白沙數月，不忍别去，議論間頗覺有益，恨足下不與同也。眼中朋友，求可與言者不可得，世味之移人者不少，大者文章功業，然亦爲道之障，爲其溺也。足下苟有見於此，幸甚，幸甚。（卷二《與鄧球》，第 226 頁）

李世卿首夏自嘉魚來訪，今尚留白沙。與之語，甘節真知人哉！（卷三《與朱甘節》，第264頁）

采菊復采菊，嚴霜下庭木。豈無桃李顏，畏此天地肅。落落枝上英，未傷殞者獨。持贈楚人歸，投之江魚腹。①

青青牆下竹，冬後色如是。燦燦月中花，歲寒香不匱。新知語未足，遠別情難置。獨上江門舟，北風日淩厲。②

進亦人所憂，退亦人所憂；得亦人所憂，失亦人所憂。所憂非憂道，所憂其可留；所憂非憂貧，所憂其可休。古來嚮道人，能辯憂所由。去去淩九霄，行行戒深溝。敬此之謂修，怠此之謂流。③

元神誠有宅，灝氣亦有門。神氣人所資，孰謂老氏言。下化囿其

① 按：湛若水對此詩解曰：賦而比也。落落，寂寞蕭索之意，即《楚辭》"殞秋菊之落英"。王荆公謂菊花之落，非也。菊花至枯不落。楚人，指李世卿。此下皆贈李世卿還嘉魚之詩，凡十二篇，今存其六。以采菊喻求道。言采菊於嚴霜之時，桃李皆謝，惟有此落落之英，又殞之者少，古今惟屈原淵明耳。今我采菊將何爲哉？蓋以贈世卿，使歸汨羅，投於江魚之腹以弔屈子。蓋憾知道者少，故企其曠世相感如此也。其寄託深矣。（《陳獻章集》附録一，中華書局2008年版，第757頁）

② 按：湛若水對此詩解曰：比而賦也。月中花，謂桂也。匱，乏，猶盡也。此亦贈世卿之詩。承上篇而言，又以竹桂之能持晚節者，以勵世卿，使不渝所守也。然與世卿新知，尚未能盡所欲言。如《外傳》云，所未言者，此心通塞之機，生生化化之妙者是也。蓋世卿尚未能問，是以未及語之。今將遠別，故此情難置也。況世卿登舟别江門而去，北風日見淩厲乎？此又比世習日相侵奪，不可不謹素節也。（《陳獻章集》附録一，中華書局2008年版，第757頁）

③ 按：湛若水對此詩解曰：賦也，九霄，至高也，喻爵位之崇高。深溝，言險也，喻利欲之陷溺。此亦贈世卿詩。言得失進退皆人所憂，然皆爲貧而非爲道也。憂道者，天理；憂貧者，人欲。不可不審其去取，古來向道之人所以必審辨乎此也。今世卿之去，有凌雲之志，而深溝或在乎其間，不可不戒也。（《陳獻章集》附録一，中華書局2008年版，第758頁）

迹，上化歸其根。至要云在兹，自餘安足論！[①]

可以參兩間，可以垂萬世。聖人與人同，聖人與人異。堯舜於舞雩，氣象一而已。大者苟不存，翩翩竟奚取？老夫嘗用力，兹以告吾子。文字費精神，百凡可以止。一落永不收，年光建瓴水。[②]

上上崑崙峯，諸山高幾重？望望滄溟波，百川大幾何？卑高入揣料，小大窮多少。不如兩置之，直於了處了。[③]（卷四《贈世卿》，第300頁）

仙鶴去不歸，黄鸝向人語。空館忽相思，雲山杳何許？出門望東海，默默空延佇。月出潮復來，鳴橈下滄渚。[④]

---

① 按：湛若水對此詩解曰：賦也。元神之宅，謂心也，心爲神明之舍。灝，與浩同。資，猶用也。能存其心志，則浩然之氣由此而出，故謂之門。孟子所謂"志至焉，氣次焉"，即此意也。然則神氣二字，乃人之全體大用，所資以爲人者，豈可謂老子之言而不求之哉？但老子囿於迹，所主在氣，若聖賢之所謂神氣，其根則主於理。須究其本然之體言之，所謂天理人欲同行異情也。學之至要在此而已，他皆非所急務也。（《陳獻章集》附録一，中華書局2008年版，第758頁）

② 按：湛若水對此詩解曰：賦也。大者，謂大頭腦處。與人同，即明道所謂渾然與物同體者也。此亦贈世卿之詩，指出道體之大，以勉世卿。謂聖人之道，可以參天地垂萬世者，以其與物同體，所以異於衆人也。堯舜舞雩事功不同而氣象則一，以其見此大也。此大不存，則其小者奚足取哉？又言此大者乃我之所自力者，故爲世卿告，不可徒以文字人爲撓之，若能知止息，則生生之機在我矣。又言時光之去，如建瓴水之不可再收，所當及時進修也。（《陳獻章集》附録一，中華書局2008年版，第759頁）

③ 按：湛若水對此詩解曰：比也。崑崙峯，極高者。滄溟波，極廣者。然以其有形則有限，故雖登此而望，所見有窮盡。若夫揣度料量其高卑，則又出於想象意見而已。以喻人之求道於見聞之間、測度之際者，皆爲有限也。程明道所謂："泰山高矣，泰山頂上已不屬泰山。"又云："鳶飛戾天，向上更有天在。魚躍於淵，向下更有淵在。"亦此意也。若置之而於了處，則即其所不睹不聞者，而戒慎恐懼以存之，然後爲學聖之全功也。嗚呼，此先生之告世卿者至矣！（《陳獻章集》附録一，中華書局2008年版，第759–760頁）

④ 按：湛若水對此詩解曰：興也。此與後篇皆懷世卿之詩。托言仙鶴已去，惟有黄鸝向我語耳。興下空館相思而不知雲山之相隔也。故望東海而默默延頸佇立，所以思之者至矣。然思之不已將奈何哉？則又乘潮月而鳴橈於江渚之間，以遣興耳。（《陳獻章集》附録一，中華書局2008年版，第761頁）

時雨日夕來，郊原藹新緑。白雲被重崖，下映寒塘曲。情結竹上言，魂消井邊躅。三年隔瀟湘，書至不可讀。[①]

伏枕廬山下，春懷慘不舒。哀絃久去耳，風韻今何如？灼灼花自媚，嚶嚶鳥相娛。高臺夕流盼，古道行人疏。[②]

煩囂謝人境，抱膝山臺居。奈此枝上鳥，交交春雨餘。少年耳目冗，衰老不能虛。安得魯連子，從之泛江湖。[③]（卷四《有懷世卿》，第301–302頁）

窮居無歲年，老夢得迂朽。永托山水間，東西事遊走。幽幽鐵橋花，悵望未得手。杖履聊此躋，微霜正疏柳。斂襟欲無言，會意豈在

① 按：湛若水對此詩解曰：興也。竹上言者，世卿曾題詩於此行也。情結，謂思之至而情鬱結也。井邊躅，謂世卿曾行坐於井旁，尚有遺迹也。魂銷，言思之切而神魂爲之傷損也。不可讀，謂懷之益切至也。此篇因時雨之藹新緑，白雲之被寒塘興起。有懷世卿，感物思人，三年之别，書至有不可讀者矣。(《陳獻章集》附録一，中華書局2008年版，第761–762頁）

② 按：湛若水對此詩解曰：賦而比也。廬山，即小廬山，先生所居之後。哀絃，謂絃聲之激切，比世卿之清論也。此亦懷世卿之詩。言我伏枕於廬山之下，春日之懷，宜舒暢而反慘者，盖因念世卿談論去耳之久，不知風韻何如？今此灼灼之花，嚶嚶之鳥，不過自爲媚娛而已。夕登高臺，流盼以觀，此古道之上，行之者甚少也。古道，以喻聖人之道，行人疏，以諷世卿也。(《陳獻章集》附録一，中華書局2008年版，第762頁）

③ 按：湛若水對此詩解曰：賦也。亦懷世卿之詩。言我謝絶人境之煩囂，而抱膝以居山臺之上。又乃此鳥聲，交交於春雨之後。况我於少年時，耳目冗塞，滞於見聞，至今衰老，猶不能使之復虛，何堪又有此鳥聲相聒乎？所以欲思得魯連子之徒而與之同泛於江湖，盡欲脱去塵囂以歸寧静之境也。然不過托此高遠，以勵世卿耳。不役耳目，聖人固自有道，奚必絶人逃世而後能哉？讀者不以辭害意可也。(《陳獻章集》附録一，中華書局2008年版，第762–763頁）

酒？滄海當我前，崑崙卓我後。但談孔氏規，坐失微生畝。[①]（卷四《遊圭峯，同世卿作》，第302–303頁）

楚地多佳人，可慕不可求。長江崩西浪，五嶺障東眸。翩翩李叔子，晤語滄溟秋。諸賢當未衰，濟世吾何憂？歸去襄南州，問詢李與劉。

襟懷有全楚，勝處多卧遊；大崖月冏冏，赤壁風颼颼。行藏君自知，可以與我否？我若登南嶽，寄聲黄鶴樓。

富貴何忻忻，貧賤何戚戚。一爲利所驅，至死不得息。夫君坐超此，俗眼多未識。勿以聖自居，昭昭謹形迹。

在物有常性，水濕而火燥；在人無常情，所惡變所好。昨日見其恭，今日見其傲；蔓草輕芝蘭，清源亦黄潦。世情每如斯，聊爲行者告。

疾風起驚濤，舟以柁爲命。柁乎苟不操，舟也何由静？是舟如我身，孰知身之穽？是柁如我心，孰袪心之病？不如棄其舟，免與風濤競。（卷四《送李世卿還嘉魚》，第314頁）

海風晝號山木折，黑浪夜撼蒼厓裂。有廟於此昭臣節，吾昔大書吾腦熱。天冠地屨華夷别，萬古不使綱常滅。角聲嗚嗚旗獵獵，樓船將軍過擊楫。楚客傍觀嘿無説，肝腸裹有三公鐵。南山老人紅玉頰，久坐松根待明月。（卷四《與世卿同遊厓山作》，第322頁）

---

① 按：湛若水對此詩解曰：賦而比也。幽幽，深遠之意。鐵橋，在羅浮兩山相接之脊。如橋，有石立如橋柱。鐵橋花，喻道也。未得手，言己望道未得，謙辭也。杖履，竹杖草履。躋，猶登也。欲無言，謂不在言也。會意豈在酒，喻要在默識，不待外求也。下二句即會意之事，盖山峙水流無非至道。但談孔氏規，言學者專欲速仕，但喜談聖人汲汲皇皇不忘天下之事，而不知微生畝之誚栖栖爲佞者，亦未可失也。盖聖人仕止久速有義存焉，無可無不可，雖不必於不去，而亦不必於去。後之不知止者，則偏於不去，而微生畝則偏於去，皆非聖道時中之全體也。若夫會意而灼見道體者，自有以知此矣。（《陳獻章集》附録一，中華書局2008年版，第765頁）

助談風滿席，伴宿月流衾。貧賤交遊冷，江山脚迹深。惠連何處夢，孟母此時心。稍歇松齋雨，還來辨繡針。（卷四《雨中李世卿往還》，第 365 頁）

正氣一望緣，諸山進目前。鄉邦無一老，知舊半重泉。黄葉寺旁下，白雲池上連。無窮幽澗水，日夜注東川。（卷四《江村晚望寄世卿圭峯》，第 366 頁）

月上齋垣白，疏梅共主賓。偶來對月飲，不見如花人。已覺書難至，常疑夢與親。海山猶在眼，何處却逢春？（卷四《圖新書舍懷世卿，時別白沙半月》，第 368 頁）

三杯拈鐵笛，見月上瑶臺。初弄山石裂，再轟仙鶴來。夜闌試静聽，曲罷仍遲回。何必楊州去，前村多美醅。

行窝還幾處，雲水且吾臺。雨脚風吹断，潮頭月湧來。野橋牽木渡，沙徑逐牛回。亦有采樵者，放歌行負醅。

有月嚴光瀨，無金郭隗臺。悠悠百年内，又見一人來。水檻秋逾好，山雲暝欲回。相逢各心醉，一語浹春醅。

爽氣通秋服，溪流静晚臺。高樓多自愜，真賞復誰來？對月詩方妙，看山夢始回。市沽堪便醉，况乃是家醅。（卷四《楚雲臺呈世卿》，第 376 頁）

圭峯雨初霽，策馬向松關。流泉忽滿澗，白雲長在山。棄置千般事，來投半日閒。上方禪榻静，坐到暮鐘還。（卷四《寄吴明府同世卿遊玉臺》，第 376–377 頁）

客路經南岳，湘帆背岳開。江湖閒老夢，歲月是君來。相見兒童喜，别離琴瑟哀。惟應楚雲外，更起望仙台。

豈無千日酒，花下與君同。客思朝臨水，歸旗夜引風。一槎當浦口謂莊定山，一枕在遼東謂賀克恭。何事今爲别，藤蓑還贈公世卿乞予藤蓑，贈之。（卷四《世卿贈别》，第 377 頁）

萬丈崑崙頂，冥棲憶老關。君看白龍水，何似黄公山。有酒終日醉，無官到處閒。南風乃何意，又送楚舟還。

朝來生紫氣，此地一函關。帽頂花沾雨，雲中人下山。相逢欲大笑，不語是真閒。晚向東亭醉，猶能騎馬還。（卷四《贈世卿遊山》，第 378 頁）

會有還鄉意，深慚不自量。母留兒作伴，妻爲客求漿。臺榜明朝旭，松堂閉夜凉。延緣過殘夏，滿意泛瀟湘。

與君雲水别，何夢得商量。合是真調鼎，能忘老賣漿。還山非早計，舉棹是秋凉。有路通衡嶽，無詩弔楚湘。（卷四《世卿將歸》，第 378 頁）

楚客復歸楚，青山此送君。往來十年破，精力半生分。著意當時見，留情異代聞。若非真有見，何處謝浮雲？

三尺短春蓑，山風吹薜蘿。人材非管樂，吾道本丘軻。送老諸名岳，全生一病窩。相思憑寄語，路打祝融過。

落日蒼梧望，清風發棹謳。楚山正西上，江水自東流。作伴春攜酒，談詩月滿舟。洞庭看未透，更上岳陽樓。（卷四《贈李世卿》，第 384–385 頁）

小小離人意，羊裘却未工。今人多白眼，爲我謝黄公。弄釣浮沈見，登庖撥刺空。浩歌泉石裏，况有古人風。（卷四《題黄公釣臺》，第 385 頁）

早從太保學關西，三十不官人得知。到處自稱西楚客，逢人只説李承箕。百錢掛杖還雙屨，千里低頭但一碑。江上竹枝歌正好，留君况是月明時。（卷五《留朱甘節》，第436頁）

南北東西眼欲連，簷頭風雨夜鳴泉。天低鄂渚衡山外，人在江門海水邊。愛酒時時同李白，論詩稍稍到庭堅。故人解致西山鳳，想脱漁蓑上畫船。（卷五《次韻李世卿雨中》，第439–440頁）

風光何處可憐生，共把閒愁向酒傾。今日花非前日看，少年人到老年更。秦傾武穆憑張俊，蜀取劉璋病孔明。萬古此寃誰洗得？老夫無計挽東溟。

禮樂猶存魯兩生，至今聞者尚心傾。乾坤已正高皇統，制作還隨漢事更。世情迥與淳風別，山色須看過雨明。枕底白雲閒一片，直從南斗跨東溟。

酒醒西巖看月生，此懷此夜向誰傾？百年自信官情淡，兩耳那聞世態更。露飲秋蘭分楚客，詩連石鼎對彌明。五湖煙水能多少，更整絲綸釣八溟。

午枕清風汗不生，鼻雷打到日西傾。東西山色移牀看，六十年光轉瞬更。廬阜白雲真太華，玉臺高閣小朱明。丹青若更閒分別，老子江門是一溟。

草長津南薙復生，陰晴天氣欲相傾。短簷風暖偏宜睡，古瑟絃歌且莫更。有客艤舟留信宿，呼兒問酒出黎明。短衣江畔聊延佇，又聽漁歌徹四溟。

病裏風光如隔生，泥尊名酒爲誰傾？不將蓴菜還張翰，也把茅根與率更。松下白頭眠卓午，沙邊赤脚步平明。安期久矣無尋處，知在南溟是北溟？

獨立蒼茫笑此生，瘦筇幾尺也扶傾。新傳只屨無多售，舊濫吹竽亦小更。往往詩囊隨李賀，深深酒琖寄淵明。世間未必如公足，山有飛雲水有溟。

碧酒三杯春又生，偶逢騷客各披傾。楊雄識字終誰讓，家媪知音却屢更。舊管一題都迭蕩，新收半卷轉高明。封緘遠寄而宗老，月在青天影在溟。

羞將白髮對黄生，信未通前意已傾。門静客稀偏足話，山回埭遠不知更。雞鳴桑柘孤村曉，日出東南一角明。我欲與君同辟穀，不攜妻子住滄溟。（卷五《與世卿閒談，兼呈李憲副》，第 440–441 頁）

世卿昔赴南山召，今見南山問世卿。信宿世卿向何處，一片南山空自青。滄波脚底機全活，勾漏囊中藥果靈。且傍鐵橋攜笛上，亂峯明月試吹聽。（卷五《月下懷世卿，時在南山》，第 441 頁）

山愛廬峯節愛名，登臨衮衮到諸生。千巖已見昏鴉集，兩榼還挑大鱉行。隴稻不堪交馬迹，寒花莫賞更人情。玉臺此日秋風賦，誰敵縱横李世卿。（卷五《九日李鴻兄弟攜酒從予，登舍北小廬峯四望，書所見寄世卿主峯》，第 443 頁）

笑索南枝冷未禁，詩情翻益別情深。杯中涕淚知郊意，手裏推敲失島心。赤壁去看横白鶴，大厓不著買黄金。山僧許借山房睡，只許僧分月一尋。

白首山中病不禁，百年愚計謾成深。四千客路旁人笑，去位憂端各此心。何限詩留何限意，一囊書當一囊金。江門細路細如線，端爲高軒廣尺尋。（卷五《和世卿留别韻》，第 445 頁）

先子當年坐一軒，軒中高榜揭無絃。斯文觸目休論價，世德流芳可盡年。從此兒童堪我誦，是何風韻與人傳。道旁雖有崖千尺，不得名家一字鐫。（卷五《代陳汝岳謝李世卿撰玩琴軒記》，第 445 頁）

嶺客歸時一信通，匆匆燒燭待開封。心知别去千回折，詩長從來一格工。大意天開曾點識，前塗誰貸阮郎窮。世間浩浩閒來往，除是青山不負公。（卷五《世卿得南安書》，第 446 頁）

山寺燃燈客欲留，客情到此淡於秋。詩篇可續還杯酒，行李無多共一牛。峽水更看東逝急，嶺猿那肯晝啼休。舊題回首今如夢，巢父猶應笑許由。（卷五《世卿寄示經飛來寺和予壬寅秋舊律詩，復用韻答之》，第 446 頁）

東西垣竹影交欹，坐到芭蕉月上時。何處塵蒙春試馬，壁間苔没舊題詩。一杯脱粟吾將老，萬里長風子可羈。别有樵夫來歇擔，晚凉松下了殘棋。（卷五《憶世卿廷實，用寄景暘韻》，第 447 頁）

君過衡山不上山，祝融峯在有無間。青燈此夜聞長嘆，白髪何年許共攀。碑迹我留諸叔久，酒杯誰放世卿寬。明朝又别東溟去，還著東溟畫裏看。（卷五《贈朱玭還郴陽》，第 450 頁）

大厓居士此彈琴，誰繫孤舟緑渚尋？滄海我真忘僻遠，雲山公肯到高深。鼠肝蟲臂都歸幻，雪月風花未了吟。滿眼欲知留客意，廬岡孤月正天心。（卷五《次韻世卿，贈蔡亨嘉還饒平》，第 466 頁）

何處千杯一放歌，楚雲剛好共婆娑。百年幾見都難説，一日三秋不啻過。索笑梅花催拄杖，照眠山月滿行窩。高棲遠卜衡陽下，却到而今夢更多。

今雨相逢聽此歌，江門漁父老婆娑。紫霞酒琖千回醉，黄鶴仙人兩遍過。遮莫支離親藥裹，何曾造次出眠窩。廬岡準備明朝飯，小市津頭蚌蛤多。（卷五《世卿赴順德吴明府之召，五日不返，詩以促之》，第 466 頁）

力危掉却手中笻，正賴諸公救得儂。横加断岸懸雙足，滿吸清溝到幾筒，綿力不禁心轉怯，衰年長苦病交攻。無端輕洩天機破，能躍能潜果在公。（卷五《一之夜歸自楚雲臺，失足墜臺旁溝，諸生拽出之。予聞大笑，與世卿各賦詩唁之》，第 467 頁）

大厓居士且徘徊，老婦家中喚洗杯。園花當檻春饒笑，竹洞封雲晝不開。一冬菜飯留君住，萬里風船破浪來。若此詩情似坡老，楚雲臺是妙高臺。（卷五《留世卿飲，用前韻》，第 468 頁）

野鶴將雛到海還，楚雲歸夢幾鄉山。羹牆見我三湘外，歲月還君五嶺間。杏苑不禁春意鬧，美人争捲繡簾看。長安莫買乖崖醉，太華長留睡老摶。（卷五《與李嚴，用前韻》[1]，第 469 頁）

李家兄弟各才良，誰爲酬知水鑑光？天地好人還自好，古今狂者豈皆狂？碧油帳遶青絲鞚，紫錦囊封白雪章。萬里平江能送我，十年燈火夢淮陽。（卷五《讀世卿藎卿挽五羊鍾狂客卷，次韻》，第 470 頁）

曠年爲別此封書，應是山人半醉餘。海月開罇聊復爾，楚雲回首問何如？春來幾處藩籬破，老夢千年木石居。笑割衡山共君老，黄公何處且茅廬黄公，世卿住處山名？（卷五《得世卿書訝其太略》，第 473 頁）

報答還山第一書，筆端有眼笑談餘。行藏付酒君亦醉，兄弟論文我不如。高榻忝同他雨坐，西山剛對此溪居。因君料理安身處，多少人間未結廬。（卷五《答世卿書》，第 473 頁）

① 按：此篇有注解爲李嚴乃“世卿仲子”。

合是先生酒處偏，菊邊月下不成眠。兒歌野酌三杯後，花近藜床二尺前。大塊了空無極眼，濂溪分付小圓圈。長官解記廬山否，略欠廬山一日緣。（卷五《吴明府約過廬山，不果，使人送菊酒至，用世卿韻答之》，第474頁）

再過湘江踏浪過，一帆西去傍煙蘿。家臨漢水心無住，人到衡山興亦多。豈是兵戈愁阻絶，不因婚嫁笑蹉跎。白鷗肯信閒於我，也解忘機浴遠波。

湖北竹枝高自歌，釣絲千丈引垂蘿。煙霞脚底真曾到，歲月人間頗厭多。雲水與君終浩蕩，題緘寄我莫蹉跎。秋風稅駕衡山下，共泛清湘明月波。（卷五《寄李世卿》，第483頁）

鶴避茶煙信有之，買田招鶴是何時？百年睡息深華岳，九曲歌聲断武夷。有客到齋言種樹，呼兒插柳當編籬。誰知萬里東橋月，夢破羅浮亦有詩。（卷五《讀茂卿次韻呈定山先生詩，有夢入羅浮之句，用韻寄答，時世卿在白沙》，第495頁）

來看竹上舊題名，已有清風挹世卿。夭矯龍蛇不堪捕，安知不是野狐精！（卷六《與廷實看李世卿題竹》，第594頁）

蜆酒三鍾一曲歌，江邊長袖舞婆娑。如今歌舞人何處，慚愧春鐺蜆子多。

奴拾枯枝給早炊，鐺中風味此奴知。春風解憶江門否，正是江門蜆賤時。（卷六《炒蜆憶世卿》，第601頁）

是處江山有釣蓑，相逢休要問如何。閒吹黄鶴樓前笛，即是廬山采菊歌。（卷六《李評事題其弟世卿詩卷曰采菊，盖取予贈世卿古詩首句語名之，因題》，第616頁）

脚底白雲無定方，風流到處賀知章。這回却是無人見，走共漁翁酒處藏。（卷六《次韻世卿再至白沙》，第 616 頁）

遠望不見大厓山，君家兄弟果皆難。不知風動今多少，也到先生掌握間。（卷六《茂卿評事恵扇答之》，第 616 頁）

小立三人静楚雲，水田漠漠向秋分。千峯笑指來時路，黄鶴樓前月是君。

半床明月半床雲，光景行窩到幾分。眼角東溟秋一片，邵堯夫也不如君。（卷六《偕一之世卿詣楚雲臺偶作呈世卿》，第 617 頁）

身輕何處謝炊煙，石洞松脂不計年。尺牘已通南嶽主，一丸還有白龍仙。

今日山齋擁敝綿，幽懷抱膝又經年。湘中憶我無歸路，更住衡山幾日船。

楚山西望翠重重，説著衡山便不同。九尺仙笻倚牆角，待君來問祝融峯。

曲肱何處枕湘流，不到名山死不休。高詠祝融峯頂月，與君當作逍遥遊。（卷六《憶衡山呈世卿》，第 618 頁）

黄公椽子李家山，水國初歸作夢看。愛殺在家兄弟好，一壺春酒對承顔。（卷六《世卿還黄公山》，第 619 頁）

山堂見月自鈎簾，一榻秋光中酒眠。何處博舟來嶽下，晚摇山影過湘川。（卷六《得世卿永興書》，第 620 頁）

韶州西去是衡山，楚客舟從嶺左還時李世卿取道廣西還武昌。欲語祝融天上事，思君迢遞見君難予與世卿約遊衡山，云候世卿歸途過樂昌，更與俊圭期定。今不果矣，念之悵然。（卷六《寄鄧俊圭》，第628頁）

德行文章要兩全，乾坤回首二千年。自從孟子七篇後，直到于今有幾賢？

多病爲人未足羞，遍身無病是吾憂。眼中誰是醫和手，恨殺刀圭藥未投。（二首，李世卿）

欲歸不歸何遲遲，不是孤臣托病時。此是定山最高處，江門漁父却能知。（莊定山）

買舟南嶽去尋醫，七十今年病不支。傾蓋獨憐熊御史，肺肝今徹野人知。（熊御史）（卷六《答張梧州書中，議李世卿人物、莊定山出處、熊御史薦剡》，第630頁）

衡岳千尋雲萬尋，丹青難寫夢中心。人間鐵笛無吹處，又向秋風寄此音。（卷六《寄李世卿》，第631頁）

君去廬山幾度春，君來不來桃花新。花日喜逢黄别駕，共對廬山説故人。（卷六《黄别駕報世卿將來白沙》，第638頁）

楚鄉迢遞廬山春，君來不來花又新。引節踏爛廬山月，折得梅花懶寄人。（卷六《憶世卿》，第640頁）

甲子如何管得翁，全無白髪有青瞳。赤泥更是遊仙枕，兄卧西頭弟卧東。（卷六《壽陳静軒七十，次世卿韻》，第652頁）

越山楚山皆白雲，楚越如今不必分。三十六峯同一樣，不如何處武夷君？

草樹雲霞亦假名，高齋何處不先生？解尋正路宫牆下，榜也如今是

典刑。（卷六《和世卿》，第 660 頁）

方壺使者與公期，老我三山乞住持。且約圭峯爲社會，一圖今古付王維。

愛山長負入山期，多少陰晴被把持。起倚秋原看落日，如今剛好著繩維。（卷六《與李世卿約遊圭峯》，第 672 頁）

山靄霏霏碧滿蓑，清風不奈俗塵何。人間久矣無高鳳，何處如今楚鳳歌？（卷六《和世卿》，第 672 頁）

笑顏別後幾回開，詩到衰翁輒舉杯。擊壤狂歌千首在，一春無計寄君來。

東野功深偏洗削，退之意到每優柔。眼前一二聊拈掇，正好承箕對孔修。（卷六《得世卿詩》，第 680 頁）

漠漠江天對把詩，竹壇風日引杯遲。翁歌此曲兒當續，問著別人都不知。

飛雲高起大厓深，兩處天教兩鳥吟。莫把隴山來比並，山頭鸚䳇被人擒。

詩到堯夫不論家，都隨何柳傍何花。無住山僧今我是，夕陽庭樹不聞鴉。（卷六《得世卿、子長近詩，賞之》，第 684 頁）

君子以道交者也，同明相照，同類相求，雲從龍，風從虎，聖人作

而萬物睹。己不遵道而好與人交，惡在其能交也？（《復李世卿》）[①]

太極分天地，東南有一臺。水窮滄海闊，雲渡楚山來。屢見乘桴去，終期采藥回。逍遥千丈木，斟酌萬年杯。(《楚雲臺爲李世卿立》)[②]

大崖先生黄公山釣臺記正德戊寅仲秋光禄大夫柱國少傅兼太子太傅户部尚書武英殿大學士予告閒震澤王鏊撰

弘治壬子秋，嘉魚李世卿考室乎黄山之陰，廣東陳白沙先生題之曰黄公山釣臺，有詣世卿而問焉，曰何哉？君所釣者果在魚乎？昔太公釣而得文王，子陵釣而得光武，子之釣豈類是乎？世卿曰："吾所釣者，非緡非竿，非鮪非鱣，終日釣焉，無所釣也，是吾之釣也。餌且不設，而何有於魚？魚且不存，而何有於名與利？"於是其伯氏茂卿方爲大理寺副曰："盍歸乎？吾將釣乎黄公之山。"遂解官去，天下之士聞而高之。頃年白沙以德義文學警動海内，天子虚己召焉，至則授以侍從，中

① 黄宗羲著，沈芝盈點校：《明儒學案》(上册)，中華書局 2008 年版，第 87 頁。按：陳獻章給李承箕此文可完整見於上海圖書館藏清鈔本。其文爲《叙交送李世卿别》(白沙陳先生著)："君子以道交者也，同明相照，同類相求，雲從龍，風從虎，聖人作而萬物覩。己不遵道而好與人交，惡在其能交也？孔子曰：'爲人由己，而由人乎哉？'蔣兗州杜門謝客，開舍中三徑，二仲靡然從之遊，彼賢而隱者也。挫廉納污，以治車爲業，非謏之賢，孰能屈致之？予四十年取友於天下，所得有道德文章、有氣節、有勳業，其賢而在下位者，果無其人乎？羅一峯、張兼素不可復作，乃若所居之旁伍云鍾淑林暕此其人，皆可與遊，而今亡矣。賢而存者，或隱或顯，未易概舉，其間一出一入，向道無誠，朝爲燕而暮爲越者，吾以未如之何也已矣。夫交豈易言哉？李世卿最後識，四五年間，兩過白沙，每見益親。世卿多才，兄弟登科甲而官京師，輝映後先。世卿卜居於黄公山，與山雲水月爲伍，若將終身焉。世卿今别江門而歸，予乃脱藤蓑贈之，盖世卿之志也。既詩以道其意，復爲之序。交世卿，且無謂余多言。孟子曰：人惟有所不爲而後足以有爲。無所不爲者，豈能有所爲哉？"

② 同治《重修嘉魚縣志》卷十二《楚雲臺爲李世卿立》，江蘇古籍出版社 2001 年版，第 343 頁。按：此作似乎不見於《陳獻章集》。

外動色以觀其所爲，而白沙終去不顧。世卿徒步萬里往從之遊，不復肯舉進士；茂卿舉進士，官大理，甫三歲竟去，豈白沙之門則必以不仕爲高乎？賢者出處，固非世俗之所能知哉！予又安能言之？予獨患世之紛紛奔利死名，莫知旋返；而夫人獨超然物外。揚子云："鴻飛冥冥，弋者何慕焉。"賈子云："鳳縹縹而高逝兮，夫固自引而遠去。"於戲！吾安得從斯人者遊乎？姑爲記於臺上。[①]

明　方逢時《大隱樓集》卷七《春日屋西登眺用李大崖先生韻》

小閣圖書日幾函，輕寒策策透春衫。起扶九節仙人杖，閑上西鄰老樹岩。遶郭桃花開萬錦，大江雲影曳孤帆。興來謾有懷人句，欲寄飛鴻懶更銜。

明　周瑛《翠渠摘稿》卷四《題嘉魚李氏義學》

嘉魚有士族曰李氏。李氏先世曰宗儒、宗儀，宋慶曆間，相與建義學於其所居西保湖西，以待四方學者。建炎亂，學廢。慶元間，其孫貢元名桂者復之。縣判云鄉校不存，家塾獨著，此難事也。今新脩縣志載其事特詳。弘治辛亥，瑛以鎮遠知府書滿歸，宗儒某世孫承箕來謁，爲説甚異，最後請曰："先世義學願有言。"承箕，字世卿，嘗取鄉第矣。近遊南海，從陳白沙。歸遂欲居大崖山以老。其説以爲静極則心虚，心虚則理見。故視六經若土苴，視形骸若仇敵，視聖人所立禮義之防若纏束捆縛，欲徹去之。白沙，予友也，二十年前同在都下。瑛見其神清氣完，心地定迭，往往以其静，觀天下之動，竊以爲古閉關人也。今世卿從白沙，不知此意果出白沙否？果出白沙，則吾盡己之説矣，聽世卿擇焉。瑛聞人心無外，聖人静有以立天下之大本，動有以行天下之達道，由體及用，一以貫之。自餘爲學皆由博以及約。博者萬殊也，約者一本也。求諸萬殊，而後一本可得；既得一本，則所謂萬殊者亦可推此以貫

---

① 見上海圖書館藏清鈔本。

之矣。瑛請得以言其功程次第，盖始學之要以收放心爲先務。收放心，居敬是已。盖居敬則心存，聰明睿知由此日生，然後可以窮理。窮理者，非静守此心而理自見也，盖亦推之以極其至焉耳。孟子曰："萬物皆備於我矣。"此言人心無外也。不即物以窮理，其能静此心之體乎？故自性情之微以及形骸之粗，自食息之末以及綱常之大，自六經之奥以及天地萬物之廣，皆不可不求其理。求其理謂求其自然與其當然，又於自然當然求其所以然。積累既多，自然融會通貫，而於所謂一本者或自得之矣。一本固非學者所敢言，然聞之《中庸》有曰："喜怒哀樂之未發，謂之中。"又曰："上天之載，無聲無臭。至矣！"此譬如穀種，雖曰塊然，而根苗花實皆聚於此；又如雞卵，雖曰渾然，而羽毛嘴爪皆具於此。及其發見於行事，在聖人則體用一貫，在學者未免差悮。盖在己者有所拘蔽，故所發不無偏重之殊；在外者有摇奪，故所施不無遷就之異。然而既見本源，則於處善亦安，循理亦樂，至於患難事變，雖以死易生亦甘心爲之矣，此聖學之大略也。今夫静坐，不相與講學窮理，果足以立天下之大本乎？果足以行天下之達道乎？因記官禮部時，嘗夢入僧寺，見木案閣古書數帙，取視之，皆言動静有無。予曰："子静云何？"僧曰："吾所謂静與儒同，静無而動有也。"予曰："是惡得同？儒於静，言無雖無，而實有也。惟其實有，是以見諸用也。天高地下，萬物散殊，不可改易。子謂無，則直無耳。吾知其見於用也，天可以爲地，地可以爲天，雖欲不倒置不可得也。"時白沙在側，白鬚而朱頬，予質以僧言，笑而不答。此事嘗書以寄白沙矣。今世卿論學與瑛異，復欲得瑛言。故備書之以附義學諸題跋之後。世卿謂何？白沙謂何？

明　游潛《夢蕉存稿》卷二《貴州分司與李心齋憲副唱和用嘉魚李大崖韻》明嘉靖刻清康熙三十六年補修本

西來不盡秋風興，獨立山亭看鶴飛。世事到頭真似夢，宦情於我故相違。得閑猶惜畦牛喘，投老無慚廐馬肥。一笑掀髯天索漠，洞庭湖上片帆歸。

雨餘敗葉蕭蕭下，天際輕雲逐逐飛。絶域易驚時事改，故人應恨笑談違。望迷野樹青山盡，興入江鄉紫蟹肥。落日半啣蘆荻岸，長竿誰拗一絲歸。

仰面醉看天浩浩，落霞輕點片雲飛。放歌黄鵠新聲烈，打卧青山舊約違。病骨恰勝駑馬瘦，壯心寧爲飯牛肥。劃然一笛横空闊，此日匡廬道士歸。

明月滿庭良夜永，洞簫聲断鵠南飛。山中客去懷人獨，海上書來笑我違。往事已貽花鳥恨，孤騫那惜稻粱肥。漫然今古皆丘莽，指點天涯信所歸。

騎馬十年南又北，客邊幾度見花飛。浮生謾道得閑好，佳節頻於多病違。且任狂歌投汗漫，浪拚長揖謝輕肥。一瓢風月五湖酒，人向白雲深處歸。

用前韻懷大崖時已物故矣

數峯青點江門曉，極目翛然思欲飛。牛斗氣消龍劍遠，孤山春盡鶴書違。荒臺野樹餘塵迹，嫩蕊濃葩入嚼肥。落月嘉魚湖上棹，清風猶載客帆歸白沙築楚雲臺，與大崖遊息處。江門，其所居也。

壽姚母李孺人八袠序爲同志諸友作①

莫子楚遊至南嘉，薦紳文學能言其鄉前聞人李大厓先生者，弱冠舉於鄉，慕白沙陳先生振學東粤，而往師事焉，卒不復赴春官，歸養其母垂二十年。伯兄大司馬及仲廷評君聞大厓風，一時盡解官歸，大厓因日與兩兄者奉母夫人甚歡，每進食前起舞爲壽，或擊缶而歌，母夫人亦時應聲和之，如是竟其天年。而大厓之子二人爲諸生異等，亦以侍養大厓，不復就試。里中傳爲美談，名其山曰大厓，識李所居也。莫子聞而異之，念莫子有母不能養，而徒銜一命，馳驅萬里，無補聖明，有如母

① 莫如忠：《崇蘭館集》卷十一，明萬曆十四年刻本。

氏憂不食，何養之及圖。遂乃迴車南嘉，亟上疏乞歸，歸而得旦暮具甘脆太安人，而時道大厓之行於莫子之友姚子鄰氏。子鄰當上春官，固以母老不欲行，聞余言，色黯不怡，作而曰："某之母八袠矣。自先君東野翁早背，某母縈縈嫠居者餘三十年，艱難育某有成，而未食其報，某誠願如吾子言，得遂一日養，即何有於三公？而猶以微名羈絏未聞乎大厓之風，某竊恧焉。"於是莫子慰之曰："子鄰未聞禮乎？夫啜粥飲水盡其歡，斯之謂禮。言事親者因分以致其情，而無假於外也。子何患焉？即大厓者，於子爲之，夫奚難？"姚子悟，因絶意進取，思以其力所至，承膝下歡。會母孺人李方初度，偕其弟若子爲稱觴禮，列笙竽，具殽醴，交酬於堂，歌白雲而享之，恍接宴乎瑶池，而忘姚子之非鼎食而養也。《詩》曰："孝子不匱，永錫爾類。"大厓信純孝，乃不謂能感其兄。若於又數十年，而聞者興起，彬彬若是，於錫類寧有窮乎？然姚子雋才卓躒，母孺人猶强食，所親者或説之入對大廷，儌一命爲孺人榮，固孺人志也。誠若斯言，則姚子之孝且固有在，又奚必大厓之迹同哉？諸友既次第屬觴稱賀而言，逮莫子，因本感發所繇叙之。

君子之居世也，出與處而已矣。出以樹績非幹家也，處以求志非後國也。陳白沙公甫明幾者乎！黄五嶽勉之審勢者乎！退然無迹，如龍之蟄，李大厓世卿乎！吴康齋與弼可謂識時也已，不然，幾石黨也。[①]

讀大崖詩二首

揮毫誅盡北山茅，詩興還因酒興豪。灑灑風神秋水潔，飄飄襟袖楚雲高。非唐非宋開新局，誰毀誰譽任爾曹。晚結江門虚静社，回看圭組一鴻毛。

① 王文禄：《海沂子》卷一《真才篇》，明百陵學山本。

其二

未結兄詩先淚流，讀罷數篇愁盡瘳。分明精爽在我目，漫有衣冠藏古丘。金石未爲千載計，功名真見一原收。晨昏斟酌黄公水，舞破藤蓑樂未休。①

删大厓集

李世卿集，詩十有二卷、文八卷，梓之江西。然李子未知詩，其詞險，其調戾，弗中矩也。文則庶矣，古而暢，簡而腴，奇而妥。如予獨叙其文及附録，凡九卷若干首。②

讀李世卿大厓文集二首柬乃弟立卿憲長

豐芑多才世亦雍，文章猶見昔賢風。天根悟處梅花早，要有江門一老翁。

杖屨當年誰與從，白雲回首有高蹤。畸人隨化文章在，我夢羅浮四百峯。③

陸深《儼山集》卷四十三《李世卿文集序》

本朝文事，國初未脱元人之習，渡江以來，朴厚典易，蓋有欲工而未能之意。至成化弘治間，宣朗發舒，盛極矣。然要而論之，蓋有兩端，以雕刻鍛煉爲能者，乏雄深雅健之氣；以道意成章爲快者，無修辭頓挫之功。故修辭類於雕刻，而雕刻者辭之弊也。道意成章者，近於雄深雅健，而雄深雅健又不止於成章道意而已，大抵深於學，昌其氣，然後法古而定體。吾嘗持是以考焉，而有愛於李世卿之文也。世卿，嘉魚

---

① 《嘉魚李氏族譜》第九册卷五《讀大崖詩》（李承勛），世祀堂咸豐八年合修本。

② 崔銑：《洹詞》卷五，文淵閣四庫全書本。

③ 孫一元：《太白山人漫稿》卷八六《言詩·七言絶句》，清文淵閣四庫全書本。又見《嘉魚李氏族譜》第七册卷四《讀李世卿大厓文集二首柬乃弟立卿憲長》（孫一元），世祀堂咸豐八年合修本。

人，名承箕，與其兄承芳相師友。嘗遊白沙陳公甫之門，舉於鄉，年甚少[①]，遂不舉進士，而肆力於古文章。是編也，昔在翰林日假於崔同年子鍾録之，一日發篋，因叙而藏之，以備一家言，尚當訪成集以考。[②]

邵寶《奉答李茂卿、世卿兼以爲踐》

頻濱才思俱東坡，十年交情此見過。議論人知驚郡守，姓名今喜壯賢科。何年□海鳴丹鳳，到處春風長緑莎。我有古琴長掛壁，欲將短曲和君歌。[③]

姜麟《奉寄李世卿》

古來南學得精華，況復南遊住海涯。羅阜山深藏赤豹，楚雲亭暖醉春花。堯夫心事無名傳，遷史文章大作家。衡岳煙霞洞庭月，秋風定擬買江艖。[④]

王夫之《讀李大崖先生墓志銘書後》

夫之讀白沙先生集而有疑焉，疑當時之授宗旨於江門者，自張廷實、林緝熙以及乎容貫、陳冕之流，洗髓伐毛於釣臺之下，無幽不抉，以相諮印，而白沙所珀芥以弗諼者，則唯大崖先生。其唱和詩幾百篇，抑未嘗以傳心考道之爲娓娓，視彼諸子者言不勤矣。以此疑而思，思而不得者數月。乃置其往還唱和之迹，而設身以若侍兩先生之側者又數月，而後庶幾若見之。嗚呼！兩先生之映心合魄，而非張、林、容、陳之得

① 清鈔本中“甚少”作“三十”。

② 清鈔本有落款“賜進士出身資治尹詹事府禮部左侍郎兼翰林院學士後學上海陸深謹撰”。

③《同治重修嘉魚縣志》卷十二《奉答李茂卿、世卿兼以爲踐》(邵寶)，江蘇古籍出版社 2001 年版，第 349 頁。

④《同治重修嘉魚縣志》卷十二《奉寄李世卿》(姜麟)，江蘇古籍出版社 2001 年版，第 349 頁。又見《嘉魚李氏族譜》第七册卷四《寄大崖》(姜麟)，世祀堂咸豐八年合修本。

與者，豈其遠哉！白沙之於一峯，猶是也；於定山，猶是也；於醫間，猶是也；於汝愚，猶是也；其時相與接迹者，前爲三原，後爲楓山，雖未嘗與白沙遊，大崖亦未嘗造膝焉，而亦猶是也。踰此而外，交臂失之者多矣。白沙没，諸君子亦先後謝世。弘、正以降，此意斬焉。又降而言學者蜚興，建鼓以求亡子。其所建者，非所以求也；而所亡者，固其子而亡之也。則使以泰州、龍溪之心，測兩先生相與之際，而期其遇之也，不亦難乎？而况於其徒之瑣瑣者乎！《記》曰："天下有道，行有枝葉。天下無道，言有枝葉。"江門風月，黄公臺披襟而對之，扶疏葱蔚，拄青天而蔭滄海，言惡足以及之哉！先生裔孫雨蒼氏占解，年七十有三矣。以王文恪公所撰大崖墓志銘寄唐生端笏，使與夫之共讀。謹識其後，以訊雨蒼，當如面談矣。白沙《送大崖還嘉魚》詩曰："富貴何忻忻，貧賤何戚戚。一爲利所驅，至死不得息。夫君坐超此，俗眼多未識。乃以聖自居，昭昭謹形迹。"敬爲雨蒼誦之。①

登大崖寺懷世卿伯祖

煙光藹藹擁禪房，爲帶前賢翰墨香。曲徑春回花自媚，大崖人去恨偏長。洞開石室名千古，橋渡江門酒一觴。欲叩空王無是處，登臨秖擬挹流芳。②

大崖配祀周夫子書院

巡按湖廣監察御史史爲獎勵名賢，以隆政教事。查得嘉魚李世卿才藴今古，學貫天人，接濂洛關閩之真傳，演洙泗源流之正派。今久仙逝，輿論弭彰。除行提學道外，仰武昌府置立神主，安祀濂溪書院，大彰鼓樂，外立扁，賜塚孫第。本院外，給贖銀六兩，以爲賢子孫筆紙之

① 王夫之：《船山遺書》第七卷《薑齋文集》，北京出版社 1999 年版，第 4231 頁。
② 《嘉魚李氏族譜》第九册卷五《登大崖寺懷世卿伯祖》（李慴），世祀堂咸豐八年合修本。

資，仍取回秩回報繳。[1]

送雷長甫還鄉因寄意東崙大崖兩兄

鴻飛隨處自飄翩，邂逅風塵亦偶然。來看韶華春陌上，坐談鄉曲夜燈前。天涯遠道勞相憶，醉後狂歌愧浪傳。花萼樓高成五鳳，歸尋雲月兩詩仙。[2]

復李大崖先生

門外溪流曲似江，鸂鶒鸂鶒静雙雙。人情何事争榮鳥，客分都移父母邦。涉世未曾思熱鬧，全身今脱得投降。喜從短日歸長日，稱坐南窻與北窗。[3]

答大崖先生

小向東風構一廛，也勞車馬度前川。不勝白髮傷秋思，還與青山結舊緣。鳳字欲題嶙病骨，山陰乘興似飛仙。相期更約元宵後，共看梅花淺水邊。[4]

---

① 《嘉魚李氏族譜》第九册卷五《大崖配祀周夫子書院》，世祀堂咸豐八年合修本。

② 《嘉魚李氏族譜》第九册卷五《送雷長甫還鄉因寄意東崙大崖兩兄》（李承恩），世祀堂咸豐八年合修本。

③ 《嘉魚魯氏宗譜》卷二十四《復李大崖先生》（魯儒），孝思堂民國二十四年魯氏六修族譜本。

④ 《嘉魚魯氏宗譜》卷二十四《答大崖先生》（魯儒），孝思堂民國二十四年魯氏六修族譜本。

附録六：李承箕文章輯佚

1. 題贈韓山人鳴窩所居（李承箕）

一笑飛雲第一層，世間何處不孫登。路從翠壁蒼崖過，眼向青天白日醒。一石安排吾輩老，百年分付此風清。世間真隱無名字，肯向山頭浪著名。①

2. 李氏義塾義田碑・題記

義學文章之盛，人才之美，自宋徂元，盖二百有餘年。夫我祖宗舉曠世盛典，當時達官貴人，凡四方英俊往往從之遊。獨不因其人而紀其績以垂於後，其韜晦有非人之所能及焉者。今即其地而觀之，其規模之宏遠，基業之廣大，雖舊譜亦未能盡載之也。學廢於國初兵火之餘，而田遂版籍於他姓，悉不可復矣。弘治庚申，兄承芳於族人即舊址建一小屋，以圖興復。然學無田不可以守，未嘗不仰止祖宗創業之美而慨子孫繼述之難也。將來其必有志復古者乎？是所望也。弘治甲子冬嗣孫承箕謹識。②

3. 李氏世系記

我李相傳爲郁林王恪之後。恪生琨，琨生褘，褘生嶧，嶧生還，還生元，元生濤，濤生承範，承範生仲賓，仲賓生術，術考定世次，術字少賢生少賢，少賢生輅，輅生陪，陪生暉。自暉而上十四世，舊譜如此，無他考證，傳疑也。然自恪至嶧四世，唐書有傳，餘皆無得其詳焉。暉四子：曰琛、曰璠、曰璵、曰珩。璠自南唐時由江西武寧之櫻川來居嘉魚之湖西。曰璵，江夏湖東；曰珩，臨湘杷兒港。琛獨不言，有子孫若干人，舊譜並載之，今不可考矣。璠生用和，用和生慧明，慧明生宗儒，

① 宋廣業:《羅浮山志會編》卷十八，清康熙刻本；又見於楊宗甫《(嘉靖）惠州府志》卷十六，明嘉靖刻本。

② 參見《嘉魚李氏族譜》，世祀堂咸豐八年合修本。

宗儒生彦輔，彦輔生滋，滋生植，植生元膺，元膺生伯麟，伯麟生大珪，大珪生二子：曰天裕、曰天賦，俱無子。以族子天平爲大珪後。天平生五子：曰性、曰憬、曰忱、曰惟、曰愷。以次子憬爲天賦後。憬字名遠，生二子：曰思齊、曰思忠。思忠是爲箕之高祖。今高伯祖之後皆譜之，盖亦合族之道也。箕嘗見廬陵歐陽氏譜、眉山蘇氏譜，其先皆出於三代之聖君賢相焉，是以有如永叔、明允父子者後之。箕何敢竊迹其迹，而妄祖其祖耶？乃記其世系之所自，而並著其疑者於右，以俟同宗者覽焉。弘治甲子年十一月嗣孫承箕謹記。①

4. 秫坡先生傳

黎貞，字彦晦，都會里人。性坦蕩不羈，樂以詩酒自豪，故號陶陶生，晚更號秫坡，學者稱之曰秫坡先生。貞自少岐嶷，異群兒。七八歲時，與弟浴於塘，弟溺塘井中，雙指猶漾漾未没，貞亟没水以手捉其足登淺處，鄉閭異之。五羊孫蕡，狂者，才美絶人，爲文章操筆立就，死生榮辱得失，一不以介意。貞從之遊，故學所成就非一時流輩所及。發而爲詩文，滔滔自胸中寫出，無斧鑿痕。議論古今治亂興廢與世道得失、人物賢否，類出於己意，而多自得之見。洪武初，補郡庠生。八年，以明經薦辟至京師。時例由薦辟者俱赴吏部考試，乃授職。貞獨不往，賦詩出郭而歸。部使者以其有學行，署爲本邑訓導。志不樂仕，退築釣臺於所居宅前，自擬嚴光。後以事爲訟者所誣，發戍遼東者十三年，艱危困厄之中，學愈博而識趣愈高，氣愈充而議論愈出。比脱伍歸，聲聞益著，學者從之，遠近畢至。貞諄諄善誘，隨其淺深，有所造就焉。嘗自贊其像云云。年五十九卒，所著有《秫坡集》《古今一覽》《家禮舉要》傳於世。②

① 參見《嘉魚李氏族譜》，世祀堂咸豐八年合修本。

② 《秫坡先生文集》卷首《秫坡先生傳》，四庫全書存目叢書集部第 25 册，齊魯書社 1997 年版，第 416–417 頁。

5. **大崖山寺**

藤蘿之外是諸天，寂静中間息萬緣。千古江山真有待，十年蹤迹最可憐。狻猊呈瑞來西極，鳳鳥忘機别醴泉。曾到去來無物我，便教糞壤亦芝田。[①]

6. **李大崖先生賀願齋公任御史書**

某素性懶慢，不工進取，投閒置散，其不見齒於當塗久矣。然幸聯姻巨族，俾得繕片楮以通慇懃。若翁者，始仕司鐸，克勤學政，秩滿補授縣尹，平盜安民，旋任同知之職；勤王督木，復邀太守之榮。一時宦績，照人耳目，漸達宸聰。奉旨陛見，恩隆格外，遂面奏湖廣鹽匿米阻事。龍顔咫尺，仰承天語之温文；虎拜揚休，具見臣心之忠赤。燕笑情通，《蓼蕭》爰歌譽處；明良期會，《湛露》載美令儀。上以鹽政，事關緊要，惟洞悉利弊者，始堪厥任。大沛恩綸，命翁綰兩浙鹽御史篆，謂所遇之適邀主眷乎？實由功之克副主知也。自是鹽米之利得四路以交通，阻匿不聞，無一夫之坐困。建白在一時，恩施徧九有。仁人之言其利溥，不信然耶。某望隔天涯，遥申雀賀，伏惟我翁建不世之業，矢精白之衷，曠典有加，貞心不二。日後勳成名立，致仕歸休，則功紀巍巍，可小魚山一片石；德名蕩蕩，直同漢水萬迴波。[②]

7. **贈願齋**

雨晴霜冷自湘江，閒弄漁舟影亦雙。只我不曾思用世，諸公何處問爲邦。風連鵷鷺誰能住，心落江湖未肯降。滿地蒹葭還笑我，頽然無語對蓬窗。[③]

---

① 《嘉魚李氏族譜》第九册卷五《大崖山寺》（李承箕），世祀堂咸豐八年合修本。

② 《嘉魚魯氏宗譜》卷二十四《李大崖先生賀願齋公任御史書》，孝思堂民國二十四年魯氏六修族譜本。

③ 《嘉魚魯氏宗譜》卷二十四《贈願齋》（李大崖），孝思堂民國二十四年魯氏六修族譜本。

8. 贈願齋對聯

好山入抱懷知己，喬木參天老故家。[①]

① 《嘉魚魯氏宗譜》卷二十四《贈願齋對聯》(李大崖)，孝思堂民國二十四年魯氏六修族譜本。

編後記

古人以學道為急務，故孔子以德之不修，學之不講，聞義不能徙，不善不能改為憂。李承箕不樂仕進，于名利未數數然也。其為人淩邁高遠，好古力行，曾四次不遠千里往師陳獻章。獻章一代大儒，從祀孔廟，上承宋儒理學之餘緒，下開明儒心學之先河，為學宗自然，灑然有所獨得。李承箕為其及門弟子，受其心傳。獻章曾送承箕文曰："天地間耳目所聞見，古今上下載籍所存，吾無不與世卿語，所未語者，此心通塞往來之機，生生化化之妙，待世卿深思而自得之也。"承箕則有言："箕得之矣。凡學以言傳非真傳也，其有目擊而道存者乎？"後承箕日端坐一室，洗滌身心，不涉階級，徑造本真。師徒二人，聲應氣投，道乎神契，正如王夫之《讀李大厓先生墓志銘書後》所言："夫之讀白沙先生集而有疑焉，疑當時之授宗旨于江門者，自張廷實、林緝熙以及乎容貫、陳冕之流，洗髓伐毛於釣台之下，無幽不抉，以相諮印，而白沙所珀芥以弗諼者，則唯大厓先生。其唱和詩幾百篇，抑未嘗以傳心考道之為娓娓，視彼諸子者言之不勤矣。以此疑而思，思而不得者數月。乃置其往還唱和之迹，而設身以若得兩先生之側又數月，而後庶幾若見之。嗚呼！兩先生之映心合魄，而非張、林、容、陳之得與者，豈其遠哉！"

《李承箕集》原名《大厓李先生詩文集》，共二十卷，其中詩十二卷，文八卷。集中文字出入經史，縱橫跌宕，雄深雅健，道意成章。李承箕之心跡，斯集大體可尋。本書由湖北科技學院朱志先博士以湖北省圖書館所藏吴廷舉正德五年刻本爲底本，参以上海圖書館所藏清代手鈔本及國家圖書館所藏《大厓李先生文集》等點校整理而成。文後另附有李承箕及其著述研究、交往人物表、詩文輯佚等，資料富贍，文證詳悉，必將嘉惠讀者。因李為湖北嘉魚人，故將該書收入《荊楚文庫》，于二〇一八年出版發行。

湖北人民出版社

二〇一八年一月